Morde auf dem Campus

Als Kim Burke eines Abends von einem Rendezvous mit ihrem Professor heimkehrt, erwartet sie ein Bild des Schreckens: Ihre beiden Mitbewohnerinnen wurden grausam ermordet, ihr Exfreund Scott Roeder hat sich im Wohnzimmer erhängt. Ein klarer Fall für die Polizei von Danby: Scott habe erst die beiden jungen Frauen, dann sich selbst getötet. Doch ist es wirklich so, wie es scheint? Kim jedenfalls fühlt sich schuldig an der Tat. Hätte sie Scott nicht verlassen, wären die beiden Frauen noch am Leben. Und auch für die Einwohner des kleinen Städtchens ist klar: Kim ist schuld an dem schrecklichen Geschehen. Verzweifelt verlässt sie Danby und zieht nach New York.
Als ein Jahr später wieder eine Studentin auf dem Campus verschwindet, beschließt Kim, sich der Vergangenheit zu stellen, und kehrt zurück nach Danby. Sollte ihre Vermutung stimmen, ist der Mörder von damals noch auf freiem Fuß. Und sogar mitten unter ihnen ...

Elise Title hat jahrelang als Psychotherapeutin im Sicherheitsstrafvollzug mit Schwerkriminellen in Massachusetts gearbeitet. Bereits ihr erster Thriller ›Romeo‹ war ein internationaler Bestseller. Elise Title lebt mit ihrer Familie in Boston.

Unsere Adresse im Internet: www.fischerverlage.de

Elise Title

NOXIA

Thriller

Aus dem Amerikanischen
von Ulrike Wasel
und Klaus Timmermann

Fischer Taschenbuch Verlag

Deutsche Erstausgabe

Veröffentlicht im Fischer Taschenbuch Verlag,
einem Unternehmen der S. Fischer Verlag GmbH,
Frankfurt am Main, Oktober 2007

Satz: Pinkuin Satz und Datentechnik, Berlin
Druck und Bindung: Ebner & Spiegel, Ulm
Printed in Germany
ISBN 978-3-596-16598-8

TEIL I

PROLOG

Ein Teller fiel zu Boden und ging krachend zu Bruch. Die junge Frau am vorderen Tisch zuckte zusammen, doch der Mann ihr gegenüber verzog keine Miene.

»Also deshalb wolltest du mich in den letzten zwei Wochen nicht sehen. Nicht weil du Referate hattest, Prüfungen, Arbeit. Du wolltest mich schon mal drauf vorbereiten, dass du mich abservierst.«

»Scott, bitte …« Von dem Geruch nach Bratfett, der zu ihr herüberwehte, wurde ihr übel. Außerdem war es zu warm hier drin. Das Thermometer war am Nachmittag auf über dreißig Grad geklettert. Für Mitte April ein Rekord in Danby. Selbst jetzt, um kurz vor acht Uhr abends, waren es noch um die zwanzig Grad. Doch im Moe's wurde die Klimaanlage nicht vor dem ersten Mai eingeschaltet, egal, welche Temperaturen draußen herrschten. Das wusste Kim, nach vier Jahren und rund tausend Tassen Kaffee in diesem Laden. Die Studenten beschwerten sich immer wieder, weil es entweder zu warm oder zu kalt war oder weil sich die Speisekarte nie änderte oder weil noch immer dieselbe Fünfzigerjahremusik aus den Lautsprechern schallte wie schon damals, als Moe seinen Coffeeshop eröffnete. Moe war schon lange tot, doch nach wie vor zierten dieselben Fotos von vergangenen Glanzzeiten des Currier College die Wände. Es gab zwar keinen frisch gepressten Orangensaft, aber dafür war der Kaffee schon immer erstklassig gewesen. Und Kaffee war für die Stammgäste das Wichtigste. Er entschädigte sie für die zahllosen anderen Unzulänglichkeiten. Überhaupt, wenn sich im Moe's dann doch gelegentlich mal etwas änderte, waren selbst die größten Meckerer bestürzt. Veränderungen waren eben nicht leicht, auch nicht, wenn sich dadurch etwas verbesserte.

Kim wusste das aus Erfahrung.

Scott blickte sie traurig an. »Warum, Kim? Was hab ich falsch gemacht?«

»Nichts. Wir haben beide nichts falsch gemacht.« Es war eine schlechte Idee gewesen, hierher zu kommen. Sie hätte sich woanders mit ihm treffen sollen. Wo sie mehr Ruhe gehabt hätten. Nein, das wäre noch schlimmer gewesen. Sie hatte sich ja gerade fürs Moe's entschieden, weil es nah am Campus lag und von Studenten, Dozenten und Einheimischen frequentiert wurde. Sie hatte gedacht, Scott würde sich hier zusammenreißen. Aber vielleicht hatte sie sich getäuscht.

Es wäre nicht das erste Mal.

Scott starrte sie mit bohrender Intensität an. »Du findest, ich klammere mich zu stark an dich.«

»Nein.« Aber natürlich fand sie das. Er klammerte sich an sie wie ein Ertrinkender, der sie mit in die Tiefe ziehen wollte. Sie spürte es jetzt stärker denn je. Am liebsten wäre sie aufgesprungen und geflohen, um sich in Sicherheit zu bringen. Aber das konnte sie Scott nicht antun. Es war schließlich nicht seine Schuld. Sie hätte früher mit ihm Schluss machen sollen. Sie hatte es vorgehabt, aber sie wusste, wie sehr sie ihn damit verletzen würde. Und sie selbst war im Leben schon zu oft verletzt worden, um diejenige sein zu wollen, die einem anderen Schmerz zufügte.

Jetzt musste sie die Sache beenden. Sie sah keine andere Möglichkeit mehr.

»Ich kann deine Wünsche nicht erfüllen. Ich weiß es. Manchmal, wenn wir zusammen schlafen und ich in deine großen, dunklen Augen sehe, dann …«

»Es hat nichts mit Sex zu tun, Scott.« Schon wieder eine Lüge. Sex. Es hatte immer auch mit Sex zu tun. In all ihren Beziehungen zu Männern hatte Sex immer eine tragende Rolle gespielt. Ob sie es wollte oder nicht. Ob aus einem Bedürfnis heraus oder aus Notwendigkeit. Ob aus Verlangen oder Furcht.

»Du hast mir im Bett was vorgespielt«, warf er ihr vor. Er war

laut geworden. Kim warf einen raschen, verlegenen Blick zu der molligen, schon etwas älteren Kellnerin hinter der Theke. Norma, die im Moe's zum festen Inventar gehörte. Sie stand mit dem Rücken zu ihnen und setzte gerade frischen Kaffee auf. Hatte sie gehört, was Scott gesagt hatte?
Und wenn schon. Norma konnte wahrscheinlich nichts mehr erschüttern.
Dennoch senkte Kim die Stimme noch mehr, in der Hoffnung, Scott würde es ihr gleichtun. »Ich habe dir nie was vorgespielt.« *Nie* war gelogen. Ja, manchmal hatte sie ihm doch was vorgespielt. Aber nicht am Anfang. Am Anfang hatte Scott sie immer zum Höhepunkt gebracht. Am Anfang.
Was war nur mit ihnen geschehen?
Und dann, als hätte er ihre Gedanken erraten – »Du hast einen anderen. Du treibst es mit einem anderen.«
Irgendwo hinter ihr wurde ein Tisch abgeräumt, Besteck, Teller, Gläser landeten in einer Plastikwanne. Kim hoffte, dass der Lärm Scotts Anschuldigung übertönt hatte.
Er starrte sie einige stumme Augenblicke lang hasserfüllt an. Dann lachte er schrill auf, lehnte sich auf der Bank zurück, legte die Arme rechts und links auf die Lehne und streckte seine langen Beine zu einem V. Die lässige Pose strafte seinen harten, funkelnden Blick Lügen.
»Mann, bin ich schwer von Begriff. Das kam einfach zu überraschend.« Seine Stimme war ausdruckslos, fast ohne jede Emotion. Doch dann verdunkelten sich seine Züge blitzschnell. Scotts Gefühle blieben nie lange verborgen. »Ein anderer Typ. Du vögelst einen anderen. Das ist der wahre Grund.«
Keine Frage. Keine einzige Frage. Scott stellte lediglich fest. Spielten ihre Antworten überhaupt eine Rolle? Vielleicht war es am besten, gar nichts zu erwidern.
Doch sie wusste, dass ihn dies nur noch mehr aufstacheln würde. Er hatte es nie leiden können, wenn sie dicht machte. Als würde sie ihn durch ihr Schweigen ausschließen aus ihrem Leben. Inzwischen empfand Kim es als Einbruch in ihre Privatsphäre, dass er ständig wissen wollte, was sie dachte – sich jeden ihrer Gedanken aneignen wollte.

Schon seltsam, dass sie zu Anfang gerade sein brennendes Interesse an ihr anziehend gefunden hatte. So etwas hatte sie bis dahin kaum gekannt. Nicht einmal Nate Shapiro hatte sie je bedrängt, mehr von sich preiszugeben, als sie von sich aus erzählen wollte. Und lange Zeit hatte sie nur sehr wenig erzählt. Bis sie irgendwann begriff – und diese Erkenntnis wurde ihr gerade jetzt klarer denn je –, dass Nates Verhalten nicht von mangelnder Fürsorge zeugte, sondern von Respekt. Und Vertrauen. Das Vertrauen eines anderen Menschen war ein großes Geschenk – für sie fast zu groß, um es anzunehmen.
Die Tür ging auf, ein Student kam herein, und eine wohltuende Brise wehte kurz zu Kim herüber. Sie kannte den Neuankömmling vom Sehen. Er blickte zu ihr, erkannte sie und lächelte. Kim schaute weg. Er ging an ihnen vorbei. Scott musterte ihn mit zusammengekniffenen Augen, während seine Finger auf der abgewetzten roten Vinyllehne der Sitzbank rhythmisch trommelten.
Von irgendwo weiter hinten hörte Kim eine weibliche Stimme »Eugene, ich bin hier« rufen. Gut, dachte sie, das bedeutete, dass er sich keinen Tisch in Hörweite nehmen würde. Es sei denn, Scott rastete vollends aus und wurde richtig laut.
Scotts Blick kehrte zu ihr zurück. Er trommelte noch immer mit den Fingern. Wartete …
Worauf?
Sie war fast versucht, ihm die Wahrheit zu sagen.
»Es geht nicht um einen anderen, Scott. Es geht nur um uns.«
Die Wahrheit umkreisen. Behutsam. Er hatte ein aufbrausendes Temperament. Sie hatte schon öfters erlebt, wie er aus der Haut fuhr. Doch noch nie hatte sie seine Wut so deutlich gespürt wie jetzt. Noch nie hatte sie ihn so aufgebracht erlebt. Kalte Angst durchrieselte sie.
War sie nicht sogar gewarnt worden? Pauline, eine ihrer beiden Mitbewohnerinnen, hatte gedroht, sie vor die Tür zu setzen, wenn sie Scott noch einmal mit nach Hause brächte. Sie behauptete, bei ihm das »kalte Gruseln« zu kriegen. Ihre andere Wohngenossin, Monica, die Psychologie studierte und sich schon als fertige Therapeutin ausgab, hatte ihn als manisch-depressiv

bezeichnet und hinzugefügt, dass Manisch-Depressive gefährlich werden könnten, wenn man sie provozierte. Kim hatte die Analysen der beiden mit einem Schulterzucken abgetan und sie auf Neid und Gehässigkeit zurückgeführt. Aber im Grunde war ihr von Anfang an klar gewesen, dass Scott Probleme hatte. War das nicht sogar der Grund gewesen, warum sie sich so zu ihm hingezogen gefühlt hatte? Weil sie gespürt hatte, dass sie vom selben Schlag waren?

»Scott, nun hör doch mal ...« In ihrer Stimme lag ein flehender Unterton.

Kim sah, wie Scotts Wut augenblicklich in Panik umschlug: Seine blassblauen Augen blinzelten rasch, die Arme fielen schlaff herab, die Schultern sackten nach unten, seine Lippen bebten. Er beugte sich vor.

»Du bist so wunderschön, meine wilde, kleine Zigeunerin.« Er hob den Arm, um eine lockige Strähne ihrer langen, schwarzen Haare in die Hand zu nehmen, doch sie wich zurück. Seine Panik verstärkte sich.

»Verlass mich nicht, Kim! Ohne dich bin ich verloren. Ich liebe dich ... Du kannst doch jetzt nicht einfach so aufhören, mich zu lieben ...« Aus jedem Wort sprach völlige Verzweiflung.

Er tat Kim leid. Sie wollte ihm wahrhaftig nicht wehtun. Sie mochte Scott noch immer. Aber sie war nicht mehr in ihn verliebt. Sie hatte ihm nie gesagt, dass sie ihn liebte. Sie hatte ihm nie Versprechungen gemacht, sich nie zu irgendwas verpflichtet. Sie hatte sogar versucht, ihm begreiflich zu machen, dass sie für eine wirklich ernste Beziehung noch nicht bereit war. Aber der Augenblick war denkbar ungeeignet, ihn daran zu erinnern.

An einem der Tische lachte eine Frau. Dann noch eine. Eine Männerstimme sagte: »Ich versteh den Witz nicht, Ladys. Klärt ihr mich bitte auf?«

Scott nutzte Kims Geistesabwesenheit und ergriff ihre Hand, während sich seine Augen mit Tränen füllten. »Hör mal, ich weiß, ich bin manchmal ganz schön besitzergreifend. Aber ich kann mich doch ändern, Kim. Ich kann dir mehr Freiraum geben. Wir müssen beide noch Hausarbeiten schreiben und dann für die Abschlussprüfungen büffeln. Ich werde dir nicht auf die

Pelle rücken, okay? Du kannst machen, was du willst. Aber mach nicht Schluss, Liebes! Bitte nicht!«

Die Frauen lachten noch immer.

»Es klappt einfach nicht mit uns, Scott. Aber wir können Freunde bleiben –« *Verflucht, das war genau das Falsche.*

Auf seiner breiten Stirn traten die Adern hervor. Seine Kiefernmuskeln zuckten in einem wütenden Spiel. »Ich will nicht dein Scheißfreund sein, Kim«, brüllte er sie an.

Die Frauen hörten schlagartig auf zu lachen.

Eine junge Kellnerin mit kastanienbraunem Haar kam mit einem Tablett vorbei und warf Scott einen Blick zu. Kim erkannte in ihr eine Studentin aus einem gemeinsamen Seminar. Sie war sich sicher, dass die anderen Gäste, fast alle Studenten, ebenfalls den Blick auf sie und Scott gerichtet hatten. Ihr einziger Trost war, dass sie gleich am Eingang und mit dem Rücken zu den übrigen Gästen saß. Dennoch wäre sie am liebsten im Boden versunken. Selbst unter den besten Bedingungen hasste sie es, im Mittelpunkt zu stehen.

Falls es Scott störte, dass alle Augen auf ihn gerichtet waren, so ließ er es sich jedenfalls nicht anmerken. Er war einfach zu wütend. Er beugte sich weiter vor, umklammerte die Tischkante so fest, dass die Knöchel weiß hervortraten, und sein Gesicht war die reinste Verzweiflung.

Warum sah er nicht ein, dass es vorbei war?

Sie fühlte sich müde – unendlich müde. Scott tat ihr leid. Er tat ihr leid, weil sie wusste, dass es in seinem Leben sonst niemanden gab, der ihn auffangen konnte. Er hatte irgendwo im Norden von Maine einen älteren Bruder, Thomas, der ihn ab und zu besuchen kam. Aber genau wie Scott war auch Thomas eher ein Einzelgänger. Er wohnte allein in einem kleinen Haus außerhalb von Bangor und arbeitete als Automechaniker, was anscheinend seine einzige Leidenschaft war. Thomas wäre für Scott keine große Stütze.

Scott hatte auch keine Freunde, die ihm über die Trennung hinweghelfen könnten. Er schreckte andere Leute eher ab. Er war zu schroff, zu argwöhnisch, zu unstet. Die Reaktion ihrer Mitbewohnerinnen auf ihn war typisch. Aber er hatte den beiden ja

schließlich auch immer nur Geringschätzung entgegengebracht. Genau wie den meisten anderen Leuten.
Kim hatte ihn angelogen, als sie sagte, sie könnten weiter Freunde bleiben. Sie wusste, dass das nicht klappen würde. Auch sie war eine Einzelgängerin. Auch sie hatte keine richtigen Freunde. Schon gar nicht ihre Mitbewohnerinnen – Pauline, eine magersüchtige, zickige, verwöhnte Brünette aus Pasadena in Kalifornien und Monica, eine reservierte, versnobte Blondine aus dem piekfeinen Central Park West in Manhattan. Die Einzige, die Kim als Freundin bezeichnen würde, war Laurel Geller. Aber diese Freundschaft basierte darauf, dass Kim Laurels Studienbetreuerin war. Trotzdem, sie hatten sich auch außerhalb der Uni ein wenig angefreundet. Alle paar Wochen gingen sie zusammen ins Kino und hin und wieder mal etwas essen. Zugegeben, Laurel war meistens diejenige, die die Unterhaltung bestritt, und es störte sie anscheinend auch nicht, dass Kim nur selten etwas Persönliches von sich erzählte. Laurel brauchte jemanden, der ihr zuhörte, und Kim konnte gut zuhören.
Aber jetzt hatte Kim keine Lust mehr, zuzuhören. Es würde an ihrer Entscheidung ohnehin nichts ändern, sondern Scott nur noch mehr in Rage bringen, wo er doch jetzt schon kurz davor war, völlig die Beherrschung zu verlieren.
Sie griff nach unten und wollte ihren Rucksack nehmen.
»Ich muss los, Scott. Wir können ja nochmal miteinander reden, wenn du dich beruhigt hast …« Er langte über den Tisch und packte ihren Arm, stieß dabei seine Kaffeetasse um. Sie rollte über den Tisch, und die wenigen Tropfen, die noch darin waren, spritzten auf die graue Resopalplatte wie braune Tränen.
»Ich weiß, wer es ist. Dieser Nate! Der Scheißkerl, der dich jeden verdammten Tag aus New York anruft. Denkst du, ich weiß nicht Bescheid über ihn?«
Obwohl Scott ihren Oberarm so fest umklammert hielt, dass es beinahe wehtat, hätte sie fast gelacht. »Ich *weiß*, dass du nicht über ihn Bescheid weißt.«
»Liebst du ihn, Kim?« Endlich mal eine Frage.
Liebte sie Nate? Ja, sie liebte ihn auf eine gewisse Weise. Er war der erste Mann, den sie je geliebt hatte. Er war auf jeden Fall der

einzige Mann, dem sie je vertraut hatte. Wahrscheinlich der einzige Mann, dem sie je voll und ganz vertrauen würde.
Doch Nate Shapiro hatte nichts mit ihr und Scott Roeder zu tun. Das hatte sie Scott schon mehr als einmal erklärt. Was ihn aber nicht davon abgehalten hatte, sie weiterhin mit Fragen nach diesem geheimnisvollen Mann in ihrem Leben zu bestürmen. Einmal hatte er sogar damit gedroht, ihn in Brooklyn aufzuspüren, um ihn sich vorzuknöpfen.
Er hatte seine Drohung nicht wahr gemacht.
»Scott, ich geh jetzt.« Sie riss sich los, nahm ihren Rucksack vom Boden und stand auf, froh, so nah an der Tür zu sein, dass sie schnell verschwinden konnte.
Er folgte ihr nicht, wie sie befürchtet hatte. Nein, er rührte sich nicht von der Stelle, bis sie die schwere Glastür aufdrückte.
»Wenn du mich verlässt, Kim, wirst du es bereuen. Für den Rest deines Lebens. Das schwör ich dir!«
Sie warf ihm einen Blick zu. *Ich bereue schon so vieles, Scott. Da macht das hier nun weiß Gott auch nichts mehr aus.*
Aber da täuschte sie sich. Da täuschte sie sich gewaltig.

1

Wo blieb er nur? Er hatte versprochen, um neun da zu sein, spätestens um halb zehn. Jetzt war es fast elf. Sie war seit Viertel vor neun da. Für den Fall, dass er früher kam. Sie hatte schon ihr drittes Sodawasser mit Limone vor sich, aber noch keinen Schluck davon getrunken.

Sie traf sich nur ungern wieder hier mit ihm. Eine Bar war weiß Gott kein Ort, an dem sie gern ihre Zeit verbrachte. Und das Lucky McGill's in Madisonville, einem trostlosen Kaff dreißig Meilen nördlich von Danby, das von einer längst stillgelegten Papierfabrik beherrscht wurde, war besonders heruntergekommen. Es erinnerte sie zu sehr an Zeiten, die sie vergessen wollte.

Kim saß an einem kleinen, verkratzten Tisch in der Nähe eines Fensters, dessen Scheiben so schmutzig waren, dass die Ampel draußen nur ein verwischter Farbfleck war. Die Reihe von Kugellampen, die sich über die ganze Länge des schmalen Lokals erstreckte, warf ein diffuses und trübes Licht. Kim hob das Glas an die Lippen und atmete den Limonengeruch ein, in der Hoffnung, dass er den Gestank von billigem Fusel, Zigaretten und verbrauchter Luft überdecken würde.

Wieder ertönte von hinten im Raum eine leiernde Countrymusic-Ballade. Schon die ganze Zeit, die Kim an ihrem Tisch saß, fütterte ein müde aussehendes, Bier trinkendes Pärchen mittleren Alters die Jukebox mit Münzen, ohne auch nur ein Wort miteinander zu wechseln. Wahrscheinlich hatten die beiden schon lange vor Kims Ankunft damit begonnen.

Die näselnde Stimme der Sängerin unterstrich den blechernen

Ton aus dem antiquierten Fernseher über der Bar, in dem ein Spiel der Red Sox übertragen wurde. Es war ein Farbfernseher, der aber alles in Grün zeigte und einen lausigen Empfang hatte, was die begeisterten Zuschauer an der Theke, in der Mehrzahl Männer, etliche davon mit einem dicken Hintern, der über den Hocker hing, jedoch nicht störte. Alle Augen waren gebannt auf den grünen Bildschirm gerichtet.

Kim war froh über das Spiel. Als sie das letzte Mal hier war und warten musste, hatte ein Typ versucht, sie anzubaggern. Er fing damit an, dass er ihr einen Drink spendieren wollte.

Es war fast vier Jahre her, seit sie zuletzt Alkohol getrunken hatte. Es wären fünf Jahre gewesen, ohne den Ausrutscher im ersten Semester. Bei der Bewerbung für die Studentenvereinigung Sigma Delta. Ein großer Fehler. In vielerlei Hinsicht. Ein alberner Versuch, sich anzupassen. Nur um dazuzugehören. Aber wem wollte sie was vormachen? Es hatte sie schließlich niemand gezwungen, sich unter den Tisch zu saufen. Sie hatte es sich selbst zuzuschreiben.

Sie bezweifelte, dass sie überhaupt aufgenommen worden wäre. Aber sie hatte ihnen erst gar nicht die Gelegenheit gegeben, sie abzulehnen. Als ihr höllischer Kater am nächsten Tag so weit abgeflaut war, dass sie es wagen konnte, den Kopf wieder aus der Kloschüssel zu heben, zog sie ihre Bewerbung zurück.

Ironischerweise war ihr Schützling Laurel Geller Mitglied der Vereinigung. Kim hatte ihr nie erzählt, dass sie sich mal dort beworben hatte. Aber sie hatte ihr oder sonst wem an der Uni ohnehin nicht viel von sich erzählt. Das galt auch für Scott.

Sie sah auf die Uhr. Zehn nach elf. Sie überlegte, ihn anzurufen. Wo sie doch schon mal bei großen Fehlern war.

Das Baseballspiel stand kurz vor der Entscheidung. Die Yankees hatten so gut wie gewonnen. Was den Gästen an der Theke, allesamt Red-Fox-Fans, auf die Stimmung schlug. Sie beschloss zu gehen, sobald das Spiel zu Ende war. Zum Teufel mit Joe.

Aber das hieße natürlich auch: Zum Teufel mit ihrem Rendezvous. Sie hatten vorgehabt, sich hier im Lucky's zu treffen, wie schon in der Woche zuvor, und dann zu dem unauffälligen Motel fahren, das ein paar Meilen entfernt an der Route 203 lag. Sie hätte ja im Motel auf ihn gewartet, aber als sie das zum ersten Mal gemacht hatte – war das wirklich erst zwei Wochen her? –, hatte ein einsamer Trucker, der ebenfalls dort abgestiegen war, sie allein in das Zimmer gehen sehen, und versucht, sich an sie ranzumachen. Joe hatte sich nur zwanzig Minuten verspätet – eine Fakultätssitzung hatte länger gedauert als erwartet –, doch als er kam, war sie bereits ein nervliches Wrack, weil sie sich den Trucker hatte vom Leib halten müssen. Joe hatte gedacht, ihre schlechte Stimmung hinge mit seiner »Situation« zusammen, womit er seine Ehe meinte. Kim hatte seine »Situation« von sich aus nie zur Sprache gebracht. Joe dagegen hatte ihr in all den Monaten, in denen sie sich nun schon trafen, immer wieder eingeredet, dass seine Ehe praktisch am Ende war. Er warte nur noch darauf, dass seine Tochter aufs College ging. Sie wäre im Juni mit der High School fertig. Mitte August würde sie dann nach Princeton gehen.

Als Joe ihr das erste Mal beteuerte, dass er seine Frau verlassen würde, hatte Kim ihm einen Blick zugeworfen, der ihm laut und deutlich zu verstehen gab, was sie von solchen Sprüchen hielt. Aber er versicherte es ihr immer wieder, als würde sie ihm endlich glauben, wenn er es nur oft genug wiederholte.

Sie war noch immer nicht ganz überzeugt. Sie wusste auch, dass es ziemlich unklug war, sich mit ihrem verheirateten Englischprofessor einzulassen. Dabei war Kimberley Burke doch eigentlich ausgesprochen klug. Immerhin hatte sie ein Vollstipendium fürs Currier ergattert, eines der exklusivsten und besten Colleges im Land. Und immerhin hatte sie gute Aussichten auf einen Abschluss mit Auszeichnung. Nicht schlecht dafür, dass sie mal die High School abgebrochen hatte, mit vierzehn von zu Hause ausgerissen war und auf den Straßen von Brooklyn alles getan hatte, was man tun musste, um irgendwie zu überleben. Von dort war es ein langer, beschwerlicher Weg gewesen, bis sie dann mit siebzehn wieder zurück auf die High School gegangen war und mit zwanzig am Currier angefangen hatte. Aber sie hatte die verlorene Zeit mit Riesenschritten wieder wettgemacht.

Doch was Männer betraf, hörte Kims Klugheit leider auf. Das beste Beispiel war Scott Roeder. Es gab noch andere Beispiele, aber an die dachte sie lieber nicht. An Scott wollte sie eigentlich auch nicht denken. Obwohl die Trennung am Vorabend für sie beide aufwühlend gewesen war, konnte sie nicht leugnen, dass sie sich erleichtert fühlte. Jetzt, wo sie sich endlich auf Joe eingelassen hatte, brachte sie es nicht mehr fertig, Scott hinzuhalten.

Kim hatte sich, schon lange bevor sie sein Seminar über zeitgenössische britische Literatur besuchte, zu Joseph Sanger hingezogen gefühlt. Im letzten Semester hatte sie bei ihm eine Stelle als studentische Hilfskraft gehabt und den hochintelligenten, dynamischen, selbstsicheren Professor auf Anhieb attraktiv gefunden. Natürlich war er der klassische ältere Mann – achtunddreißig, behauptete er, aber Kim vermutete, dass er die Vierzig schon überschritten hatte. Trotzdem, für eine Vierundzwanzigjährige war das nicht ausgeschlossen. Er war noch nicht alt genug, um eine Vaterfigur abzugeben. Er war nur alt genug, um mehr Lebensweisheit zu haben.

Eine Lebensweisheit, die sich in vielem zeigte, nicht jedoch – und das wussten sie beide – in ihrer Beziehung, aus der inzwischen eine heftige erotische Affäre geworden war.

Aber es war nicht nur das Körperliche, das sie zu Sanger hinzog. Und sie wollte glauben, dass auch seine Gefühle nicht nur auf dem einen beruhten. Er hatte sich jedenfalls große Mühe gegeben, sie davon zu überzeugen, dass er es ernst meinte.

Sie fragte sich, wie er reagieren würde, wenn sie ihm heute Abend erzählte, dass sie mit Scott Schluss gemacht hatte. Joe wusste von ihrer Beziehung zu Scott. Allerdings hatte er sie nie gebeten, die Sache zu beenden. Nicht einmal, nachdem sie vor zwei Wochen endlich mit Joe im Bett gelandet war und er ihr seine Liebe beteuert hatte. Vielleicht dachte er, er könne keine Forderungen an sie stellen, solange er noch mit seiner Frau unter einem Dach lebte.

Ob er sich darüber freuen würde, dass mit Scott Schluss war? Oder würde er sich unter Druck gesetzt fühlen, seine »Situation« bald zu ändern?

Kim wusste, dass Joe nicht nur seine »Situation« zu Hause Kopfschmerzen bereitete. Er hatte gute Aussichten auf einen

Lehrstuhl. Wenn bekannt würde, dass er mit einer Studentin schlief …

Aber sie war ja nur noch sechs Wochen lang eine Studentin. Sobald sie ihr Examen in der Tasche hatte, könnte sie als Dozentin am College anfangen. Sie könnte in Danby bleiben. Sie und Joe würden sich bis zum Herbst weiterhin heimlich treffen müssen. Bis er seine Frau verlassen hätte. Aber dann …

Kim lächelte in sich hinein. Noch bis vor zwei Wochen, als endlich das passiert war, wonach sie sich monatelang gesehnt hatte, hatte sie keinen größeren Wunsch gehabt, als rauszukommen aus diesem langweiligen Kaff, sobald sie ihren Bachelor in der Tasche hatte. Sie wollte wieder zurück nach Brooklyn. Vielleicht ein paar Jahre als Sozialarbeiterin arbeiten, dann ihren Master in Gesundheitswissenschaften machen oder vielleicht auch Jura studieren. Sie hatte Träume, Ziele, Pläne. Wer hätte das gedacht? Noch vor nicht allzu langer Zeit hatte sie nichts Weiteres als ihren nackten Überlebenswillen.

Ihr Handy klingelte. Sie klappte es auf, nahm an, dass es Joe war. Doch dann sah sie die New Yorker Nummer im Display.

2

»Hallo Nate.«

»He, wo steckst du? Du warst nicht zu Hause.«

»Ich komm gerade aus dem Kino.« Kim spürte einen leichten schuldbewussten Stich. Sie log Nate nicht gern an.

»Ein Rendezvous, was?«

»Ich bin allein.« Was auch stimmte, leider.

»Klingt einsam.«

Nate wusste, wovon er sprach. Mit diesem speziellen Zustand kannte er sich bestens aus.

»Es gibt Schlimmeres.« In der Hinsicht war wiederum Kim die Expertin.

»Was ist aus deinem letzten Typen geworden?« Er bemühte sich, beiläufig zu klingen.

Sie hatte Nate nicht viel von Scott erzählt. Erst recht nichts über sein psychisches Befinden.

»Wir haben uns getrennt«, sagte sie so beiläufig wie möglich.

»Keinen Neuen?«

Sie schmunzelte. In letzter Zeit fragte Nate häufiger nach ihrem Leben. »Lass gut sein, Nate.« Sie wusste, mehr musste sie nicht sagen.

»Was hast du dir denn angesehen?«

»Wie?«

»Welchen Film, Kim?«

Darüber hatte sie natürlich nicht nachgedacht. Und ihr kurzes Zögern würde Nate genügen, um zu wissen, dass sie log. Also konnte sie es sich sparen.

»Ich war nicht im Kino.«
Er lachte leise. »Also doch ein Neuer.«
Ihr Blick huschte zur Eingangstür. »Hoffentlich«, gab sie zu.
In diesem Moment brachen die schon schwer angetrunkenen Red-Sox-Fans an der Theke in wilden Applaus und Freudengeheul aus. Ihre Mannschaft hatte das Ruder im letzten Moment doch noch herumgerissen. Kim drückte die Hand auf das Handy, um den Lärm zu dämpfen. Doch so viele Unzulänglichkeiten Nate auch haben mochte, sein Gehör funktionierte tadellos.
»Mach verdammt nochmal, dass du da rauskommst, Kim.« Nates Stimme, die bis jetzt herzlich und liebevoll geklungen hatte, war auf einmal ein dunkles Knurren. Er musste gar nicht genau wissen, wo sie war. Dafür kannte er Kim einfach lange und gut genug.
»Mir geht's gut, Nate.« Kaum hatte sie die Worte ausgesprochen, als sie Joe Sanger hereinkommen sah, und sofort ging es ihr wirklich gut. »Ich muss jetzt auflegen. Bis bald.«
Wieder meldete sich ihr schlechtes Gewissen. Sie hätte Nate fragen sollen, wie es ihm ging, bevor sie hastig auflegte. Er hätte ihr zwar bestimmt keine ehrliche Antwort gegeben. Doch allein die Frage hätte ihm gutgetan.
Ihre Gewissensbisse waren schnell vergessen, als Joe auf ihren Tisch zukam. Er trug eine anthrazitfarbene Hose, ein blassblaues Hemd und ein hellgraues Leinenjackett – alles perfekt zugeschnitten auf seine schlanke, muskulöse Figur. Kim hatte noch keinen Mann gekannt, der so viel Wert auf Garderobe legte. Er gab bestimmt ein Vermögen für seine Kleidung aus. Alles war vom Feinsten und saß wie angegossen. Aber auch sonst gab er sich viel Mühe mit seinem Äußeren. Sein hellbraunes Haar saß stets in einem perfekten Schnitt. Außerdem ging er regelmäßig ins Fitnessstudio, trank selten Hochprozentiges und achtete streng auf Kohlenhydrate.
Während er auf sie zukam, fiel Kim als Erstes auf, dass an seinem Hemd ein Knopf mehr offen stand als sonst. Als er näher kam, sah sie, dass der Knopf fehlte. Bei jedem anderen Mann hätte sie nicht weiter darüber nachgedacht. Aber für Joe war ein Hemd

mit einem fehlenden Knopf ebenso untragbar wie ein Anzug von der Stange …

Und der fehlende Knopf war nicht alles. Kim entdeckte einen kleinen Riss an der Brusttasche seines Leinenjacketts.

Ihre Verärgerung über seine Verspätung schlug sogleich in Besorgnis um. Als sie den Mund öffnete, um ihn zu fragen, was passiert sei, hob er eine Hand, um sie zu bremsen.

3

Joe ließ sich auf den Holzstuhl gegenüber von Kim fallen und griff geistesabwesend nach ihrem Glas. Ein Schluck von ihrem Wasser und er verzog das Gesicht.

»Hol mir bitte einen Whiskey. Einen doppelten.«

Aus der Nähe sah sie jetzt rote Flecken auf seiner rechten Wange. Und das rechte Auge verfärbte sich langsam dunkel. Vielleicht war er überfallen worden … Das würde jedenfalls erklären, warum er so spät kam. Und so außer sich war. Irgendetwas stimmte ganz und gar nicht mit ihm.

»Joe, du bist verletzt. Was ist denn passiert?«

»Ist es zu viel verlangt, mir einen Whiskey zu holen?«, zischte er und strich sich das Haar nach hinten.

Sein scharfer Tonfall machte Kim einen Moment lang sprachlos. Nicht, dass er nicht manchmal barsch, kurz angebunden und herrisch zu ihr – zu jedem – sein konnte. Kim wusste, dass er bei vielen seiner Kollegen und Studenten als arrogant und überheblich galt. Aber Kim hatte auch häufig eine andere Seite von Joe Sanger erlebt – seine charmante, aufmerksame, zärtliche Seite. Diese Eigenschaften hatten letztlich ihr Herz erobert. Seit sie miteinander schliefen, hatte sie ihn immer nur zärtlich und einfühlsam erlebt. Bis jetzt.

Er hatte die Augen geschlossen, und sie sah, wie angespannt seine Gesichtszüge waren. Irgendwas Schlimmes war passiert. Er war furchtbar aufgebracht, ganz eindeutig. Vielleicht würde er ihr erzählen, was los war, wenn der Whiskey ihn wieder beruhigt hatte.

Sie ging schnell zur Theke, wo alle, einschließlich des Barkeepers, noch immer gebannt das Spiel im Fernsehen verfolgten. Kim musste ihre Bestellung schreien, um sich Gehör zu verschaffen. Sichtlich ungehalten über die Störung, füllte der Barkeeper ein Whiskeyglas, ohne zu fragen, ob sie Eis oder Wasser oder sonst etwas wolle. Sie fischte einen Zehndollarschein aus ihrem Portemonnaie, Geld, das sie eigentlich nicht entbehren konnte, und knallte ihn auf die Theke.

Kaum war sie zum Tisch zurückgekehrt, da riss Joe ihr das Glas auch schon aus der Hand. Er kippte den Whiskey herunter, bevor sie wieder Platz genommen hatte.

Er hielt sich an dem leeren Glas fest und starrte hinein, als läge die Antwort auf Kims Frage dort verborgen. »Meg hat einen Tobsuchtsanfall gekriegt, als ich ihr erzählt habe, ich müsste nach dem Essen noch einmal in die Fakultät. Sie war schon davor in mieser Stimmung, weil ich erst nach acht nach Hause gekommen bin. Dann war sie sauer, weil ich das Abendessen in mich reingeschlungen habe, für das sie angeblich stundenlang in der Küche gestanden hat. Aber richtig ausgeflippt ist sie, als ich gesagt habe, ich müsste nochmal ins Büro, um was Dringendes zu erledigen. Sie hat mir vorgeworfen, ich würde lügen, ich würde mich in Wirklichkeit mit einer anderen Frau treffen wollen.« Er sagte das ohne einen Anflug von Ironie in der Stimme.

»Dann hat sie also den Verdacht, dass wir was miteinander haben?« Insgeheim spürte Kim eine Welle der Erleichterung. Vielleicht würde Megs Wutanfall ja endlich eine Entscheidung herbeiführen. Vielleicht würde Meg Joe verlassen. Ihn freigeben. Vielleicht blieb es Kim ja erspart, sich monatelang nur heimlich mit ihm treffen zu können, bis er endlich frei war.

»Nein, natürlich weiß sie nicht, dass wir uns treffen. Diese Frau ist doch paranoid.«

»Paranoid?«

Joe rang sich ein kleines Lächeln ab, doch dann wurde seine Miene wieder todernst. »Glaub mir, Kim, ich bin sehr vorsichtig. Meg hat mir schon immer Affären unterstellt, auch wenn da nichts dran war.«

Die Bemerkung versetzte Kim einen Stich. Natürlich hatte sie während ihrer Zeit am Currier die Gerüchte über den »scharfen, sexy« Professor gehört, der mit hübschen Studentinnen rummachte. Das war einer der Gründe, warum sie Sanger so lange auf Abstand gehalten hatte. Als sie ihn schließlich deswegen zur Rede stellte, hatte er zu ihrer Überraschung nichts abgestritten. Er habe ein paar Dummheiten begangen, gab er zu, aber eben nur ein paar. Und er schwor, dass diese Fehltritte Jahre zurücklagen. Als es in seiner Ehe anfing zu kriseln. Und es waren immer nur ganz kurze Affären gewesen. *Bei dir ist es was ganz anderes, Kim. Du bedeutest mir etwas. Du bist mir wichtig. Wir haben eine gemeinsame Zukunft. Sonst würde ich das doch niemals riskieren.*

Und er riskierte wirklich etwas. Bis zu einem bestimmten Punkt. Deshalb waren sie in dieser entlegenen Bar und würden von hier in ein ebenso entlegenes Motel fahren, wo die Wahrscheinlichkeit gering war, dass sie Kollegen, Studenten oder sonst wem begegnen würden, der sie kannte.

Kim griff über den Tisch und legte sanft eine Hand an seine gerötete Wange. »Sie hat dich geschlagen?«

»Das ist Wahnsinn. Sie ist völlig ausgerastet. Hat auf mich eingeschlagen und rumgebrüllt. Gott sei Dank war Ali nicht da.«

Ali – Joes siebzehnjährige Tochter, die nach Princeton gehen würde. Sie war Joes einziges Kind, und Kim wusste, dass sie sein Ein und Alles war. Kim kannte sie aus der Zeit, als sie bei Joe die Hilfskraftstelle gehabt hatte. Ali besuchte ihren Vater ab und zu im Büro, hatte Kim aber kaum eines Blickes gewürdigt. Kim nahm das persönlich, bis Joe ihr erzählte, dass seine Tochter auf fast alle Menschen so reagierte, außer auf ihn. Er gab ihrer Mutter die Schuld für ihr mürrisches Wesen und für ihr Misstrauen anderen gegenüber. Wie die Mutter, so die Tochter, sagte er mit Bedauern.

Eigentlich konnte Kim die Siebzehnjährige gut verstehen. In dem Alter war auch Kim ähnlich mürrisch und ablehnend gewesen. Später dann wurde sie schon etwas verträglicher, nicht mehr ganz so zickig und kantig. Und das auch nur, weil Nate Shapiro seit fast zwei Jahren an ihr herumgeschliffen hatte, fest entschlossen, sie geschmeidiger zu machen. Sie konnte noch so bocken, ihn noch so oft zurückstoßen oder verfluchen – wie sie jeden auf dieser gottverdammten hässlichen Welt verfluchte –, Nate blieb am Ball. Er bestand jeden Test, dem sie ihn unterzog. Bis heute hatte sie eigentlich nicht begriffen, warum er durchgehalten hatte. Sie war nur dankbar, dass er es getan hatte.

Kims Blick fiel auf das lädierte Gesicht ihres Geliebten. Würde Joe Sanger durchhalten? Würde er Meg wirklich verlassen, wenn Ali aufs College ging? Würden sie wirklich zusammen sein? Hatten sie eine gemeinsame Zukunft?

Oder hatte Joe bloß eine uralte Masche abgezogen, um sie ins Bett zu kriegen?

Sie fröstelte, spürte schon allein bei dem Gedanken daran, wie ihr das Herz brach.

Aber Joe merkte offenbar nichts.

»Ich dachte schon, ich komm gar nicht mehr weg«, knurrte er und fuhr sich mit den Fingern durchs Haar. »Ich hab zwei Stunden gebraucht, um sie zur Vernunft zu bringen.« Er sah auf seine Uhr. »Ich hab gesagt, ich bin um Mitternacht zurück.«

Es war jetzt zwanzig nach elf. Wenn sie sofort losfuhren, wären sie um halb zwölf im Motel. Fünfunddreißig Minuten brauchte man bis Danby, wenn man schnell fuhr. Er würde selbst dann zu spät kommen, wenn sie gar nicht erst aus dem Auto stiegen.

»Es tut mir leid, Kim. Ich …«

»Du musst mir nichts erklären, Joe.« Sie klammerte sich an seine Entschuldigung, die ihr vorläufig Halt geben würde.

Er beäugte sein leeres Glas. »Ich denke, wir haben noch Zeit für einen schnellen Drink.«

»Ich glaube, ich geh besser«, sagte Kim, weil sie merkte, dass sie zum ersten Mal seit langer Zeit wieder Lust auf etwas Hochprozentiges hatte. Nate hatte recht. Sie musste hier raus.

»Warte. Klar, du willst ja keinen Drink.« Er wusste, dass sie niemals trank. Er fragte nie nach dem Grund. Auch das mochte sie an Joe. Er drängte sie nie, ihm von sich zu erzählen, von ihrer Vergangenheit. Was natürlich auch bedeuten konnte, dass es ihn nicht sonderlich interessierte …

»Und ich trinke besser auch nichts mehr.« Joe erhob sich. »Komm schon, ich bring dich zu deinem Wagen.«

Wieder brach an der Theke Jubel aus. Die Sox hatten doch noch gewonnen.

Jetzt hatte Kim, ein eingefleischter Yankee-Fan, gar nichts mehr, worüber sie frohlocken konnte.

4

Es regnete, als sie aus der Bar traten. Joe nahm Kims Hand, und sie sprinteten zu ihrem klapprigen Honda Civic. Joe öffnete für sie die Fahrertür. Als sie sich hinters Lenkrad schob, schluckte Kim ihre Enttäuschung herunter, denn es sah ganz nach Abschied aus. Doch dann lief Joe auf die andere Seite und stieg neben ihr ein. Vielleicht würden sie ja doch noch ins Motel fahren. Als er sie an sich zog und leidenschaftlich küsste, versuchte sie, den Whiskey in seinem Atem zu ignorieren.

»Gott, wie ich dich liebe, Kim. Ich wünschte …«

»Ja, ich auch«, murmelte sie.

Er vergrub das Gesicht in ihrem feuchten Haar. Die wenigen Augenblicke im Regen hatten genügt, um ihre Lockenpracht in ein wildes Gewirr zu verwandeln. »Ich bin so froh, dass ich dich habe, Darling«, wisperte er. »Und es wird bald besser, das schwöre ich.«

Sie küssten sich erneut, und Kim spürte die Verheißung in seiner wilden Umarmung.

Sein Atem wurde lauter, als er seine Hand unter den Bund ihrer Jeans schob. Sie bremste ihn, bevor er den Reißverschluss öffnen konnte.

»Nicht hier, Joe.« Im Auto kam es ihr noch schmuddeliger vor als in einem Motel. Es weckte quälende Erinnerungen an andere Zeiten, andere Orte, andere Fehler.

Er seufzte schwer, nahm aber seine Hand weg und umfasste sanft ihr Gesicht. »Ich weiß nicht, wie lange ich das noch ertrage. Sie hat schon öfter eine Szene gemacht, aber jetzt ist sie zum ersten Mal handgreiflich geworden.«

»Du hast doch nicht zurückgeschlagen, oder?«

Seine Hände lösten sich abrupt von Kims Gesicht. Er blickte gekränkt. Entsetzt. Wütend. »Herrje, wofür hältst du mich? Natürlich hab ich nicht zurückgeschlagen. Ich habe noch nie eine Frau geschlagen. Und ich werde erst recht nicht bei der Mutter meines Kindes damit anfangen.«

Kim schämte sich. Sie hatte es nicht nur für möglich gehalten, dass er seine Frau geschlagen haben könnte, zumal er provoziert worden war, nein, es hätte sie nicht mal besonders überrascht. Männer schlugen Frauen. Das war die harte Wirklichkeit. Zumindest ihre Wirklichkeit. Sie musste an die zahlreichen Schläge und schlimmeren Misshandlungen denken, die ihr von Männern zugefügt worden waren, bis sie kurz vor ihrem fünfzehnten Geburtstag von einem Ritter in glänzender Rüstung gerettet wurde. Die Rüstung *ihres* Ritters war allerdings schon ein wenig angelaufen – ein übergewichtiger, überarbeiteter, unterschätzter achtundvierzig Jahre alter Detective von der Sitte in einem ausgebeulten grauen Jackett mit Ketchupflecken auf der blauen Krawatte. Und er brachte sie auch nicht auf seinem weißen Ross zu einem märchenhaften Palast, sondern mit Blaulicht und Sirene in seinem Polizeiwagen zur Jugendstrafanstalt, einem heruntergekommenen Gebäude in Borough Park, Brooklyn. Sie war vorher schon einmal dort gewesen. Für zehn Tage. Diesmal waren es nur drei. Am Morgen des vierten Tages wurde sie dem Richter vorgeführt. Es war keine Überraschung für Kim, dass der Beamte, der sie festgenommen hatte, bei der Anhörung dabei war. Was sie allerdings sehr wohl überraschte – ja, regelrecht umhaute –, war, dass der Cop die zweihundert Dollar für ihre Freilassung lockermachte. Anschließend unterhielten er und der Richter sich unter vier Augen und trafen eine Vereinbarung.

An diesem Tag verließ Kimberley Burke das Gericht in der Obhut von Nathan Jerome – Nate – Shapiro. An diesem Tag änderte sich ihr Leben von Grund auf.

»Ich muss jetzt los.« Joes Hand war bereits am Türgriff, und er drückte die Tür so weit auf, dass das Deckenlicht anging. Er war

etwas einsilbig, und Kim bereute zutiefst, dass sie ihn praktisch bezichtigt hatte, seine Frau zu schlagen.
»Ich habe gestern Abend mit Scott Schluss gemacht«, platzte sie heraus, ohne recht zu wissen, warum. Vielleicht um Joe zu zeigen, wie wichtig er ihr war.
»Wieso denn das?«
Das war weiß Gott nicht die Antwort, die sie sich erhofft hatte. Im dämmrigen Licht der Innenbeleuchtung hatte Joe ihr die Enttäuschung wohl angesehen. Seine Miene wurde sanfter. Er lächelte. »Ich bin froh, Kim. Der Typ war ein Spinner.«
Kim lächelte ebenfalls. »Das denken anscheinend alle.«
»Wie hat er es verkraftet?«
»Nicht gut. Aber er kommt schon drüber weg.«
Joe drückte ihr einen leichten Kuss auf die Lippen. »Ich kann's ihm nicht verdenken, Darling. Wenn du mich abservieren würdest, würde ich das auch nicht so einfach wegstecken. Und ich bezweifle, dass ich drüber wegkommen würde.«
Kim nahm seine Hand und drückte die Fingerrücken an ihre Lippen. Sie schmeckten etwas salzig. Ein Geschmack, den sie sofort erkannte. Blut.
Sie sah auf seine Finger. An einem Knöchel war die Haut aufgeplatzt. Das Blut war noch nicht ganz getrocknet …

5

Vor einiger Zeit waren Dutzende von zwei- und dreigeschossigen Gebäuden in unmittelbarer Campusnähe in Studentenwohnungen umgebaut worden, viele davon alte Mühlen und Farmhäuser und sogar einige schmucke viktorianische Häuser auf dem Cliffwood Hill mit Blick aufs College. Ein dreigeschossiges Haus bot bequem Platz für sechs bis acht Wohnungen, die wiederum je drei bis fünf Studenten beherbergen konnten. Aufgrund der hohen Nachfrage verdienten Vermieter ein Vermögen, denn die Studenten zahlten für ein winziges Zimmer zwischen vierhundert und sechshundert Dollar – wobei sie von Glück sagen konnten, wenn sie überhaupt ein eigenes Zimmer bekamen. Da die Nachfrage das Angebot weit überstieg, erlaubten es sich diese Halsabschneider noch dazu, auf notwendige Instandsetzungsarbeiten in ihren Häusern zu verzichten.
Defekte, hoffnungslos veraltete Elektroleitungen in Kims vorheriger Wohnung hatten an einem kalten Winterabend, als sie mit Scott Roeder ausgegangen war, einen Brand ausgelöst. Zum Glück waren ihre drei Mitbewohnerinnen an dem Abend ebenfalls nicht zu Hause gewesen, und die Feuerwehr, die gleich um die Ecke war, hatte den Brand rasch löschen können. Aber die Wohnung war unbewohnbar geworden, sodass Kim und die drei anderen Frauen kein Dach mehr über dem Kopf hatten. Während ihre Wohngenossinnen, die eng befreundet waren, rasch eine neue Bleibe fanden, zog Kim vorübergehend zu Scott, doch der wohnte schon mit einem anderen Studenten zusammen, und zu dritt war es auf Dauer einfach zu eng.

Kurzfristig etwas Neues zu finden, zumal das neue Semester gerade begonnen hatte, gestaltete sich schwierig. Doch Kim hatte Glück – dank Joe Sanger. Er gab ihr den Tipp, sich an Monica Meyers zu wenden, die ebenfalls sein Seminar über zeitgenössische britische Literatur besuchte.
Monica reagierte zunächst ablehnend, da auch sie nicht allein wohnte, schlug aber schließlich ein Treffen mit ihrer Mitbewohnerin Pauline Foley vor. Als sie Kim ihre Adresse auf dem Cliffwood Hill nannte, bekam Kim plötzlich Bedenken.
Doch schließlich obsiegte die Notwendigkeit, und sie stimmte zu.
Das gemeinsame Gespräch erwies sich allerdings als regelrechtes Verhör. Pauline, klein und mit üppigen Formen, langen dunkelbraunen Haaren und einem niedlichen Gesicht mit Schmollmund, bombardierte Kim mit indiskreten Fragen, noch ehe die sich den Mantel ausziehen konnte. Sie und Monica wussten offenbar, dass Kim mit Hilfe eines Stipendiums studierte, denn Pauline ließ einige Male durchblicken, was Kim doch für ein Glück habe, das exklusive, teure College kostenlos besuchen zu dürfen. Als ob Pauline selbst, und nicht ihre Eltern, die horrenden Studiengebühren aufbrachte.
Monica, groß, sehr schlank, mit einer perfekt geraden Nase, Porzellanhaut und dünnen, zarten Lippen, die auf Kim eher edel als hübsch wirkte, tat so, als bekäme sie nicht mit, wie ihre aufdringliche Mitbewohnerin Kim in die Mangel nahm. Monicas herablassende Art reizte Kim noch mehr als Paulines unverschämte Fragen.
Als Pauline eine lange Reihe von Pflichten und Verboten auflistete, die nicht nur unzumutbar, sondern geradezu grotesk waren, wäre Kim jede Wette eingegangen, dass die Regeln nicht für die beiden galten. Sie saß in einer Zwickmühle. Sie brauchte ein Zimmer, und auf die Schnelle würde sie nichts anderes finden. Schließlich schaltete Monica sich doch ein und wies Pauline zurecht. Bis heute wusste Kim nicht, warum. Und sie konnte sich auch nicht vorstellen, dass die beiden tatsächlich das Geld für die Miete benötigten. Man musste sich nur mal in der Wohnung umsehen, um zu wissen, dass Geld keine Rolle spielte.

Gemessen an den Maßstäben des Studentenlebens wohnten Pauline und Monica in einem Palast. Das zweigeschossige, grau gestrichene, ehemalige viktorianische Herrenhaus mit Ornamenten war erst kürzlich in der Mitte geteilt und in zwei geräumige Wohnungen mit je zwei Etagen verwandelt worden. Die Studentinnen lebten in der linken Wohnung, die aus einer langen Diele, einer Küche mit Essecke und Spülmaschine, einem Duschbad im ersten Stock, einem großen, luftigen Wohnzimmer mit Kamin, einem makellosen Berberteppichboden und einer edel-lässigen Einrichtung bestand, die eindeutig eher edel als lässig war. Ein gemütliches Sofa mit weißem Bezug und zwei Chintzsessel um einen quadratischen Couchtisch herum waren so arrangiert, dass sie Blick auf den Kamin und die Schrankwand boten, in welcher der Fernseher und die Stereoanlage untergebracht waren. Von dem großen Panoramafenster aus waren Cliffwood und der malerische Uhrenturm des College zu sehen. Rechterhand befand sich ein Erker, der einmal Teil des Wohnzimmers gewesen sein musste. Er war mit einer Wand abgetrennt und in einen separaten Raum verwandelt worden. Oben befanden sich zwei große Zimmer und ein Bad mit Dusche und Wanne. Pauline und Monica hatten die Zimmer oben. Sie zeigten sie Kim erst gar nicht. Der Erkerraum sollte Kims Zimmer werden. *Falls*, wie Pauline rasch hinzufügte, *sie ihn überhaupt haben wollte.*

Im Vergleich zu der ansonsten schön eingerichteten Wohnung diente die Kammer – anders konnte Kim den drei mal drei Meter großen Raum nicht bezeichnen – eher als Abstellplatz für Kartons und anderen Krimskrams denn als richtiges Zimmer. Monica murmelte irgendwas in der Richtung, dass sie noch ausmisten würden, und bot Kim ein Futonsofa an, das sie übrig hatte und das sich als Bett nutzen ließ, sowie eine Kommode, die sie nicht mehr brauchte. Einen Wandschrank hatte das Zimmer nicht, aber Kim könne die kleine Kleiderkammer in der Diele neben dem Duschbad bekommen. Das einzig Hübsche in dem Raum war der kleine Messingleuchter, der an der Decke hing und aussah, als stamme er noch aus dem ursprünglichen Haus. Doch drei der vier Kerzenbirnen waren kaputt, weshalb die

Lampe nur für recht spärliches Licht sorgte. Kim fragte sich, ob die beiden den Raum mit Absicht so trostlos hergerichtet hatten, nur damit sie ablehnte. Aber dann hätten sie ihn ihr einfach gar nicht erst anzubieten brauchen.

Wieso tat Monica Joe Sanger überhaupt den Gefallen? Lief da zwischen den beiden was?

Und wenn schon. Damals sagte sich Kim, dass es sie nichts anging. Schließlich ließ sie Joe zu dem Zeitpunkt schon seit Monaten abblitzen. Und sie war überzeugt, dass sie konsequent bleiben würde. Ganz schön naiv für eine junge Frau, die doch sonst mit allen Wassern gewaschen war.

Aber das beschauliche, kleine Danby, New Hampshire, war nun mal nicht mit den wilden Straßen von Brooklyn, New York, zu vergleichen. Hier war Kim einfach nicht in ihrem Element, fühlte sich ständig irgendwie deplatziert. Erst recht bei Monica und Pauline. Sie kamen, wie nahezu alle Studenten am Currier, aus einer Welt, die ihr völlig fremd war.

Pauline schien mit angehaltenem Atem darauf zu warten, dass Kim ablehnte. Kim war versucht, ihr zu sagen, dass sie schon schlechter gewohnt hatte. *Viel schlechter*. Doch stattdessen fragte sie, wann sie einziehen könne. Pauline warf Monica einen Blick zu, den Monica ignorierte, und sagte, Kim könne ihre Sachen noch am Abend rüberbringen. Pauline fügte rasch hinzu, sie solle den Scheck nicht vergessen – zwei Monatsmieten im Voraus und eine Monatsmiete Kaution. Insgesamt 1200 Dollar. Das war viel Geld für Kim. Sie war ziemlich pleite, bis auf die kleine Summe, die Nate Shapiro ihr jeden Monat als Taschengeld überwies, besaß sie nichts. Das Stipendium deckte aber nicht nur die Studiengebühren ab, sondern auch die Kosten für die Miete. Das College würde ihr einen Scheck ausstellen, und sie versicherte Pauline, dass sie diesen am Abend mitbringen würde, wenn sie einzog. Monica gab ihr einen Haustürschlüssel. Herzlicher fiel ihre Aufnahme in den Schoß der Wohngemeinschaft nicht aus.

Zu Kims Erleichterung waren ihre Mitbewohnerinnen nicht zu Hause, als sie am Abend einzog. Wie sie ebenfalls erfreut feststellte, waren die Kartons und der übrige Kram aus ihrem

Zimmer verschwunden, an der Wand stand das Futonsofa und direkt gegenüber eine große Eichenkommode. Monica hatte Wort gehalten.

Scott half ihr beim Tragen, obwohl es nicht mehr viel zu tragen gab, da ihre Habseligkeiten fast alle Opfer der Flammen geworden waren. Sie hatte sich aber in einem Secondhandladen etwas zum Anziehen gekauft, die Bücher fürs Studium ersetzt, und zum Glück hatte sie an dem Abend, als das Feuer ausbrach, ihren Laptop dabei gehabt.

Scott war von ihrem neuen Zimmer alles andere als begeistert und meinte, es wäre wohl kaum größer als eine Gefängniszelle. Kim hätte seine Vermutung bestätigen können, denn sie hatte schon welche von innen kennengelernt, die noch kleiner gewesen waren. Sie erwiderte aber nur, es gebe immerhin ein hübsches Fenster zur Straße mit viel Sonne am Morgen. Und, so versicherte sie ihm, ein paar farbenfrohe Poster an den faden, beigen Wänden würden die Atmosphäre schon erheblich verbessern. Woraufhin Scott zum Auto lief und mit einem gerahmten Foto zurückkam, das sie beide in inniger Umarmung zeigte. Sein Bruder Tom hatte es aufgenommen, als er ein paar Wochen zuvor aus Maine zu Besuch war. Scott hängte es rechts vom Fenster auf, direkt gegenüber der Schlafcouch. *So kannst du uns beide zusammen sehen, auch wenn ich nicht bei dir bin*, hatte er gesagt. Doch an dem Abend wollte er unbedingt bei ihr sein. Wenn Pauline und Monica zu Hause gewesen wären, hätte sie Scott vielleicht weggeschickt.

Am nächsten Morgen traf sie die beiden Frauen in der Küche. Kaum hatte Scott die Wohnung verlassen, stellte Pauline sie zur Rede. *Ist der Typ dein fester Freund? Hast du vor, ihn ständig hier übernachten zu lassen? Das kommt absolut nicht in Frage. Wir haben an eine Person vermietet und nicht an zwei.* Dann wollte sie wissen, ob Kim noch andere »Freunde« hatte, die bei ihr übernachten würden – weil sie nämlich nicht dulden würden, dass sie aus ihrer Wohnung ein Bordell machte.

Monica goss sich währenddessen seelenruhig eine Tasse Kaffee ein und lächelte Pauline kühl an. *Ein bisschen mehr Sex und ein bisschen weniger Essen täte dir vielleicht auch ganz gut, Pauli*, be-

merkte sie trocken. Pauline blieb mit offenem Mund am Kühlschrank stehen. Falls sie sich eine Retourkutsche überlegte, so war sie nicht schnell genug. Monica schlenderte bereits zur Tür hinaus, den Kaffeebecher in der Hand.
Kim war über Monicas gehässige Bemerkung verblüfft, hatte sie doch gedacht, die beiden wären gute Freundinnen. Sie hatte sogar etwas Mitleid mit Pauline. Aber ihr Mitleid war nur von kurzer Dauer.
Sobald Monica außer Hörweite war, knallte Pauline die Kühlschranktür mit solcher Wucht zu, dass jedes Glas und jede Flasche darin rappelte. Dann fuhr sie herum und fiel über Kim her – zeterte über ihren unheimlichen Freund Scott, machte ihr Vorwürfe, dass sie die Gläser vom Vorabend nicht gespült und ihre Kosmetiktasche im Bad stehen gelassen hatte und tausend andere Sachen.
Daraufhin verlor Kim ihre Selbstbeherrschung, und sie stauchte Pauline nach Strich und Faden zusammen, bis die junge Frau in Tränen ausbrach. Kim war zwar nicht wohl dabei, dass sie so ausrastete, aber es tat ihr trotzdem gut, zur Abwechslung mal diejenige zu sein, die austeilte. Sie hätte sich wahrscheinlich noch schonungsloser Luft gemacht, wenn Pauline nicht völlig empört und aufgelöst aus der Küche gerannt wäre. Kim hörte nur noch Schritte die Treppe hinauf in den ersten Stock laufen und dann eine Tür laut zuknallen.
Kim goss sich einen Kaffee ein und fragte sich, ob Monica wieder auftauchen würde. Doch dann fiel ihr ein, dass diese bestimmt schon auf dem Weg zu Sangers Seminar war, zu dem sie selbst nun zu spät kommen würde.

Als Kim an jenem kalten Winterabend nach Hause kam, war es in der Wohnung noch frostiger als draußen, und draußen war es wahrhaftig bitterkalt. Pauline warf ihr bloß wütende Blicke zu, und Monica ignorierte sie einfach.
In den drei Monaten, die sie inzwischen dort wohnte, war sie mit den beiden nie richtig warm geworden. Pauline stichelte, wo sie nur konnte – obwohl sie sich, wie Kim auffiel, etwas zurückhielt, wenn Monica dabei war. Wahrscheinlich wollte Pau-

line es sich nicht mit ihrer eleganten blonden Mitbewohnerin verderben und fürchtete deren beißende Bemerkungen. Monica behandelte Kim weiterhin von oben herab, sowohl zu Hause als auch im Seminar, aber niemals schroff oder offen ablehnend. Im Gegenteil, sie begegnete Kim höflich und freundlich, so wie man vielleicht mit einer Hausangestellten umgehen würde. Irgendwann stellte Kim fest, dass sie sich in Gegenwart der reservierten Blondine noch unwohler fühlte als im Beisein von Pauline. Bei der unverhohlen ablehnenden Brünetten wusste sie wenigstens, woran sie war.
Kim fragte sich, ob Joe Sanger ahnte, wie es in ihrer neuen Wohngemeinschaft lief. Er fragte nie. Wenn ja, hätte sie wahrscheinlich auch nichts Negatives gesagt. Aber es war möglich, dass Monica ihm irgendwas erzählt hatte. Die beiden plauderten ab und zu nach dem Seminar miteinander. Ein paar Mal hatte sie sie zusammen im Moe's gesehen. Wenn sie nicht gewusst hätte, dass Monica in festen Händen war, hätte sie es durchaus für möglich gehalten, dass ihre Wohngenossin etwas mit ihrem Professor hatte. Aber andererseits wäre Joe Sanger dann wohl diskreter gewesen und hätte sich mit Monica nicht in der Studentenkneipe getroffen, sondern irgendwo weit ab vom Schuss – in einem Lokal wie dem Lucky McGill's.

6

Als Kim in der kühlen Aprilnacht bei strömendem Regen vom Lucky McGill's nach Hause fuhr, war sie zutiefst beunruhigt. Joe und seine Frau mussten ganz schön aneinandergeraten sein. Als Kind hatte Kim zur Genüge erlebt, wie ihre Eltern sich gestritten hatten, und das tagtäglich. Meistens war sie irgendwann in die Auseinandersetzung mit hineingezogen worden. Die Streitereien, die als verbale Attacken begannen, schlugen immer sehr schnell in körperliche Gewalt um. Unzählige Male war die von Nachbarn alarmierte Polizei bei ihnen zu Hause aufgetaucht. Aber das letzte Mal hatte sie noch besonders deutlich in Erinnerung. Sie war elf, und die Cops waren in Begleitung einer adretten, hübschen jungen Frau in einem schicken, beigen Kostüm erschienen. Sie war vom Jugendamt und wirkte nervös und entsetzt zugleich. Vielleicht war das einer ihrer ersten Einsätze. Einer der Cops sagte ihr, sie solle Kim in den Wagen bringen, doch Kim wehrte sich mit Händen und Füßen und schrie wie am Spieß. Schließlich packte der entnervte Cop Kim und verfrachtete sie mit Gewalt in den Wagen der Frau vom Jugendamt. Noch am selben Abend wurde sie in eine Pflegefamilie gegeben – eine von vielen, die noch kommen sollten. Es war das letzte Mal, dass Kim ihren Vater gesehen hatte.

Ihre Mutter sah sie danach noch ein einziges Mal wieder, und zwar aufgebahrt im Sarg. Das war vor drei Jahren gewesen, kurz vor Beginn ihres zweiten Jahres am Currier College. Sie hätte gar nicht vom Tod ihrer Mutter erfahren, wenn Nate ihr nicht Bescheid gesagt hätte. Kim war überrascht gewesen, dass Nate es gewusst hatte, doch dann erfuhr sie, dass er die ganze Zeit Verbindung zu ihr gehalten hatte, während Kim bei ihm wohnte. Wie er Kim später erzählte, hatte er ihre Mutter immer wieder ermuntert, ihre Tochter zu besuchen oder ihr wenigstens zu schreiben. Doch Marion Burke war der Ansicht, ihrem einzigen Kind schon genug Schaden zugefügt zu haben, und Nate konnte sie nicht davon überzeugen, dass Kim gern wieder Kontakt zu ihr gehabt hätte.

Das alles erfuhr Kim erst nach der Beerdigung ihrer Mutter.

Es war weit nach Mitternacht, als Kim vor dem stattlichen viktorianischen Gebäude hielt, das sie wohl nie als richtiges Zuhause betrachten würde, und sie stöhnte entsetzt auf, als sie sah, dass unten in der Wohnung noch überall Licht brannte. Sie hatte gehofft, die anderen würden bereits schlafen. Nach dem Abend, den sie überwiegend mit Warten verbracht hatte, und dem kurzen anstrengenden Treffen mit Joe war sie zu kaputt, um sich jetzt noch Paulines Gemecker – irgendetwas hatte sie immer an Kim auszusetzen – oder Monicas kühle Herablassung anzutun.

Erst als sie durch den prasselnden Regen den gepflasterten Weg zur Haustür hinauflief und in der vorderen Tasche an ihrem Rucksack nach ihrem Schlüsselbund kramte, stutzte Kim.

Wieso zum Teufel war auch das Licht in *ihrem* Zimmer an?

Kim spürte, wie Wut in ihr hochstieg. Hatte Pauline ihr nicht gepredigt, dass die Zimmer der jeweils anderen tabu waren? Kim hatte jedenfalls niemandem gestattet, ihr Zimmer zu betreten, wenn sie nicht da war. Monica hätte bestimmt genauso wenig Interesse daran, in Kims Zimmer herumzuschnüffeln, wie an Kim selbst. Aber Pauline, diesem neugierigen Miststück, war es durchaus zuzutrauen. Für Kim war das ein gravierender Eingriff in ihre Privatsphäre.

Sie kochte vor Wut, als sie den Schlüssel ins Schloss steckte. Es dauerte ein paar Sekunden, bis ihr dämmerte, dass die Tür nicht wie sonst um diese Zeit abgeschlossen war. Vielleicht hatten ihre Mitbewohnerinnen ja noch Besuch? Monica hatte einen festen Freund, Dennis Parker, ein Medizinstudent, der sein Praktikum im Currier Medical Center absolvierte, aber sie bekam ihn nur selten zu sehen, weil er fast rund um die Uhr arbeiten musste.

Wenn Dennis mal freihatte, war Monica meist bei ihm, weil er eine Wohnung für sich allein hatte. Pauline hatte mit Männern wenig am Hut, was Kim am Anfang verwundert hatte, da Pauline sich durchaus aufreizend kleidete und auch so verhielt. Aber anscheinend konnte kein Mann ihren hohen Ansprüchen genügen. Sie hatte sich nicht nur über Scott abfällig geäußert, sondern auch über etliche andere Typen.
Kim zögerte, drückte die Wohnungstür einen Spalt weit auf und lauschte. Vielleicht fand ja noch eine Arbeitsgruppe statt, oder sie hatten Leute zum Essen eingeladen. In beiden Fällen würden sie Kim bestimmt nicht auffordern, sich dazuzusetzen. Und in beiden Fällen würde sie es auch gar nicht wollen.
Aber sie hörte nicht das leiseste Geräusch aus der Wohnung.
Komisch.
Ein bisschen beängstigend.
Sie verharrte an der halb offenen Tür und hätte fast eine laute Begrüßung hineingerufen. Nur um sich bemerkbar zu machen.
Doch irgendetwas hielt sie davon ab. Vielleicht war es die Stille, noch dazu wo alle Lampen brannten. Auch das verstieß gegen eine ihrer Regeln. Es durfte nur in dem Raum Licht brennen, in dem man sich befand. Pauline hatte sich sogar darüber beschwert, dass Kim die ganze Nacht in ihrem Zimmer ein kleines Licht brennen ließ.
Solange Kim zurückdenken konnte, hatte sie im Dunkeln Angst gehabt – und nur allzu oft aus gutem Grund. Kim fühlte sich stets sicherer, wenn Licht brannte.
Bis heute Abend.
Waren ihre Mitbewohnerinnen ausgegangen? Oder schon im Bett und hatten vergessen, das Licht auszuschalten? So oder so, sie hätten doch wohl auf jeden Fall die Haustür abgeschlossen?
Die erste Möglichkeit verwarf Kim, als sie Paulines silbernen Range Rover und Monicas schwarz glänzenden Jetta in der Einfahrt stehen sah. Na klar, ihre alte Rostlaube musste mal wieder auf der Straße parken.
Außerdem hatten sie sich alle drei bislang fast immer strikt an die Regel gehalten, die Tür abzuschließen, ob man zu Hause war oder nicht.

Kim blieb reglos an der Tür stehen. War vielleicht jemand eingebrochen? Waren sie ausgeraubt worden? Sehr unwahrscheinlich. Obwohl sie selbst stets auf der Hut war – eine Folge ihrer früheren Erfahrungen – hielt Kim das verschlafene Danby keineswegs für eine Brutstätte des Verbrechens. Trotzdem war ihr das mit der Festbeleuchtung und der nicht abgeschlossenen Tür irgendwie unheimlich.
Und dann fiel der Groschen.
Scott.
Mist. Sie hatte am Vorabend vergessen, den Schlüssel von ihm zurückzuverlangen. Scott hatte sich zwei Wochen nach ihrem Einzug einen Nachschlüssel machen lassen. Noch dazu ohne ihre Erlaubnis: Er hatte ihr einfach den Haustürschlüssel aus der Manteltasche geklaut, als sie zusammen in der Bibliothek arbeiteten, eine Kopie machen lassen und das Original zurück in ihre Tasche gesteckt, bevor sie am Abend nach Hause ging. Als er ihr den Nachschlüssel zeigte, war Kim stinksauer gewesen. Wenn ihre Mitbewohnerinnen dahintergekommen wären, hätten sie einen Mordsaufstand gemacht. Es war ihnen schon zu viel, wenn Scott zu Besuch war. Zu wissen, dass er jetzt auch noch ganz nach Belieben kommen und gehen konnte …
Schließlich hatte Kim beschlossen, dass Scott den Schlüssel behalten durfte – sollten die blöden Ziegen doch meckern. Aber gestern Abend im Moe's hätte sie wirklich dran denken müssen, ihn zurückzuverlangen.
Mist. Mist. Mist.
Und sie hatte sich Sorgen gemacht, dass sie sich mit Pauline und Monica würde herumschlagen müssen. Beide schliefen wahrscheinlich schon oben und hatten nicht mal mitgekriegt, dass Scott mit einem Schlüssel hereingekommen war.
Tja, sie würden mit Sicherheit aufwachen, wenn Kim und Scott aneinandergerieten. Und das war unvermeidlich. Offensichtlich hatte er ihre Entscheidung nicht akzeptiert. Er würde versuchen, sie umzustimmen. Und sie würde ihm erneut sagen, dass es vorbei war. Dann würde er entweder mit Sicherheit völlig ausrasten, und den anschließenden Krach würden Pauline und Monica natürlich nicht überhören.

Dann hatte Kim eine Idee. Sie würden das Weite suchen. Mit dem Auto durch die Gegend fahren, wenn es sein musste, die ganze Nacht. Ein paar Stunden später zurückkommen und nachsehen, ob noch immer Licht brannte. Irgendwann würde Scott denken, dass sie nicht nach Hause kommen würde, und abziehen.
Und wenn nicht? Was, wenn er die ganze Nacht blieb? Was, wenn er morgen früh noch da war, wenn Pauline und Monica nach unten kamen?
Scheiße. Sie würde reingehen und ihn so leise und so bestimmt wie möglich dazu überreden, das Haus zu verlassen. Selbst wenn sie mit ihm gehen müsste. Falls sie sich streiten würden, dann wenigstens nicht in der Wohnung.

7

Der widerliche Gestank traf sie gleich, als sie die Diele betrat. Und sie erkannte ihn sofort.

Ein magerer Junge, höchstens vierzehn, mit dem Gesicht nach unten zusammengerollt in einer dunklen Gasse in Brooklyn. Eine gebrauchte Nadel in Griffweite neben seiner reglosen Hand. Er war tot, das wusste sie. Kim, die selbst in wenigen Wochen vierzehn wurde, überlegte, ob sie ihn filzen sollte. Vielleicht hatte er etwas Brauchbares dabei – aber sie brachte es nicht über sich, bei dem fürchterlichen Fäkaliengestank. Er hatte sich in die Hose gemacht, während er starb. Ihr Magen rebellierte. Und dann rannte sie los. Immer weiter, bis sie völlig außer Atem war. Aber den Geruch war sie noch immer nicht los. Als würde er ihr an der Kleidung kleben, an der Haut.

Auch jetzt drehte sich Kim der Magen um. Und das Herz hämmerte ihr gegen die Brust. Jeder Instinkt sagte ihr, kehrtzumachen und Reißaus zu nehmen. Hatte sie das nicht immer gemacht, wenn sie in Schwierigkeiten kam? Aber irgendeine Kraft in ihr war stärker als der Fluchtinstinkt und trieb sie langsam, aber unerbittlich weiter. Mit jedem Schritt nahm der widerliche Geruch zu.

Noch bevor sie den Bogendurchgang zu dem erleuchteten Wohnzimmer erreichte, sah – und erkannte – Kim die knallrote Sandale. Nackte Angst würgte sie. Monicas Schuh. Noch am Morgen war Pauline ganz begeistert von den Sandalen gewesen, als Monica nach unten kam.

Wo hast du die her? Die sind ja toll.

Meine Mutter hat sie für mich bei Saks besorgt. Aber so toll find ich sie gar nicht. Schade, dass sie nicht deine Größe sind.

Monica hatte Kim angeschaut. *Welche Größe hast du?*
Doch bevor Kim antworten konnte, sagte Pauline: *Spinnst du, Mon. Das sind Manolos. Die kannst du doch nicht verschenken.*
Monica zuckte die Achseln, hob einen Fuß und wackelte damit. *Stimmt, so schlecht sind sie gar nicht …*
Kim starrte auf die Sandale, ihr Mund so trocken wie Wüstensand.
Wenn sie einen klaren Gedanken hätte fassen können, dann wäre sie jetzt ganz sicher abgehauen. Aber das Einzige, was sie denken konnte, war, dass sie im Lucky's doch den Whiskey hätte trinken sollen.
»Monica?«
Sie wusste, sie würde keine Antwort bekommen.
Sie wusste …
Das schiere Grauen packte sie. Das Blut pumpte ihr so laut wie Trommelschläge in den Ohren. Und doch zwang die Kraft sie weiter. Ins Wohnzimmer.
Die andere rote Sandale war an Monicas Fuß, passend zu ihren rot lackierten Zehennägeln. Ein ganz normaler Anblick – der elegante Schuh an dem eleganten Fuß. Aber das Bein …
Das Bein war in einem unmöglichen Winkel verdreht. Jedenfalls unmöglich für einen lebenden Menschen.
Anders als der Junge in der Gasse in Brooklyn lag Monica mit dem Gesicht nach oben mitten im Raum auf dem Teppichboden, die Augen in einem Ausdruck völliger Verblüffung weit aufgerissen. Nein, nicht Verblüffung, wie Kim sich korrigierte, während die Kraft sie weiter vorwärtstrieb. Als sie direkt nach unten auf ihre Wohngenossin blickte, sah Kim, dass in Monicas glasig blauen Augen das blanke Entsetzen stand. Entsetzen, das ihre zarten Lippen in einer hässlichen Grimasse eingefroren hatte.
Der Gestank nach Kot und Urin brannte Kim in der Nase, doch es war das Blut –
Man hätte fast meinen können, Monicas Bluse wäre rot, wenn nicht stellenweise blassgelbe Flecken durchgeschienen hätten. Die Sachen hatte Monica am Morgen angehabt. Gelbe Bluse, Blue Jeans und die roten Sandalen.
Bei dem vielen Blut erkannte Kim erst nach einigen Augenblicken,

dass die Bluse an vielen Stellen aufgeschlitzt war, überall dort, wo sich ein Messer durch den Stoff in den Körper der armen jungen Frau gebohrt hatte. Auch der Teppichboden war besudelt.
Instinktiv und aus falscher Hoffnung heraus bückte Kim sich und fühlte nach einem Puls, der, wie sie wusste, nicht da sein würde. Mit tränenüberströmtem Gesicht wollte sie sich wieder aufrichten, aber ihre ganze Kraft war versiegt. Galle stieg ihr in die Kehle. Ihr war schwindelig. Selbst das Atmen erforderte Anstrengung.
Eine schwache Stimme der Vernunft flüsterte in ihrem Kopf.
Hilfe – du musst Hilfe holen.
Nein, nein, es ist zu spät. Monica ist nicht mehr zu helfen.
Raus hier. Du musst sofort raus hier.
Lauf … lauf.
Aber wie sollte sie fliehen, wenn sie sich nicht mal bewegen konnte?
Dann kriech. Kriech, verdammt nochmal, wenn's sein muss.
Aber es gelang ihr lediglich, den Kopf von der erstochenen Monica abzuwenden.
Ihr leerer Blick fiel auf die Rückseite des weißen Sofas zwei Meter entfernt. Und mit einem Mal bemerkte sie auf dem Boden gespreizte Finger, die hinter der Sofaecke hervorlugten.
Zarte, kleine Finger, die Nägel gekonnt manikürt und sanft melonenfarben lackiert. Kim konnte sich noch genau an den geschmeichelten Kleinhundeblick auf Paulines Gesicht erinnern, als Monica, die sich nur selten ein Kompliment abrang, ihrer Mitbewohnerin gesagt hatte, die Farbe passe toll zu ihrem Teint.
Nein, o Gott, nein, nein …
Ein Windstoß von der noch offenen Haustür blies durch den Raum und stieß die Tür zu Kims Zimmer auf. Die Tür knallte gegen die Wand, ließ Kim zusammenfahren. Und aufblicken …
Ein Laut irgendwo zwischen Wimmern und Krächzen stieg aus Kims Kehle. Erfüllte den Raum, hallte von den Wänden wider, hielt an. Sie konnte nicht aufhören …
Wenn du mich verlässt, Kim, wirst du es bereuen. Für den Rest deines Lebens.

8

Officer Zach Lynch stieg auf die Bremse und kam mit quietschenden Reifen zum Stehen, als seine Scheinwerfer einen jungen Mann erfassten, der auf die nasse Straße torkelte. Er verzog das Gesicht. Schon wieder ein Student, der sich mit Bier abgefüllt hatte. Na, jedenfalls saß der Junge nicht am Steuer eines Autos. *Junge*. Er war höchstens sechs, sieben Jahre älter als der Student, aber mit seinen sechsundzwanzig fühlte Zach sich Jahrzehnte älter.

Er stieß einen müden Seufzer aus. Am besten, er brachte den Burschen zurück ins Wohnheim, bevor er am Ende noch überfahren wurde, dachte er. Zach fuhr rechts ran, stellte den Motor aus und griff nach seiner Mütze, bevor er aus dem Streifenwagen stieg. Er ließ die Scheinwerfer an und fluchte über den Regen, der in Strömen fiel, seit er um elf seinen Dienst angetreten hatte. Und jetzt war es kurz vor zwei Uhr nachts.

Ob er den uniformierten Polizisten auf sich zukommen sah oder einfach zu betrunken war, um sich auf den Beinen zu halten, jedenfalls sackte der junge Mann in sich zusammen und landete mitten auf der Straße auf den Knien. Er schluchzte, als Zach bei ihm war. Der Polizist fragte sich, ob der Junge sich vielleicht Ecstasy ins Bier getan hatte. Er sah jedenfalls ziemlich weggetreten aus.

»Ist ja gut, beruhig dich. Ich helf dir hoch und bring dich nach Hause«, sagte Zach und griff nach dem Arm des jungen Mannes.

Doch statt sich hochziehen zu lassen, packte der Student Zachs nasse Jacke.

»Sie sind tot. Sie sind alle tot. O Gott, o Gott …«
Zach fasste die Schultern des Jungen. »Wer ist tot?«
Aber der wiederholte nur, was er bereits gesagt hatte.
»Hast du einen Unfall gesehen? Komm schon, reiß dich zusammen, Mann. Wer ist tot? He, he …« Doch Zach merkte, dass er so nicht weiterkam. Er holte seine Taschenlampe hervor und leuchtete dem Jungen ins Gesicht. Sah, dass seine Pupillen geweitet waren. Ja, der Bursche hatte eindeutig mehr zu sich genommen als nur Bier. Wahrscheinlich war er bloß auf einem schlechten Trip.
»Ich muss kotzen …«
Zach ließ ihn los und wich gerade noch rechtzeitig zurück.
Er wartete, bis der Junge nur noch trocken würgte.
»Geht's dir besser?« Der Polizist war nicht gerade von Mitgefühl übermannt. Klar, er hatte auch schon mal zu tief ins Glas geschaut. Und ein paar von den sogenannten Freizeitdrogen hatte er auch probiert, als er noch zur Schule ging. Doch er als auf der Polizeiakademie von New Hampshire anfing, hatte er sich längst wieder im Griff. Und selbst in seiner schlimmsten Zeit war er nie sturzbetrunken gewesen oder so high, dass er Halluzinationen gehabt hätte. Falls der Bursche wirklich Halluzinationen hatte.
»Sagst du mir jetzt, von welchen Toten du sprichst?«
Die Frage löste nur eine neue Runde Schluchzen aus, doch diesmal ließ der Junge sich von Zach auf die Beine helfen.
»Wo wohnst du denn?« Der Polizist beschloss, es auf die sanfte Tour zu versuchen.
Mit einem Kopfschütteln deutete der Junge auf die andere Straßenseite zu einem großen viktorianischen Doppelhaus an der Ecke. Die Lichter im Parterre der linken Wohnung brannten, und die Tür stand weit offen.
»Na, siehst du, geht doch. Wie heißt du?« Zach sprach betont freundlich und ruhig. Was immer der Junge genommen hatte, er war eindeutig panisch, und Zach wusste von seiner Ausbildung her, dass er jetzt auf keinen Fall etwas tun oder sagen durfte, was den Burschen noch weiter verstören würde.
»Ah … lin.« Zumindest hörte es sich für Zach so an, da der Junge immer noch schluchzte.

»Alan?«
»Ja.«
»Studierst du am Currier, Alan?«
Alan brachte ein schwaches Nicken zustande.
»Kommst du von einer Studentenparty?«
Wieder ein schwaches Nicken.
»Hast du zu viel getrunken, Alan?«
Keine Reaktion.
»Hast du vielleicht auch ein paar XTC eingeworfen? Oder Acid genommen?« Sowohl Ecstasy als auch LSD waren auf dem Campus wieder in.
»Ich ... weiß ... nicht.«
»He, hör mal, wir werden hier beide klatschnass, Alan. Ich mach dir einen Vorschlag. Ich bring dich jetzt nach Hause. Ist von deinen Kumpels noch jemand wach?« Zach vermutete, dass Alans Mitbewohner, wahrscheinlich genauso betrunken oder zugedröhnt, bereits ins Haus gegangen waren und einfach nicht daran gedacht hatten, die Tür hinter sich zu schließen.
Als Zach den Studenten sachte über die Straße führen wollte, sank Alan wieder auf die Knie. »Nein. Nein, nicht ... ich will da ... nicht ... wieder ... rein. Bitte ... nicht.«
»Du kannst nicht hier im strömenden Regen bleiben, Alan. Du holst dir noch eine Lungenentzündung.«
»Bitte ... oh, bitte ...«
»He, ich bin doch bei dir –«
»Ich will nach Hause ... ich will zu meiner Mom.« Alan zog die Beine an die Brust und rollte sich auf der nassen Straße zusammen, während der Regen auf sie niederprasselte.
»Komm, Alan. Du willst doch nicht, dass deine Mutter dich so sieht. Wir machen dich schön sauber und stecken dich ins Bett ...«
»Nein ... nein, bitte nicht. Die sind ... alle ... voller Blut.«
»Deine Mitbewohner?« Zach hatte jetzt ein neues Bild vor Augen. Vielleicht hatten seine Kumpel sich geprügelt und waren verletzt. Das war nichts Ungewöhnliches an einem Samstagabend und auf dem Campus. Partys, Alkohol, Drogen. Studenten, die über die Stränge schlugen. Die Verwaltung schaute in

der Regel weg. *Sollten die Besten und Intelligentesten ruhig mal ein bisschen Dampf ablassen*. Solange es nicht überhandnahm. Solange kein Student im Alkohol- oder Drogenrausch im Krankenhaus landete. Das könnte Schlagzeilen in der Lokalzeitung machen, die schließlich viele wohlhabende Eltern der Studenten abonniert hatten.

»Los, wir sehen mal nach den Jungs«, sagte Zach. »Vielleicht braucht einer von ihnen einen Arzt.«

»Nein ... nein, Mann ... die Frauen ... die sind da drin, Mann. Sie sind tot ... sind tot, verdammt.« Der Student fing an zu stöhnen.

»Frauen?« Der Polizist war schlagartig hellwach. Hatte es in der Wohnung eine Party gegeben? Hatten die Jungs Dummheiten gemacht? Hatten sie den Frauen heimlich K.-o.-Tropfen in den Drink getan? Zach spürte, wie ihm die Brust eng wurde, als ihm Bilder von Studentinnen in den Sinn kamen, die unter Drogen gesetzt und dann vergewaltigt worden waren. Mann, er hoffte inständig, der Knabe hier hatte wirklich nur Halluzinationen.

»Steh auf«, sagte er scharf.

Aber der Junge rührte sich nicht.

Zach, fast einsneunzig groß und knapp über zwei Zentner schwer, hatte keine Mühe, Alan hochzuheben und ihn sich über die Schulter zu werfen. Der Student war keine einsachtzig groß und brachte selbst in seinem durchnässten Zustand höchstens fünfundsechzig Kilo auf die Waage. Es hätte schwierig werden können, wenn der Junge sich gewehrt hätte, aber er war völlig erschlafft. Bestimmt war er ohnmächtig geworden, dachte Zach, der sogar ein wenig erleichtert war, da das seine Hoffnung nährte, dass Alan tatsächlich Sinnestäuschungen gehabt hatte.

Seine Erleichterung währte jedoch nur kurz.

9

Der Geruch sprang den Polizisten an, kaum dass er durch die offene Tür getreten war. Und eine schreckliche Furcht erfasste ihn.

Alan war zu sich gekommen und schluchzte wieder. »Er hat sie umgebracht … er hat sie umgebracht, Mann … er ist noch da … ach, du Scheiße …«

Zach wich zurück über die Schwelle und lud den Studenten ab, lehnte ihn gegen die Wand neben der Tür, wo er ihn mit einer Hand festhielt, während er rasch den Reißverschluss seiner Jacke aufzog und die Pistole aus dem Schulterholster zog.

Er wedelte mit der Waffe vor dem erstarrten Gesicht des Studenten, bemüht, nicht auf das Zittern in seiner eigenen Hand zu achten. Mit der anderen Hand löste er ein Paar Handschellen, die an seinem Gürtel befestigt waren.

»Du bleibst schön hier«, befahl er dem Jungen in gedämpftem Flüsterton, während er ihn mit den Handschellen an das Geländer der Haustürtreppe fesselte, was den Befehl überflüssig machte. Als Zach losließ, rutschte Alan auf den Boden, einen Arm durch die Handschellen nach oben gezogen. Er schien gar nicht zu merken, dass er gefesselt war, vergrub den Kopf an seinem freien Arm und schluchzte weiter.

Zach stieß ihn mit dem Knie gegen die Schulter. »Sei leise.«

Eine hoffnungslose Aufforderung. Zumindest wurde das Schluchzen durch den Ärmel einigermaßen gedämpft.

Regentropfen fielen von Zachs Mützenschirm, und er riss sie sich vom Kopf und ließ sie zu Boden fallen. Dann betrat er mit

entsicherter Pistole vorsichtig die Wohnung. Seine Kiefernmuskeln spannten sich. Seine Hand war jetzt ruhiger.
Er war sich der Totenstille in der Wohnung genauso bewusst wie Kim zuvor.
Und genau wie Kim entdeckte er sogleich die rote Sandale, als er nur wenige Schritte durch die Tür war. Anders als Kim sah er den Schuh zum ersten Mal. Dennoch machte er sich auf alles gefasst.
Er hatte das Gefühl, als würde ein elektrischer Strom seinen Herzschlag beschleunigen, während er sich gegen die Wand in der Diele drückte. Ganz langsam näherte er sich dem Wohnzimmer, folgte seiner Pistole hinterher. Falls jemand in der Wohnung war, dann war Zach auf ihn vorbereitet. Er hatte eine solche Situation schon einmal erlebt, aber nur als Simulation während der Ausbildung. Es war eine wichtige Übung gewesen, aber eben nur eine Übung. Das hier war keine Simulation. Und von dem unbekümmerten Mut, den Zach während der Ausbildung empfunden hatte, konnte jetzt eindeutig keine Rede mehr sein.
Aber er wusste, was zu tun war. Er durfte einfach nicht auf sein rasendes Herz achten, auf den kalten Schweiß, der sich unter seinem Hemd bildete, auf Alans ersticktes Schluchzen hinter ihm. Zach durfte sich durch nichts ablenken lassen. Nicht einmal durch diese verdammte Sandale. Er musste sich zwingen, nicht hinzuschauen.
Er sah sie, als er den Eingang zum Wohnzimmer erreichte. Jetzt brach ihm der kalte Schweiß aus jeder Pore. Er hielt sich die Hand vor die Nase, doch umsonst, der entsetzliche, widerliche Geruch in der Luft war unaufhaltsam. Ekel drohte ihm die Luft abzuschnüren.
Er blieb einige Sekunden stehen, versuchte, die Nerven zu beruhigen, den Brechreiz zu unterdrücken. Er musste einen klaren Kopf behalten und vorschriftsmäßig vorgehen.
Eines stand fest. Hier war ein Verbrechen geschehen. Automatisch griff er nach seinem Handy, um die Zentrale anzurufen.
Scheiße, kein Netz. Er würde vom Streifenwagen über Funk Meldung machen.
Er zögerte, starrte auf die junge Frau.

Selbst aus der Entfernung wusste Zach instinktiv, dass sie tot war. Aber er musste sich vergewissern. Vielleicht gab es ja noch einen Hoffnungsschimmer …
Als er sich dem Opfer näherte, starrte er entsetzt auf die zerfetzte Brust. Der Anblick war so grausig, dass er rasch in das Gesicht der Frau schaute. Hauptsache, er sah die Verstümmelung nicht mehr. Doch er hatte sich getäuscht. Das Gesicht setzte ihm noch mehr zu als die grässlichen Wunden. Obwohl die Augen ins Nichts starrten und der Mund vor Schmerz und vor Panik verzerrt war, konnte er sehen, dass die junge Frau einmal recht hübsch gewesen war. Er spürte, wie ihm die Tränen kamen. Er blinzelte sie rasch weg, froh, dass ihn niemand sah.
Er musste zu seinem Wagen und Meldung machen. Und dabei durfte er sich nicht anhören wie ein verängstigter Grünschnabel.
Bevor er sich zum Gehen wandte, ließ er noch einen raschen Blick durch den Raum schweifen.
Und da sah er sie.
Eine zarte Hand ragte hinter der Couch am Kamin hervor. Alans keuchende Stimme hallte Zach wieder durch den Kopf. *Die sind tot … die sind alle tot, Mann. Die sind … alle … voller Blut.*
Alle.
Diese eine tote Frau hatte ihn derart erschüttert, dass er ganz vergessen hatte, was der Junge gesagt hatte.
Zach zitterte. Er war seit vier Jahren bei der Polizei, und er hatte schon etliche Todesopfer gesehen, durch Unfälle, Drogen, Krankheit – aber das hier war sein erstes Mordopfer. Seine *ersten* Mordopfer.
Die zierliche Brünette lag auf dem Bauch, das Gesicht in einer Blutlache. Sie war nackt. Sein Blick glitt weiter. Ein Stück von ihr entfernt lag ein zerknülltes, weißes Frotteebadetuch.
Ganz vorsichtig, um nicht in das Blut zu treten, ging er in die Knie und fühlte den Puls der Frau. Nichts.
Er richtete sich wieder auf und blickte auf sie hinab, froh, dass er ihr Gesicht nicht sehen konnte. Anders als bei der Blonden waren an ihrem Körper keine sichtbaren Verletzungen, zumindest nicht auf dem Rücken. Doch bei dem vielen Blut auf dem

Teppich, von ihrem Hals bis zum Unterleib, vermutete Zach, dass er, wenn er sie umdrehen würde, ähnlich grausame Stichverletzungen sehen würde wie bei dem anderen Opfer.
Er würde sie nicht umdrehen. Er wusste, dass er sie nicht umdrehen durfte. Er wusste, dass er auch sonst in dem Zimmer, im ganzen Haus, nichts anfassen durfte. Das war Sache der Spurensicherung.
Zach hatte die Hand mit der Pistole gesenkt, während er auf den nackten Körper der Frau starrte. Er bemerkte, dass sie auf der rechten Schulter ein Tattoo hatte, einen kleinen, zarten Schmetterling, und er hielt die Augen gebannt darauf gerichtet, damit sie nicht zu ihrem glatten, festen Po glitten. Das wäre ihm wie eine Vergewaltigung vorgekommen.
Und damit drängte sich natürlich die Frage auf: War sie vergewaltigt worden?
Stell dir nichts vor. Beschränk dich auf das, was offensichtlich ist.
So ausgekühlt, wie beide Leichen waren, mussten die Frauen schon erheblich früher am Abend getötet worden sein. Zach sah sich das Badetuch genauer an, ging dann hin und berührte es kurz. Es fühlte sich noch klamm an. War die Frau in der Wanne oder unter der Dusche gewesen und hatte ein Geräusch gehört? War sie nach unten gegangen und ihrem Mörder in die Arme gelaufen? Hatte es einen Kampf gegeben?
Zach blickte zurück zu der blonden Toten. Er kombinierte, versuchte, sich den Ablauf vorzustellen. Das Nachdenken half, seine Nerven ein wenig zu beruhigen. Er stellte sich vor, wie die Blonde am Abend nach Hause gekommen war und gesehen hatte, wie sich ihre Mitbewohnerin gegen den Eindringling wehrte, wenn sie nicht schon tot war. Was den Mörder zwang, auch sie zu töten.
Unwahrscheinlich, dass der Täter danach noch länger in der Wohnung geblieben war.
Es sei denn …
Der Gedanke traf Zach mit der Wucht eines unsichtbaren Faustschlags in die Magengrube. Hatte der Typ, den er draußen angekettet hatte, high wie er war, die beiden Frauen niedergemetzelt und sich schließlich so weit am Riemen gerissen, dass er die Wohnung verlassen konnte und auf die Straße getorkelt war?

Ein grimmiges Grinsen verzog Zachs Lippen, als er an die Ironie des Schicksals dachte, die den gedopten Studenten nach seinem brutalen Verbrechen beinahe gegen einen Polizeiwagen hatte laufen lassen.
Er spürte den Anflug von Genugtuung, dass er den Jungen wenigstens gefesselt hatte, damit er nicht abhaute.
Von wegen »Junge«. Ein gottverdammter Hauptverdächtiger war das.
Er konnte Alan noch immer draußen an der Tür weinen hören. Das Schluchzen klang Zach jetzt in den Ohren wie das Quietschen von Kreide auf einer Schultafel und ließ ihn schaudern. Plötzlich packte ihn die Wut. Dieser Scheißkerl. Zach musste sich beherrschen, dass er nicht nach draußen lief und diesen vollgedröhnten Perversen zusammenschlug. Aber nein, er war Polizeibeamter und hatte sich an die Vorschriften zu halten.
Zuerst würde er Meldung machen.
Und dann würde er abwarten, ob er seine Wut bezähmen konnten, bis die Kollegen von der Mordkommission eintrafen.
Er wollte gerade mit zielstrebigen Schritten aus dem Wohnzimmer gehen, als er hinter sich ein Geräusch hörte.
Die nackte Panik durchfuhr ihn. Wie viele Sekunden hatte er damit verloren, die Fassung zurückzugewinnen? Verdammt. Er könnte schon tot sein.
Aber er hatte Glück. Niemand stürzte sich von hinten mit einem Messer auf ihn. Und als Zach herumwirbelte, die Pistole im Anschlag, sah er keine Menschenseele. Was er allerdings sah, war eine geschlossene Tür in der rückwärtigen Wand des Wohnzimmers.
Das Geräusch konnte nur aus dem Raum hinter der Tür gekommen sein.
Wieder hallte dem Polizisten Alans nicht ganz eindeutige Warnung durch den Kopf. *Er hat sie umgebracht … er hat sie umgebracht, Mann … er ist noch da … ach, du Scheiße …*
Zach hörte wieder ein Geräusch, jetzt ganz deutlich.
Da war noch jemand in der Wohnung.

10

Ein heftiger Adrenalinstoß durchfuhr Zach, als er die Tür mit solcher Wucht auftrat, dass sie gegen die Wand knallte, und die Pistole fest mit beiden Händen umklammert in den Raum richtete. Er hatte gedacht, er wäre auf alles gefasst.
Aber nicht darauf.
In der Mitte des Raumes hing ein Mann an einem Seil, das an einem brennenden Messingleuchter befestigt war. Der Kopf war nach vorn gesackt, sodass ihm das lange, aschblonde Haar ins Gesicht fiel. Die Arme baumelten schlaff herab. Ein umgekippter Stuhl lag etwas abseits.
Zachs Blick fiel auf die Hände des Mannes. Sie waren blutverschmiert. Ebenso sein graues T-Shirt. Es war so besudelt, dass die Beschriftung quer über der Brust nicht mehr zu entziffern war. Und die Jeans hatte zahlreiche dunkle Flecken, die Zach ebenfalls für Blut hielt.
Dann sah er das Messer, das direkt unter dem Erhängten auf dem Boden lag. Ein großes Küchenmesser mit Silbergriff. Das Silber funkelte im Licht der Deckenlampe. Die Klinge war blutverschmiert.
Zach spürte Zorn in sich aufsteigen, als sich die Puzzleteile zu einem Ganzen zusammenfügten – *Eindringling rastet aus, ersticht zwei junge Frauen und hängt sich anschließend auf*. Hatte er sich aus Reue umgebracht, aus einem Schuldgefühl heraus, aus Furcht vor den Konsequenzen, die ihn erwartet hätten? Aber was hatte ihn überhaupt erst dazu getrieben, so eine Grausamkeit zu begehen? War er betrunken, auf Drogen? Das würde sich bei der

Obduktion klären. Vielleicht war er einfach wahnsinnig gewesen. Ein Irrer. Wie auch immer seine Verfassung zum Zeitpunkt der Tat gewesen sein mochte, was auch immer ihn zum Mörder gemacht hatte, Zachs Wut hielt unvermindert an. Mit geballten Fäusten stand er da und spürte den unwiderstehlichen Drang, den Kerl eigenhändig totzuprügeln. Aber er war ja schon tot. Was Zachs Zorn nur noch mehr schürte, weil er sich um diese Möglichkeit betrogen sah.

Er hatte das unbändige Verlangen, sich an irgendwem abzureagieren, sonst würde er noch vor lauter Entsetzen explodieren. Oder zusammenbrechen wie Alan da draußen vor der Tür und schluchzend nach seiner Mom rufen.

Später würde Zach sich fragen, ob der Schock, mangelnde Erfahrung oder bloß schlichte Unfähigkeit dafür verantwortlich war, dass er gar nicht mehr an das Geräusch dachte, das ihn überhaupt erst in den Raum geführt hatte.

Jedenfalls wäre er beinahe wieder gegangen, ohne sich daran zu erinnern, wenn er es auf dem Weg nach draußen nicht noch einmal gehört hätte.

»Scheiße.« So schnell, wie ihm der Fluch entwichen war, hatte er sich umgedreht, Pistole erneut im Anschlag, und ließ den Blick durch den Raum schweifen.

Fast hätte er sie übersehen. Sie kauerte in der Ecke, nahezu vollständig hinter einem rostbraunen Futonsofa versteckt, die Knie fest an die Brust gedrückt, die Arme über den geneigten Kopf gelegt. Als wollte sie sich vor einem Bombeneinschlag schützen.

Ach du Schande. Er hatte sie bestimmt in Panik versetzt, als er die Tür aufgetreten hatte.

Doch trotz seines schlechten Gewissens, ihr Entsetzen noch gesteigert zu haben, durchfuhr Zach eine Woge der Erleichterung. *Sie lebt. Gott sei Dank, sie lebt.*

Er schob seine Waffe zurück ins Holster unter seiner noch feuchten Jacke und zog den Reißverschluss zu.

»Keine Angst, Miss. Ich bin Polizist. Sie brauchen keine Angst zu haben.« Er streckte seine Hände vor, um ihr zu zeigen, dass er nicht bewaffnet war, aber natürlich schaute sie gar nicht hin.

Sie hatte sich kein bisschen bewegt, den Kopf noch immer auf den Knien vergraben.
Zach ging vorsichtig auf sie zu. Keine Frage, die junge Frau stand unter Schock. Er wollte ihren Zustand nicht noch verschlimmern.
Wieder redete er beruhigend auf sie ein: »Es tut Ihnen niemand mehr was, okay? Verstehen Sie, Miss?«
Ihre einzige Reaktion war wieder das Geräusch – ein Wimmern wie von einem Baby.
»Sie wollen bestimmt hier raus. Kann ich gut verstehen. Kommen Sie, wir gehen nach draußen, an die frische Luft.« Mann, auch er konnte frische Luft gebrauchen, egal, wie sehr es draußen schüttete.
Er ging einen Meter von ihr entfernt in die Hocke. Mit ausgestrecktem Arm hätte er sie berühren können. Aber er wusste, dass er zuerst ihr Vertrauen gewinnen musste.
Er blickte auf ihre dichten schwarzen Locken. Das Haar wirkte ziemlich trocken. Was bedeutete, dass sie entweder den ganzen Abend hier verbracht hatte oder mindestens schon ein bis zwei Stunden hier war. Wenn sie die ganze Zeit hier gewesen war, wieso war sie dann verschont worden? Hatte sie sich während des Massakers versteckt?
Moment, er wusste ja nicht mal, ob sie hier wohnte. Vielleicht war sie gekommen, um eine von ihren Freundinnen da draußen im Wohnzimmer zu besuchen.
Er blickte über die Schulter zu dem Erhängten. War das hier sein Zimmer? Hatte sie ihn besuchen wollen?
So viele Fragen. Die zusammengekauerte Frau könnte sie bestimmt beantworten, aber Zach glaubte nicht, dass er im Augenblick ein Wort aus ihr herausbekommen würde.
»Ich möchte Ihnen gern helfen …« Wenn er doch nur ihren Namen wüsste. Er sah sich in dem Zimmer um, nahm es zum ersten Mal bewusst wahr. Bisher hatte der erhängte Mann und dann die Frau in der Ecke seine volle Aufmerksamkeit in Anspruch genommen.
Sein Blick blieb an der Kommode hängen. Er richtete sich auf, ging hinüber und sah sich an, was darauf lag: eine Kosmetik-

tasche, ein schwarzes emailliertes Schmuckkästchen, ein Paar Ohrringe und eine Haarbürste. Über der Kommode hing etwas schräg ein silberner Spiegel. Zach sah, dass hinter der Kommode die Ecke eines gerahmten Gemäldes hervorlugte.

Er warf wieder einen Blick auf die Frau. Sie war jetzt ruhig. Rührte sich noch immer nicht. Er nahm die Haarbürste in Augenschein, in der lange schwarze Haare hingen. Er hob den Deckel von der Schmuckschatulle. Ohrringe, Armreife, Perlenketten. Unter der Schatulle ragte ein Ausweis von der College-Bibliothek hervor. Er zog ihn heraus, las den Namen darauf – Kimberly Burke. Auf dem Ausweisfoto blickte eine junge Frau mit langen, schwarzen lockigen Haaren ernst in die Kamera.

Wurde sie Kimberly oder Kim genannt?

Er wollte sich ihr schon wieder zuwenden, als er sah, dass das, was hinter der Kommode hervorschaute, gar kein Gemälde, sondern ein Foto war. Er zog es heraus. Ein großer, junger Mann mit ziemlich langem aschblondem Haar, bekleidet mit Jeans und einem weißen T-Shirt unter einer braunen Fliegerjacke aus Leder, umarmte eine junge Frau mit einer langen, schwarzen Lockenpracht, großen dunklen Augen und vollen, sinnlichen Lippen. Die Frau trug einen blassblauen, kurzen Rollkragenpullover und eine schwarze Hüfthose, und in ihrem freien Bauchnabel glitzerte ein Silberring. Auf Anhieb registrierte Zach zweierlei. Die Frau entzog sich der Umarmung des Mannes, und im krassen Gegensatz zu dem Ausweisfoto sah sie auf dieser Aufnahme ungemein hübsch und zugleich ungemein bekümmert aus. Unten rechts in der Ecke stand eine Widmung: *Für meinen Schatz, Kim. Auf ewig Dein, Scott.*

Er schob das Foto wieder hinter die Kommode, kehrte dann zu der jungen Frau zurück und hockte sich so vor sie hin, dass er ihr die Sicht auf den am Seil hängenden Toten versperrte, falls sie den Blick hob. Der Mann war eindeutig dieser *Scott.*

»Kim? Kim, mein Name ist Zach. Officer Zach Lynch. Sie müssen nichts sagen, Kim, okay? Ich möchte Ihnen jetzt bloß auf die Beine helfen und Sie aus dem Haus bringen. Ich weiß, dass Sie große Angst haben, Kim. Dass Sie sehr verstört sind. Das ist nur verständlich, Kim.«

Er war sicher, dass sie ihn nicht verstanden hatte, und er dachte gerade, dass er es vielleicht mit *Kimberly* versuchen sollte, als sie plötzlich den Kopf hob und ihn ansah. Er spürte förmlich, wie sich ihm das Herz in der Brust zusammenzog, als er in ihr feingeschnittenes, verängstigtes Gesicht blickte.
Ihre Lippen bewegten sich, doch es dauerte einige Sekunden, bis sie ein paar Worte herausbekam. Und als Zach sie hörte, löste sich alles, was er sich bis dahin über seinen ersten Tatort zusammengereimt hatte, in Luft auf.
»Es ist alles meine Schuld. Ich war es. Ich habe sie getötet.«
Obwohl sie sehr leise sprach, waren die Worte unmissverständlich. Sie sprach auch nicht mit der drogenbenebelten Hysterie, die er bei Alan wahrgenommen hatte. Die Frau stand eindeutig unter Schock, aber Zach hätte seine Dienstmarke darauf verwettet, dass sie stocknüchtern war und ganz genau wusste, was sie da sagte.
Sagte, von wegen. Was sie da gestand.
Und Zach hatte nur den einen Gedanken: *Warum musste sie es ausgerechnet mir erzählen?*

11

Der Regen war inzwischen zu einem leichten Nieseln geworden. Auf der Straße hatten sich rund ein Dutzend ältere Anwohner versammelt, viele davon waren Mitarbeiter am College. Sie standen verloren herum, mit ängstlicher, fassungsloser, aufgewühlter Miene. Eine Reihe Studenten aus den angrenzenden Wohnungen hielten einander schluchzend umarmt. Die meisten waren schon im Bett gewesen und hatten sich nur einen Bademantel übergezogen, und die wenigen Angekleideten waren entweder gerade von irgendeiner Party zurückgekommen oder hatten sich rasch etwas übergeworfen, als sie den wachsenden Aufruhr auf der für gewöhnlich stillen kleinen Straße hörten.

Von Stille konnte auf dem Cliffwood Hill nun nicht mehr die Rede sein. Durch die vielen Einsatzfahrzeuge, die kreuz und quer parkten, war die Straße praktisch unpassierbar geworden. Es war kurz vor drei Uhr morgens, knapp dreieinhalb Stunden vor Sonnenaufgang, doch hier war es taghell. In jeder Wohnung und an jeder Haustür brannten die Lampen, die Polizeiautos hatten das Blaulicht an, zwei Rettungswagen parkten mit aufgeblendeten Scheinwerfern.

Im Haus Cliffwood Hill Nummer 32 war es zunächst recht turbulent zugegangen, doch nach einem kurzen Kompetenzgerangel zwischen den Kripobeamten und dem Sheriff der Stadt, der kurz vor Ende seiner Amtszeit stand und es noch nie mit einem Mordfall zu tun gehabt hatte, sowie dem Sicherheitsdienst vom Currier College, war die Zuständigkeitsfrage rasch geklärt. Das Sagen hatte Detective Captain Chuck Wesley, zweiundfünfzig, ehemaliger Corporal bei den Marines und seit achtzehn Jahren bei der Mordkommission. Sein Team würde den Tatort untersuchen und die Zeugen sowie mögliche Verdächtige vernehmen. Der Sheriff würde die unmittelbare Umgebung des viktorianischen Gebäudes durchkämmen und die Nachbarn befragen lassen. Da so gut wie alle Anwohner inzwischen auf der Straße versammelt waren, konnten die Cops es sich ersparen, von Haus zu Haus zu gehen, sondern brauchten sich nur unter die Leute zu mischen. Der Sicherheitsdienst vom College hatte außerhalb des Campus keinerlei Befugnisse und zog widerwillig ab, leicht verstimmt darüber, nicht mit von der Partie sein zu können.

In Cliffwood Hill Nummer 34, dem Haus direkt neben dem Tatort, hatte Captain Wesley ein provisorisches Einsatzzentrum eingerichtet. Während seine Leute nebenan in Nummer 32 ihren grausigen Job verrichteten, saß Wesley auf einem großen schwarzen Ledersofa im Wohnzimmer, das von einem übergroßen Fernseher beherrscht wurde und mit leeren Bierdosen, herumliegenden Kleidungsstücken und nicht ganz leeren Pizzakartons geschmückt war. Die beiden Wohnungen waren zwar ähnlich geschnitten, aber der Gegensatz in Sachen Einrichtung und Sauberkeit hätte auffälliger nicht sein können.

Wesley ließ die Fingerknöchel knacken, während er zu dem uniformierten Beamten aufblickte, der kerzengerade vor ihm Haltung angenommen hatte.

»Dann lassen Sie mal hören, was hier vorliegt, Officer.«

Zachs Mund zuckte. »Drei Tote, davon zwei mutmaßliche Mordopfer, ein mutmaßlicher Selbstmord.«

Wesley bedachte ihn mit einem eisigen Blick. »Nein, Officer. Ich möchte was über die beiden Lebenden erfahren, die jetzt oben in Gewahrsam sind.«

Zach unterdrückte den Drang, von einem Bein aufs andere zu treten. »Die junge Frau heißt Kimberly Burke. Sie studiert am Currier und wohnt nebenan. Der Mann heißt Alan Taylor und ist ebenfalls Student am Currier. Er wohnt hier mit drei Kommilitonen zusammen. Nach dem, was ich ihm entlocken konnte, war er auf einer Studentenparty, wo seine Mitbewohner noch immer sind, aber da er nicht so gut drauf war – kein Wunder –,

ist er nach Hause gegangen, hat nebenan die Tür offen stehen sehen, ist reinmarschiert und …«
Der Detective schlug mit der Hand auf den überfüllten Couchtisch, und eine leere Burger-King-Styroporpackung flog hoch wie ein Frisbee. »Mit meinem Gedächtnis ist alles in Ordnung, Officer. Erzählen Sie mir etwas, was Sie mir noch nicht erzählt haben.«
Zach wurde ärgerlich. Seit der Detective hier aufgetaucht war, behandelte er Zach wie einen Verdächtigen und nicht wie den Officer, der als Erster vor Ort gewesen war. Aus irgendeinem Grund konnte Wesley ihn anscheinend nicht leiden, eine Abneigung, die zunehmend erwidert wurde. Hatte Zach vielleicht deshalb Kimberly Burkes *Geständnis* noch nicht wiederholt? Verdammt, was dachte er sich nur dabei? Er könnte aus der Polizei entlassen werden, sich eine Anklage wegen Behinderung der Justiz einhandeln …
Dabei wusste er doch eigentlich genau, was er zu tun hatte.
»Meinen Sie nicht, Miss Burke sollte ins Krankenhaus gebracht werden, Captain? Ihr geht es offensichtlich schlecht.«
»O ja, es geht ihr schlecht, fürwahr. Aber auf dem Foto hinter der Kommode in ihrem Zimmer, da war sie offensichtlich noch putzmunter. Ihr Freund übrigens auch. Jetzt sieht der allerdings deutlich schlechter aus als sie. Finden Sie nicht auch, Officer?«
Da fiel bei Zach der Groschen. Wesley empfand genau dieselbe Wut und Hilflosigkeit, die ihn selbst zuvor gepackt hatten. Mit dem Unterschied, dass Zach niemanden hatte, an dem er seine Gefühle auslassen konnte. Im Gegensatz zu dem Captain von der Mordkommission. Der hatte Zach als Punchingball. Seltsamerweise brachte diese Erkenntnis Zach dazu, seinem Vorgesetzten ein wenig wohlgesinnter zu begegnen.
»Ja«, stimmte Zach leise zu und erwiderte Wesleys verbitterten Blick. »Sie haben alle besser ausgesehen.«
Die müden Augen des Detectives wurden eine Spur weicher. Zach war sicher, dass auch Wesley die brutal ermordeten Mädchen in diesem Moment vor sich sah. Und er bezweifelte, dass einer von ihnen die grässlichen Bilder jemals wieder loswerden würde.
»Und, wie ist Ihre Meinung, Lynch?«
Lynch, nicht mehr das unpersönliche *Officer*. Und Wesleys Ton-

fall war auch nicht mehr ganz so aggressiv. Ein Fortschritt, dachte Zach.
»Ich glaube, irgendwas hat Scott Roeder dazu gebracht durchzudrehen.« Bei der Durchsuchung der Leiche war nur die Brieftasche des Selbstmordopfers mit dem Studentenausweis gefunden worden. Aber kein Abschiedsbrief.
Wesley rieb sich das Kinn, etwas, was er seit seiner Ankunft am Tatort so häufig tat, dass die Haut an der Stelle schon gerötet war. »Roeder taucht also bei seiner Freundin auf, sticht ihre zwei Mitbewohnerinnen ab und hängt sich dann auf.«
»Sieht ganz so aus«, sagte Zach vorsichtig.
»Aber«, fuhr Wesley nach einer Pause fort, »seine Freundin rührt er nicht an. Die hat nicht mal einen Kratzer.«
Jedenfalls keinen sichtbaren, dachte Zach. »Vielleicht war sie ja nicht da, als es passiert ist.« Er zuckte die Achseln und versuchte, nicht darauf zu achten, wie unnatürlich ihm die Bewegung vorkam.
»Und wo war sie?«
»Ich weiß es nicht.«
»Genau, sie hat Ihnen nicht gesagt, wo sie zu dem Zeitpunkt war, als die beiden Frauen ermordet und höchstwahrscheinlich auch vergewaltigt wurden. Die Dunkelhaarige war nackt. Könnte doch sein, dass die Freundin sie in flagranti erwischt hat …« Wesley rieb sich wieder das Kinn und blinzelte zu Zach hoch. »Ergibt das für Sie einen Sinn, Officer?«
Doch bevor Zach antworten konnte, sagte Wesley: »Für mich jedenfalls nicht.«
»Ich könnte hochgehen und nochmal versuchen, mit ihr zu reden«, schlug Zach vor, zwang sich, Wesleys durchdringendem Blick standzuhalten.
Einen Moment lang sah es so aus, als wollte der Detective ihm sein Okay geben, doch dann hörten sie hastige Schritte die Treppe heruntereilen. Einer der beiden Polizisten, die Kimberly Burke im Auge behalten hatten, kam ins Wohnzimmer gestürmt. Er war puterrot und keuchte.
»Sie kommen besser nach oben, Captain. Sie redet. Und das sollten Sie sich nicht entgehen lassen.«

12

»Wir brauchen mehr als ein Kopfschütteln, Miss Burke. Ich frage Sie nochmal. Möchten Sie, dass während dieser Vernehmung, die wir auf Band aufnehmen, ein Anwalt anwesend ist?«
»Nein.« Kim hielt den Blick gesenkt. Sie starrte auf einen tiefen Kratzer in der Holzplatte des Tisches im Verhörraum.
»Und Sie bestätigen, dass ich Sie über Ihre Rechte aufgeklärt habe?«
»Ja.«
»Also schön. Ich wiederhole noch einmal, was Sie bisher gesagt haben.« Wesley räusperte sich, während er seinen Notizblock höher hob. Er trug jetzt eine Schildpattbrille, die ihm tief auf der leicht schiefen Nase saß. »›Ich war es. Ich habe sie getötet. Es ist alles meine Schuld. Er hat mich gewarnt, aber ich habe es nicht ernst genommen. Ich hätte nie gedacht ...‹ An dieser Stelle haben Sie abgebrochen und angefangen zu weinen. Sind das Ihre Worte, Miss Burke?«
Kim nickte wieder.
Der Captain erinnerte sie erneut daran, dass sie laut antworten müsse.
Sie blickte auf, die Augen direkt auf ihn gerichtet. »Ja. Meine Worte.«
Sie hatte das merkwürdige Gefühl, ihre Stimme zu hören, und trotzdem nicht zu spüren, dass sie selbst sprach. Genau wie sie deutlich sehen konnte, wenn sie den Blick von dem müden Detective abwandte, dass sie sich in einem kleinen, fensterlosen Raum befand, mit olivefarbenen Wänden, einem nackten

Linoleumboden und einem langen Holztisch. Sie wusste, dass sie auf einem Plastikstuhl am Tisch saß, direkt gegenüber von diesem schlanken, finster blickenden Mann mit grauem Bürstenhaarschnitt und einer einst gebrochenen Nase, der sie höflich befragte. Sie sah auch die junge uniformierte Polizistin, die schweigend neben ihm saß. Sie sah das alles, glasklar, aber sie spürte nicht, dass sie hier tatsächlich anwesend war. Sie war woanders, aber sie wusste nicht, wo.

»Wovor hat Scott Sie gewarnt, Miss Burke?«

Die Erwähnung seines Namens löste bei ihr eine Welle von Schuldgefühlen aus. Sie presste die Augen zu. Scotts letzte Worte tobten ihr durch den Kopf. *Wenn du mich verlässt, Kim, wirst du es bereuen. Für den Rest deines Lebens.*

Es musste eine Weile vergangen sein, weil Wesley laut mit den Fingern schnippte, um sie zurückzuholen. »Hat Scott gedroht, Ihren Mitbewohnerinnen etwas anzutun?« In seiner Stimme schwang jetzt ein ungeduldiger Unterton mit.

Sie schüttelte den Kopf. Scotts Worte waren jetzt nur noch ein leises Zischen. Das Zischen einer Viper, deren Gift ihr bereits in die Haut gedrungen war. Das Gift vermischte sich mit ihrem Blut. *Wenn du mich verlässt, Kim, wirst du es bereuen. Für den Rest deines Lebens.*

Ja, für den Rest ihres Lebens.

»Gut, stellen wir diese Frage erst mal zurück«, sagte Wesley, mit zunehmend frustrierter Stimme. »Wie würden Sie Ihr Verhältnis zu Ihren Mitbewohnerinnen beschreiben, Miss Burke?«

Der Captain hätte sie genauso gut bitten können, Einsteins Relativitätstheorie zu erläutern.

Die Polizistin rutschte unruhig auf ihrem Stuhl hin und her. Kim sah sie an. Studierte sie wie ein Gemälde für eine Bildbeschreibung im Kunstunterricht. Sie war jung, Mitte zwanzig. Hatte ein sympathisches Äußeres. Das volle dunkle Haar hatte sie nach hinten aus dem schmalen Gesicht gekämmt. In dem harten Neonlicht wirkte ihr Teint ein wenig fahl, aber Kim sah, dass sie auf den Wangen ein schwaches Make-up aufgetragen hatte. Ihre Haltung war tadellos, die gestärkte, khakifarbene Uniform ließ sie fast ein wenig steif aussehen. Sie versuchte, gelassen und professionell zu wirken. Aber Kim sah ihr an, dass ihr unbehaglich zumute war. Dass sie lieber nicht dabei wäre. Oder vielleicht machte Kims analytischer Blick sie nervös.

»Schön, versuchen wir es mal anders, Miss Burke«, sagte Wesley ein wenig schroff. Wahrscheinlich ärgerte es ihn, dass er immer wieder ihre Aufmerksamkeit verlor. Bisher war er fast freundlich gewesen. »Wie würden Sie Pauline Foley und Monica Meyers beschreiben?«

Das Bild der ermordeten Frauen drängte sich ihr in den Kopf. Gleichzeitig senkte sich eine schreckliche Last auf sie. Sie konnte förmlich spüren, wie sie von Entsetzen, von ihren Schuldgefühlen nach unten gezogen wurde.

»Sie waren so intelligent.« Ihre Stimme war ein kratziges Flüstern.

»Genau wie Sie«, sagte Wesley, beugte sich vor und stützte die Ellbogen auf den Tisch, die großen Hände ineinander gelegt. »Sie sind eine ausgezeichnete Studentin, Miss Burke. Schon während Ihres gesamten Studiums. Eine beachtliche Leistung. Und haben Sie nicht sogar ein Vollstipendium?«

Sie nickte, entsann sich dann aber, noch bevor sie daran erinnert wurde, dass sie laut antworten musste. Sie blickte auf den kleinen silbernen Kassettenrecorder auf dem Tisch, sah, wie die Spulen sich unter dem durchsichtigen Deckel drehten. »Ja.«

»Sie sind älter als die meisten. Werden am 2. Februar vierundzwanzig, ist das richtig?«

Sie gab keine Antwort. Er wies sie nicht zurecht.

»Sie haben spät angefangen«, sagte er, nicht als Frage. Dann seufzte er.

»Drei intelligente, hübsche junge Frauen – Sie, Monica, Pauline.«

Drei intelligente, hübsche junge Frauen … *Wenn du mich verlässt, Kim, wirst du es bereuen. Für den Rest deines Lebens.*

»Und Ihr Freund war auch nicht schlecht. Seine Noten waren ein wenig wechselhaft, aber er wollte im Juni Examen machen. Zusammen mit Ihnen und Pauline. Monica hätte noch ein Jahr länger gebraucht. Sie hat Psychologie studiert, richtig?«

Kim blickte auf die Papiere, die der Detective auf dem Tisch ausgebreitet hatte. Erkannte, dass es Kopien von Collegeunterlagen waren.

Er drängte nicht auf eine Antwort. »Eine vielversprechende Zukunft, für jeden von euch vieren. Und jetzt –« Er ließ den Rest des Satzes in der Luft schweben. Die Worte füllten den Raum, sprangen von den geschmacklosen, grünen Wänden ab, prallten in ihren Körper wie Fäuste.

Sie war froh über den Schmerz, hätte gern mehr davon gehabt.

Die Polizistin schob ihr eine Kleenex-Packung hin. Kim starrte verwirrt darauf.

»Wischen Sie sich die Augen, Miss Burke.« Der Captain sagte das wie einen Befehl.

Es dauerte einige Sekunden, bis Kims Verstand seine Worte verarbeitet hatte. Sie zupfte ein Taschentuch aus der Schachtel, blickte dabei erneut die Polizistin an. Kim sah oder meinte zu sehen, dass die Beamtin schwach nickte, fast lächelte. Kim dachte, die Frau sähe nicht so unscheinbar aus, wenn sie richtig lächeln würde, wenn sie ihr Haar locker fallen ließe, etwas Weiches und Farbenfrohes trüge.

Geistesabwesend, während sie in Gedanken noch bei der Polizistin war, drückte Kim sich das Taschentuch ans Gesicht. Erst jetzt merkte sie, dass ihr Tränen über die Wangen liefen.

»Sie haben sie getötet.«

Kim riss die Augen von der Beamtin los und blickte den Detective an. Aber sie hatte seine Worte nicht gehört.

»Das haben Sie gesagt«, wiederholte Wesley. »Sie haben gesagt, Sie hätten sie getötet.«

Sie knüllte das nasse Taschentuch zusammen und ließ die Hand in den Schoß fallen.

»Ja.« Ihre Kehle war trocken und wund. Das Sprechen tat weh. Ihr war ein Glas Wasser gebracht worden, aber sie hatte weder die Kraft noch das Verlangen, es an die Lippen zu heben. Alle Kraft, alles Verlangen war in ihr erstorben. Und es scherte sie nicht. Die Fähigkeit, sich um irgendetwas zu scheren, war verschwunden.

Sie war leer. Das hier passierte ihr, und doch war sie lediglich Beobachterin.

»Aber Ihre Fingerabdrücke sind nicht auf dem Messer. Auf der Mordwaffe«, fügte er überdeutlich hinzu. »Wie erklären Sie sich das, Miss Burke?«
Sie gab keine Antwort. Warum auch? Er verstand es nicht, und auch das war ihr egal.
»Ihr Freund hatte das Messer in der Hand. Hab ich recht, Miss Burke?«
Ihr Freund. Sie versuchte, irgendwelche glücklichen Erinnerungen aus ihrer Zeit mit Scott heraufzubeschwören. Doch das einzige Bild, das ihr in den Sinn kam, war das, wie er von der Decke baumelte.
»Haben Sie ihn dazu gebracht, Ihre Mitbewohnerinnen umzubringen, Kim?«
»Die beiden konnten ihn nicht leiden.« Die Worte kamen ihr wie von selbst über die Lippen.
Wesley beugte sich noch weiter vor, einen erwartungsvollen Ausdruck im Gesicht. »Monica und Pauline? Und wieso? Wieso konnten sie Scott nicht leiden?«
Kim schüttelte den Kopf. Auch als der Captain sie erneut ermahnte, doch bitte laut zu antworten, wiederholte sie die Geste.
»Fürs Protokoll: Kimberly Burke schüttelt auf die Frage hin den Kopf.« Wesley zwang den verärgerten Ausdruck aus seinem Gesicht. Er entspannte sich, kippelte mit dem Stuhl nach hinten, sodass er auf den beiden dünnen Hinterbeinen balancierte. Kim dachte, dass er das bestimmt häufig tat, weil er in dieser instabilen Lage ganz ruhig und souverän wirkte.
»Konnten die beiden Sie leiden, Kim?«
Sie war verwirrt. Es fiel ihr schwer, die Fragen zu verstehen. Einen kurzen Moment lang dachte sie, er hätte jemanden anderen gefragt. Dass jemand anderes antworten sollte.
Doch es herrschte Schweigen, bis er die Frage wiederholte. Wieder klang seine Stimme ungeduldig. Und doch blieb er in seiner Sitzposition. Kim staunte, wie gut er trotz seiner inneren Unruhe das Gleichgewicht auf den Hinterbeinen des Stuhls halten konnte.
»Konnten Monica und Pauline Sie leiden, Kim?«

Kim. Das war sie. Okay, sie musste antworten.
»Das war nicht wichtig.«
»Warum nicht?«
Sie zuckte die Achseln. Keine dieser Fragen war wichtig. Nichts war wichtig.
»Weil Sie gesellschaftlich unter ihnen standen? Weil Monica und Pauline reich waren, vielleicht verwöhnt, alles hatten, was sie wollten? Ist das der Grund? Sie haben nicht zu ihnen gepasst. Sie haben nicht dazugehört. Vielleicht waren Sie ein Sozialfall für die beiden. Ist es das?«
Sie nickte geistesabwesend, hoffte, er würde sich damit zufrieden geben. Aufhören, sinnlose Fragen zu stellen. Sie war so müde.
Diesmal rügte er sie nicht dafür, dass sie stumm geantwortet hatte. Er drängte weiter, als wäre er bald am Ziel. »Und das haben Sie ihnen übel genommen.«
Hatte sie das? Wieder zuckte sie die Achseln. Die Geste kostete so viel Kraft. Sie hätte so gern den Kopf auf den Tisch gelegt. Sie hätte so gern lange und tief geschlafen. Sie wäre so gern am nächsten Morgen aufgewacht, um festzustellen, dass das alles bloß ein schrecklicher Albtraum war.
Der Detective redete weiter. War er denn nicht müde, fragte sie sich? Aber nein, er wirkte aufgekratzt. Seine Augen hatten ihren erschöpften Ausdruck verloren. Er blickte Kim an wie ein Angler, der plötzlich spürt, dass er einen dicken Fisch am Haken hat. Er musste ihn nur noch einholen …
»Sie haben Scott erzählt, dass Ihre beiden Mitbewohnerinnen Sie behandelten, als wären Sie Luft für sie, der letzte Dreck. Sie haben ihm erzählt, wie schlimm das für Sie war. Vielleicht haben Sie mit Monica und Pauline darüber geredet und sind in Streit geraten. In einen hässlichen Streit. Und Sie sind richtig böse geworden, richtig wütend. He, ich kann das gut verstehen, Kim. In so einer Situation würde ja wohl jeder wütend werden. Und dann sind Sie zu Ihrem Freund gegangen, damit er sie tröstet, Sie unterstützt. Und natürlich auch, um sich ein bisschen Luft zu machen. Die Wut rauszulassen. Das ist ja schließlich ganz normal. Stimmt's, Officer?« Zum ersten Mal blickte er seine junge Kollegin an, die neben ihm saß.

Die Beamtin fuhr ein wenig zusammen, zögerte, als hätte ihr Vorgesetzter sie auf dem falschen Fuß erwischt. »Ja«, sagte sie hastig, um die Pause wettzumachen. »Absolut.«
Kim tat die Polizistin leid. Sie stellte sich vor, dass die Frau es bestimmt nicht leicht hatte, in ihrem Beruf akzeptiert und respektiert zu werden. Sie fühlte sich mit ihr verbunden, denn auch sie wusste, wie es war, nicht dazuzugehören, nicht erwünscht zu sein.
Wesley schnippte erneut mit den Fingern in ihre Richtung, um ihre Aufmerksamkeit zurückzugewinnen, während er seinen rasenden Monolog fortsetzte. Er hatte ja keine Ahnung, dass er ihre Aufmerksamkeit nie gehabt hatte.
»Und Scott ist sofort für Sie da, Kim. Er weiß, dass die beiden ihn auch nicht leiden können. Und deshalb ist er doppelt sauer. Stinkwütend. Er verspricht Ihnen, sich die beiden kleinen Biester vorzuknöpfen. Und Sie sind so wütend, dass Sie sagen, ja, Scott, mach das. Mach es. Mach es.« Wesleys Worte wurden zu einem Sprechgesang. *Mach es … mach es … mach es …*
Und Kim dachte – *ja, ja, mach es, mach es.*
Sie blickte sich hektisch im Raum um, suchte nach einer Möglichkeit.
Mach es, mach es.
Es gab doch etwas, was ihr wichtig war.
Sterben.
Sterben war ihr wichtig. Sie wollte sterben.
Es musste eine Möglichkeit geben.
Mach es … mach es … mach es …

13

»Himmel, so was hab ich echt noch nicht erlebt.« Es bedurfte schon einiges, um Captain Chuck Wesley zu erschüttern, aber er war erschüttert, und wie.

»Gerade seh ich noch, wie ihre Augen durch den Raum huschen wie bei einem verängstigten Kaninchen, und ich denke, sie überlegt zu türmen, da kracht ihr Kopf schon mit solcher Wucht auf die Tischplatte, dass der Kassettenrecorder hochfliegt und auf dem Boden landet. Ich denke, sie ist k. o., aber nein … Und das hat mich dann wirklich fast vom Stuhl gehauen. Bevor ich oder die Kollegin reagieren können … also ihr helfen, sehen wir, wie sie den Kopf hebt … und an der Stirn hat sie diese Platzwunde, und das Blut läuft ihr in die Augen, und dann …« – seine Hand schlägt hart auf den Schreibtisch – »… kracht ihr Kopf schon wieder auf den Tisch. Und bevor wir sie packen können, noch ein drittes Mal, und dann wird sie bewusstlos. Die ist vollkommen durchgedreht, Doc.«

Dr. Earnest Schnessel widersprach dem Detective nicht, sondern nickte zustimmend. Der Psychiater hatte nicht den geringsten Zweifel, dass Kimberly Burkes psychischer Zustand ernst war, weitaus ernster als ihre Kopfwunde.

»Glauben Sie, dass sie sich wirklich umbringen wollte, Doc?«

Kim hatte zwar noch im Verhörraum das Bewusstsein wiedererlangt, aber nur noch gesagt, dass sie sterben wollte. Wesley hatte ihr Handschellen angelegt, als sie zu sich kam, und nachdem die Polizistin ihr mit einem Handtuch und Kreppband einen provisorischen Verband angelegt hatte, war sie auf schnellstem

Wege in die Notaufnahme des Currier Medical Center gebracht worden, das nur ein paar Blocks vom Präsidium entfernt lag. Dort war die Wunde mit dreißig Stichen genäht worden, doch der plastische Chirurg, eine Koryphäe auf seinem Gebiet, war mit seiner Arbeit sehr zufrieden. Er meinte, es würde eine lange, dünne Narbe bleiben, die sich aber mit ein wenig Make-up mühelos kaschieren ließe.

Sobald Kim sich von der OP erholt hatte, wurde sie zur Untersuchung auf die psychiatrische Station verlegt, wohin Wesley sie begleitete. Er wich erst von ihrer Seite, als der Psychiater kam und sich weigerte, das Aufnahmegespräch im Beisein eines Polizeibeamten zu führen. Dr. Schnessel berichtete dem Captain aber anschließend, dass Kim während des gesamten Gesprächs immer nur »Lassen Sie mich sterben« gesagt hatte. Das war ihre immer gleiche Antwort auf jede seiner Fragen.

Der Psychiater hatte Kim eingewiesen und unter Beobachtung gestellt. Nachdem sie freiwillig keine Medikamente hatte nehmen wollen und sich auch vehement gegen jeden Versuch gewehrt hatte, ihr ein Beruhigungsmittel zu injizieren, war sie zu diesem Zweck festgeschnallt worden.

»Hören Sie, Doc, sie ist jetzt schon fast zwei Stunden hier. Ich muss wirklich versuchen, mit ihr zu reden.«

»Steht sie unter Tatverdacht, Captain?«

»Wir haben sie zumindest im Visier«, sagte Wesley vorsichtig. »Meinen Sie nicht, ich könnte ihr ein paar Fragen stellen, jetzt, wo Sie sie ein bisschen ruhig gestellt haben?«

»Ich denke, sie könnte Ihnen im Augenblick nicht mal ihren Namen sagen. Abgesehen von ihren Verletzungen, zu denen auch eine leichte Gehirnerschütterung gehört, ist sie schwer traumatisiert. Ich habe ihr nicht nur ein Sedativum gegeben, sondern auch eine Reihe von …«

Wesley interessierte sich nicht für den Behandlungsplan des Arztes. Ihn interessierte nur eines. »Wann kann ich mit ihr sprechen?« Sein scharfer Ton ließ keinen Zweifel daran, dass er nicht mehr lange warten wollte.

Die ausweichende Antwort des Psychiaters lief im Grunde genommen auf den Satz hinaus: *Ich habe keine Ahnung*.

»Das werden wir ja sehen«, fauchte Wesley und sprang aus seinem Sessel auf, um mit langen Schritten zur Tür zu eilen, die er fest hinter sich zuschlug.
Der laute Knall veranlasste den erfahrenen Psychiater lediglich dazu, schwach eine Augenbraue zu heben. Dann griff er zum Telefonhörer, warf einen Blick auf das Blatt Papier vor sich und wählte die Nummer, die dort stand.

Nate Shapiro schlief tief und fest, als das Telefon ihn weckte. Doch schon nach dem ersten Klingeln griff seine Hand nach dem Hörer – eine routinierte Bewegung nach über dreiundzwanzig Jahren bei der Polizei und unzähligen Anrufen zu nachtschlafender Zeit.
Erst als er den Hörer ans Ohr hielt, wurde er richtig wach und ihm fiel ein, dass der Anruf nichts mit seinem Job zu tun haben konnte, da er seit drei Jahren gar nicht mehr bei der Polizei war. Er hatte es nur wieder mal geträumt …
Deshalb nahm sein schroffes Hallo einen besorgten Beiklang an.
»Spreche ich mit Nathan Shapiro?«, fragte eine nüchterne, tiefe Männerstimme am anderen Ende der Leitung.
Nate griff nach dem übergroßen Wecker neben seinem Bett und hielt ihn sich dicht vors Gesicht. Obwohl die grünen Digitalzahlen sehr groß und hell leuchteten, hatte er Probleme, die Uhrzeit zu erkennen. War die erste Ziffer eine fünf oder eine sechs? Egal, es war jedenfalls früh. Zu früh für nervige Telefonwerbung.
»Wer ist denn da?«, erwiderte Nate mit scharfem Ton, der allmählich sein Markenzeichen wurde. Sorge, Furcht, Frust – alle Gefühle, die er nicht in den Griff bekam – schlugen in Wut um. Denn mit Wut konnte Nate Shapiro, der ehemalige Detective der Sittenpolizei, umgehen.
»Ich bin Dr. Earnest Schnessel vom Currier Medical Center …«
Die Uhr rutschte Nate aus der Hand, und seine Finger schlossen sich fester um den Hörer. »Ist etwas mit Kim?«
»Ja. Sie ist auf meiner Station …«
»Was ist passiert? Wie geht es ihr? Ist sie …?« Jetzt lag keine Wut

mehr in Nates Stimme. Er schlug die Decke zurück, schwang die Beine aus dem Bett, erhob sich, wappnete sich …

Der Psychiater erzählte ihm rasch, dass sie sich eine Platzwunde an der Stirn zugezogen hatte und genäht werden musste. »Sie hat eine leichte Gehirnerschütterung, und es bleibt vielleicht eine dünne Narbe zurück, obwohl unser plastischer Chirurg sehr gut gearbeitet hat. Miss Burke ist eine so attraktive junge Frau …«

»Wie ist das passiert?«, blaffte Nate und klang halb wie der Detective von einst und halb wie die besorgte Vaterfigur, die er für Kim geworden war. Er versuchte, sich in dem dunklen Schlafzimmer zu orientieren.

Die Stimme am anderen Ende zögerte.

»Ist sie überfallen worden?« Nate musste an das Gespräch mit Kim vom Vorabend denken. Was zum Teufel hatte sie überhaupt in dieser Bar zu suchen gehabt? Sie hatte ihm versichert, dass alles in Ordnung sei. Sie hatte ihm versprochen, dass sie von da verschwinden würde. Hatte sie die Bar verlassen und war dann überfallen worden?

»Miss Burke hat sich die Verletzung selbst beigebracht, Mr. Shapiro.«

»Was?« Nate war sicher, dass er sich verhört hatte. In seinem Kopf hämmerte es jetzt. Das passierte schon mal. Vor allem, wenn er zu schnell aufstand. Eine Nebenwirkung seiner Medikamente. Sein Arzt wollte ihm noch mehr gegen die Kopfschmerzen verschreiben, doch Nate hatte dankend verzichtet. Er schluckte ohnehin schon genug Pillen. Sein ganzes Leben bestand inzwischen aus Arztterminen und Apothekenbesuchen.

»Sie sind als Kontaktperson bei einem Notfall angegeben. Sind Sie ihr Vater?«

»Ich bin ihr gesetzlicher Vormund. Und ich will endlich wissen, was los ist. Also raus mit der Sprache, Doc.«

Wieder zögerndes Schweigen am anderen Ende.

Allmählich wurde Nates Angst überstark. »Hat sie was genommen, Doc? War sie betrunken, als … sie sich verletzt hat?« Er versuchte sich zu erinnern, wie Kim sich angehört hatte, als er zuletzt mit ihr gesprochen hatte. Nein. Nein, er hätte schwören können …

»Nein, Mr. Shapiro. Sie stand nicht unter Drogen- oder Alkoholeinfluss.«

Nate hätte erleichtert sein müssen, doch er war es nicht. »Aber wieso dann? Ich versteh das nicht, Doc.«

»Mr. Shapiro, gestern Abend wurden die beiden Mitbewohnerinnen von Miss Burke … ermordet.«

Nates Kopfschmerzen wuchsen sich zu einer ausgemachten Migräne aus. Er ignorierte sie. »Ermordet? Und Kim? War sie …?«

»Die Polizei hat sie in der Wohnung gefunden. Aber ihr ist nichts passiert – wie ich bereits sagte.«

»Aber sie war da? Sie hat die beiden Toten gesehen?« Nate hatte die Mitbewohnerinnen nie kennengelernt. Und Kim hatte nicht viel von ihnen erzählt. Mag sein, dass sie ihre Namen mal erwähnt hatte, aber wenn ja, so konnte er sich im Augenblick nicht daran erinnern. Er konnte sich überhaupt an kaum etwas erinnern, da sein Kopf sich anfühlte, als wäre er torpediert worden.

»Nicht zwei, Mr. Shapiro. Drei. Ich muss das erklären …«

»Drei? Aber …«

»Ja, das will ich ja gerade …«

»Steckt Kim in Schwierigkeiten?«

»Der Detective, der die Ermittlungen leitet, hat sie jedenfalls ›im Visier‹, wie er sich ausgedrückt hat. Sie müssen wissen, der junge Mann …«

»Welcher junge Mann?«

»Der mutmaßliche Täter. Der Detective sagt, er war der Freund Ihrer Tochter. Sie – Miss Burke – hat auch seine Leiche gesehen. Er war das dritte Opfer in der Wohnung.«

»Er wurde auch ermordet?« Scheiße, dachte Nate, das klang ja haargenau so, als wäre es in Brooklyn passiert und nicht in einem piekfeinen College-Städtchen in den friedlichen Bergen von New England. Und selbst in Brooklyn war ein Dreifachmord beileibe nicht an der Tagesordnung.

»Soweit ich unterrichtet bin, stuft die Polizei seinen Tod als Selbstmord ein. Aber natürlich kann ich nur …«

Nate fiel ihm barsch ins Wort. »Schon gut. Ich bin schon unterwegs.« Er legte auf. Dann, als er zu dem Stuhl wollte, auf den er seine Sachen von gestern geworfen hatte, stolperte er über die Teppichkante und schlug der Länge nach auf den Bauch. Von dem Sturz blieb ihm kurz die Luft weg. Er verzog vor Schmerz das Gesicht.

»Ich bin so eine verdammte Jammergestalt«, stammelte er, während er sich auf den Rücken rollte und die Finger fest an die Schläfen presste, vergeblich versuchte, das brutale Pochen zu stoppen. Und dann wurde ihm mit einem Schlag klar, wie wahr der Satz war. Schon allein nach Danby, New Hampshire, zu kommen, würde eine Tortur werden. Er konnte nicht mal selbst hinfahren. Er hatte weder ein Auto noch einen gültigen Führerschein. Und selbst wenn, viel nützen würde es ihm ohnehin nichts. Er würde herausfinden müssen, wann die Züge und Busse fuhren. Aber in den Ort selbst käme er so nicht. Bei seinen früheren Besuchen dort hatte Kim ihn immer mit seinem alten Auto abgeholt. Jetzt würde er sich von einem Fahrdienst abholen lassen müssen.

Aber das würde Zeit kosten – Zeit, die er nicht verlieren wollte. Er musste zu Kim, und zwar so schnell wie möglich. Er musste also jemanden um einen Gefallen bitten. Nate hasste es, andere um einen Gefallen zu bitten.

Erst recht, wenn er aufgrund seiner Verfassung Hilfe brauchte.

Erst recht, wenn er eine ganz bestimmte Person um Hilfe bitten musste.

Aber es war die einzige Person, die Kim ebenfalls helfen würde.

Nate wusste zu diesem Zeitpunkt noch nicht viel, aber eines stand für ihn fest – Kim würde jede Hilfe brauchen, die sie kriegen konnte.

14

Wesley unterdrückte ein Gähnen, während er die junge Frau musterte. Sie hatte gesagt, sie sei Studentin am Currier, aber sie war ein drahtiges, etwa einsfünfundsechzig großes Mädchen, das aussah, als käme es gerade in die Pubertät. Kein Busen. Kein Hintern. Mann, mit dem kurzen Stachelhaarschnitt hätte man sie für einen etwas groß geratenen zwölfjährigen Jungen halten können.

»Erzählen Sie mir noch einmal, woher Sie Kimberly Burke kennen.« Diesmal entwich ihm ein Gähnen. Es war kurz vor sieben Uhr morgens, und der Captain hatte nicht mal fünf Minuten geschlafen. Irgendwann gegen halb sechs war das Adrenalin versiegt, das ihn die Nacht über wach gehalten hatte. Er war geschafft. Das Fünfzehnminuten-Nickerchen auf dem unbequemen Cordsofa im Besucherzimmer des Psychiaters, das er vorübergehend requiriert hatte, war weder erholsam noch gut für seinen lädierten Rücken gewesen.

»Sie ist meine Freundin. Und meine Studienbetreuerin«, wiederholte Laurel mit tiefer Stimme, die zu ihrer jungenhaften Erscheinung passte. Sie stand an der Tür in dem tristen, aber funktionalen Raum – es gab ein Sofa, zwei Sessel, einen kleinen Tisch mit vier Stühlen, einen Fernseher und eine Art Kochnische. Eine Mikrowelle und eine Kaffeemaschine, deren Kanne aussah, als wäre sie seit Monaten nicht gespült worden, standen auf einem Minikühlschrank. Die Warmhalteplatte unter der Kanne war eingeschaltet, und ein schwarzer Bodensatz verströmte den Geruch von verbranntem Kaffee. Neben dem Kühlschrank war eine kleine Spüle mit schmutzigen Tassen. Eine davon gehörte Wesley. Vor rund zwei Stunden hatte er dem Koffein abgeschworen, weil sein Magen rebellierte.

Laurel machte ein paar zaghafte Schritte in den Raum, wagte es aber nicht, Platz zu nehmen. Und Wesley forderte sie auch nicht dazu auf.

»Ich wäre schon früher gekommen«, fuhr sie fort, »aber ich hab es erst vor einer halben Stunde erfahren, als meine Mitbewohnerin mich geweckt und es mir erzählt hat. Ich konnte es gar nicht glauben.« Sie hielt inne, zog ein Papiertaschentuch aus ihrer Tasche und putzte sich die Nase. »Ich bin seit Tagen schlimm erkältet. Vor dem Schlafengehen hab ich ein paar Tabletten genommen, und die haben mich richtig umgehauen. Ich bin noch immer ein bisschen benebelt.«

»Kommen wir auf gestern Abend zurück, Miss Geller.«

»Nicht gestern Abend, Captain. Vorgestern Abend. Im Moe's.«

»Im was?«

»Das Moe's ist ein Coffeeshop. Auf der Oak Street. Direkt gegenüber vom Park an der Blake Hall. Ich hab die beiden reinkommen sehen, aber Kim hat mich nicht gesehen. Ich saß an einem der hinteren Tische und hab an einem Referat gearbeitet, deshalb hab ich nicht gewinkt oder so. Und außerdem war ich ziemlich gerädert – von der blöden Erkältung – und hatte keine Lust, mit jemandem zu reden. Jedenfalls, ich hab ihnen gleich angesehen – noch ehe sie sich vorn an einen Tisch gesetzt haben –, dass irgendwas nicht stimmte.«

Wesley rieb sich kräftig das Gesicht, um wieder in Schwung zu kommen. Entweder die junge Frau sprach zu schnell, oder sein Verstand arbeitete zu langsam. »Das Moe's. Okay. Sie saßen im Moe's, und die beiden sind hereingekommen.«

»Genau. Und wie gesagt –«

Wesley hob eine Hand, um sie zu bremsen. »Die beiden sind hereingekommen. Mit ›die beiden‹ meinen Sie Kim und ...?«

»Und Scott.« Ihre Miene verfinsterte sich, was winzige Falten auf ihre Stirn treten ließ. »Ehrlich gesagt, ich konnte ihn nie leiden. Das habe ich Kim natürlich nicht gesagt.«

»Warum nicht?«

Die Frage kam nicht von Wesley. Er und Laurel Geller blickten zur Tür, in der Zach Lynch aufgetaucht war.
»Was wollen Sie, Officer?«, fragte Wesley gereizt. Er musste wirklich ganz schön groggy sein, wenn er nicht gehört hatte, dass die Tür zu dem Besucherzimmer aufgegangen war. Wie lang hatte Lynch schon da gestanden?
»Ich möchte zu Miss Burke«, erwiderte Zach mit ruhiger Stimme.
Wesley lachte scharf auf. »Das möchte ich auch gern.«
»Dann darf also noch keiner zu ihr?«
»Sonst noch irgendwelche Wünsche, Officer?«
Zachs Blick schwenkte zu Laurel Geller. »Eine Antwort auf meine Frage.«
Wesley wollte dem Polizisten schon wegen seiner Unverschämtheit die Leviten lesen, aber er war genauso neugierig auf die Antwort. Außerdem wirkte Lynch wesentlich wacher und aufmerksamer als er. Vielleicht war es gar nicht schlecht, wenn noch jemand bei diesem Gespräch dabei war.
Auf den Lippen der Studentin malte sich ein schwaches Lächeln ab. »Kim spricht nicht gern über sich. Ich kann ihr alles von mir erzählen, sie alles fragen, aber nur wenn es dabei um mich geht. Sie hat noch nie irgendwas Persönliches von sich erzählt.«
Zach hatte seine Antwort, aber er hatte noch mehr Fragen. Er schätzte kurz ab, was der Captain über seine Einmischung denken mochte. Wenn es ihm nicht passte, dass er dabei war, hätte er ihn bestimmt schon rausgeschmissen. Und da das nicht geschehen war, fasste Zach sich ein Herz, trat in den Raum und zog die Tür hinter sich zu.
»Wird sie wieder gesund?«, fragte Laurel ängstlich und blickte Zach forschend ins Gesicht.
»Ich weiß nicht«, sagte Zach.
»Er war an dem Abend so aufgebracht. Alle im Moe's wussten, dass sie mit ihm Schluss gemacht hat. Mit Scott«, fügte sie zur Erklärung für Zach hinzu.
»Und wieso haben das alle gewusst? Hat sie das über Lautsprecher bekannt gegeben?«, warf Wesley sarkastisch ein.
»Kim ist nicht laut geworden«, sagte Laurel. »Aber Scotts Stim-

me brauchte keine elektronische Verstärkung. Er war so laut, dass er im ganzen Coffeeshop zu hören war.« Sie wiederholte für Zach einiges von dem, was Scott ihrer Erinnerung nach an dem Abend gesagt hatte.

Sie schloss die Augen, und Tränen rannen durch die langen Wimpern auf ihre Wangen. Dann öffnete sie die nassen Augen und drückte sich die Handballen gegen das Gesicht. »Er muss total ausgerastet sein. Die arme Kim, das muss furchtbar für sie gewesen sein, erst recht nach dem, was er hinterher gebrüllt hat, als sie das Moe's verließ.«

»Und was war das?«, fragte Zach, der dem übermüdeten Captain einen Schritt voraus war.

Die Studentin legte die Hand auf die flache Brust, und ihre Wangen liefen rot an. »O Gott, das war das Schlimmste. Wieso hab ich Ihnen das nicht als Erstes erzählt?«

»Dann erzählen Sie's jetzt«, sagte Zach, bemüht, nicht ungehalten zu klingen.

»Er hat gesagt, wenn sie ihn verlässt, würde sie das für den Rest ihres Lebens bereuen.« Laurel schauderte und schlang die Arme um ihren Oberkörper. »Und das wird sie jetzt wohl auch.«

15

»Mein Wagen steht direkt vorm Haus.« Die elegante, langbeinige Blondine im rostbraunen, seidenen Armanikostüm griff zögernd nach dem Arm des unrasierten Mannes in dem zerknautschten, grauen Sportsakko und der braunen Hose, als er hinaus auf die Straße trat. »Brauchst du Hilfe?«

»Es geht schon.« Er sah das dunkle Bild der Limousine, die sich vor einem hellgrauen Himmel abhob. In Nates Welt war der Himmel immer nur grau, auch wenn er noch so blau strahlte.

Er schaffte es problemlos zum Auto, hatte aber Schwierigkeiten, den Türgriff zu finden, der dieselbe Farbe hatte wie der Wagen. Anne Arbus half ihm, und ihre Hand streifte seine, als sie ihm die Tür aufmachte. »Bitte einsteigen, Sir«, sagte sie heiter. Doch keiner von ihnen ließ sich durch den unbeschwerten Tonfall täuschen.

»Sehr aufmerksam, Anne«, sagte Nate und schob sich auf den Beifahrersitz im Wagen seiner Exfrau.

»Gern geschehen.«

Er atmete den Duft von edlem Leder ein, spürte die glatte Geschmeidigkeit des Sitzes. »Lexus?«, fragte er, nur um etwas zu sagen.

»Nein. Ich hab mich diesmal für einen BMW entschieden.«

Nate spürte einen Anflug von Gereiztheit. Nicht wegen des Wagens. Gott bewahre, den konnte er ihr jetzt gönnen. Aber es hatte mal eine Zeit gegeben, da hätte es ihn gewurmt, dass sie sich so einen Luxus leisten konnte. Genauer und ehrlicher gesagt, dass er sich so etwas nicht leisten konnte.

Was ihn störte, war die Art, wie Anne ihn behandelte. Als würde sie einem flüchtigen Bekannten, den sie alle Jubeljahre mal zu Gesicht bekam, im Auto mitnehmen und nicht ihren Exmann, den sie seit über einem Jahr weder gesehen noch gesprochen hatte. Und die Male, die sie in den acht Jahren davor Kontakt zueinander hatten, konnte er an einer Hand abzählen – na gut, vielleicht an beiden Händen. Zugegeben, daran war er selbst mehr schuld als Anne. Zu Anfang, in den ersten beiden Jahren, hatte Anne den Kontakt zu ihm gesucht. Doch das war für ihn die schlimme Zeit mit seinen Augenproblemen. Er war sicher gewesen, dass er ihr bloß leidtat. Und Annes Mitleid zu spüren war für Nate quälender, als sie überhaupt nicht zu spüren.

Er lauschte dem leisen, samtenen Schnurren des Motors. »Die Geschäfte laufen anscheinend gut.«

»Ich kann nicht klagen.«

Na, dachte Nate, wenigstens einer von ihnen.

»Hast du heute keinen Gerichtstermin?«

»Es ist Sonntag, Nate.«

»Verdammt«, sagte er leise. Er wusste nicht mal mehr, welcher Wochentag war. Na und? Ein Tag war für ihn wie jeder andere.

»Kannst du mir ein bisschen mehr Informationen geben?«, fragte sie, als sie die Cortelyou Road in Richtung Flatbush Avenue fuhr.

»Ich hab dir alles erzählt, was ich bislang weiß«, erwiderte er und blickte zum Fenster hinaus, obwohl er da draußen nichts mehr sehen konnte. »Aber sobald ich da bin, finde ich mehr heraus, darauf kannst du wetten.«

»Ich wette nicht, schon vergessen?« Eine nicht unbedingt zarte Erinnerung daran, dass Nates Vorliebe für Pferdewetten im Laufe ihrer vierzehnjährigen Ehe eines von vielen Streitthemen gewesen war. Auch dass Anne als Anwältin dreimal so viel verdiente wie er als Cop bei der Sitte, war für Nate ein wunder Punkt gewesen. Er hatte sein Gefühl der Unzulänglichkeit ihr gegenüber nie offen eingestanden, sondern es sie auf vielerlei Weise indirekt spüren lassen. Wie zum Beispiel, als sie den Wunsch hatte, die Mietwohnung in Brooklyn aufzugeben und eine Eigentumswohnung in Manhattan zu kaufen, und er ihr vorgeworfen hatte, sie sei ein Emporkömmling. Außerdem hatte er sich immer geweigert, sie zu Wohltätigkeitsveranstaltungen oder offiziellen Einladungen zu begleiten – im Grunde hatte er deutlich gemacht, dass er mit ihren gut betuchten Bekannten nichts zu tun haben wollte.

Im Rückblick, nachdem er viel Zeit zum Nachdenken gehabt hatte, musste Nate sich eingestehen, dass er mit vielen ihrer gemeinsamen Probleme schlecht umgegangen war. Am schlechtesten jedoch mit dem Problem Kim – das war der Tropfen gewesen, der das Fass schließlich zum Überlaufen gebracht und das Ende ihrer Ehe bedeutet hatte.

Der Hauptgrund für die Spannungen und den Stress zwischen den Eheleuten war nicht, dass Kim, eine schwierige, fünfzehnjährige Ausreißerin mit düsterer Vergangenheit, einem Drogenproblem und kaum kontrollierten Aggressionen, zu den Shapiros zog, sondern die Tatsache, dass Nate die gesetzliche Vormundschaft für Kim übernommen hatte, ohne vorher mit Anne darüber zu sprechen.

In den ersten Monaten nach Kims Einzug beherrschte Anne ihren Zorn über seine Eigenmächtigkeit, aber Zurückhaltung war noch nie ihre Stärke gewesen. Als Kim eines Abends verschwand und sich so mit Koks volldröhnte, dass sie nicht einmal mehr mitbekam, wo sie war, als Nate sie zurückbrachte, platzte Anne schließlich der Kragen. Sie stellte ihn zur Rede, weil er die Vormundschaft nicht mit ihr abgesprochen und übereilt gehandelt hatte. Im Gegenzug sagte er ihr brutal ins Gesicht, sie hätte schließlich auch nicht mit ihm geredet, bevor sie jede Hoffnung auf eigene Kinder zunichte machte, indem sie einige Jahre zuvor eine Abtreibung vornehmen ließ, die aufgrund unerwarteter Komplikationen eine Totaloperation zur Folge hatte. Der anschließende Streit wurde immer gemeiner und hässlicher, bis Anne irgendwann aus der Wohnung stürmte. Ein paar Tage später kam sie wieder, aber nur um ihre Sachen zu packen.

Nein, fiel ihm jetzt wieder ein, vorher hatte sie noch etwas gemacht. Sie war ins Gästezimmer – das Kims Zimmer geworden war – gegangen und gut eine halbe Stunde drin geblieben. Was Anne zu seinem Mündel gesagt hatte, was Kim zu Anne gesagt hatte, falls sie überhaupt etwas gesagt hatte, wusste Nate bis heute nicht. Aber er hatte auch keine von beiden je danach gefragt. Wenn es darum ging, irgendwelche zwielichtigen Verdächtigen oder Kriminelle zu vernehmen, war Nate unschlagbar. Er bekam unweigerlich mehr aus solchen Typen heraus als irgendeiner seiner Kollegen. Doch bei den Menschen, die ihm etwas bedeuteten, die er liebte, stellte Nate nicht viele Fragen. Vielleicht hatte er ja Angst vor den Antworten.

Seit der Trennung von Anne hatte Nate sich zahllose Male gewünscht, alles anders gemacht zu haben. Er wusste, wenn er auf Anne zugegangen wäre, sie um Hilfe gebeten, sich ihr mehr geöffnet hätte und offener für sie gewesen wäre, dann hätte er seine Frau wahrscheinlich zurückgewonnen.

Doch schon bevor seine Sehkraft nachließ, hatte er sich schwergetan, um Hilfe zu bitten oder irgendjemandem, selbst seiner eigenen Frau, zu verraten, was in seinem Kopf oder seinem Herzen vorging. Vielleicht hatte gerade das seine Sympathie für Kim geweckt – weil sie ihm so ähnlich war.

»Ich habe einen Bekannten angerufen, bevor ich zu dir gefahren bin«, sagte Anne, nachdem sie einige Minuten geschwiegen hatten. »Er kennt einen Anwalt in New Hampshire, in Concord, aber das ist nicht weit von Danby. Ken hat mir seine Privatnummer gegeben. Aber wir warten lieber bis gegen zehn, ehe wir ihn anrufen und auf den neusten Stand bringen, für den Fall, dass wir ihn brauchen.«

»Wer ist Ken?«

Er spürte ihren Blick auf sich, stellte sich ein schwaches Lächeln auf ihren Lippen vor.

»Reine Neugier.« Einen ganz kurzen Augenblick hatte Nate den Impuls, ihr die Wahrheit zu sagen – *ich liebe dich noch immer, Anne. Ich habe nie aufgehört, dich zu lieben. Selbst nach so langer Zeit habe ich allein bei der Vorstellung, dass du mit einem anderen zusammen bist, das Gefühl, es zerbricht mir das Herz.*

»Niemand Wichtiges, Nate«, sagte sie.

»Gibt es denn jemand Wichtiges?« Viel zu spät, um Fragen zu stellen.

Anne erwiderte nichts, ließ die Frage unbeantwortet im Raum

schweben. Offenbar war es für sie viel zu spät, ihm Antworten zu geben.

Dennoch fand Nate es einigermaßen tröstlich, dass sie nach über acht Jahren noch immer Single war und nicht wieder geheiratet hatte. Und er war sich einigermaßen sicher, dass sie mit niemandem zusammenlebte. An Tagen, wenn er besonders deprimiert war, rief er manchmal bei ihr zu Hause an, wenn er wusste, dass sie im Büro war. Dann lauschte er ihrer Stimme auf dem Anrufbeantworter. *Hier ist der Anschluss von Anne Arbus. Nachrichten bitte nach dem Signalton.*

Wenn sie nicht allein wohnen würde, so seine Vermutung, dann hätte sie doch auch den Namen des Mannes auf dem Ansagetext genannt.

Was nicht hieß, dass er sich der Illusion hingab, seine Exfrau hätte in all den Jahren wie eine Nonne gelebt. Ganz sicher hatte es Männer in ihrem Leben gegeben. Männer in ihrem Bett.

Genauso wie es Frauen in seinem Bett gegeben hatte. Nicht jedoch in seinem Leben. Die einzigen Frauen in seinem Leben waren Anne und Kim. Und die einzigen Frauen, die in den vergangenen Jahren in seinem Bett gewesen waren, waren Nutten, die er aus seiner Zeit bei der Sitte kannte. Ein paar von ihnen wollten ihm immer eine Gratisnummer geben – um der alten Zeiten willen. Doch Nate bezahlte ihnen stets den vollen Preis. Er ließ sich nichts schenken, nicht mal von Prostituierten. Außerdem wusste er genau, weshalb sie kein Geld von ihm wollten: Sie hatten Mitleid mit dem armen, fast blinden Excop. Wenn er ein bisschen mehr Stolz gehabt hätte und ein bisschen weniger scharf gewesen wäre, hätte er ganz auf Sex verzichtet.

Sie fuhren jetzt auf die Manhattan Bridge. Selbst an einem Sonntagmorgen um sieben herrschte reger Verkehr.

Nate achtete nicht auf das Gehupe anderer Autos und Annes ständige Spurwechsel, aber seine Gereiztheit wuchs. Sie hätte ihm wenigstens eine Antwort zu ihrem Liebesleben geben können. Egal welche – selbst die, dass ihn das verdammt nochmal nichts anging.

»Ich hab letzten Monat eine Karte von Kim bekommen«, sagte Anne, als sie auf der Überholspur war.

»Wie kommt's?«, fragte Nate, der über ihre Bemerkung so überrascht war, dass er seinen Ärger über die unbeantwortete Frage nach einem Freund vergaß.

»Mein Geburtstag. Mein fünfundvierzigster.« Anne seufzte. »Ist das zu fassen? Gott, die Fünfzig lauert schon an der nächsten Ecke.« Er hatte diese Ecke vor vier Jahren erreicht. Nie war Nate der Altersunterschied von neun Jahren so groß vorgekommen.

»Du hast noch einen weiten Weg, bis du an die Ecke kommst, Anne. Außerdem«, fügte er hinzu, »du siehst noch immer aus wie Mitte dreißig.« Die Bemerkung, als unbeschwertes Kompliment gedacht, ging daneben. So schlecht wie seine Augen inzwischen waren, konnte er schließlich nicht wissen, ob seine Exfrau noch immer bildschön war.

Aber da war er sich relativ sicher. Seine Sehkraft mochte ja hundsmiserabel sein, aber seine anderen Sinne waren noch immer hyperscharf. Er konnte fühlen, riechen, fast schmecken, wie schön sie war. Er spürte geradezu, dass Anne schöner war denn je, wenn das überhaupt möglich war. *Gab es jetzt jemand Wichtigen in ihrem Leben?*

Anne beeilte sich, das verlegene Schweigen zu beenden. »Kims Karte war richtig lieb. Sie hat geschrieben, wie gut es am College für sie läuft und dass sie überlegt, anschließend Jura zu studieren. Wir hatten schon mal darüber gesprochen, und ich hab ihr immer zugeraten. Ich hab ihr gesagt, wenn sie Interesse hätte, an die New Yorker Uni zu gehen, könnte ich als ehemalige Absolventin eine Empfehlung für sie schreiben. Ich glaube, sie würde eine prima Anwältin abgeben, meinst du nicht auch, Nate?«

»Ja«, sagte Nate geistesabwesend. »Kim und du ... ihr habt also Kontakt gehalten?«

»Nicht regelmäßig. Wusstest du nichts davon?« Anne seufzte. »Offensichtlich nicht.« Sie zögerte. »Macht dir das was aus?«

»Dass ihr Kontakt habt oder dass sie mir nichts davon erzählt hat?«

»Sowohl als auch.«

»Seit wann?«

»Von Anfang an.«

Nate war wirklich verblüfft. »Du bist sechs Monate nach ihrem Einzug gegangen. Und ich hab gedacht, sie wäre der Grund gewesen …«

»Sie war nicht der Grund, Nate. Du warst der Grund. Wir beide waren der Grund.« In Annes Stimme schwang kein Vorwurf mit, kein Zorn. Allerdings auch keine Spur von Bedauern, und das machte Nate unendlich traurig.

»Ich habe mich regelmäßig bei Kim gemeldet, ein- oder zweimal im Monat. Es hat eine Ewigkeit gedauert, bis sie mir endlich geantwortet hat.« Nach einer kurzen Pause sprach sie weiter. »Ich wollte Kim unbedingt verständlich machen, dass ich nicht ihretwegen gegangen bin. Ich glaube, irgendwann habe ich sie einfach zermürbt. Doch selbst als ich die Mauer durchbrochen hatte, die sie um sich herum errichtet hatte, war ihr nie ganz wohl dabei, dass wir Kontakt hielten. Sie hatte das Gefühl, dich zu verraten.«

Er konnte spüren, dass Anne ihn ansah. »Du bist verärgert«, sagte sie sanft.

»Nein.« Die Antwort kam spontan. Erst als er sie ausgesprochen hatte, merkte er, dass sie ehrlich war. »Kim brauchte eine starke, ausgeglichene Frau als Vorbild. Ich hab mir immer Sorgen gemacht, weil sie so jemanden nicht hatte. Anscheinend waren meine Sorgen wohl unnötig.«

»So stark bin ich gar nicht. Oder so ausgeglichen. Zumindest nicht ständig.«

»Wer ist das schon?« So viel Offenheit hatte er ihr schon seit einer Ewigkeit nicht mehr gezeigt.

Er spürte ihre Hand auf seinem Arm. »Sie liebt dich, Nate. Und sie weiß, dass du sie liebst. Sie wird das überstehen. Wir helfen ihr dabei.«

Er legte seine Hand auf die seiner Exfrau und drückte sie. »Annie«, flüsterte er heiser, dann ließ er seine Hand rasch wieder sinken.

Er hatte Angst, dass er sie sonst nie wieder loslassen könnte.

16

Kim versuchte, den Arm zu bewegen, doch der Lederriemen schnitt ihr ins Handgelenk. Sie versuchte es mit dem anderen Arm. Wieder grub sich das Leder in ihr Fleisch. Ebenso bei ihren Beinen. Eine Panikwelle stieg in ihr auf. Wieso war sie festgeschnallt? War sie in der Hölle? Würde sie so ihre Zeit in der Ewigkeit fristen?

»Nein«, schrie sie heiser, und Tränen brannten ihr in den Augen. Sie kämpfte erfolglos, drehte den Kopf – der einzige bewegliche Teil ihres Körpers – hektisch von einer Seite zur anderen, was stechende Schmerzen in der Stirn auslöste. Sie schrie wieder, doch diesmal wegen des Schmerzes.

»Muss ein Scheißgefühl sein.«

Kim nahm die Worte nur undeutlich wahr. Und die Augen zu öffnen war ein gewaltiger Kraftakt. Selbst dann konnte sie die Gestalt, die auf sie herabschaute, nur verschwommen erkennen. Einen Augenblick lang fragte sie sich, ob sie blind wurde, wie Nate. Der Gedanke löste eine seltsame Heiterkeit in ihr aus.

»Du krankes kleines Miststück. Stehst du auf Schmerzen? Jedenfalls stehst du drauf, andere leiden zu lassen, das weiß ich.«

Die Stimme war so grob, so wütend. Kim verstand das nicht.

Aber sie wollte es eigentlich auch nicht verstehen. Sie wollte, dass die Stimme verschwand. Sie wollte, dass die Stimme sie einfach sterben ließ.

»Sie hat dich gehasst. Und deinen abartigen Freund auch. Sie hat oft gesagt, sie wüsste nicht, wer von euch beiden kränker ist.

He, und wenn du noch was zu lachen haben willst: Ich hab dich in Schutz genommen. Ich hab Monica vorgeworfen, sie wäre ungerecht.«

Kim hörte, wie die Stimme des Mannes brach – sie konnte jetzt erkennen, dass es ein Mann war.

»Ich kann nicht glauben, was ihr beide ihr angetan habt. Ich kann es einfach nicht. Ich wollte ihr nach dem Examen einen Heiratsantrag machen. Ich habe den Ring schon gekauft. Ich war … o Gott … ich war sicher, dass sie ja sagen würde. Und jetzt …«

Kim versuchte zu begreifen, was der Mann da sagte, aber ihr Verstand war so benebelt. Die Worte fügten sich einfach nicht zu einem sinnvollen Ganzen zusammen. *Monica. Ring. Gott.* Nur die Stimme des Mannes ergab einen Sinn. Sie spürte das Gewicht seiner Verzweiflung wie einen Felsblock auf ihrer Brust.

Das Gewicht erdrückte sie förmlich …

»Wie ich höre, willst du sterben, Kim. Stimmt das? Willst du das wirklich? Ich könnte dir dabei helfen. Ich könnte das für dich erledigen.«

Der Druck verlagerte sich von ihrer Brust zu ihrem Hals. »Es wäre ganz leicht für mich.«

Der Druck verstärkte sich, ein Schraubstock, der ihr den Hals zudrückte. Sie versuchte vergeblich, Luft zu holen. Sie konnte sie nicht in die Lunge saugen. Instinktiv wollte sie die Hand an die Gurgel legen. Vergaß die verfluchten Riemen. Sie würde sterben. Er würde sie erwürgen.

Wollte sie das nicht?

»Nein.« Es war ein kläglicher Versuch, um ihr Leben zu betteln. Sie konnte sich selbst kaum hören.

»Dann willst du also doch nicht sterben.«

Kim kämpfte, versuchte, sich aus dem stählernen Würgegriff des Mannes zu befreien. Warum wollte er ihr etwas antun? Litt sie nicht so schon genug?

Und auf einmal schien er ihre Gedanken zu lesen, denn der Schraubstock öffnete sich abrupt. Der erste Atemzug brannte ihr in der Kehle, doch Kim war so erleichtert, dass es ihr nichts ausmachte.

»So ist es recht, Kim. Atme. Atme weiter. Ich will nämlich, dass du bis ans Ende deines Lebens jeden Tag leidest. Genau wie ich leiden werde. Monica wäre meine Frau geworden. Wir hätten Kinder gehabt. Wir hätten ein gemeinsames Leben gehabt. Ein gutes Leben. Ich habe sie so sehr geliebt. So … sehr.« Ein Schluchzen brach aus ihm heraus.
»Doctor?«
Licht fiel in den Raum.
Er räusperte sich rasch, richtete sich auf. »Alles in Ordnung, Schwester. Dr. Schnessel hat mich gebeten, nach seiner Patientin zu sehen. Ich bin diese Woche auf der psychiatrischen Station.«
Kim staunte über die Veränderung in der Stimme des Mannes. So klar, so angenehm, wenn auch ein wenig müde.
»Entschuldigung.« Dann nach kurzem Zögern: »Ist sie noch ohne Bewusstsein?«
»Ja.«
»Ich habe Anweisung, ihr noch eine Dosis Tofranil zu geben, sobald sie zu sich kommt.«
»Das dauert noch ein Weilchen.«
Die Stimme des Mannes entfernte sich von Kim.
»Sind Sie neu, Schwester?«
»Ich bin seit einer Woche hier. Heute ist mein erster Tag auf der psychiatrischen Station. Jill Norris.«
»Dennis Parker. Assistenzarzt.«
Dennis Parker. Der Name spukte durch Kims wirren Kopf. Der Name kam ihr bekannt vor. Und die Stimme des Mannes auch. Wenn sie nur klar denken könnte. Wenn sie nur klar sehen könnte. Sie hob den Kopf trotz der Schmerzen, den die Bewegung verursachte. Der Mann war an der Tür, mit dem Rücken zu ihr. Sie erkannte einen weißen Kittel. Er war groß und so breit, dass die Krankenschwester nicht einmal einen flüchtigen Blick auf sie werfen konnte.
Natürlich. Dennis. Monicas Freund. Kein Wunder, dass er sie hatte erwürgen wollen.
»Angenehm, Doctor.«
Angenehm.

Das klang, als würde die Krankenschwester das auch so meinen.
Sie wollte die Frau warnen. *Nimm dich in Acht …*
Sie wollte alle Frauen warnen. Vertraut keinem Mann.
Aber es war zu spät. Es war zu spät, irgendeine von ihnen zu retten.
Und obwohl sie noch am Leben war, wusste Kim, dass es auch viel zu spät war, sich selbst zu retten.

17

»Hol mich hier raus, Nate. Bitte.«

Nate nahm Kims Hand. Sie war eiskalt. Er hielt sie zwischen beiden Händen, um sie ein wenig zu wärmen.

»Hör zu, Kim, der Doc sagt, du sollst noch ein paar Tage hierbleiben, wegen der Kopfverletzung und so.« Sie wussten beide, dass das *und so* mehr Anlass zur Sorge gab als die Kopfverletzung.

»He, so schlimm ist es hier gar nicht.« Nate bemühte sich, optimistisch zu klingen. Na schön, er konnte nicht ganz so gut erkennen, wie der Raum eingerichtet war, aber Anne hatte ihn sich angesehen, bevor Kim am Morgen verlegt wurde, und hatte ihm versichert, dass das Einzelzimmer so hübsch ausgestattet war wie in einem guten Hotel. Sogar der Sessel, auf dem er saß, war bequem, kein Vergleich zu dem geschmacklosen orangeroten Plastikding vom Vortag. Und er konnte die Sonne, die durch das Südfenster strömte, auf dem Gesicht fühlen. Ein Hauch Wärme und Licht inmitten von Dunkel und Leid.

Nate war entsetzt gewesen, als er Kim am Vortag gesehen hatte. Zum ersten Mal empfand er es fast als Segen, dass seine Augen so schlecht waren. Aber auch ohne normales Sehvermögen konnte er erkennen, dass sie in einem kleinen Zimmer an ein schmales Bett geschnallt war, und das Mittel, das man ihr verabreichte, machte sie so benommen, dass sie weder wusste, wo sie war, noch, wer er war.

Nate war außer sich vor Wut und Empörung, und er wollte sofort ins Büro des Arztes stürmen, doch Anne hielt ihn zurück, indem sie ihm den Weg zur Tür versperrte.

»Kim braucht dich hier. Ich rede mit dem Psychiater.«
Zwanzig Minuten später kam sie mit einer Pflegerin zurück, die Kim losschnallte. »Wir machen das auch nicht gern«, sagte die kräftige Frau entschuldigend und sah Nate an. »Aber als Ihre Tochter eingeliefert wurde, hat sie sich mit Händen und Füßen gewehrt. Wir mussten sie festschnallen, um ihr die Medikamente geben zu können.«
Nate verbesserte die Pflegerin nicht, als sie Kim seine Tochter nannte. Sie war nicht sein Fleisch und Blut, aber sie war sein Herz. Und das genügte.
Nate fühlte sich wie in einem bekannten Albtraum. Selbst als Anne ihm eine Hand auf die Schulter legte, empfand er die Berührung nicht als tröstlich. Gott sei Dank gab sie nicht irgendeinen abgedroschenen Spruch von sich, sonst wäre er ausgeflippt.
Stattdessen sagte sie mit ihrer energischen, aber ruhigen, professionellen Stimme: »Ich rede mal ein Wörtchen mit dem leitenden Detective.«
Wie sich herausstellte, hatte die Polizei Kim nicht mehr »im Visier«, doch der Captain wollte ihr noch ein paar Fragen stellen, sobald ihr Zustand stabiler war. Er hatte zwar noch nicht alle Puzzleteilchen zusammengesetzt, war aber offenbar inzwischen überzeugt, dass Scott Roeder der alleinige Täter war. Er hatte Kims Mitbewohnerinnen erstochen und sich dann erhängt. Anne hatte Captain Wesley entlocken können, dass Roeder ausgerastet war, weil Kim am Abend vor der schrecklichen Tat mit ihm Schluss gemacht hatte. Das erklärte auch, warum Kim sich die Schuld gab am Tod ihrer Mitbewohnerinnen und an dem von Scott.
Nate war erleichtert, dass Kim keine Anklage zu befürchten hatte – zumindest nach dem derzeitigen Stand der Dinge. Er war lange genug bei der Polizei gewesen, um zu wissen, dass sich das Blatt im Laufe der Ermittlungen rasch wieder wenden konnte. Doch selbst wenn sie weiterhin vom Verdacht befreit blieb, war sie emotional stark gefährdet, da machte er sich nichts vor. Es stand außer Frage, dass sie gegen den posttraumatischen Stress behandelt werden musste. Das sah Nate ein, und er fand

es richtig, dass Dr. Schnessel Kim noch ein paar Tage auf seiner Station behalten wollte.
Kim dagegen war alles andere als glücklich darüber. Selbst jetzt, nach der Verlegung in das schöne Einzelzimmer, wo sie weder festgeschnallt war noch am Tropf hing – sie nahm jetzt freiwillig ihre Medizin –, flehte sie Nate weiterhin an, sie nach Hause zu bringen.
Nate fragte sich, was Kim wohl mit »nach Hause« meinte. Doch bestimmt nicht die Wohnung, in der die beiden jungen Frauen brutal ermordet worden waren. In der ihr Exfreund sich anschließend erhängt hatte.
Meinte sie vielleicht Brooklyn? Wollte sie sechs Wochen vor ihrem Abschluss, den sie mit Auszeichnung machen würde, das College abbrechen?
Er sprach mit Anne darüber. Sie meinte, er solle das nicht wörtlich verstehen, Kim wolle damit nur sagen, er solle sie aus dem Krankenhaus holen.
Die Sonne verschwand hinter einer Wolke, und Nate spürte sogleich ein Frösteln, obwohl es ein strahlender Apriltag war und die warme Luft das Krankenhauszimmer erfüllte. Er hatte dieses Gefühl schon öfter gehabt. Ein böses Omen, würde er vielleicht sagen, wenn er abergläubisch wäre. Doch Nate Shapiro war nicht abergläubisch. Er war einfach nur ein Mensch, der mit seinen vierundfünfzig Jahren in dieser Welt schon zu vieles erlebt hatte, was nicht richtig war, und dergleichen inzwischen schneller als die meisten spürte. Ein sechster Sinn.
Vielleicht wäre *fünfter* Sinn in seinem Fall passender, jetzt, wo er kaum noch sehen konnte.
»Nate?«
Er hielt noch immer Kims Hand und merkte plötzlich, dass er sie gar nicht mehr wärmte, weil seine eigenen Handflächen kalt und klamm geworden waren.
»Was ist, Schatz?« Das »Schatz« rutschte ihm heraus, bevor er sich bremsen konnte. Kim mochte es nicht, wenn er sie so nannte.
»Brauchst du was, Kim?«, fügte er rasch hinzu. »Tut dir der Kopf weh?« Die Krankenschwester hatte beim Wechseln des

Verbandes die gute Arbeit des plastischen Chirurgen gelobt und Nate versichert, dass kaum eine Narbe zurückbleiben würde. Vielleicht nicht auf der Stirn, hatte Nate bedrückt gedacht.
»Meinem Kopf geht's gut. Hat jemand angerufen?«
»Jemand Bestimmtes?«, fragte er.
»Kein Verhör bitte, Nate«, sagte Kim scharf und entzog ihm ihre Hand. »Davon hatte ich genug.«
»Tut mir leid, Kim. So hab ich das nicht gemeint«, sagte Nate, und es gelang ihm nicht, den gekränkten Ton in seiner Stimme zu unterdrücken. »Hier im Zimmer ist kein Telefon. Damit du nicht gestört wirst.«
Kim verzog das Gesicht, aber die Geste jagte ihr einen so heftigen Schmerz durch die genähte Stirn, dass sie aufstöhnte.
Nate wollte wieder ihre Hand nehmen, doch sie schob sie unter die Decke. »Mir geht's gut.«
»Das ist doch nur wegen der vielen Reporter …«
»Schon gut. Vergiss es.«
»Soll ich jemanden für dich anrufen, Kim?«
»Nein«, sagte sie rasch. »Aber du kannst mir dein Handy geben. Und«, fügte sie nach einer kurzen Pause hinzu, »mich ein bisschen allein lassen.«
»Es ist nicht erlaubt, Handys im Krankenhaus zu benutzen, Kim.«
Sie brachte ein kleines Lächeln zustande. »Und du hältst dich immer an die Vorschriften?«
Nate seufzte. Er musste zugeben, dass ihr Lächeln ihm guttat. Er holte sein Handy aus der Tasche seines zerknitterten Jacketts. Kim zog ihre Hand unter der Bettdecke hervor, und als sie das Telefon nahm, ergriff sie seine Hand. »Danke, Nate. Tut mir leid, dass ich so schroff war.«
»Du hast verdammt viel durchgemacht, Kim. Du musst dich für nichts entschuldigen.« Er betonte das Wort *nichts*, um Kim zu vermitteln, dass er nicht nur ihre schnippische Reaktion meinte. Das war seine Art, sie von ihren Schuldgefühlen zu befreien. *Father Nate*, der ihr Absolution erteilte. Aber Nate war kein Priester. Er konnte keine Vergebung schenken. Die würde Kim in sich selbst finden müssen.

Als Nate aufstand, um den Raum zu verlassen, fragte Kim, wo Anne war.
Eigentlich hätte Nates Exfrau wieder auf dem Rückweg nach Manhattan sein müssen. Es war Montag – ein normaler Arbeitstag für sie. Stattdessen hatte Anne am Morgen unzählige Telefonate geführt und Nate anschließend gesagt, sie würde noch ein oder zwei Tage bleiben. Er hätte ihr sagen müssen, das sei nicht notwendig. Aber sie hätte gewusst, dass er log.
»Sie ist runter in die Cafeteria, einen Kaffee trinken.«
»Seit wann trinkt Anne Kaffee?«
Nate war ein schlechter Lügner bei seinen beiden Frauen. *Seine Frauen.* Wieso hatte er Anne plötzlich in diese Kategorie mit aufgenommen? Er ermahnte sich insgeheim, nicht zu viel in die großzügige Geste seiner Exfrau hineinzulesen.
»Sie brauchte eine Pause, Kim.« In Wahrheit hatte Anne eine weitere Unterredung mit Captain Chuck Wesley.

18

Kim beobachtete Nate, wie er vorsichtig zur Tür ging, sich unauffällig vorantastete. Irgendwann würde er wohl oder übel den weißen Stock benutzen müssen, den er angeblich nicht brauchte, wie er nicht müde wurde zu beteuern. Trotz allem, was sie durchmachte, spürte Kim ein Ziehen in der Brust, als sie ihn aus dem Zimmer gehen sah. Sein Anblick heute – schmuddelig, wackelig auf den Beinen, unrasiert, hängende Schultern, wässrige Augen, Sorgenfalten auf der Stirn und in den Mundwinkeln tiefe Furchen – ließ nichts mehr ahnen von dem gepflegten, kräftigen, selbstbewussten Detective, der er einmal gewesen war. Nur die Tatsache, dass Anne ihn nach Danby gebracht hatte, beruhigte Kim ein wenig. Sie wusste, dass Nate nie aufgehört hatte, seine Exfrau zu lieben.

Nachdem Nate das Zimmer verlassen hatte, schüttelte Kim diesen Gedanken ab und klappte das Handy auf. Doch als sie gerade die Nummer wählen wollte, öffnete sich die Tür. Ein Mann in einem weißen Kittel kam herein, und ihr blieb vor Angst die Luft weg, weil Bilder vom Vortag in ihrem Bewusstsein aufblitzten. War Dennis Parker zurückgekommen, um sie endgültig zu erledigen? Bis zu diesem Moment hatte sie sich nur undeutlich an den Vorfall erinnern können, war nicht einmal sicher gewesen – bis jetzt nicht –, ob sie sich all das womöglich nur eingebildet hatte.

»Keine Angst, Miss. Ich muss nur Ihre Temperatur und Ihren Blutdruck messen.« Der junge Mann lächelte aufmunternd. Kim hatte ihn bisher noch nicht gesehen, oder zumindest nicht

wahrgenommen. Es war nicht Dennis. Nicht mal ein Arzt. Es war ein Pfleger.
Kim ließ das Handy unter der Bettdecke verschwinden. Falls der Pfleger das verbotene Telefon gesehen hatte, so sagte er jedenfalls nichts dazu. Er erledigte bloß seine Arbeit, lächelte weiter, als er ihre Temperatur nahm, blickte aber beim Blutdruckmessen nicht mehr annähernd so heiter. Kim war sicher, dass er viel zu hoch war, unter anderem auch wegen des Schrecks, den der arglose Pfleger ihr eingejagt hatte.
»Kann ich sonst irgendwas für Sie tun?«, fragte er, nachdem er die Werte auf dem Klemmbrett notiert hatte, das am Fußende des Bettes hing.
Kim schüttelte den Kopf, wollte ihn schnell loswerden. Sobald er fort war, holte sie das Handy hervor und wählte eilig die Nummer. Immer wieder huschte ihr Blick nervös zur Tür, während sie dem Rufzeichen lauschte.
Es klingelte fünfmal, bevor sich jemand meldete.
»Hallo?« Die Stimme klang argwöhnisch. Kim wusste sofort warum. Joe kannte die Nummer nicht, die er auf dem Display seines Handys sah.
»Joe, ich bin's. Mein Gott, tut das gut, deine Stimme zu hören.« Tränen schossen ihr in die Augen. »Ich kann immer noch nicht fassen, was passiert ist, Joe.«
»Es wäre besser …«
»Wenn du doch hier wärst, ich glaube, dann käme ich klar. Es war so furchtbar, Joe. Die armen Mädchen … und … und Scott. O Gott, ich wünschte, wir wären einfach in der Bar geblieben, letzten –«
»Hör zu, es ist jetzt gerade schlecht.« Joes Stimme war leise, aber bestimmt.
»Was? Joe –«
»Nein, ich habe heute keine Sprechstunde.«
Kim verzog das Gesicht, auch wenn es ihr wieder Schmerzen verursachte. »Was redest du denn –« Sie begriff und stockte.
»Ist jemand bei dir?« Kim wischte sich mit dem Handrücken über die tränennassen Wangen. »Bist du zu Hause?«
»Ja, genau.« Joe klang weiter kühl und kurz angebunden.

»Ist Meg da?«
»Vielleicht morgen.«
»Du kommst mich morgen besuchen?«
»Ich kann mich da nicht festlegen, nach dem, was passiert ist. Das werden Sie sicherlich verstehen.«
»Ich brauch dich, Joe. Du musst –«
»Einen Moment«, fiel er ihr ins Wort. »Ich muss in meinem Terminkalender nachsehen.« Es trat längeres Schweigen ein, bevor er sich wieder meldete.
»Du hättest nicht anrufen sollen, Kim.« Seine Stimme war jetzt lauter. Und zum ersten Mal nannte er ihren Namen. Offenbar war er in einen anderen Raum gegangen und hatte die Tür geschlossen, damit seine Frau nicht mitbekam, was er sagte.
Aber warum klang er dann noch immer so unterkühlt?
»Was meinst du damit, Joe?«
»Du bist eine intelligente, junge Frau, Kim. Du weißt genau, was ich damit meine. Dieser Vorfall könnte schwerwiegende Folgen –«
»*Vorfall?* Verdammt, Joe, mein Exfreund hat meine Mitbewohnerinnen erstochen und sich dann aufgehängt. Das nennst du einen *Vorfall?!*«
Sein Ton wurde schlagartig sanfter. »So hab ich das nicht gemeint. Das mit den beiden ist wirklich schrecklich – die Armen! Monica war schließlich bei mir im Seminar, und Pauline hat vor zwei Jahren für mich Recherchearbeiten gemacht. Der Tod der beiden geht mir verdammt nah. Was ich von deinem wahnsinnigen Freund leider nicht behaupten kann –«
»Exfreund«, berichtigte Kim ihn rasch. »Was glaubst du wohl, wie ich mich fühle, weil er das meinetwegen gemacht hat?« Ihre Stimme brach, als wieder eine Welle von Verzweiflung über sie hinwegzuspülen drohte.
»Es ist nicht deine Schuld, Kim.« Seine Worte klangen hohl, und das umso mehr, als er gleich anschließend sagte: »Hör zu, ich muss Schluss machen. Ich hab Ali versprochen, heute mit ihr nach Boston zu fahren.«
»Du fährst nach Boston?« Kim war verblüfft, verletzt, sauer. Wieso verhielt Joe sich so, ausgerechnet jetzt?

»Ali braucht neue Klamotten fürs College. Ihre Mutter und ich –«

»Meg fährt mit?«

»Sie hat heute frei. Das Rathaus ist geschlossen.« Meg arbeitete im Steueramt. »Das College natürlich auch. Morgen ist in der Wilson Chapel eine Trauerfeier für die beiden Mädchen. Erst danach gehen die Seminare weiter.«

Kim fing an zu weinen.

Am anderen Ende der Leitung war es still.

»Kim«, sagte Joe schließlich. Zumindest war sein Tonfall jetzt zärtlich.

»Ja«, stammelte sie unter Tränen. Sein Tröstungsversuch kam ein bisschen spät.

»Ich wünschte, ich könnte bei dir sein.« Diesmal schwang mehr Gefühl in seiner Stimme mit.

Kims Stimmung hob sich ein klein wenig.

»Wir müssen es jetzt einfach eine Weile ruhig angehen lassen. Im Moment ist die Situation … ganz schön kompliziert. Ich kann es mir nicht leisten … Kim, du kennst meine Lage.«

Benommenheit erfasste sie. »Ja, Joe. Ich kenne deine Lage«, sagte sie matt.

»Ach Kim, jetzt sei doch nicht so hoffnungslos. Wir stehen das durch. Und dann sind wir zusammen. Du weißt, dass ich das will.«

»Wirklich?«

»Natürlich. Daran hat sich nichts geändert.«

Aber Kim wusste, dass das nicht stimmte, selbst wenn Joe das gern glauben wollte. Oder sie glauben machen wollte. Alles hatte sich geändert. Nichts würde je wieder so sein, wie es war.

»Du hast doch der Polizei nichts erzählt, oder, Kim?« Joe klang nervös. Sogar verängstigt.

»Was denn zum Beispiel?«

Es entstand eine Pause. Sie hörte, wie er sich räusperte. »Hast du denen erzählt, dass du Samstagabend im Lucky's warst?«

Und dann fiel bei Kim der Groschen. Wäre sie nicht noch immer so sediert und traumatisiert gewesen, hätte sie es gleich kapiert.

»Du meinst, dass ich mit dir im Lucky's war?«
Der kühle Unterton in ihrer Stimme war ihm offenbar nicht entgangen. »Kim, Darling, es geht doch niemanden was an, wo du warst, die Polizei schon gar nicht. Der Fall ist glasklar. Warum sollen wir uns da reinziehen lassen …«
»Warum sollen wir *dich* da reinziehen lassen, meinst du«, konterte sie.
»Es geht nicht nur um mich. Es könnte auch noch einige andere in Mitleidenschaft …«
»Deine Frau? Deine Tochter?« Ihre Stimme war durchdrungen von Eifersucht und Enttäuschung.
»Ich denke dabei auch an dich.«
»Ach ja? Danke, Joe. Danke für deine liebevolle Sorge«, sagte sie mit einer Mischung aus Verletzung und Verbitterung. War das wirklich derselbe Mann, der sie noch vor so kurzer Zeit in den Armen gehalten und ihr gesagt hatte, wie sehr er sie liebe?
»Sei nicht böse, Darling. Ich tue wirklich, was ich kann. Für uns beide.« Seine Stimme senkte sich. »Ich liebe dich doch, Kim. Von ganzem Herzen.«
»Welchem Herz?«, murmelte sie und fühlte sich völlig im Stich gelassen.
»Mein armer Schatz. Du bist aufgewühlt, deprimiert. Aber das ist nur allzu verständlich. Du brauchst etwas Zeit, Kim –«
»Joe, du hast nicht den leisesten Schimmer, was ich brauche.« Ihre Stimme bebte vor Zorn. Zorn war besser zu ertragen als das Gefühl, verletzt worden zu sein.
»Kim, bitte –« Er brach jäh ab. »Ich komm sofort, Meg. Lass mich nur noch eben zu Ende –«
»Es ist aus, Joe.« Kim legte auf und schleuderte das Handy durchs Zimmer.

19

Wesley mochte keine Anwälte. Vor allem keine smarten, erfolgreichen New Yorker Anwälte. Aber er mochte Frauen. Vor allem schlanke, attraktive Frauen. Und Anne Arbus mit ihrem champagnerblonden Haar, das ihr aufreizend auf die Schultern fiel, den klugen, graugrünen Augen und der hübschen, wohlgeformten Figur fiel eindeutig in diese Kategorie.

Aber er war total erschöpft. Und schlecht gelaunt.

Und verheiratet. Ja, kurz bevor Anne in das Besucherzimmer des Arztes gestürmt war, um sich erneut mit ihm anzulegen, hatte er mit seiner Frau telefoniert und war all ihren Fragen so gut er konnte ausgewichen. Der Doppelmord mit anschließendem Selbstmord in dem verschlafenen Collegestädtchen war in aller Munde. Die Sache machte sogar landesweit Schlagzeilen. Carol erwartete von ihrem Mann Insiderinformationen aus erster Hand. Wesley wusste, dass seine Frau alles brühwarm bei ihren Freundinnen ausplaudern würde, um sich wie immer wichtig zu machen. Sie war äußerst verstimmt gewesen, als er ihr sagte, sie würde die unappetitlichen Einzelheiten noch früh genug erfahren. Jede Zeitung und jeder Fernsehsender würde die Geschichte ausschlachten. Wesley hatte den Eindruck, dass sich zurzeit mehr Medienleute in Danby befanden als Einwohner. Er hatte rund ein Dutzend Uniformierte vor dem Krankenhaus postieren müssen, um die Reporter in Schach zu halten. Sie wollten nicht nur mit ihm reden, sondern auch an Kimberly Burke rankommen. Ein Interview mit der Studentin, die ihren Freund dazu provoziert hatte, zwei Menschen umzubringen und dann Selbstmord zu begehen, wäre ein absoluter Knüller. Solange sie im Krankenhaus blieb, konnte Wesley sie beschützen. Doch sobald sie wieder draußen war … tja, dann würde er nicht gern in ihrer Haut stecken.

Wesleys augenblickliches Problem war die Presseerklärung, die er nicht mehr lange würde hinausschieben können. Er war gerade dabei gewesen, sich ein paar Notizen zu machen, als seine Frau angerufen hatte.

Und jetzt stellte die hübsche Anwältin eine ernsthafte Ablenkung dar.

»Ich weiß nicht, wo Ihr Problem liegt, Captain«, entfuhr es Anne nach einem längeren Wortwechsel. Während der ganzen Zeit war Wesley auf dem braunen Sofa sitzen geblieben, und Anne hatte vor ihm gestanden. Und auf ihn hinabgeblickt.

Er lachte laut auf. »Lady, ich habe so viele Probleme, ich würde bis morgen früh brauchen, wenn ich die alle vor Ihnen ausbreiten wollte.«

»Und ich biete mich an, Ihnen bei der Lösung von mindestens einem davon zu helfen. Sie sagen mir, was Sie Kim alles fragen wollen, und ich besorge Ihnen die Antworten. Ich garantiere Ihnen, sie wird bei mir wesentlich offener sein als bei Ihnen. Außerdem haben Sie mir gestern selbst gesagt, dass sie nicht mehr unter Verdacht steht.«

»Ich habe nie gesagt, dass sie unter Verdacht stand«, stellte er rasch klar. Ein Prozess wegen übler Nachrede oder dergleichen wäre wirklich das Letzte, was er jetzt gebrauchen konnte. »Ich habe gesagt, sie …«

»Ich weiß, Captain. Lassen wir die Wortklauberei. Wir sind beide keine Anfänger. Wir wissen beide Bescheid. Sie müssen einfach den allerletzten Zweifel an Kims Unschuld ausräumen. Ich möchte das mehr als Sie, das können Sie mir glauben.«

Wesley glaubte es ihr. Er stand vom Sofa auf. »Möchten Sie eine Tasse Kaffee?« Er ging bereits zur Kaffeemaschine. Vor gut einer Stunde hatte er eine Kanne aufgesetzt, koffeinsüchtig wie er war, ohne Rücksicht auf sein Sodbrennen.

Anne überging sein Angebot. Selbst wenn sie Lust auf eine Tasse gehabt hätte, im Hinblick auf diese abgestandene Brühe hätte sie dankend abgelehnt.

»Ich wette, ich kann jede Frage erraten, die Sie Kim stellen wollen«, fuhr sie fort. »Wo war sie am Samstagabend, zum Zeitpunkt der Tat? Um wie viel Uhr ist sie nach Hause gekommen? Was hat sie genau vorgefunden? Hat sie irgendwen in der Nachbarschaft gesehen? Hat sie Scotts Wagen gesehen?« Sie hielt inne und richtete ihre wachen blauen Augen erneut auf den Captain. »Stand Scotts Wagen vor dem Haus?«

Wesley goss sich eine Tasse Kaffee ein, stellte sie auf die Mikrowelle, blickte zu Anne hinüber und rieb sich geistesabwesend das unrasierte Kinn. »Woher wissen Sie, dass er einen Wagen hatte?«

Sie lächelte. Wesley fand ihr Lächeln äußerst attraktiv. Gestern hatte sie kein einziges Mal gelächelt. »Hat er einen?«, fragte sie.

Es war allein ihr Lächeln, das ihn bewog, ihr die Information zu geben. »Einen Honda Civic. Ist aber schon eine gute Woche in der Werkstatt. Die warten auf ein Ersatzteil.«

»Wie ist er dann zu dem Haus gekommen? Von seiner Wohnung aus sind das gut drei Meilen.«

»Hat Kim Ihnen gesagt, wo Roeder wohnte?«

Anne lächelte wieder. Sie merkte die positive Wirkung, die ihr Lächeln auf Wesley hatte. »Er steht im Telefonbuch. Also, wie ist er dort hingekommen, Captain?«

Wesley zögerte. »Jemand hat ihn dort abgesetzt.«

»Jemand?«

»Hören Sie, Ms. Arbus. Ich leite hier eine Mordermittlung. Ich werde keine Informationen über den Fall herausgeben, schon gar nicht an eine Anwältin …«

»Schon gut, tut mir leid. Ich weiß ja, Sie müssen alle offenen Fragen klären, damit Sie der Staatsanwaltschaft einen möglichst wasserdichten Fall präsentieren können.«

»Und ich glaube, Kim kann mir bei einigen dieser Fragen helfen.«

»Als ihre Anwältin kann ich ihr nur dazu raten, nicht zu kooperieren, Captain.« Anne lächelte jetzt nicht mehr.

Wesley blickte sie lange an, länger als nötig war, um sich zu entscheiden. »Na schön, Sie können mit ihr reden. Aber ich

möchte, dass dabei ein Kassettenrecorder mitläuft.« Er nahm einen vom Couchtisch, klappte den Deckel auf und nahm die Kassette heraus, die drin war. Er fischte eine neue aus seiner Jackentasche, die über der Couchlehne hing.
Annes Lächeln kehrte zurück. »Was soll das, Chuck? Wir beide wissen doch, dass ich zwischendurch jederzeit auf Stopp oder Pause drücken kann. Wie wär's, wenn wir einander einfach vertrauen?«

Nachdem Anne Arbus das Besucherzimmer verlassen hatte, legte Chuck Wesley die Kassette, die er zuvor entnommen hatte, wieder ein und ließ das Band zurückspulen. Bevor es vollständig zurückgespult war, drückte er auf Start.
»Hat er Sie gebeten, ihn später wieder abzuholen?«
»Nein. Er hat gesagt, er bleibt über Nacht.«
»Bei Kim?«
»Ja. Wie ich schon sagte, er hat mir erzählt, sie hätten sich gestritten, aber er war sicher, sie würden sich wieder versöhnen.«
»Danach sieht's nicht aus.«
»Scheiße, Mann. Mein Bruder war nicht gewalttätig. Er konnte keiner Fliege was zuleide tun. Da stimmt was nicht, Mann. Aber wenn ihr so saublöd seid und –«
»Wieso sind Sie am Samstag von Maine nach Danby gekommen, Tom?«
»Ach verdammt, das hab ich Ihnen doch schon gesagt. Ich wollte mir Scotts Wagen ansehen. Er hatte die Nase voll von dem blöden Automechaniker hier, der ihn nur verarscht hat. Erst sagt dieser Stümper, die Lichtmaschine ist hin, und baut eine neue ein, und der Wagen springt trotzdem nicht an. Dann erzählt er Scott, es liegt nicht an der Elektrik, sondern an der Ansaugdichtung, also bestellt er eine neue, was Schwachsinn ist, Mann. Ich habe die Karre für Scott zusammengebaut …«
»Wieso hat Ihr Bruder Sie nicht gleich gebeten, sich den Wagen anzusehen?«
»Weil das nicht Scotts Art ist. Er ist unabhängig. Löst seine Probleme am liebsten selbst. Behält Sachen für sich.«
»Aber er hat Ihnen erzählt, dass Kim mit ihm Schluss gemacht hat.«

»So hat er sich nicht ausgedrückt. Er hat gesagt, sie hätten ein Missverständnis gehabt.«
»Und er war deshalb richtig aufgebracht.«
»Aufgebracht. Er war bloß aufgebracht.«
»Hat er mit Ihnen mal über Pauline und Monica gesprochen?«
»Wen? Ach so … nein, eigentlich nicht.« Wieder eine Pause. *»Er hat sie ›hochnäsige Tussis‹ genannt. Aber er hat sich nicht über sie aufgeregt. Er hat sich 'nen Dreck um sie geschert … ich mein damit nicht …«*
»Ich verstehe. Wie spät war es, als Sie Scott am Samstagabend abgesetzt haben?«
»Wie? Ach so, ich schätze, halb neun, vielleicht etwas später.«
»Sind Sie noch mit reingegangen? Um Kim hallo zu sagen?«
»Nein. Wie gesagt, ich hab ihn vor dem Haus abgesetzt und bin dann in eine Bar gegangen.«
»Haben Sie Kims Wagen in der Einfahrt stehen sehen?«
»Nein. Sie parkt immer auf der Straße.«
»Dann stand ihr Wagen also auf der Straße?«
»Nein. Ich hab nicht drauf geachtet.«
»Dann wissen Sie also nicht, ob sie überhaupt zu Hause war, als Sie Ihren Bruder abgesetzt haben.«
»Wie gesagt …«
»Was für Autos haben Sie in der Einfahrt stehen sehen?«
»Es war dunkel. Ich weiß nicht. Ich hab nicht hingesehen.«
»Aber da standen Autos, nicht? Und Sie als Autonarr hätten doch wohl gesehen, wenn da ein silberner Range Rover oder ein Jetta gestanden hätte.«
»Ja, vielleicht. Ja, ich glaube, da stand der Range Rover.«
»Der Jetta nicht?«
Es klopfte laut an der Tür. »Ja?«, rief Wesley und drückte die Pausetaste.
Die Tür ging auf. Zach Lynch kam herein.
»Sie wollten mich sprechen, Captain?«
Wesley deutete auf einen schwarzen Plastikstuhl. Ohne abzuwarten, bis Zach Platz genommen hatte, drückte er wieder auf Start.
»Ich weiß nicht. Vielleicht stand er vor dem Rover. Ich weiß nicht. Ich

weiß aber, dass mein Bruder die beiden Mädchen nicht umgebracht hat.«

»Und aufgehängt hat er sich auch nicht?«

»Vielleicht waren die schon tot, als er dort aufgekreuzt ist, Mann. Ich sag Ihnen, was ich glaube. Ich glaube, dieses kleine Luder hat die Frauen auf dem Gewissen. Sie hat sie gehasst. Vielleicht hat sie es ja nicht … ähm … vorsätzlich getan. Vielleicht ist sie mit ihnen in Streit geraten. Kim dreht durch, tötet sie und macht sich aus dem Staub. Mein Bruder kommt rein, sieht, was passiert ist, und reimt sich alles zusammen.«

»Reimt sich alles zusammen?«

»Na ja, dass es Kim war, die sie abgeschlachtet hat. Vielleicht wollte er sie schützen, was weiß ich.«

»Und wenn ich Ihnen sage, dass Kim an dem Abend gar nicht zu Hause war? Dass sie ein wasserdichtes Alibi hat?«

»Dann ändert das noch lange nichts daran, was Scott gedacht hat, oder?«

Wesley drückte die Stopptaste und lehnte sich müde auf dem schmuddeligen Sofa zurück.

»Tom Roeder ist noch hier«, sagte Zach und beugte sich auf seinem Stuhl vor. Er sah, wie der Captain gähnte, und unterdrückte selbst ein Gähnen.

»Was denken Sie?«, fragte Wesley.

Zach zögerte, unsicher, ob die Frage konkret oder allgemeiner gemeint war.

»Irgendwas kommt mir komisch vor«, sagte Zach schließlich.

»Kaufen Sie dem Bruder seine Theorie ab?«

»*Hat* Kim denn ein wasserdichtes Alibi für die Tatzeit?«, fragte Zach.

»Nein, aber ich bin sicher, sie wird mit einem aufwarten.«

»Trotzdem«, überlegte Zach, »da wir noch ganz am Anfang der Ermittlungen stehen, sollten wir für andere Möglichkeiten offen bleiben.«

Der säuerliche Gesichtsausdruck des Captain verriet Zach, dass der sich eine andere Antwort erhofft hatte. »Wenn einem die Wahrheit sozusagen ins Auge springt, Officer, ist es nicht erforderlich, jede Menge Zeit und das Geld der Steuerzahler zu verplempern. Scott Roeder war ein Fall für die Klapsmühle. Ich seh das so: Er klingelt, Monica macht auf, und er kommt reingestürmt und verlangt, mit seiner Exfreundin zu sprechen, weil er sie überreden will, zu ihm zurückzukommen, und daraufhin sagt Monica, er soll verschwinden.«

»Woher wollen Sie wissen, dass es Monica war?«

»Weil sie angezogen war. Jedenfalls, er wird handgreiflich, Pauline hört Schreie, sie hatte wohl gerade geduscht, und sie kommt die Treppe runtergerast, sieht, was los ist, läuft in die Küche und schnappt sich ein Messer, Scott entreißt es ihr und tötet alle beide.«

»Scott hatte einen Schlüssel zur Wohnung. Er hätte nicht zu klingeln brauchen«, warf Zach ein.

An Wesleys Wange zuckte ein kleiner Muskel. »Das ändert nichts an dem grundsätzlichen Ablauf. Für einen Officer, der nicht unmittelbar an den Ermittlungen beteiligt ist, zeigen Sie aber ein reges Interesse an dem Fall.«

Genau genommen konnte Zach dem nicht widersprechen, doch aus seiner Sicht war er sehr wohl beteiligt.

»Andererseits«, fuhr Wesley fort, »sind Sie ein cleverer Bursche. Sie haben sich gut gehalten. Schon mal dran gedacht, in Sachen Mord zu machen?« Ein jähes Grinsen zeigte sich im Gesicht des Captain. »Ich meine natürlich auf der Ermittlungsseite.«

Auch Zach lächelte. »Ich interessiere mich sehr für Mordermittlungen.« Besonders für diesen Fall.

Wesley gähnte erneut, diesmal lauter, rieb sich dann das Gesicht in dem vergeblichen Versuch, wieder etwas wacher zu werden. »Okay, nehmen wir also mal an, Roeder geht ohne zu klingeln einfach mit dem Schlüssel rein. Er ruft nach Kim. Eine von den Mitbewohnerinnen hört ihn – es spielt keine Rolle welche von beiden –, vielleicht Pauline, die gerade aus der Dusche kommt. Sie wickelt sich ein Handtuch um und geht nach unten, wo sie Scott auffordert zu verschwinden. Dieser wird sauer, wird handgreiflich, das Handtuch rutscht runter. Vielleicht ist Scott jetzt nicht nur wütend, sondern auch erregt …«

»Ist der Obduktionsbericht schon da? Wurde sie vergewaltigt?«, fragte Zach.

»Nein. Jetzt, wo ich genauer drüber nachdenke, muss es Pauline gewesen sein, die als Erste auf Scott trifft. Sie kriegt es mit der Angst, rennt in die Küche, schnappt sich ein Messer und bedroht ihn damit. Aber er ist ein kräftiger Kerl, und sie ist nicht nur viel schwächer als er, sondern noch dazu nackt, was sie insgesamt schutzlos macht. Ich wette, Roeder hatte keine große Mühe, ihr das Messer abzunehmen.« Wesley hielt inne und gähnte wieder. »Wer weiß, vielleicht war der erste Messerstich ein Versehen. Vielleicht ist er da erst richtig ausgerastet und hat nur noch auf sie eingestochen ... seinen ganzen Frust und Zorn rausgelassen. Dann kommt die andere Mitbewohnerin rein, Monica, und erwischt ihn in flagranti, also muss er sie auch erledigen.« Wesley lächelte, offensichtlich richtig zufrieden mit sich.

»Sie glauben also, er hat die Frauen in der Küche ermordet?«

Zach sah, dass Wesley nicht gerade beglückt über die Frage war.

»Keine Klugscheißereien, Lynch. Wir wissen beide, dass sie im Wohnzimmer erstochen wurden. Die nackte Frau wollte wohl durchs Wohnzimmer zur Haustür und fliehen. Das liegt doch auf der Hand, Mann.«

Noch eher lag auf der Hand, dachte Zach, dass Pauline für ihren Fluchtversuch den Weg durch die Küche zur Hintertür gleich neben dem Kühlschrank gewählt hätte.

Wesley gähnte erneut. Dann stemmte er sich vom Sofa hoch.

»Ich muss den Geiern da draußen irgendwas zum Fraß vorwerfen«, brummte Wesley. »Fällt Ihnen was ein, Lynch?«

Zach fiel durchaus etwas ein. Aber nichts, was man an die Medien geben konnte.

Wesley lächelte traurig. »Schon gut. Wissen Sie was, ich lege bei meinem Boss ein Wort für Sie ein, falls Sie Lust haben, in meiner Truppe mitzumachen.«

»Das würde ich sehr gern, Captain. Danke.«

Wesley zeigte mit einem Finger auf ihn. »Aber sorgen Sie dafür, dass ich es nicht irgendwann bereue.«

Zach erwiderte nichts. Er wollte nichts versprechen.

20

»Sie erinnern sich wahrscheinlich nicht an mich.« Zach blieb an der Tür stehen.

Kim saß aufrecht im Bett, vor sich auf der Decke eine ungeöffnete Ausgabe vom *People*-Magazin, die ihr eine Krankenschwester gebracht hatte. Sie betrachtete den Polizisten teilnahmslos. An sein Äußeres konnte sie sich nicht erinnern, aber an seine Stimme – der heisere, aber weiche Ton, mit dem er versucht hatte, ihr Vertrauen zu gewinnen.

Sie musterte ihn, während er ihr am anderen Ende des Raumes gegenüberstand. Er war groß, breitschultrig und attraktiv, wie der typische nette Junge von nebenan.

»Kann ich kurz reinkommen?«

»Sind Sie privat hier?«, fragte sie argwöhnisch. Bis auf Nate war ihr nie ein Cop begegnet, dem sie vertraut hatte.

Er zuckte die Achseln, lächelte so breit, dass seine leicht überstehenden Vorderzähne zu sehen waren. Seltsamerweise fand Kim die kleine Unvollkommenheit tröstlich. »Ich bin mir nicht sicher, ob das Zauberwort, das mir Zugang gewährt, Ja oder Nein lautet.«

»Ich bin mir im Augenblick bei rein gar nichts sicher, Officer.«

»Zach. Zach Lynch.« Er trat ins Zimmer und schloss leise die Tür hinter sich. Dann blickte er zu den geschlossenen Jalousien hinüber, die den Raum besonders düster wirken ließen.

»Soll ich mal ein bisschen Licht reinlassen?«, schlug er vor und ging zum Fenster.

»Nein«, sagte sie scharf. Kim hatte die Jalousien von derselben Schwester schließen lassen, die ihr die unerbetene und unerwünschte Zeitschrift gebracht hatte. Das Sonnenlicht deprimierte sie nur noch mehr.

Zach blieb sofort stehen.

»Meine Anwältin hat mir geraten, keine Fragen zu beantworten, Lynch.« Sie hatte keine Sekunde geglaubt, dass der Besuch privater Natur war.

»Anne Arbus?«, fragte er, blieb stehen, wo er war, und drehte sich nur zu ihr um.

Kim gab keine Antwort.

»Sie ist nicht nur Ihre Anwältin, richtig?«

»Das ist eine Frage, Lynch«, sagte sie trocken.

»Und Nate Shapiro. Er ist ihr gesetzlicher Vormund.«

Sie warf ihm einen erbosten Blick zu.

»Ich frage nicht«, sagte er und lächelte sie wieder an.

Kims Gereiztheit nahm zu. Was zum Teufel wollte der Kerl?

»Wie geht's Ihrem Kopf? Oder ist die Frage auch nicht erlaubt?«

Kim schloss die Augen. »Meinem Kopf geht's beschissen. Zufrieden? War's das?«

»Das tut mir leid. Es ist meine Schuld.«

Jetzt hatte er ihre Aufmerksamkeit. »Wie kommen Sie denn da drauf?«

»Sie waren in einem schlimmen Zustand, als ich Sie gefunden habe. Ich hätte Sie einfach nehmen und sofort ins Krankenhaus bringen sollen. Sie waren doch gar nicht in der Verfassung, sich von dem Captain befragen zu lassen.«

»Ich kann mich an kaum was erinnern«, murmelte Kim. Sie wollte sich nicht erinnern. Sie hätte furchtbar gern eine ENTFERNEN-Taste im Kopf gehabt, die sie nur zu drücken brauchte, um die letzen achtundvierzig Stunden zu tilgen.

»Hat Ms. Arbus Ihnen erzählt, dass Captain Wesley mit Tom Roeder gesprochen hat?«

Noch eine Überraschung. »Scotts Bruder? In Maine? Wieso?« So eine blöde Frage. Sie fühlte sich plötzlich elend. »Wie hat er … wie hat er die Nachricht aufgenommen?«

Zach trat näher an Kims Bett. »Tom ist nicht in Maine. Er ist hier, Kim. Er ist seit Samstag hier.«
»Hier in Danby? Seit Samstag?« Sie hatte Mühe, das alles zu begreifen. Es war so viel passiert. Zu viel. Nicht genug damit, dass sie noch immer unter Schock stand und wegen der Morde und Scotts Selbstmord schreckliche Schuldgefühle hatte, obendrein behandelte Joe Sanger sie auch noch, als hätte sie die Pest. Vielleicht ja auch zu Recht.
»Haben Sie gehört, was ich gesagt habe, Kim?«
Sie blickte den Polizisten ausdruckslos an.
»Tom hat Scott am Samstagabend bei Ihnen zu Hause abgesetzt. Scott hat seinem Bruder gesagt, Sie und er hätten sich gestritten, aber er wäre sicher, Sie würden sich wieder vertragen.«
Kim schüttelte den Kopf.
»Hat Scott Ihnen je wehgetan? Sie körperlich verletzt?«
»Nie«, erwiderte Kim mit heftigem Kopfschütteln und hatte Annes strikte Anordnung, keinerlei Fragen zu beantworten, völlig vergessen.
Zach blickte ihr in die Augen. »Sein Bruder ist überzeugt, dass er es nicht war.«
Sie sah Lynch an, als wäre er verrückt. »Sie waren dort. Sie haben gesehen ...« Ihre Stimme brach.
»Was zum Teufel haben Sie hier zu suchen?« Eine barsche Stimme herrschte den Polizisten von hinten an.
Zach drehte sich um und sah Nate Shapiro, der in der offenen Tür stand und ihn mit eng zusammengekniffenen Augen ansah. Zach wusste nicht, dass Nate durch den verkniffenen Blick zu erkennen versuchte, ob der Besucher eine Uniform trug. Andererseits hätte er wahrscheinlich sogar mit geschlossenen Augen gewusst, dass der Typ ein Cop war. Er witterte Cops aus einer Meile Entfernung.
»Ich bin nicht beruflich hier«, sagte Zach leise.
Nate zögerte, blickte an dem großen Polizisten vorbei zum Bett. »Willst du, dass er bleibt, Kim?«
Sie schüttelte den Kopf, aber Nate konnte ihre Geste aus der Entfernung nicht sehen. Bevor er von ihr eine verbale Erwiderung erhielt, ergriff Zach das Wort.

»Ich habe sie an dem Abend gefunden, Sir. Ich wollte bloß sehen, wie es ihr geht.« Er zögerte. »Ich war besorgt, mehr nicht.«
Nate Shapiro witterte auch, wenn jemand log. Und irgendetwas in der Stimme des Polizisten überzeugte Nate, dass der Typ wirklich um Kims Wohlergehen besorgt war. Aber das war nicht sein einziges Interesse.
»Wie wär's, wenn wir kurz vor die Tür gehen und uns ein wenig unterhalten?« Es klang eigentlich nicht wie eine Frage.
Zach blickte über die Schulter zu Kim hinüber. »Wenn ich irgendwas tun kann –«
Sie schloss die Augen. »Ja. Sie können mich in Ruhe lassen.«
Wenn doch bloß alle sie in Ruhe lassen würden.

Kaum hatten sie den geschäftigen Korridor betreten, wo Krankenschwestern und Pfleger aus Zimmern eilten oder in ihnen verschwanden und wo gehfähige Patienten auf und ab schlurften, einige allein, andere mit Gehhilfen oder gestützt von Besuchern, fiel Zachs Blick auf Anne Arbus, die zielstrebig näher kam und ihn beäugte, als wollte sie sich auf ihn stürzen. Er wünschte, er hätte sich vor dem Besuch bei Kimberly Burke umgezogen.
»Scheiße«, murmelte er leise.
»Ich bin es, der hier Grund zum Fluchen hätte«, sagte Nate.
»Tut mir leid«, sagte Zach müde. »Ich bin einfach zu geschafft, um mich von Ihnen beiden zusammenstauchen zu lassen.« Er deutete in Annes Richtung. Sie war noch etwa zwanzig Schritte entfernt.
Aber Nate sah verwirrt aus. Er konnte nur diverse schattenhafte Gestalten ausmachen, aus deren Mitte jemand auf ihn zukam, der etwas Helles trug. Ein Pfleger, eine Ärztin, ein Besucher … Erst als Anne so nah war, dass er den fruchtigen Duft ihres Parfüms riechen konnte, schlich sich der Ausdruck des Erkennens in sein verwirrtes Gesicht.
Zach nahm die Veränderung in der Miene des älteren Mannes wahr, als die Anwältin nur noch zwei Meter entfernt war. Erst da fiel bei ihm der Groschen: Nate Shapiro war fast blind.

21

»Was wollte der Cop von dir?«, fragte Anne, sobald sie in Kims Zimmer gestürmt kam.

Kim seufzte. »Er war nur um mich besorgt, Anne.«

»Du hast doch nicht …«

»Nein.«

»Braves Mädchen«, sagte Anne sanft und setzte sich zu Kim auf die Bettkante.

»Warum hast du mir nicht gesagt, dass Tom Roeder hier ist?«

»Was spielt das für eine Rolle, Kim?«

»Ich will ihn sprechen.«

»Kim, ich halte das für keine …«

»Das bin ich ihm schuldig. Wenn ich nicht gewesen wäre –«

Anne beugte sich vor und packte Kims Schultern. »Hör mir zu, Kim. Du warst mit einem psychisch labilen jungen Mann zusammen. Du hast mit ihm Schluss gemacht. Das war das einzig Richtige. Das einzige Vernünftige. Hörst du, was ich sage? Verantwortlich für das, was an dem Abend passiert ist, war einzig und allein Scott Roeder.«

»Du hast leicht reden«, murmelte Kim niedergeschlagen. »Du warst nicht da.«

Der Vorschlag, einen Kaffee zu trinken, kam von Zach, und Nate brummte zustimmend. Der Weg von der Station nach unten in die Cafeteria gestaltete sich schwierig. Zach merkte bald, dass Shapiro niemand war, der um Hilfe bat oder gern welche annahm. Als sie zum Aufzug gingen, hielt Zach sich dicht bei dem älteren Mann und dirigierte ihn unauffällig. Doch der Aufzug war überfüllt, da die Besuchszeit gerade zu Ende war, und in jeder Etage drängten sich mehr Leute hinein, sodass die beiden Männer nach hinten gegen die Wand gedrückt wurden. Die meisten Fahrgäste wollten hinunter zum Ausgang, Zach und Nate hingegen mussten im ersten Stock aussteigen. Eine junge Frau mit einem quengeligen Kind auf dem Arm quetschte sich zwischen die beiden Männer. Als die Türen im ersten Stock aufgingen, wo die Cafeteria lag, rief Zach über das weinende Kind hinweg Shapiro zu, sie müssten aussteigen. Als Shapiro nicht reagierte, blieb ihm keine andere Wahl, als sich vor die Frau zu schieben, Shapiros Arm zu packen und ihn durch das Gedränge aus dem Aufzug zu bugsieren. Sobald sie auf dem Korridor waren, schüttelte Shapiro ihn brüsk ab.

»Es ist gleich da hinten rechts«, sagte Zach, bemüht, die Gereiztheit des Älteren zu übergehen.

»Jaja, schon gut«, knurrte Nate.

Zach ging neben ihm her und plauderte munter drauflos, um Shapiro mit seiner Stimme zu lenken.

Die Cafeteria wurde von einer halbrunden Fensterwand begrenzt, hinter der eine Betonterrasse mit Gartentischen zu sehen war. Draußen war nur ein Tisch besetzt, ein müde wirkendes Pärchen mit zwei kleinen Kindern. In dem großen Innenraum der Cafeteria standen allerlei runde und rechteckige Tische in verschiedenen Größen. Zurzeit war nur wenig Betrieb, an der Ausgabe stand niemand, und das Küchenpersonal hatte alle Hände voll zu tun mit den Vorbereitungen fürs Abendessen. Dem Geruch nach zu urteilen, gab es Hackbraten mit dunkler Soße.

Zach sah, wie Nate die Augen zu schmalen Schlitzen zusammenkniff, um sich zu orientieren. Zum Glück war nicht weit vom Eingang ein kleiner Tisch frei. Zach zog einen der vier Stühle heraus.

»Nehmen Sie schon mal Platz, Mr. Shapiro. Ich hol uns einen Kaffee. Wie trinken Sie ihn?«

»Schwarz.«

»Irgendwas dazu? Donut, Muffin?«

»Nein.«
Zach ging los, bevor Nate sich zum Stuhl tastete und Platz nahm.
Als Zach mit zwei dampfenden weißen Tassen zurückkam und eine vor Shapiro hinstellte, beobachtete er, wie der Mann vorsichtig danach griff und mit der Handfläche darum herumfuhr, bis er den Henkel ertastete. Er trank einen Schluck und stellte die Tasse ab.
»Ziemlich übel, was?«
»Ich hab in einem Krankenhaus noch nie vernünftigen Kaffee gekriegt«, knurrte Nate.
»Nein, ich meinte Ihre Augen«, sagte Zach direkt.
Nates Miene verfinsterte sich, und Zach rechnete mit einer sarkastischen Antwort. Doch plötzlich verschwand der finstere Ausdruck, und Nate stieß ein freudloses Lachen aus. »Die sind verdammt schlecht. Besonders, wenn ich unter Stress stehe.«
Und Zach war sicher, dass der Mann derzeit unter extrem hohem Stress stand.
»Aber eins sag ich Ihnen, Lynch, man kann manchmal auch ohne Augen alles sehen.«
»Und das heißt?«, fragte Zach.
»Das heißt«, erwiderte Nate und blickte den Polizisten unverwandt an, »ich sehe, dass Ihnen irgendwas an diesem Fall nicht schmeckt.«
Zach antwortete nicht sofort. »Eigentlich gibt's dafür gar keinen Grund«, sagte er schließlich. »Es passt alles zusammen.«
»Aber?«, drängte Nate.
»Ich glaube, genau das stört mich. Es passt alles zu glatt zusammen.« Jetzt war Zach es, der freudlos lachte. »Captain Wesley dagegen mag es, wenn alle Puzzleteilchen schön zusammenpassen. Er ist ziemlich fest davon überzeugt, dass es genauso passiert ist, wie es den Anschein hat.«
Nate hielt den verschwommenen Blick weiter auf Zach gerichtet. »Sie glauben, Kim hatte was mit den beiden Morden zu tun? Ich meine, abgesehen davon, dass sie mit ihrem verrückten Freund Schluss gemacht hat?«
»Ich weiß, welche Antwort Sie hören wollen. Ich wünschte, ich

könnte sie Ihnen geben. Aber ich würde gern wissen, wo Kim am Samstagabend war.«
»Sie war in einer Bar.«
»Woher wollen Sie …?«
»Ich hab mit ihr telefoniert.«
»Wie heißt die Bar?«
Nate zuckte die Achseln.
»Wer war bei ihr?«
»Ich weiß nicht, ob überhaupt jemand bei ihr war«, gab Nate zu.
»Um wie viel Uhr …?«
Nate unterbrach Zach mit einer eigenen Frage. »Wann genau sind die Mädchen laut Gerichtsmedizin ermordet worden?«
Zach zögerte.
»Das find ich auch selbst raus, mein Junge«, sagte Nate leise. »Sie würden mir nur ein bisschen Zeit ersparen.«
»Laut Obduktionsbericht ist der Tod zwischen sieben und zehn Uhr abends eingetreten.«
»Ich habe nach zehn mit Kim telefoniert, aber ich bin ziemlich sicher, dass sie da schon eine ganze Weile in der Bar war.«
»Wie kommen Sie darauf, dass …?«
Nate hielt eine Hand hoch. »Keine Fragen mehr.«
Zach überging die Anordnung des älteren Mannes. »War sie betrunken, als Sie mit ihr telefoniert haben?«
»Sie sind auf dem falschen Dampfer, Junge. Kim hat mit den Morden nichts zu tun. Wenn Ihnen irgendwas nicht ganz geheuer vorkommt, suchen Sie woanders.«
»Das klingt ja so, als hätten Sie selbst auch ein paar Zweifel, was den Tathergang betrifft«, entgegnete Zach.
»Ich war über fünfundzwanzig Jahre bei der Polizei, achtzehn davon bei der Sitte, sieben bei der Mordkommission. Immer wenn mir irgendwas in den Schoß gefallen ist, hübsch als Geschenk verpackt, stellte es sich für gewöhnlich als zu schön um wahr zu sein heraus. Nicht immer. Aber meistens.«
Zach trank einen Schluck Kaffee. »Darf ich Ihnen noch eine Frage stellen?«
»Sie dürfen.«

»Warum möchten Sie, dass ich herumschnüffele? So wie es aussieht, ist Kim doch aus dem Schneider und diese ganze Geschichte könnte in ein paar Stunden offiziell als abgeschlossen eingestuft werden.«

»Ich erinnere mich nicht, dass ich was von Herumschnüffeln gesagt habe.«

Zach schmunzelte. »Man muss nicht immer etwas hören, um es zu verstehen.«

»Touché«, sagte Nate und rang sich ein kleines Lächeln ab. »Also, wenn die Sache nicht so gelaufen ist, wie es aussieht, dann ist der brutale Killer noch immer auf freiem Fuß. Das bedeutet, Kim könnte in Gefahr sein. Und wenn dem so ist, werden Sie nicht der Einzige sein, der herumschnüffelt, darauf können Sie Gift nehmen.«

»Komischerweise«, sagte Zach, »finde ich das tröstlich.«

22

»In welcher Bar? Mit wem?«

»Warum tust du das, Anne? Du hast mir doch erzählt, die Cops hätten den Fall geklärt.«

»Solange der Fall nicht offiziell abgeschlossen ist, gilt er noch nicht als geklärt, Kim. Der leitende Detective hat dich nach wie vor im Visier. Und das will ich ändern.«

»Was könnte er denn noch zu sehen kriegen?«

»Wesley will alles bis aufs i-Tüpfelchen abgeklärt haben. Ich hab ihn dazu überredet, dass ich dir die Fragen stellen darf, die ihm noch Kopfschmerzen bereiten.«

»Seine Kopfschmerzen sind mir egal. Mir ist eigentlich alles egal«, murmelte Kim.

»Ach, sag das nicht dauernd, Kim.« Annes Tonfall war scharf. »Du kannst den Kopf nicht einfach in den Sand stecken und so tun, als …«

»So tun? Ich wünschte, ich könnte so tun als ob. Ich wünschte, ich könnte … ich wünschte …« Kim fing an zu zittern. Anne streckte die Hand nach ihr aus, aber Kim wich zurück. »Lass mich in Ruhe, Anne. Du kannst mir nicht helfen. Und selbst wenn du es könntest, ich will deine Hilfe nicht. Wenn die Cops mich wegen der Morde drankriegen wollen, sollen sie doch. Ich hätte den beiden auch genauso gut das Messer in den Leib rammen können. Und erzähl mir nicht, ich hätte keine Schuld. Das kannst du mir erzählen, bis du schwarz wirst, es wird nichts ändern. Fahr zurück nach New York, Anne. Und nimm Nate mit. Egal, wie das hier weitergeht, ich komm schon klar.«

»Wer ist der Mann, Kim?«
Mit dieser Reaktion hatte sie nicht gerechnet. Instinktiv senkte sie den Blick – ein eindeutiges Zeichen, dass die Frage ins Schwarze getroffen hatte.
»Ich habe keine Ahnung, von wem …« Doch die Worte kamen etwas zu spät.
»Der Mann, mit dem du Samstagabend zusammen warst.«
»Ich war mit keinem Mann …«
Anne war nicht ohne Grund eine erfolgreiche Anwältin geworden. Unter anderem ließ sie sich nicht so leicht beirren. »Hat er irgendwas mit der Sache zu tun?«
»Nein, nichts. Natürlich nicht.« Doch noch während Kim protestierte, spürte sie einen metallischen Geschmack im Mund. Den Geschmack von Blut. *Joes verletzte Hand.* Und dann sah sie sich wieder in dem Wohnzimmer, und der Anblick des vielen Bluts verschwamm vor ihren Augen.
Das war doch verrückt, einfach lächerlich. Wieso verdächtigte sie Joe plötzlich als möglichen Täter solch grausiger Verbrechen? Aus Wut, weil er ihr die kalte Schulter gezeigt hatte? Weil sie nicht glauben wollte, dass Scott der Mörder war? Weil sie ihre eigene Schuld mildern wollte?
Aber was war mit Joes aufgeplatzten Knöcheln? Wie hatte er sich verletzt? Vielleicht hatte er seine Frau geschlagen. Es wäre doch immerhin möglich. Er hatte *sie* doch auch nach Strich und Faden belogen …
Sie könnte es Anne sagen. Anne könnte Meg Sanger aufsuchen und feststellen, ob die Frau irgendwelche Prellungen hatte. Es wäre schon makaber, wenn sie von ihrem Mann verprügelt worden war und ihm gerade dadurch ein Alibi für die Stunden geben könnte, ehe er in die Bar gekommen war …
Kim spürte Annes Blick auf sich ruhen. Schließlich sagte Anne: »Wenn du mir etwas absolut vertraulich erzählen willst, dann kannst du das tun. Es wird unter uns bleiben.«
»Da ist nichts. Hörst du jetzt bitte auf, Anne?«
»Hat der Mann, mit dem du dich in der Bar getroffen hast, deine Mitbewohnerinnen gekannt? Hatte er vielleicht mit einer von beiden was gehabt?«

Eine Eiseskälte jagte durch Kims Adern, als Bilder in ihrem Kopf aufblitzten – Joe und Monica, wie sie nach dem Seminar zusammen lachten, die beiden beim Kaffee im Moe's. Und hatte Joe nicht dafür gesorgt, dass Monica ihr das Zimmer vermietete? Aber wenn zwischen den beiden was gewesen wäre, wieso hätte Monica sie dann bei sich wohnen lassen sollen?
Es sei denn, Monica hatte keine Ahnung, dass sie und Joe …
Annes scharfe Frage riss sie aus ihren quälenden Gedanken. »Wusste dein neuer Freund von dir und Scott? War er eifersüchtig auf ihn?«
Eifersüchtig? Das war lachhaft. Joe hatte es nicht interessiert, dass sie mit Scott zusammen war, und es hatte ihn auch nicht interessiert, dass sie mit ihm Schluss gemacht hatte.
»Also gut«, fuhr Anne unerbittlich fort, »lassen wir diese Frage. Um wie viel Uhr ist er in die Bar gekommen? Wann ist er wieder gegangen? Seid ihr zusammen gegangen? Hat er dich nach Hause gefahren?«
»Hör auf«, flehte Kim. Ihr dröhnte der Kopf.
Aber Anne war noch nicht fertig. »Er könnte dein Alibi sein, Kim.«
»Ich stehe nicht unter Verdacht.«
»Solange bei den Ermittlungen nicht noch irgendwas ans Licht kommt.« Anne hatte wohl gesehen, wie Kim zusammenzuckte, denn sie fügte rasch hinzu: »Das ist zwar unwahrscheinlich, aber solange der Fall nicht abgeschlossen ist …«
Kim hob eine Hand. Sie sprach, ohne die Stimme zu heben. »Ich bin mit meinem Wagen nach Hause gefahren. Allein. Er ist mit seinem nach Hause gefahren. Das ist alles. Mehr sage ich nicht.« Aber sie hatte natürlich schon zu viel gesagt. Sie hatte zugegeben, mit einem Mann in der Bar gewesen zu sein. Wütend auf sich selbst, drehte Kim sich auf die Seite und vergrub den Kopf im Kissen. »Ich bin müde.« Ihre Stimme war gedämpft. Sie wartete darauf, dass Anne von der Bettkante aufstand. Aber Anne blieb sitzen.
»Er ist verheiratet«, sagte Anne leise.
Kim drehte den Kopf zur Seite, sah die Anwältin aber nicht an. Sie war nicht überrascht, dass Anne dahintergekommen war.

»Es ist nicht so, wie du glaubst.« Aber Kim wusste, dass das eine Lüge war. Es war genau so, wie Anne glaubte. Und Kim hätte es von Anfang an wissen müssen. Joe Sanger hatte nie die Absicht gehabt, seine Frau zu verlassen. Es war alles gelogen. Er hatte ihr Märchen aufgetischt, um sie ins Bett zu kriegen. Und sie war so dämlich gewesen, ihm seine blöden Märchen zu glauben.
Wenn Joe Sanger nicht gewesen wäre, wäre sie vermutlich zu Hause gewesen, als Scott kam. Hätte sie ihren verzweifelten Ex zur Vernunft bringen können? Ihn beruhigen können? Oder hätte er sie umgebracht und sich dann aufgehängt? Und Monica und Pauline? Hätten sie versucht, ihr zu helfen? Oder wären sie aus dem Haus geflohen, um sich zu retten?
Wenn sie sich nicht in Joe Sanger verliebt hätte, wären Monica und Pauline dann noch am Leben?

23

»Ich bin gar nicht zufrieden mit ihren Fortschritten«, sagte der Psychiater offen zu Nate, als die beiden Männer später am selben Tag im Büro des Arztes saßen. »Und das arme Kind weiß nicht mal, was für einen Zorn die Sache in der ganzen Gegend ausgelöst hat. Unsere Zentrale wird mit Anrufen bombardiert. Und die E-Mails, die wir zuhauf kriegen, sind … na ja, leider hat Kim da draußen wenig Unterstützung.«

Nate verstand das alles nicht. Was hatte sie denn getan, Himmelherrgott? Mit einem Typen Schluss gemacht? Das passierte jeden gottverdammten Tag. Paare trennten sich nun mal. Irgendwer brach ständig irgendwem das Herz. Kim war vielleicht eine Herzensbrecherin, aber damit hatte es sich auch schon.

Doch Nate wusste, dass es sich für Kim damit keinesfalls hatte. Bei einem so schockierenden Geschehnis trat die Vernunft in den Hintergrund. Zwei Studentinnen waren brutal ermordet worden. Und der Mörder war tot. An einem Toten konnten die Leute schlecht ihre Wut auslassen. Aber sie brauchten ein Ventil. Da bot sich Kim geradezu an. Sie war die ideale Zielscheibe.

Nate hatte schon erlebt, dass sich ein ganzes Wohnviertel einen Sündenbock suchte – die Eltern, die Frau oder die Freundin eines Mörders oder Vergewaltigers. Häufig musste die betreffende Person sogar unter Polizeischutz gestellt werden. Und selbst dann kam es noch allzu oft vor, dass das Opfer – denn dazu wurden die Betroffenen letztlich – aus der Gemeinschaft verstoßen wurde und sich gezwungen sah, in einen anderen Stadtteil zu ziehen.

Aber hier ging es nicht nur um ein Viertel. Hier ging es um eine ganze Stadt – die Stadt, in der Kim in wenigen Wochen ihren Collegeabschluss machen sollte – und zwar mit Auszeichnung. Das war schon für jeden eine Leistung, aber für Kim war es wahrhaftig eine erstaunliche Großtat. Schon der Gedanke, dass der Tag ihres schönsten Erfolges ruiniert werden würde …

Nate spürte, wie ihm die Tränen kamen. Würde sie ihren Tag im Rampenlicht überhaupt noch erleben?

Der Psychiater sprach Nates schlimmste Befürchtungen aus. »Ich fürchte, es wird noch schlimmer, wenn wir sie entlassen.« Sein Blick fiel auf eine Zeitung auf seinem Schreibtisch. Die Schlagzeile verkündete reißerisch:

ABSERVIERTER EXFREUND EINER STUDENTIN
RICHTET BLUTBAD AN

Darunter waren zwei Fotos – eins von Kim und eins von Scott Roeder. Die Aufnahmen stammten aus ihren College-Akten. Nate erinnerte sich an den Tag, vor über vier Jahren, als Kim ihn gebeten hatte, ein Foto von ihr zu machen, das sie für ihre Bewerbungsunterlagen brauchte. Zu der Zeit war Nates Sehvermögen schon stark eingeschränkt. Doch Kim meinte, das sei nicht weiter schlimm – er müsse die Kamera nur in ihre Richtung halten und abdrücken. Sie wollte es nur schnell hinter sich bringen. Nate verstand ihre Einstellung. Kim konnte es nicht ausstehen, fotografiert zu werden, weil sie damit einfach zu viele unangenehmen Erfahrungen verband – zum Beispiel das Posieren für ein Polizeifoto.

Schließlich machte er mehrere Fotos von ihr, wobei er sie jedes Mal aufforderte, »cheese« zu sagen, was sie natürlich nicht wollte. Später sah er sich dann die entwickelten Bilder mit dem Vergrößerungsglas an. Auf jedem machte Kim ein ähnlich grimmiges Gesicht. Nur auf einem war der Anflug eines Lächelns zu sehen. Er warf die anderen in eine Schublade und heftete das Foto eigenhändig an Kims Bewerbungsformular.

Jetzt, so dachte Nate, würde das schwache Lächeln seines Schützlings auf das Auge der Leser trotzig, womöglich aggressiv wirken. Er verfluchte sich innerlich dafür, es ausgewählt zu haben.

Auf dem Zeitungsfoto von Scott Roeder hätte Nate selbst mit einem Vergrößerungsglas nur mit Mühe mehr als das lange Haar und das schmale Gesicht erkennen können. Anne hatte ihm den ganzen Artikel vorgelesen und ihm gesagt, dass Scott auf dem Foto sehr jung und nervös aussah.
»Sieht er wie ein Mörder aus?«, hatte Nate sarkastisch gefragt.
»Wer tut das schon?«, erwiderte sie im gleichen Tonfall.
In dem Artikel wurde zwar sorgsam vermieden, Kim mit den Morden in irgendeinen Zusammenhang zu bringen, doch jeder, der ihn las – jeder, der bloß einen Blick auf die Schlagzeile warf –, würde sie für mitverantwortlich halten. Genau wie Kim selbst sich für mitverantwortlich hielt.
Nate fühlte sich ohnmächtiger denn je. Und er hatte Angst.
»Was soll ich bloß tun?«, murmelte Nate verzweifelt. Es war eine rhetorische Frage, geboren aus Hilflosigkeit, auf die er keine Antwort erwartete.
Der Psychiater jedoch fühlte sich aufgefordert, einen Vorschlag zu machen. Aber Nate hörte ihm gar nicht zu. Eine Antwort kristallisierte sich in seinem Kopf heraus.
Es gab doch etwas, was Nate tun konnte. Er konnte beweisen, dass Scott Roeder nicht der Mörder war. Dass jemand anders die Mädchen getötet hatte. Jemand, der hoffentlich keine Verbindung zu Kim hatte. Natürlich würde er dann noch klären müssen, warum Roeder sich erhängt hatte. Menschenskind, vielleicht hatte dieser Unbekannte ja auch Roeder umgebracht und es wie Selbstmord aussehen lassen. Um den armen Teufel als Täter hinzustellen. Zugegeben, es war eine ziemlich abwegige Vermutung, aber manchmal erwiesen sich abwegige Vermutungen als durchaus realistisch.
Eine neue Entschlossenheit erfasste Nate. So hatte er sich nicht mehr gefühlt seit … seit der guten alten Zeit.

24

Kim hörte ein schwaches Klingeln. Zuerst dachte sie, es wäre eine Sinnestäuschung, doch dann begriff sie, dass das Geräusch von dem Handy kam, das sie durch den Raum geschleudert hatte. Wahrscheinlich ein Anruf für Nate.

Ihr war leicht schwindelig, als sie aus dem Bett stieg, zu dem Handy ging und es aufhob, ohne auch nur einen Blick auf die Nummer zu werfen, die auf dem winzigen Bildschirm aufleuchtete.

»Hallo«, sagte sie matt.

»Oh, Kim, ich bin fast verrückt vor Sorge um dich. Gott sei Dank hatte ich von deinem letzten Anruf noch die Nummer auf dem Handy.«

»Wo bist du, Joe?«

»In einem Café im Macy's in Boston. Ali und Meg sind zur Toilette. Kim, hör mal. Ich hab mich vorhin saublöd benommen. Ich glaube, das war der Schock, die Panik. Ich hab überreagiert, Liebling. Ist doch klar, dass du mich brauchst. Und ich brauche dich. Deshalb habe ich beschlossen, Meg die Wahrheit zu sagen. Nicht jetzt sofort, aber schon bald. Ich kann nicht den ganzen Sommer ohne dich sein. Ich meine, ohne mit dir zusammen zu sein.«

»Ist das wirklich dein Ernst, Joe?«

»Ich liebe dich, Kim.«

Sie drückte sich das Handy ans Ohr, als hinge ihr Leben davon ab, und ging zurück zum Bett. »Ach Joe …«

»Schsch, Liebling. Ich hab mir überlegt, wie wär's gleich nach

deinem Examen? Ich weiß, bis dahin sind es noch ein paar Wochen, aber –«
Sie lehnte sich gegen das Kissen. »Die halte ich schon noch durch, Joe. Aber ist das auch wirklich dein Ernst?«
»Ich habe in meinem Leben noch nie etwas ernster gemeint. Glaubst du mir?«
»Ich möchte dir glauben, Joe.«
»Pass auf. Meg und Ali würden gern über Nacht in Boston bleiben, um morgen noch ein bisschen shoppen zu können. Aber ich muss natürlich zu der –« Er hielt abrupt inne.
»Trauerfeier«, beendete Kim den Satz für ihn und spürte, wie sie wieder diese tiefe Traurigkeit erfasste.
»Ich ruf dich an, wenn ich zurück bin. Könnte spät werden.«
Kim sah einen Mann an der Tür auftauchen. »Ruf an, wann du willst.« Kim legte auf.
Der Mann lehnte sich gegen den Türrahmen. »Ich soll mich eigentlich von dir fernhalten.«
»Ich bin froh, dass du gekommen bist. Ich wollte dich sehen, Tom. Es … es tut mir so unendlich leid.« Kims Stimme stockte. Sie konnte Scotts älteren Bruder kaum ansehen, weil er ihrem Exfreund so quälend ähnlich sah, nur dass er das blonde Haar kurz geschnitten trug. Aber die Brüder glichen sich nicht nur äußerlich, sie wirkten auch ähnlich eindringlich und düster. Sie kleideten sich sogar gleich, schwarze Jeans mit ausgebeulten Knien, ausgelatschte ehemals weiße Turnschuhe, blaues Arbeitshemd, nachlässig aufgekrempelte Ärmel.
Tom seinerseits fiel es nicht schwer, Kim anzuschauen. Er starrte sie unverwandt an, sein Gesichtsausdruck finster und anklagend. »Es ist Schwachsinn, Kim. Das weißt du.«
»Tom, ich kann es dir nicht verdenken, dass du mich hasst –«
»Er hat die beiden nicht umgebracht. Das weißt du genauso gut wie ich.«
Kim schüttelte traurig den Kopf. Das wusste sie ganz und gar nicht. Mochten andere ruhig in Zweifel ziehen, was passiert war, für sie war das ohne Belang. Auch wenn sie sich manchmal kurz etwas anderes vorstellte, in Wirklichkeit war sie überzeugt von Scotts Schuld – und von ihrer.

»Er wollte mich damit bestrafen, Tom. Mir war nicht klar … ich wünschte …« Sie biss sich auf die Lippe. *Hör auf mit der Wünscherei. Lass es, lass es, lass es.*

»Ich hasse dich tatsächlich, Kim. Nur damit das klar ist. Nicht nur, weil du ihn einfach so in die Wüste geschickt hast. Ich glaube, mein Bruder war dir im Grunde scheißegal.«

»Das stimmt nicht. Ich mochte ihn sehr. Wirklich.«

»Ich hab doch gesehen, wie du mit ihm umgegangen bist. Ständig hast du ihn weggestoßen. Du hast ihm nicht einmal gesagt, dass du ihn liebst. Als ich vor ein paar Monaten hier war, hab ich ihn direkt gefragt. Ich hab gesagt: ›Scotty, hat sie je schon mal *Ich liebe dich* zu dir gesagt?‹ Er ist mir mit der alten Leier gekommen von wegen Worte würden nichts bedeuten. Aber das stimmt nicht. Ich kannte meinen Bruder. Ich wusste, dass es ihm was ausgemacht hat. Er hat dich geliebt, du kleines Luder. Er hat dich geliebt, und du hast ihn einfach so abserviert.« Er hatte an der Tür gestanden, doch jetzt trieb seine Wut ihn auf sie zu, die Hände zu Fäusten geballt.

Mach schon, dachte sie, *schlag mich zusammen. Ich wehr mich auch nicht.*

»Miss Burke darf keinen Besuch empfangen«, ertönte eine vorwurfsvolle Stimme von der Tür, eine Krankenschwester im mittleren Alter mit Kims Medikamenten für den Nachmittag. »Bitte gehen Sie auf der Stelle, oder ich rufe den Sicherheitsdienst.«

Einen Moment lang missachtete Tom Roeder die Anordnung. »Ich bleibe in der Stadt, bis ich den Namen meines Bruders reingewaschen habe. Vergiss das nicht, Kim. Bild dir bloß nicht ein, du wärst aus dem Schneider.«

Kim stieß ein hämisches Lachen aus. »Wem sagst du das.«

»Ich rufe den Sicherheitsdienst«, sagte die Krankenschwester.

Ohne ein Wort drehte Tom sich um und rempelte die Krankenschwester absichtlich an, als er aus dem Zimmer stürmte.

25

»Hi. Darf ich mich zu Ihnen setzen?«
Nate, der jetzt allein an dem Tisch in der Krankenhauscafeteria saß, konnte neben sich eine große, schlanke Gestalt erkennen. Bei dem kurzen Haar und der heiseren Stimme der Person hätte er vielleicht nicht so ohne weiteres sagen können, ob es ein Mann oder eine Frau war, doch er nahm den schwachen Blumenduft wahr und tippte auf weiblich.
Die junge Frau wartete seine Antwort nicht ab und entschied sich für den Stuhl, auf dem kurz zuvor noch Zach Lynch gesessen hatte. Als sie Platz nahm, streckte sie Nate eine Hand entgegen, und ihre Fingerspitzen berührten seine. »Ich bin Laurel Geller, eine gute Freundin von Kim.«
Nate ergriff die erstaunlich kräftige Hand und hielt sie lange genug, um spüren zu können, dass die junge Frau an den meisten Fingern einen Ring trug und kurze, abgekaute Fingernägel hatte.
»Nägelkauen ist eine schlechte Angewohnheit«, sagte er mit einem Lächeln.
Laurel lachte. »Das sagt mein Dad auch immer.« Sie stockte kurz. »Sie sind Kims Vater, nicht wahr?«
»Könnte man so sagen«, erwiderte Nate.
»Ich hab Sie mit dem Polizisten reden sehen.«
»Aha?«
»Ja, als ich reingekommen bin. Ich hab gewartet, bis er ging. Ich wollte nicht stören«, fügte sie rasch hinzu, als hätte er zu einer anderen Deutung kommen können.

Sie zögerte einige Sekunden und spielte dabei mit dem Stiel des Löffels, den Nate beiseitegeschoben hatte. Der Kaffee, den Lynch besorgt hatte, stand noch immer vor ihm.
»Hat er mich erwähnt?«
Nate kniff die Augen zusammen, sodass er das Stirnrunzeln im Gesicht seines Gegenübers erkennen konnte. »Hätte er Sie erwähnen sollen?«
Laurel erzählte ihm von dem Freitagabend im Moe's.
Nate hörte zu und nickte.
»Für wen hat sie sich von Scott getrennt?«, fragte er, als sie fertig war.
»Kim ist sehr zurückhaltend. Sie hat mir nicht viel von sich erzählt …«
»Sie sagten doch, Sie seien eine gute Freundin.«
»Vielleicht habe ich ein bisschen übertrieben.«
»Also, sie hat Ihnen nicht viel von sich erzählt. Dennoch hab ich den Eindruck, dass Sie eine sehr aufmerksame, junge Frau sind, Laurel. Und dass Sie Intuition besitzen. Habe ich recht?«
Laurel betrachtete den älteren Mann einige Augenblicke. »Ich habe sie öfters mit jemandem zusammen gesehen. Ich meine, sie haben sich dabei nie irgendwie eindeutig verhalten … Ich glaube, die meisten hätten sich nichts dabei gedacht.«
»Aber wir haben ja bereits festgestellt, dass Sie nicht zu den meisten gehören, Laurel. Sie spüren Dinge, die anderen entgehen.« Auch Nate hatte jetzt eine Intuition. Die junge Frau wusste etwas, möglicherweise etwas Wichtiges.
»Ich bin in einem Seminar über englische Dichtung. Es ist ziemlich langweilig, aber Pflicht für alle, die Englisch als Hauptfach haben. Es findet in der Franklin Hall statt, im zweiten Stock. Das ist ein Hörsaal und der einzige Raum für Veranstaltungen auf dieser Etage. Die übrigen Räume sind Büros vom englischen Fachbereich. Das Büro direkt gegenüber dem Hörsaal ist das von Professor Joseph Sanger.«
Sie hielt inne, aber Nate schwieg.
»Sanger hat einen gewissen Ruf. Er sieht sehr gut aus. Ist sehr zuvorkommend. Die Studentinnen gehen gerne zu ihm.«
»Und Kim ist eine davon.«

»Sie hat im letzten Semester für ihn gearbeitet. Und sie macht dieses Semester ein Seminar bei ihm.« Wieder stockte Laurel. »Sie sehen also, es ist eigentlich ganz normal, dass ich die beiden zusammen gesehen hab.«
»Aber Sie hatten so ein komisches Gefühl«, hakte Nate nach.
Sie seufzte. »Kann gut sein, dass ich völlig danebenliege. Ich hab bloß gedacht, wenn da wirklich was ist, na ja … dann ist das bestimmt nicht so gut für Kim.«
»Ist dieser Professor Sanger verheiratet?«, fragte Nate.
»Er trägt einen Ehering. Und auf seinem Schreibtisch steht ein Foto von seiner Frau und seiner Tochter.«
Nate runzelte die Stirn. »Dann waren Sie auch schon bei ihm im Büro?«
Laurel lachte wieder, doch diesmal klang es gezwungen und verlegen. »Ich mache bald die Zwischenprüfung und brauche jemanden, der mich im Hauptfach betreut. Meine Mitbewohnerin Julie hat mir Sanger empfohlen.«
»War er einverstanden?«
»Ja, und das hat mich ehrlich überrascht.«
»Wieso?«, fragte Nate.
Laurel zuckte die Achseln. »Ich hatte einfach nicht geglaubt, dass ich sein Typ bin.«
»Kim dagegen wohl.«
Laurel seufzte. Die Antwort genügte.
»Sagen Sie, Laurel. Kannten Sie Kims Mitbewohnerinnen?«
»Nein. Eigentlich nicht. Ich habe sie auf dem Campus gesehen, aber ich war nie bei ihnen zu Hause oder so. Kim und ich haben uns meist im Moe's oder in der Bibliothek getroffen, oder bei schönem Wetter haben wir draußen auf dem Rasen gesessen.«
»Sie sagen, Sie haben Monica und Pauline auf dem Campus gesehen. Auch schon mal in der Franklin Hall?«
Er konnte eher spüren als sehen, dass Laurel ihn eindringlich musterte. »Sie meinen, ob ich eine von beiden schon mal bei Professor Sanger gesehen habe.«
»Genau das meine ich«, sagte er mit einem Lächeln.
»Ich hab Monica dieses Semester ein paarmal bei ihm gesehen.

Sie ist in … ich meine, sie war in Sangers Seminar über zeitgenössische Literatur. Genau wie Kim.«

»Hatte Monica auch Englisch im Hauptfach?«

Laurel verzog das Gesicht. »Nein, ich glaube, Kim hat mal gesagt, dass sie Psychologie studiert, aber vielleicht war englische Literatur ihr Nebenfach.«

»Ach so«, sagte Nate.

»Aber ich bin sicher, dass zwischen ihnen nichts war – zwischen Monica und Sanger. Monica hatte eine feste Beziehung mit einem Medizinstudenten hier am College.«

»Dann wussten Sie ja doch einiges über Kims Mitbewohnerinnen.«

»Ich kenne Dennis. Monicas Freund. Na ja, kennen ist übertrieben. Ich hatte gleich nach Neujahr eine fürchterliche Lebensmittelvergiftung, und Julie hat mich ins Krankenhaus gefahren. Dennis hatte Dienst in der Notaufnahme. Er war richtig nett. Wirklich, Julie und ich haben uns gedacht, dass er mal ein toller Arzt wird.«

»Woher wussten Sie, dass er mit Monica zusammen war?«

Laurel zögerte. »Das weiß ich von Julie. Er hat ihr ein Foto von Monica gezeigt, das er in der Brieftasche hatte.« Ihre Lippen wurden schmal. »Ich glaube, das mit den beiden war … was richtig Ernstes.«

»Was ist mit der zweiten Mitbewohnerin von Kim? Pauline?«

»Was meinen Sie?«, fragte Laurel beiläufig.

»Hatte sie eine Beziehung?«

»Keine Ahnung.«

»Haben Sie sie mal in Sangers Büro gesehen?«

»Nein.« Sie seufzte, sah dann auf ihre Uhr. »Ich muss los.« Aber als sie aufstand, sagte sie: »Meine Güte, jetzt hätte ich fast vergessen, warum ich an Ihren Tisch gekommen bin.«

»Und warum?«

»Ich wollte Sie bitten, Kim auszurichten, dass sie bei mir und Julie wohnen kann, wenn sie aus dem Krankenhaus kommt. Sie will doch bestimmt nicht wieder in … die Wohnung. Ich bin vorhin an dem Haus vorbeigefahren, es ist rundherum mit Polizeiband abgesperrt. Ganz unwirklich. Wie in einer Krimiserie. Also, Kim würde wahrscheinlich ohnehin nicht da wohnen bleiben wollen. Unsere Wohnung ist nicht groß, aber wir haben eine Klappcouch im Wohnzimmer, auf der Kim sehr gern schlafen kann.« Und dann fügte sie hinzu: »Ich hab mit Julie schon alles besprochen.«

Nate verstand. Die beiden Studentinnen würden nicht einfach nur eine Kommilitonin bei sich aufnehmen, sondern eine junge Frau, die von vielen Leuten in der Stadt als Ausgestoßene oder noch Schlimmeres betrachtet wurde. Julie und Laurel könnten, allein weil sie sich um Kim kümmerten, Opfer von Beschimpfungen, Drohbriefen, Anfeindungen werden. Oder Schlimmerem ...

Bis jetzt war Nates größte Sorge gewesen, dass Kim sich etwas antun könnte. Jetzt jedoch kam eine weitere große Sorge hinzu. Hass konnte eskalieren – Worte in Taten umschlagen, in Gewalt.

Nate streckte die Hand aus, und nach ganz kurzem Zögern ergriff Laurel sie. Er spürte ihren festen Händedruck, obwohl sie die Hand eines kleinen Mädchens hatte. »Ihr Angebot ist sehr großzügig, Laurel, aber ich habe vor, bis zu Kims Abschluss hier zu bleiben. Ich werde schon eine Unterkunft für uns finden.«

»Ach so, klar. Aber erzählen Sie Kim, dass wir es angeboten haben.«

»Sie kann froh sein, Sie als Freundin zu haben, Laurel.«

Die Studentin erhob sich, blieb aber stehen. »Ähm, das mit Professor Sanger ... es wär mir lieber, wenn er nicht erfährt ... was ich Ihnen erzählt habe.«

»Da können Sie unbesorgt sein, Laurel«, versicherte er ihr. Was er von Professor Joseph Sanger nicht behaupten würde. Sanger könnte durchaus Grund zur Sorge haben.

26

»Was ich hier mache, ist ganz schön riskant, Nate.« Zach klappte die Mordakte zu, nachdem er sie dem Cop im Ruhestand Wort für Wort vorgelesen hatte. Er merkte, dass seine Hände schwitzten. Die Nerven. Und sein Herz raste, nicht vor Panik, sondern vor Aufregung. »Und, was halten Sie davon?«

Nate hatte die Augen geschlossen. Einen kurzen Moment lang dachte Zach, er wäre eingeschlafen. Sie saßen einander auf Holzstühlen gegenüber, in einem kleinen, fensterlosen Büro im Polizeirevier, am Ende des Ganges, an dem der Aktenraum lag. Zach wollte die Mappe möglichst schnell dahin zurückbringen, wo sie hingehörte, bevor irgendwer, vor allem Captain Wesley, ihr Fehlen bemerkte. Doch jetzt war er erst einmal gespannt auf Nate Shapiros Meinung.

Er wollte sich gerade räuspern, um den Mann aufzuwecken, als Nate sagte: »Das reicht nicht.«

»Das reicht nicht, um Roeder die Morde anzuhängen?«

»Nein, nein, dafür reicht es allemal«, brummte Nate. »Die Mordwaffe ist voll mit seinen Fingerabdrücken, an Kleidung und Händen hatte er Blut von beiden Opfern, kein einziger Zeuge hat jemand anderen während der fraglichen Zeit aus dem Haus kommen oder hineingehen sehen. Es liegt ja sogar diese Aussage von Roeders Studienbetreuer vor, dass der Junge paranoid und ein Einzelgänger war und zu unmotivierten Wutausbrüchen neigte.«

»Und jetzt denken Sie also genau wie Wesley, die Sache wäre glasklar.« Zach konnte nicht verhindern, dass in seiner Stimme

ein Anflug von Enttäuschung mitschwang. Was war das bloß, was ihm da nicht ganz geheuer vorkam?
Seit dem Gespräch mit Nate Shapiro in der Cafeteria früher am Tag war Zach richtig aufgekratzt gewesen. Und das soll nun alles gewesen sein? Wenn Wesley den Fall für abgeschlossen erklärte, würde Zach wieder ans Steuer seines Streifenwagens zurückkehren, Jagd auf Verkehrssünder machen und zu Unfällen gerufen werden. Alles würde wieder seinen gewohnten Gang gehen.
Jetzt war Zach derjenige, der die Augen schloss. Als suchte er in seinem Kopf nach mehr Klarheit. Es funktionierte nicht. Zach sah bloß Dunkelheit. Und doch, irgendetwas nagte an ihm. Ein Gefühl von … ja was?
Und dann ein plötzlicher Lichtblitz im Dunkeln. Das Zimmer. Kims Zimmer. Er sah sie wieder vor seinem geistigen Auge, wie sie in der Ecke kauerte, das Gesicht hinter den Armen verborgen. Kim hatte Zachs Aufmerksamkeit stärker gebannt als der tot an der Decke baumelnde Scott Roeder. Jetzt jedoch stellte er sich die Szene noch einmal vor, konzentrierte sich ganz auf Roeder. Und sofort wurde das Gefühl in seinem Kopf intensiver. Und jetzt spürte er es auch im Bauch. Irgendetwas an dem Bild stimmte nicht.
Aber was?
»Ich will da hin.«
Nates Stimme ließ Zach zusammenfahren. Er öffnete die Augen und blickte den Excop an. »Wohin?«
»An den Tatort.«
»Was meinen Sie denn, was Sie da sehen können?«, platzte Zach heraus. Verlegen fügte er hastig hinzu: »Ich meine, die Jungs von der Spurensicherung haben doch schon alles durchkämmt.«
»Stimmt, *ich* werde da wohl kaum was sehen«, sagte Nate ohne eine Spur von Verärgerung. »Aber Sie.« Er setzte ein schiefes Lächeln auf. »Sie werden mein Blindenhund sein, Lynch.«

Über Kreuz gespanntes gelbes Polizeiband versperrte noch immer die Vorder- und Hintertür der linken Doppelhaushälfte, obwohl die Spurensicherung tags zuvor ihre Arbeit beendet hatte. Jetzt sollte das Band vor allem Reporter und Schaulustige

abschrecken. Es hatte jedoch nicht verhindert, dass Blumen, Kränze, Kerzen und Beileidsbriefe auf dem Rasen vor dem Haus abgelegt worden waren. Ein seltsamer, wehmütiger Garten.
Zach sah dieselben zwei Fahrzeuge in der Einfahrt stehen wie in der Nacht zu Sonntag – Monicas Land Rover und Paulines Jetta. Der Anblick der Autos machte ihn traurig.
»Vielleicht parken wir besser um die Ecke. Kommen zu Fuß zurück und gehen dann, wenn die Luft rein ist, durch die Hintertür rein. Wir sollten versuchen, möglichst unauffällig zu sein«, sagte Zach.
Zuerst hatte er gedacht, es könnte schwierig werden, an einen Schlüssel zu der Wohnung ranzukommen, aber Nate hatte in der Tasche von Kims Jeans, die im Schrank ihres Krankenhauszimmers hing, ein Schlüsselbund gefunden. Dann hatte er, einem Instinkt folgend, die Sachen von einer Krankenschwester wegbringen lassen.
»Haben Sie Kims Wagen gesehen? Ein älterer schwarzer Civic.«
»Wir sind eben dran vorbeigekommen.«
Zach bog um die Ecke in die Elm Street. Er fuhr seinen Privatwagen, einen nagelneuen roten Ford Explorer. Den Streifenwagen, der zu auffällig gewesen wäre, hatte er zu Hause bei seiner Schwester in Hatfield stehen lassen, am anderen Flussufer gegenüber von Danby. Außerdem hatte er rasch seine Uniform gegen eine Jeans und ein schwarzes Sweatshirt eingetauscht.
Seit zwei Jahren wohnte Zach nun schon bei Linda. Die Miete war spottbillig, die Lage günstig, und wenn er frei hatte, konnte er seiner geschiedenen, älteren Schwester unter die Arme greifen und auf ihren wilden siebenjährigen Sohn Jeremy aufpassen. Es war für alle drei eine gute Regelung. Doch im Winter hatte Linda einen Trucker kennengelernt, und es sah ganz nach was Ernstem aus. Vor ein paar Wochen hatte Zach eine Entscheidung getroffen: Wenn der Freund einzog, würde er ausziehen. Zu viert würde es mit ihnen nicht klappen. Was aus ihm werden sollte … das war eine ganz andere Frage. Eine Frage, die nicht nur seinen Umzug betraf, sondern, wie ihm jetzt langsam klar wurde, seine ganze Zukunft.

Zach parkte den Explorer vor einem anderen großen Geländewagen ein Stück die Straße hoch. Er eilte zur Beifahrertür, um Nate beim Aussteigen zu helfen, doch dieser hatte es schon allein geschafft.

Instinktiv legte er Nate eine Hand auf den Arm, um ihn zu führen.

»Ich sag Ihnen schon, wenn ich Hilfe brauche«, knurrte Nate.

»Ehrlich?«, erwiderte Zach.

»Wahrscheinlich nicht.«

Sie mussten beide schmunzeln.

Aber als sie um die Ecke bogen und schließlich vor dem Haus standen, hatten beide Männer einen todernsten Ausdruck im Gesicht.

27

Kim saß im Sonnenzimmer am südlichen Ende des Krankenhausflurs. Es war nicht ihre Entscheidung gewesen. Dr. Schnessel hatte es ihr nach der Einzelsitzung ›empfohlen‹. Die Stunde, die kein Ende nehmen wollte, war schlecht gelaufen. Kim hatte stumm in einem unbequemen Polstersessel gehockt. Die meiste Zeit hatte auch der Psychiater geschwiegen und geduldig abgewartet. Abends um sieben sollte sie an einer Gruppentherapiesitzung teilnehmen. Widerwillig hatte sie sich bereit erklärt zu kommen, aber mehr konnte sie dem Arzt nicht versprechen.

Zumindest war sie nun allein in dem Raum mit den hohen Fenstern, durch die nicht mehr viel Sonne hereinströmte, da es bereits spät am Nachmittag war. Kim starrte mit leerem Blick zum blassblauen Himmel hinauf. Auf dem Weg hierher hatte sie die Stationsschwester um ein weiteres Schmerzmittel gebeten, weil ihre Kopfwunde unangenehm pochte. Doch was eigentlich pochte, war ihr Herz. Sobald die Pille Wirkung zeigte, legte sich ein dankbarer Schleier über ihre Gedanken, und die extreme Spannung in ihren Muskeln löste sich nach und nach. Sie schloss die Augen, doch einige Minuten später riss sie sie wieder auf. Sie hörte, wie sich Schritte auf den Marmorfliesen näherten.

Kim erstarrte, als sie Dennis Parker auf sich zukommen sah. Er sah ihre Reaktion und blieb wie angewurzelt stehen.

Es dauerte einen Moment, bis er ein schwaches Lächeln zustande brachte. »Ich wollte mich entschuldigen. Ich bin gestern Nacht wohl völlig ausgeflippt. Ich hoffe, ich hab dir nicht

wehgetan.« Er schluckte so schwer, dass Kim seinen Adamsapfel hüpfen sehen konnte.
»Ich bin dir nicht böse, Dennis.«
»Aber du hättest allen Grund dazu. Ich bin Arzt, Kim. Was hab ich mir bloß dabei gedacht?« Seine Miene wirkte ehrlich bekümmert.
»Du hast anscheinend gar nicht gedacht.«
Er stand da, die Hände in die Taschen seines Kittels geschoben, die Schultern hochgezogen. »Ich war den ganzen Nachmittag mit Monicas Eltern zusammen. Sie sind gestern Abend aus New York gekommen, aber sie waren erst vor zwei Stunden in der Lage, mit jemandem zu reden.«
Seltsamerweise dachte Kim jetzt zum ersten Mal, seit sie ihre Mitbewohnerinnen ermordet aufgefunden hatte, was das für die Eltern der beiden bedeuten mochte. Ein Kind zu verlieren war schon schlimm genug, aber durch ein Gewaltverbrechen, bei dem das Opfer sehr wahrscheinlich entsetzliche Schmerzen erlitten hatte …
Ein Kloß setzte sich in Kims Kehle fest.
»Paulines Mutter ist in Italien«, sagte Dennis. »Die Polizei hatte Probleme, sie ausfindig zu machen, weil sie kreuz und quer durchs Land reist. Aber heute Morgen haben sie sie erreicht. Sie setzt sich noch heute Abend ins Flugzeug, wird aber erst morgen relativ spät hier sein.«
»Und … Paulines Vater?« Kims Stimme war rau.
Dennis blickte sie überrascht an. »Der ist tot. Hast du das nicht gewusst?«
Kim wurde klar, dass sie kaum etwas über die beiden Studentinnen wusste, mit denen sie fast vier Monate zusammengewohnt hatte. »Tot?«
Der Mund des jungen Assistenzarztes verzog sich. »Hat sich das Leben genommen, als Pauline sieben war.« Er legte einen Zeigefinger an die Stirn und imitierte eine Pistole.
Kim spürte, wie sich ihr Magen regte und Galle in die Kehle stieg, wo sie von dem Kloß, der dort steckte, zurückgehalten wurde.
Dennis fuhr fort. »Er war stinkreich, hat mit Immobilien in

Manhattan dick Kohle gemacht, aber seine Frau hat er leer ausgehen lassen; schätze, sie hat ihn dazu getrieben, sich die Kugel zu geben. Pauli hat alles bekommen. Er hat ihr einen schönen Batzen vermacht. So hatte sie wenigstens nie Geldsorgen.«

Und jetzt hatte Pauline Marshal überhaupt keine Sorgen mehr.

Ein seltsames Gefühl von Neid überkam Kim. Und fast im selben Augenblick schämte sie sich dafür. Als die Krankenschwester ihr die Schmerztablette gab, hatte Kim überlegt, sie zu verstecken. Sie würde sie sammeln. Und wenn sie genügend zusammen hatte …

Doch der Wunsch nach rascher Schmerzlinderung war stärker gewesen.

»Jan Marshal wird es leider nicht schaffen, morgen rechtzeitig zur Trauerfeier hier zu sein«, sagte Dennis sachlich.

Kim musste sich bewusst zwingen, ihre Aufmerksamkeit wieder auf den Mediziner zu richten. Das Medikament tat seine gewünschte Wirkung. »Was?«

»Für Monica und Pauline. Die Trauerfeier sollte ursprünglich in der Kapelle stattfinden, doch das College rechnet mit einem solchen Andrang, dass sie in den großen Hörsaal in Ridley Hall verlegt wurde.« Er wischte die Tränen weg, die ihm über die Wange liefen. »Carol und Doug, Monicas Eltern … Gott, ich weiß nicht, ob sie das durchstehen.«

Die Trauerfeier oder den Rest ihres Lebens?, fragte sich Kim. Wahrscheinlich beides, dachte sie, und ihr Herz krampfte sich zusammen.

»Wann … wann fängt die Feier an?«, fragte sie.

»Um zehn, aber Kim … du überlegst doch nicht ernsthaft … dort hinzugehen?« Er blickte entsetzt. Und dann böse. »Verdammt, hast du denn gar keine Ahnung, was alle –«

»Ah, da bist du ja, Kim.« Anne kam herein und hielt Dennis gleich für einen von Kims Ärzten.

»Wie geht es ihr?«, fragte sie.

Dennis starrte Kim durchbohrend an. »Den Umständen entsprechend.«

28

»Nicht so schnell«, sagte Nate, der mitten im Wohnzimmer stand. »Erzählen Sie es mir nochmal.«

»Von da an, wo ich ins Haus gegangen bin?«

»Nein. Von Anfang an.«

Zach unterdrückte einen frustrierten Seufzer. »Als mir der junge Bursche vors Auto getorkelt ist, richtig?«

Nate nickte.

Und so schilderte Zach noch einmal haarklein die Ereignisse in der verregneten Nacht von dem Augenblick an, als er eine Vollbremsung machen musste, weil Alan Taylor, der Student, der nebenan wohnte, plötzlich auf die Straße gelaufen war.

Nate unterbrach ihn diesmal nicht, sondern hörte nur zu.

Als Zach fertig war, sagte er: »Fangen wir also draußen vor der Haustür an.«

»Das Polizeiband reißt, wenn ich die Tür öffne«, entgegnete Zach.

Nate ging auf die schattenhafte Gestalt zu. »Na los, leben wir gefährlich.«

»Was ist mit … Kims Zimmer? Da waren wir noch gar nicht.«

»Ich weiß. Das machen wir später.« Nate fasste Zach am Jackenärmel. »Gehen wir.«

Sobald sie draußen vor der Tür des Hauses standen, fragte Nate den jungen Polizisten: »Hört sich an, als hätte dieser Alan Taylor ein ziemlich wasserdichtes Alibi. Was sagten Sie nochmal, wie viele Kommilitonen im Studentenwohnheim für ihn gebürgt haben? Sechs, sieben?«

»Ja. Er ist mit seinen Mitbewohnern gegen sieben Uhr am Samstagabend dort angekommen, um sich das Baseballspiel anzusehen. Gegen elf sind ein paar Frauen aufgetaucht, um Party zu machen. Da waren die Jungs schon ganz schön betrunken …«

»Also, wenn Taylor sich irgendwann während des Spiels verdrückt hätte und später wieder aufgetaucht wäre, meinen Sie, seine ›Zeugen‹ hätten das gemerkt?«

»Möglicherweise nicht«, räumte Zach ein. »Bis auf einen von seinen Kumpeln, der nichts getrunken hat. Der Junge hat letztes Semester mit Alkohol am Steuer einen Unfall gebaut und trinkt seitdem gar nicht mehr. Er schwört, dass Taylor die ganze Zeit da war und sich das Spiel angesehen hat.«

»Okay, weiter im Text. Die Haustür stand offen. Öffnen Sie sie so weit, wie Sie sie an dem Abend vorgefunden haben, und führen Sie mich hinein.«

Zach beschrieb noch einmal, was er in der Mordnacht gesehen hatte, während er den Älteren durchs Haus führte. Er beschrieb die Sandale in der Diele, dann ging er mit Nate zu der ersten Leiche, Monica, dann zur Vorderseite des Sofas, wo Pauline nackt auf dem Bauch gelegen hatte. Er führte Nate sogar an die Stelle, wo er das noch feuchte Handtuch der Ermordeten berührt hatte.

»Okay«, sagte Nate schließlich, »gehen wir jetzt in Kims Zimmer.«

Nate bat Zach, ihn genau dorthin zu stellen, wo der tote Scott Roeder an der Lampe gehangen hatte.

»So, jetzt gehen Sie zurück zur Tür«, wies er ihn an.

Zach tat wie geheißen.

»Beschreiben Sie mir, was Sie sehen.«

Zach blickte Nate direkt an. Er versuchte, die Szene zu rekonstruieren. Aber vergeblich.

»Was ist los?«, fragte Nate in demselben geduldigen, emotionslosen Ton, den er schon die ganze Zeit benutzte.

Zach schloss sie Augen, um sich das Opfer vorzustellen. Kurze Erinnerungsbilder von Scott blitzten vor seinem geistigen

Auge auf. Der nach vorn gekippte Kopf. Das lange, aschblonde Haar, das dem jungen Mann übers Gesicht fiel. Das graue T-Shirt. Das Blut … das Blut der beiden Opfer … mit dem seine ganze Kleidung beschmiert war. »Was stand da nur?«, sinnierte Zach.
»Was stand wo?«
»Auf seinem T-Shirt«, sagte Zach. »Ich konnte den Schriftzug nicht erkennen, der vorn aufgedruckt war.« Er zuckte die Achseln. »Ist wahrscheinlich nicht wichtig.«
Aber irgendetwas ließ ihm keine Ruhe. Irgendetwas, das vielleicht doch wichtig war.
»Ist schon gut, Zach«, sagte Nate. »Denken Sie nicht weiter drüber nach. Sie können es nicht erzwingen. Das frustriert Sie nur und macht Sie wütend.«
»Verdammt«, knurrte Zach.
Nate lachte leise. »Hören Sie auf die Stimme der Erfahrung, mein Junge.«
»Ja, ja.« Zach schloss erneut die Augen und versuchte diesmal, Nates Rat zu beherzigen. *Einfach abwarten, was so kommt. Einfach loslassen.*
Roeders schlaff herabbaumelnde Arme, seine Hände –
»Scheiße.«
»Was ist?« Jetzt klang Nate gar nicht mehr emotionslos.
»Seine Finger. Scotts Finger. Die waren gekrümmt.«
»Gekrümmt?«, wiederholte Nate.
»Als … als wären sie geballt gewesen, bis … bis der Tod endgültig eintrat. Würde jemand, der sich umbringen will, die Fäuste ballen, Nate? Ist das nicht ein Zeichen für … ich weiß nicht … Widerstand? Als wollte er zuschlagen …« Zach sprach nicht weiter. Er kam sich albern vor. Wie er da nach dem rettenden Strohhalm griff. Der noch dazu seiner Phantasie entsprang.
Vielleicht war ja auch das, was ihm keine Ruhe ließ, bloß reine Einbildung.
Nate, der noch immer wie angewurzelt an der Stelle stand, wo der Tote gehangen hatte, grübelte über die Sache mit den geballten Fäusten nach. »Wäre möglich«, sagte er lediglich. Dann fügte er hinzu: »Ist aber noch nicht genug.«

»Ja, ja.« Aber der Polizist war nicht besonders zuversichtlich. »Ihnen fällt bestimmt noch was ein, Zach.«
Der junge Mann blickte Nate an. Er sah, dass der Excop wirklich daran glaubte. Und Zach spürte die Verantwortung wie eine schwere Last.
»Soll ich erzählen, wie ich Kim gesehen habe?« Zachs Stimme klang krächzend.
»Nein, lassen Sie uns von hier verschwinden.«
Sie waren schon fast an der Küchentür, als Nate unvermittelt stehen blieb. »Hat die Spurensicherung auch die Zimmer der beiden Frauen durchsucht?«
Zach zuckte die Achseln. »Keine Ahnung. Aber ich nehme es an.«
»Vielleicht sollten wir uns noch kurz oben umsehen, ehe wir gehen.«

In Paulines Zimmer sah Zach Reste von Fingerabdruckpulver. »Die Jungs waren auf jeden Fall hier oben«, sagte er zu Nate.
»Trotzdem könnten sie was übersehen haben.«
»Zum Beispiel?«, fragte Zach.
»Deshalb sind Sie hier«, sagte Nate knapp. »Sie sind meine Augen, Kleiner. Enttäuschen Sie mich nicht. Finden Sie mir was Interessantes.«
Zach spürte Ärger in sich aufsteigen. Trotzdem schritt er langsam durch den Raum.
»Sieht ziemlich ordentlich aus«, bemerkte Nate, der die Augen zusammenkniff.
»Sehr ordentlich. Das Bett ist gemacht. Nichts Schrilles. Blassgrüne Bettwäsche. Keine herumliegende Kleidung. Computertisch in der rechten Ecke –«
»Da ist kein Computer.« Nate konnte erkennen, dass der Tisch leer war.
»Dann haben sie ihn bestimmt mitgenommen. Und auch alles andere auf dem Tisch. Falls da noch was war.«
»Schubladen?«
»Eine.« Zach öffnete sie. »Leer.«
»Ziehen Sie sie ganz heraus.«

Er tat es ohne große Begeisterung. Ganz hinten lag ein aufgerolltes Foto. Er nahm es heraus, strich es glatt und sah es sich genau an.
»Was haben Sie da?«, fragte Nate ungeduldig, weil ihm Zachs Schweigen verriet, dass es etwas Bedeutsames war.
»Ein Foto.«
»Von wem?«
»Pauline und … Alan Taylor.«
»Der Student von nebenan.«
»Ja. Und die beiden sehen ganz so aus, als würden sie sich sehr gut verstehen.«
»Ist ein Datum drauf?«
Zach machte die Nachttischlampe an, um das Foto genauer zu betrachten. »Ja. In der unteren rechten Ecke.« Er stieß einen leisen Pfiff aus. »Nate, das ist vor nicht ganz einem Monat aufgenommen worden.«

29

Kim wandte den Blick vom Fenster und sah zu ihrer freudigen Überraschung Laurel Geller in der Tür stehen.
»Hi. Wie geht's dir?«, fragte Laurel.
Kim gab keine Antwort, zuckte nur mit den Schultern.
»Dein Arzt hat mir erlaubt, dich zu besuchen. Aber vorher hat er mich richtig ins Gebet genommen. Aus Sorge, du könntest dich aufregen, wenn du mich siehst. Ich hab ihn vom Gegenteil überzeugen können.« Laurel zögerte. »Das war doch richtig, oder?«
»Jaja. Bloß ...« Kim schaute weg.
»Bleibt da eine Narbe?« Laurel deutete auf Kims bandagierten Kopf.
Kim zuckte die Achseln. »Ist doch egal.«
»Ja, klar.« Sie machte unsicher ein paar Schritte in den Raum. Ihr Blick fiel auf das Tablett neben Kim. Das Abendessen. Kim hatte es nicht angerührt.
»Du musst was essen, Kim.«
»Ich freue mich, dass du gekommen bist, Laurel. Ich bin bloß nicht ...«
Laurel fiel ihr ins Wort. »Bitte, Kim, das kann ich total gut verstehen. Ich hab dir was mitgebracht.«
Kim sah zu ihrer Freundin hinüber. Laurel hielt ihr ein Buch hin.
»Es ist von Alice Wight. *Reise zur spirituellen Heilung*. Weißt du noch, wir haben öfter drüber geredet. Na ja, ich jedenfalls. Es hat mir sehr geholfen, Kim. Ich weiß, ich hab noch nie so was

durchmachen müssen, was du gerade durchmachst, aber –« Sie stockte, legte das Buch auf Kims Bett. »Ich hab's dir jedenfalls mal mitgebracht.«
»Danke, Laurel.« Mehr brachte Kim nicht zustande. Sie wollte, dass Laurel wieder ging. Jeder Besucher, erst recht eine Studentin vom Currier, machte für sie alles nur noch schlimmer.
»Kim, ich weiß, es ist wahrscheinlich nicht der beste Zeitpunkt …«
Kims Blick hätte Bestätigung genug sein müssen, auch wenn sie nicht wusste, worauf Laurel hinauswollte. Aber entweder bemerkte die Studentin ihn nicht oder sie überging ihn absichtlich.
»Ich … ich mag dich wirklich sehr, Kim.« Laurels Unterlippe bebte, und sie biss darauf. »Ich würde alles tun, um dir zu helfen. Alles, damit es dir wieder besser geht.« Tränen glänzten in ihren großen braunen Augen.
Kim starrte die junge Frau sprachlos an.
Laurel wartete einen Augenblick, wohl in der Hoffnung auf eine Reaktion. Es kam keine. Dann drehte sie sich um und floh aus dem Zimmer.

30

»Und?« Alan Taylor war jetzt nüchtern. Und nervös. Er saß auf seinem schäbigen braunen Ledersofa, wippte leicht vor und zurück und beugte sich dann nach vorn, die Arme vor dem Bauch, als hätte er schlimme Magenschmerzen. »Wir waren befreundet. Na und?« Er öffnete die Arme und schob das Foto über den Couchtisch, der noch immer mit Bierdosen und Pizzaschachteln vollgetürmt war.

»Alan, Sie und Pauline waren mehr als nur befreundet«, sagte Zach leise. Er stand mit Nate auf der anderen Seite des Couchtisches. Als er sich bückte, das Foto in die Hand nahm und es schweigend betrachtete, begann Alan Taylor erneut, vor und zurück zu wippen.

»Was soll der Mist, Mann.« Die Stimme des Studenten klang fast weinerlich. »Sie machen aus 'ner Mücke 'nen Elefanten. So ist das am College, Mann. Alle haben mal kurz was miteinander.«

»Wie kurz hatten Sie was mit Pauline?«, fragte Nate.

Alan sah zornig zu Nate hoch. »He Mann, Ihre Fragen muss ich schon mal gar nicht beantworten. Sie haben hier überhaupt nichts zu sagen.« Nur Zach hatte dem Studenten seinen Dienstausweis gezeigt. Taylors verständnisloser Blick hatte ihm gleich gezeigt, dass der sich an die nächtliche Begegnung mit ihm nicht erinnern konnte. Vielleicht lag es daran, dass Zach jetzt keine Uniform trug. Wahrscheinlicher aber war, dass er sich an die Nacht auf Sonntag so gut wie gar nicht erinnern konnte, weil er schlicht zu betrunken gewesen war.

Nate sagte spöttisch: »Was sind Sie doch für ein aufgeweckter Junge, Alan.«
»Na schön, dann beantworten Sie eben mir die Frage«, schaltete Zach sich ein.
»Wenn Sie noch mehr Antworten wollen, warten Sie, bis ich mir einen Anwalt besorgt habe.«
»Glauben Sie denn, dass Sie einen brauchen werden, Alan?«, fragte Zach fast gelangweilt, was die Frage nur noch bedrohlicher klingen ließ.
Die Nervosität des Studenten nahm merklich zu. Er machte Anstalten, vom Sofa aufzustehen, überlegte es sich dann aber aus irgendeinem Grund anders. Er setzte sich wieder, streckte die Arme auf dem Rand der Rückenlehne aus, als könnte ihn nichts erschüttern. Aber der Wangenmuskel, der unaufhörlich unter der Haut zuckte, strafte seine lässige Haltung Lügen. »Nein. He, hören Sie, Mann. Ich hab … ich hab für die Nacht ein Alibi. Das mit Pauline und mir war vorbei. Es war auch nichts Ernstes. Nur eine Bettgeschichte. Überhaupt, Pauli hat nur wegen Monica was mit mir angefangen. Und, Scheiße, Mann … ich hab gedacht, wieso eigentlich nicht …«
Zachs Augen verengten sich. »Wegen Monica?«
Als ob eine Alarmglocke losgegangen wäre, sprang Alan plötzlich auf, die Hände erhoben wie ein Boxer, der sein Gesicht vor einem K.-o.-Schlag schützen will. »Nein, nein, zwischen mir und Monica ist nie was gewesen. Das schwöre ich beim Leben meiner Mutter.« Er fing an zu schwitzen.
»Ist ja gut, ist ja gut«, beruhigte Zach ihn. »Setzen Sie sich wieder, Alan. Wir wollen uns nur ganz entspannt unterhalten. Erzählen Sie mir, was Monica damit zu tun hat.«
Alan blieb stehen. »Gar nichts, Mann. Das Ganze ist einfach zu blöd. Ich hab einmal abends ein bisschen zu viel getrunken, okay? Ich meine, ich bin nicht Auto gefahren oder so was.« Er warf Zach einen nervösen Blick zu. Immerhin war er ihm in der Mordnacht sternhagelvoll fast vors Auto gelaufen.
»Weiter«, sagte Zach. »Sie waren betrunken und –?«
Alan wickelte sich einen losen Faden aus der Couchnaht um den Finger. »Und Pauli war hier bei uns. Und sie war auch

ganz schön angeheitert und hat sich an mich rangemacht. Und, Mann, ich bin auch nur ein Mensch. Dann sind wir zusammen im Bett gelandet.«

»Nur das eine Mal?«, fragte Nate.

»Nein«, gab Alan mit einem kurzen, verlegenen Lächeln zu, »noch ein paarmal danach. Das Foto da? Das hat einer von meinen Wohngenossen mit Paulis Digitalkamera gemacht. Ist schon ewig her.« Der Student wurde rot. »Er hat noch ein paar andere gemacht, also wenn die auftauchen ... na ja, sagen wir mal so, die sind nicht gerade jugendfrei. Pauli hat mir geschworen, sie hätte sie gelöscht, aber wer weiß denn, ob das stimmt. Über Tote soll man nicht schlecht reden, ich weiß, aber der Frau war nicht zu trauen. Die hat nichts anbrennen lassen. Aber was Ernstes wollte sie nicht. Ein richtiges Partygirl eben.«

»Mir ist noch immer nicht klar, was Monica damit zu tun hat«, sagte Zach.

»Na ja, Monica ist der Hauptgrund, warum Pauli und ich überhaupt was miteinander angefangen haben. Und irgendwie war sie auch der Grund dafür, warum die Sache dann schnell wieder vorbei war. Ich meine, die wenigen Male, die wir zusammen in der Kiste waren, da kann man eigentlich gar nicht von Beziehung sprechen. Für mich war das genauso wenig was Ernstes wie für Pauli, Mann. Mir war es ganz recht, als die Sache zu Ende war.«

»Bleiben wir bei Monica«, sagte Zach.

Alan wischte sich mit dem Handrücken über die feuchte Stirn. Der Faden von der Couchnaht war abgerissen und noch immer um seinen Finger gewickelt. »Ja, klar. Eines Abends als wir gerade ... fertig waren, sieht Pauli mich an und sagt, ›Taylor, gib's zu: Ich bin besser im Bett als sie?‹ ›Wen meinst du mit *sie*?‹, sage ich. Und sie sagt, ›Monica natürlich.‹ Ich denk, mich tritt'n Pferd, Mann. Ich habe, und das schwöre ich hoch und heilig, Monica nie auch nur angerührt. Und das hab ich Pauli auch gesagt. Ich dachte mir, dass sie Monica mit einer anderen Blondine verwechselt haben muss, die ein paarmal bei mir war. Dana war auch groß und hatte eine ähnliche Frisur.«

»Die Frauen stehen offenbar auf Sie, was, Taylor?«

»Kann schon sein, aber ich hab nie mit Monica rumgemacht. Selbst wenn ich mich für sie interessiert hätte – was nicht der Fall war –, hätte es nichts gebracht, sie anzubaggern, weil Monica fest mit diesem Medizinstudenten zusammen war, und das hab ich auch Pauli gesagt.«

»Was meinte Pauli dazu?«, fragte Zach.

»Sie hat gelacht und gesagt, Monica würde andauernd fremdgehen, weil Dennis kaum Zeit für sie hätte. Sie hat sogar gesagt, Monica hätte genau in der Nacht, als wir das erste Mal … Sie wissen schon, zusammen im Bett waren, mit 'nem anderen Typen gepennt.«

»Hat sie gesagt, mit wem?«, fragte Nate.

Alan zuckte die Achseln. »Ich kann mich nicht erinnern.«

»Denken Sie nach«, forderte Nate ihn auf.

Die Stirn des Studenten legte sich in Falten, als grübelte er angestrengt. Und zu Nates Verblüffung schnippte Alan auf einmal mit den Fingern und sah aus, als wäre er richtig zufrieden mit sich. »Ja klar, Pauli hat was von irgend so einem Professor gesagt. Wenn Sie den Namen genannt hat, dann weiß ich es wirklich nicht mehr, ich schwöre …«

»Ja, ja, schon gut«, sagte Zach.

»Was ist mit Sanger? Sagt Ihnen der Name was?«, fragte Nate.

Zunächst nahm Alans Gesicht wieder den verständnislosen Ausdruck an, der den ansonsten gut aussehenden jungen Mann fast dumm wirken ließ.

»Joseph Sanger. Vielleicht auch Joe. Joe Sanger.« Nate wiederholte den Namen bewusst.

Und ganz langsam veränderte sich Alan Taylors Miene.

Volltreffer.

31

»Darf ich fragen, wo wir hinwollen?« Anne fuhr auf der Main Street Richtung Norden, weg vom Krankenhaus und vom College.
»Hab ich doch gesagt. Chapel Drive 42.«
»Du weißt genau, was ich meine, Nate.«
»Da wohnt ein Professor, mit dem ich mich ein bisschen unterhalten möchte.«
»Ein verheirateter Professor?«
Nate schielte zu ihr hinüber. »Kim hat's dir erzählt?«
»Was versprichst du dir davon, Nate?«
»Ich bin nun mal neugierig.«
»Ich bin ziemlich sicher, dass es vorbei ist, falls dich das tröstet.«
Nein, das tat es nicht.
»Und wir können auf alle Fälle erleichtert aufatmen.«
»Wie meinst du das?«, fragte Nate.
Anne warf ihm einen erstaunten Blick zu. »Hat Wesley es dir nicht erzählt?«
»Was soll er mir erzählt haben?«
»Es kommt in der nächsten Stunde in den Nachrichten. Wesley will in einer Presseerklärung bekannt geben, dass die Ermittlungen abgeschlossen sind. Scott Roeder gilt offiziell als Mörder der beiden Studentinnen. Ich schätze, Wesley hat von seinen Vorgesetzten einen Riesendruck gekriegt, die Sache schnell aufzuklären. Es ist also vorbei. Ich hoffe, die aufgebrachte Volksseele beruhigt sich in den nächsten Tagen, und Kim kann wieder …«

»Sind wir schon auf dem Chapel Drive?«
»Du bist sauer, was? Du willst diesen Mistkerl von Professor bloßstellen, weil er und Kim …«
»Kim ist erwachsen«, unterbrach Nate sie. »Und sie wusste, dass der Idiot verheiratet ist.«
»Worum geht es denn dann?«
»Das weiß ich selbst nicht so genau«, sagte Nate vage.
»Du hast mir schon während unserer Ehe nichts vormachen können. Daran hat sich nichts geändert.«
Er blickte sie an und wünschte, er könnte ihren Gesichtsausdruck deutlicher erkennen. Da er sie nur im Profil sah, fiel es ihm noch schwerer als ohnehin schon. »Aber es hat sich eine Menge verändert, Anne.«
»Und deine Ausweichmanöver funktionieren noch immer nicht, Nate.«
»Deine Halsstarrigkeit ist auch noch die gleiche«, sagte er lachend.
»Wie heißt der Professor?«
»Joseph Sanger.«
»Was wissen wir über ihn?« Anne fügte rasch hinzu: »Außer dass er was mit Kim hatte?«
»Er hat die beiden Studentinnen gekannt. Zumindest ganz sicher eine von ihnen. Monica.« Aber Moment mal, gab es da nicht auch irgendeine Verbindung zwischen Sanger und Pauline? Er wusste es nicht mehr genau. Noch etwas, was er überprüfen musste.
»Heißt das, sie waren *intim?*«, unterbrach Anne seine Gedanken.
»Ich hab sie nicht mit eigenen Augen vögeln sehen«, sagte Nate trocken.
Anne riss so unvermittelt das Lenkrad herum und schlingerte an den Straßenrand, dass Nate gegen die Beifahrertür knallte. Dann trat sie voll auf die Bremse und katapultierte ihn nach vorn in den Sicherheitsgurt. »Was machst du denn für einen Quatsch …«
»Die ganze Geschichte, Nate. Oder du kannst das letzte Stück bis zu Sangers Haus per Anhalter fahren.«

Nate seufzte einmal schwer auf und ließ sich nach hinten in den Sitz sinken. »Erinnerst du dich an diesen jungen Verkehrspolizisten? Lynch?«

»Na klar erinnere ich mich an ihn. Und?«

»Er denkt, dass Roeder es vielleicht nicht war.«

Anne stellte den Motor aus. So bald würde sie nirgendwohin fahren. »Ich bitte dich, Nate. Soll das heißen, er glaubt, dieser Professor hat die Studentinnen umgebracht? Und dann … was? Roeder aufgehängt?«

»Lynch weiß nichts von Sanger und Kim – noch nicht.«

»Sanger hat sich an dem Abend mit Kim getroffen, Nate. Das hat sie mir selbst erzählt. Also, was für Beweise …«

»Ich hab nichts von Beweisen gesagt. Und ich zeige auch nicht mit dem Finger auf den Professor. Wie ich vorhin sagte, ich bin bloß neugierig.«

»Spinnst du, Nate? Weißt du denn nicht, was du da machst? Du ziehst Kim wieder in die Sache rein, wo sie doch eigentlich schon von jedem Verdacht befreit ist.«

»Aber sie fühlt sich nicht so. Kim ist in schlechter Verfassung. Sie ertrinkt in Schuldgefühlen. Und dieses ganze verfluchte Kaff hier schiebt ihr die Verantwortung in die Schuhe. Ich glaube nicht, dass sich die Leute beruhigen werden, solange Kim sie schon allein durch ihre Anwesenheit an die Sache erinnert. Der Psychiater sieht das genauso. Er will, dass ich sie mit nach Brooklyn nehme«, sagte Nate düster.

»Vielleicht ist das gar keine so schlechte Idee. Für ihre Prüfungen kann sie bestimmt auch zu Hause lernen …«

»Du meinst, sie soll sich davonschleichen wie eine Kriminelle? Die Abschlussfeier verpassen? Und die Ehrung, wenn sie ausgezeichnet wird? Kannst du dir überhaupt vorstellen …«

»Um wessen Ehrung geht's hier eigentlich, Nate? Ihre oder deine?« Anne ließ ihm keine Zeit zu antworten. »Und was genau willst du machen, um Kims Schuldgefühle zu lindern? Ihr beweisen, dass nicht ihr Exfreund, sondern ihr neuer Liebhaber drei Menschen ermordet hat?« Sie lachte höhnisch auf. »O ja, dann fühlt sie sich bestimmt gleich viel besser.«

Nate gestand sich durchaus ein, dass seine Exfrau nicht ganz

unrecht hatte, aber wenn er einmal auf einer Spur war, konnte er nicht anders, als sie bis zum Ende weiterzuverfolgen. Manchmal landete er dabei in einer Sackgasse. Manchmal aber auch nicht. Wegen dieser Sturheit war er als Cop einerseits unglaublich lästig, andererseits aber auch unglaublich gut gewesen.
»Fährst du mich nun zu Sanger oder nicht?« Er hatte die Hand bereits am Türgriff, entschlossen, notfalls tatsächlich per Anhalter zu fahren.
»Du vergeudest nur deine Zeit, Nate. Begreif das doch. Sanger war Samstagabend mit Kim zusammen.«
»Ich weiß. In einer Bar in Madisonville. Im Lucky McGill's.«
»Hat Kim dir das erzählt?«
»Nein. Ich hab ein bisschen rumtelefoniert.« Am frühen Abend hatte er Laurel Geller angerufen und sie gefragt, ob sie nicht Lust hätte, für ihn ein wenig zu recherchieren. Die Studentin hatte begeistert zugesagt. Kaum eine Stunde nach dem Telefonat rief sie ihn auf dem Handy an.
»Ich bin fündig geworden«, sagte sie aufgeregt. »Ich hab mir gedacht, eine Bar in Danby war es eher nicht. Zu riskant. Aber auch keine, die zu weit weg liegt. Das wäre zu umständlich. Also hab ich einen Radius von vierzig Meilen veranschlagt und bin ins Internet …«
»Laurel«, unterbrach Nat freundlich ihren Redefluss.
»Oh, tut mir leid«, sagte sie. »Beim fünften Anruf hatte ich Glück. Das Lucky McGill's. In Madisonville. Zirka dreißig Meilen nördlich von hier. Ich hab mit dem Besitzer gesprochen. Er ist auch der Barkeeper.« Sie lachte leise. »Er heißt gar nicht Lucky, sondern Calvin. Calvin Wilson. Ich war noch dabei, Kim zu beschreiben, da hat er schon gesagt, dass er sich an sie erinnert. Was mich nicht überrascht hat. Sie ist nun mal eine Frau, die Männern auffällt.«
Nate meinte, irgendeinen Unterton in ihrer Stimme zu vernehmen. Groll? Neid?
»Er sagt, sie sei kurz vor neun gekommen. Das weiß er noch, weil er sich mit einigen Gästen das Baseballspiel angesehen hat und gerade Pause war, als sie reinkam. Da lagen die Red Sox noch zurück.«

Nate, ein eingefleischter Yankee-Fan, hatte das Spiel am Radio verfolgt und abgeschaltet, als sich abzeichnete, dass die Sox es schaffen würden.
»War Sanger bei ihr?«, fragte er Laurel.
»Sie war allein. Calvin sagt, wenn das Spiel nicht gewesen wäre, hätten bestimmt ein paar von seinen Gästen versucht, bei ihr zu landen, aber … egal. Wichtig ist, dass kurz nach elf ein älterer Mann reingekommen ist, auf den Sangers Beschreibung passt, wie Calvin sagt. Das Baseballspiel war gerade in die Verlängerung gegangen.« Nate konnte sich an das Freudengeschrei erinnern, als er zu der Zeit mit Kim telefoniert hatte.
Laurel fuhr fort. »Er sagt, Kim und der Mann seien nicht lange geblieben, vielleicht zehn, fünfzehn Minuten. Der Mann hat nur einen Whiskey getrunken. Gleich nachdem die Sox gewonnen hatten, sind die beiden gegangen, so gegen Viertel nach elf, sagt Calvin.«
»Hat dieser Calvin noch irgendwas gesagt? Hat er bemerkt, wie sie miteinander umgegangen sind? Ich meine, ob sie sich gestritten haben? Ob die Stimmung zwischen ihnen angespannt war …?«
»Er war stark auf das Spiel konzentriert.«
»Und als das Spiel vorbei war?«
»Ich hätte gezielter nachfragen sollen«, sagte Laurel niedergeschlagen. »Ich kann ihn nochmal anrufen …«
»Nein, ich mach das schon. Das war gute Arbeit. Echt.«
»Danke, Mr. Shapiro.«
»Nennen Sie mich Nate.«
»Gern, Nate. Und wenn ich noch was für Sie tun kann: ein Anruf genügt.«
»Ja, vielleicht komme ich darauf zurück, Laurel.« Was ihm an der jungen Frau gefiel, war, dass sie nicht nur ihre Unterstützung anbot, sondern auch keine Fragen stellte.
Anders als seine Exfrau, die jetzt hinter dem Lenkrad saß und noch immer auf Antworten wartete.

32

Kim fröstelte, als sie das Fahrrad hinter der Garage versteckte. Es war einfach zu kalt für Mitte April. Und sie war auch nicht warm genug angezogen. Aber sie hatte wenig Auswahl und wenig Zeit gehabt. Sie wollte nur raus aus dem Krankenhaus. Kaum dass die Schwester aus dem Zimmer war, hatte sie das Tablett mit dem Abendessen beiseitegeschoben und war zu dem Schrank geeilt, um ihre Kleidung zu holen, doch sie war nicht mehr da. Wutentbrannt hatte sie sich daraufhin in ein anderes Krankenzimmer geschlichen und einen Regenmantel und Turnschuhe aus dem Schrank einer schlafenden Patientin stibitzt. Doch der Mantel war zu klein und die Schuhe zu groß. Aber dann war ihr das Glück doch noch hold gewesen, als sie in der Nähe des Krankenhauses ein nicht angekettetes Fahrrad entdeckte.

Es war kurz nach sieben Uhr abends. Die Gruppentherapie, an der sie teilnehmen sollte, hatte jetzt bestimmt schon angefangen. Sie fragte sich, wie lange der Psychiater auf sie warten würde und ob er eine Schwester oder einen Pfleger bitten würde, nach ihr zu sehen.

Wieder packte sie die Wut, was zumindest half, die Abendkälte ein wenig zu mildern. Warum hatten die ihre Sachen aus dem Schrank genommen? Sie war schließlich keine Gefangene. Sie hatte das Recht, das Krankenhaus jederzeit zu verlassen.

Leise stieg Kim die fünf Stufen zu der Holzveranda hoch und spähte durch die Glasschiebetüren in den großen offenen Raum mit sehr hoher Decke. Es gab einen Wohnzimmerbereich und einen Essbereich, der von einer langen Theke mit Granitplatte

begrenzt wurde, und dahinter schloss sich eine Küche im Landhausstil mit Einbauschränken aus Kirschholz an. Nirgendwo brannte Licht, aber die Sonne war ja auch noch nicht ganz untergegangen.
Als sie so in das Haus der Familie Sanger spähte, sah Kim nicht nur die edlen Perserteppiche auf schimmerndem Parkett, die bequem wirkenden, cremefarbenen Sofas, die große Bücherwand mit den Mahagoniregalen oder den gemauerten Kamin mit einem verzierten Marmorsims, auf dem goldgerahmte Fotos aufgereiht waren. Nein, sie sah ein Zuhause. Joes Zuhause. In dem er seit über fünfzehn Jahren mit Frau und Tochter lebte. Ali war in diesem Haus aufgewachsen. Meg hatte, vermutlich mit Hilfe eines Innenarchitekten, jedes Einrichtungsstück liebevoll ausgewählt. Und die Bücher, so viele Bücher, gehörten wahrscheinlich Joe. Kim ging davon aus, dass er die meisten davon gelesen hatte.
Was machte sie hier?
Die Antwort war einfach. Kurz nach Joes letztem Anruf hatte Anne Nates Handy an sich genommen. Joe hatte versprochen, sie am Abend noch einmal anzurufen, was jedoch jetzt nicht mehr ging, da er sie nur auf Nates Handy hätte erreichen können. Sie hatte noch immer kein Telefon in ihrem Krankenhauszimmer.
Außerdem wollte sie Joe lieber sehen, als mit ihm zu telefonieren. Er würde niemals das Risiko eingehen, ins Krankenhaus zu kommen, aber er hatte doch gesagt, er wäre heute Abend allein zu Hause.
Sie hatte das verzweifelte Bedürfnis, Joe zu sehen. Damit er sie beruhigte. In die Arme nahm. Sie wenigstens für kurze Zeit von den grässlichen Bildern in ihrem Kopf ablenkte, wenn er die Schrecken der vergangenen Tage schon nicht aus ihren Gedanken löschen konnte.
Sie überlegte, an die Scheibe zu klopfen. Vielleicht würde Joe sie ja hören, wenn er irgendwo im Erdgeschoss war. Vielleicht war er aber auch oben im Schlafzimmer. *In dem Schlafzimmer, das er mit seiner Frau teilte.*
Kim hatte bereits verworfen, an der Tür zu klingeln. Das große,

weiße Haus im Kolonialstil war zwar das letzte in dieser Sackgasse, doch schräg gegenüber stand ein weiteres Haus. Wenn jemand sie dort hatte vorbeiradeln sehen, war er vermutlich davon ausgegangen, sie wolle zu dem Weg direkt hinter dem Haus der Sangers, der eine Abkürzung zum Omega Drive war, einer kurvigen Straße, die in die Stadt führte. Diese Annahme würde natürlich zunichtegemacht, wenn man sie nun vor der Haustür stehen sah.

Außerdem war zumindest möglich, dass Joes Frau und Tochter es sich anders überlegt hatten und nicht über Nacht in Boston bleiben wollten. Dann wären sie mit Joe zurückgekommen. Falls sie oder er überhaupt schon wieder da waren.

Aus Angst, Ali oder Meg zu alarmieren, entschied Kim sich gegen das Klopfen an die Scheibe und beschloss, in der Garage nachzusehen, ob Joes Auto da war. Doch die hintere Garagentür war fensterlos und abgeschlossen. Sie ging nach vorn zum Garagentor, das oben eine Reihe von Fenstern hatte. Als sie gerade einen Blick hineinwerfen wollte, sah sie ein Auto die Sackgasse hochkommen. Es war nicht Joes. Kim kannte den Wagen nicht, doch der Fahrer wollte offensichtlich zum Haus der Sangers. Vielleicht war es Megs Auto.

Kim huschte an der Garage vorbei zu einer Reihe sorgfältig geschnittener Laubsträucher vor dem Haus und versteckte sich dahinter. Die Büsche boten ihr genügend Deckung, als die Limousine tatsächlich in die asphaltierte Einfahrt einbog.

Kim hörte, wie der Motor abgestellt wurde und zuerst eine, dann eine zweite Wagentür zuschlug.

Es war bestimmt das Auto von Joes Frau, dachte Kim bedrückt. Also kam doch die ganze Familie zurück. Doch dann hörte sie eine Frauenstimme, die sie erkannte.

»Nate, das ist verrückt.«

Kim duckte sich tiefer, als Anne und Nate nur ein paar Schritte entfernt an ihr vorbeigingen. »Ich mache schon keine Szene. Ich werde den Professor zur Seite nehmen und ihn fragen, wo er war, bevor er sich am Samstag mit Kim in der Bar in Jackson Falls getroffen hat.«

Kims Magen zog sich zusammen. Woher zum Teufel wusste

Nate, wo sie an dem Abend war und dass sie sich mit Joe getroffen hatte?
»Er ist nicht verpflichtet, deine Frage zu beantworten, Nate.«
»He, das kannst du ihm ja gleich selbst mitteilen. Vielleicht nimmt er dich ja als Anwältin, Anne.«
Kim betete stumm, dass niemand zu Hause war. Selbst wenn Joe allein da war, nach Nates Befragung würde er glauben, dass sie seinen Namen genannt hatte. Dann könnte sie jede Hoffnung auf den Fortbestand ihrer Beziehung, erst recht auf eine dauerhafte, für immer begraben. Joe würde sich verraten fühlen. Er würde ihr niemals glauben, dass sie seine Identität geschützt hatte. Er würde sie hassen …
Sie hörte den schwachen Widerhall der Haustürglocke aus dem Innern des Hauses und hielt scheinbar endlos lange den Atem an.
»Keiner zu Hause«, sagte Anne. »Können wir jetzt bitte gehen?«
Statt einer Antwort drückte Nate erneut den Klingelknopf, hielt den Finger mehrere lange Augenblicke darauf.
Wieder Warten. Aber Kims Anspannung löste sich, da offenbar wirklich niemand zu Hause war.
»Nate. Los, wir gehen«, sagte Anne noch einmal.
»Na schön, aber ich komme wieder«, brummte er verstimmt.
Kim atmete erleichtert auf, als sie auf dem Rückweg zu Annes Wagen erneut an ihr vorbeikamen.
Doch bevor sie einstiegen, hörte Kim das leise Klingeln eines Handys.
Gleich darauf ertönte Nates Stimme. »Ja?« Eine kurze Pause. »Wann?« Diesmal klang er wütend und besorgt zugleich. »Aber wo zum Teufel kann sie sein?«

33

Als Nate und Anne endlich losfuhren, hatte Kim nur einen Gedanken: Wenn Nate noch einmal zurückkam und mit Joe redete, würde er ihr alles kaputt machen. Und wie sie Nate kannte, würde er auf jeden Fall wiederkommen. Sie musste ihn daran hindern. Und dazu fiel ihr nur eine Möglichkeit ein. Es behagte ihr zwar ganz und gar nicht, aber es gab keine andere Lösung.
Sie kam hinter den Büschen hervor, warf einen letzten Blick zum Haus der Sangers und eilte zu ihrem Fahrrad hinter die Garage. Als sie gerade losradeln wollte, hörte sie ein Auto auf der Straße. Sie stieg vom Rad und lugte um die Ecke.
Diesmal war es Joes Wagen. Kim hätte fast einen Freudenschrei ausgestoßen. Sie wollte schon hinter der Garage hervortreten, als ihr gesunder Menschenverstand sich meldete. Vielleicht war Joe ja nicht allein. Sie musste sich erst vergewissern, dass Meg und Ali nicht bei ihm waren.
Der jagdgrüne Land Rover kam die Einfahrt hoch. Diesmal hob sich das ferngesteuerte Garagentor langsam, begleitet von dem typischen Surren des Elektromotors. Der Wagen rollte hinein.
Wieder hörte sie, dass der Motor abgestellt wurde, und dann ein zweifaches Türenschlagen, das zweite diesmal einige Augenblicke nach dem ersten. Kim war enttäuscht. Die ganze Familie oder zumindest Meg oder Ali war mit Joe zusammen zurückgekommen. Jetzt würde sie ihn heute Abend doch nicht sehen können. Und nach Lage der Dinge war nicht abzusehen, wann sich die nächste Gelegenheit ergeben würde.
Das Garagentor senkte sich und rastete laut ein.

Kim hörte eine gedämpfte Männerstimme. Vermutlich die von Joe. Sie konnte nicht verstehen, was er sagte.
Dann war offenbar die hintere Garagentür geöffnet worden, denn jetzt vernahm sie Joes Worte deutlich.
»Ach komm schon, Liebling. Ich verspreche dir, dass sie erst morgen zurück sind. Ich hab sie persönlich im Bostoner Hilton abgesetzt.«
Und dann eine unsichere Frauenstimme. »Wie hast du denn begründet, dass du nicht auch noch eine Nacht bleibst?« Die Stimme hatte einen ausländischen Einschlag. Eine junge Stimme … Irgendwie kam sie ihr bekannt vor.
»Die Trauerfeier. Da muss ich natürlich hin.«
»Wir beide.«
»Ja klar.«
»Komm. Gehen wir rein. Ich muss telefonieren.«
»Dauert das lange?«
»Nein, ich glaube nicht.«
Kim wusste nicht genau, woher sie die Frauenstimme kannte, aber das war egal. Alles war egal. Sie stand wie erstarrt da, und ihre ganze Welt drehte sich wie verrückt, bevor sie einstürzte.

34

Zach Lynch bekam es einfach nicht aus dem Kopf. Obwohl er nicht einmal wusste, was. Das heißt, gerade *weil* er nicht wusste, was. Eigentlich hatte er hier nichts mehr zu suchen, erst recht nicht nach der Bekanntgabe vor zehn Minuten. Wesley hatte es nicht einmal für nötig befunden, ihm persönlich zu sagen, dass er die Ermittlungen offiziell abgeschlossen hatte. Zach hatte es aus seinem Autoradio erfahren.

Zach wusste nicht genau, ob es eine bewusste Entscheidung gewesen war, hierher zum Tatort zu fahren, oder ob ihn irgendeine Kraft, die er sich nicht genau erklären konnte, hierher geführt hatte, nachdem er die kurze Erklärung des Captain gehört hatte.

Er trat in dem kleinen Zimmer mit Blick auf Cliffwood Hill ans Fenster. Es war kurz nach sieben Uhr. Ein dämmeriger, grauer Abend, der Himmel klar. Laut Wetterbericht würde es morgen sonnig und warm werden. Zach blickte auf den Rasen vor dem Haus, wo sich noch mehr Blumen und Kerzen angesammelt hatten. Einige Kerzen brannten flackernd in der Abendbrise, gingen aber nicht aus.

Das Polizeiband vor den Türen war verschwunden. Der Fall war gelöst, der Tatort war keiner mehr. Zach bezweifelte allerdings, dass der Besitzer in absehbarer Zeit neue Mieter für die komfortable Wohnung finden würde. Die Studenten nebenan wollten zwar noch bis zum Ende des Semesters in ihrer Wohnung bleiben, würden sich aber, wie Zach von Alan Taylor gehört hatte, für den kommenden Herbst eine neue Bleibe suchen. Wie Alan gesagt hatte – *das ist einfach zu gruselig, Mann. Vor allem für mich, wo ich da reinmarschiert bin. Ich werde wohl nie wieder Blut sehen können, ohne dass mir schlecht wird. Und dabei hatte ich noch überlegt, zu Medizin zu wechseln.*

Sicher, eine Reinigungsfirma würde alles gründlich sauber machen, und im Wohnzimmer würde ein neuer Teppichboden verlegt werden. Zach bezweifelte, dass die Eltern der toten Studentinnen irgendetwas von der hübschen und unverkennbar teuren Einrichtung haben wollten – ganz bestimmt nicht das mit roten Flecken besprenkelte Sofa. Wahrscheinlich würde alles von irgendeiner Wohltätigkeitsorganisation abgeholt werden, sobald die Angehörigen die persönlichen Sachen der beiden Mädchen mitgenommen hatten. Wenn sie es überhaupt fertigbrachten, hierherzukommen. Vielleicht würden das Freunde der Opfer erledigen.

Er sah sich in Kims Zimmer um, dessen triste Einrichtung einen krassen Gegensatz zu den erlesenen Möbeln in den anderen Räumen bildete. Würden Nate und Anne diesen Plunder abholen oder zumindest Kims persönliche Habe – so wenig es auch war? Das gerahmte Foto von Kim und Scott war verschwunden, von der Spurensicherung beschlagnahmt. Natürlich würde es jetzt nicht mehr gebraucht. Vielleicht würde Scott Roeders Bruder es ja haben wollen. Kim, da war Zach sicher, wollte es bestimmt nicht noch einmal sehen. Ihr Laptop war auch mitgenommen worden, würde aber jetzt, nach Abschluss der Ermittlungen, ebenfalls wieder freigegeben werden. Ihre Bücher waren noch da, und die wollte sie bestimmt wiederhaben. Und ihr Schmuckkästchen.

Ihm fiel auf, dass in dem kleinen Zimmer kein Schrank war. Hinter der Tür hingen Kleidungsstücke an einer Reihe von Haken. Ein armseliger Anblick. Ein paar Blusen, zwei abgetragene Jeans, ein rotes Kapuzensweatshirt mit einem knallgelben Aufdruck auf der Brust: CURRIER. Die Collegefarben. Es sah aus wie kaum getragen. Er befingerte eine blassgrüne Bluse im Bauernstil. Die Baumwolle fühlte sich weich an, war schon oft gewaschen worden. Er konnte sich Kim gut in der Bluse vorstellen. Er hatte zwar noch nie gesehen, dass andere Studentinnen

so etwas trugen, aber er wusste, dass Kim darin hübsch aussehen würde.
Aber worin würde diese hinreißend schöne junge Frau nicht gut aussehen? In nichts. Ein gequältes Lächeln spielte um seinen Mund. Von wegen, auch unbekleidet würde sie verdammt gut aussehen, davon war er überzeugt.
Er hob den Ärmel der Bluse ans Gesicht und schnupperte an dem Stoff, nahm den gleichen Duft wahr, den er an Kim gerochen hatte, als sie hier in der Zimmerecke hockte. Lavendel. Nicht wie aus einer Parfümflasche, eher der Duft eines von lila Blüten bedeckten Feldes mitten im Frühling.
Zach merkte, dass er erregt wurde, und er ließ verlegen und beschämt den Ärmel los. Deshalb war er schließlich nicht noch einmal zum Tatort gekommen.
Oder doch?

Sie fing an zu weinen, als sie das Meer aus Blumen und Kerzen auf dem Rasen vor dem Haus sah. Würgendes Schluchzen brach mit solcher Wucht aus ihrer Brust hervor, dass sie auf die Knie sank.
Sie hätte nicht noch einmal herkommen sollen, aber sie brauchte ein paar Klamotten und das Geld, das sie in ihrer Sockenschublade versteckt hatte. Ihren Notgroschen. Es war nicht viel, vielleicht sechzig Dollar. Aber es reichte für eine Busfahrkarte.
Falls das Geld noch da war. Vielleicht hatte einer von den Cops es sich unter den Nagel gerissen. Überrascht hätte sie das nicht. In ihrem alten Leben war sie von so manchem Streifenpolizisten abgezockt worden. Aber Schmiergeld war immer noch besser als eine Nacht in der Arrestzelle.
Langsam versiegte das Schluchzen, und sie stand wackelig wieder auf. Plötzlich hörte sie hinter sich auf dem Bürgersteig Schritte näher kommen. Voller Panik wirbelte sie herum. Doch dann erkannte sie die beiden Studentinnen, die ein Stück weiter die Straße hinunter wohnten.
Kurz vor ihr blieben sie abrupt stehen. Sie hatten jede einen Blumenstrauß in der Hand – wie Brautjungfern auf einer Hochzeit. Nur dass sie beide Jeans und ein schwarzes Top anhatten. Kim

hatte noch nie einen so unverhohlenen Abscheu gesehen wie auf den Gesichtern der beiden Mädchen.
Eine von ihnen – Kim kannte ihren Namen nicht – trat einen Schritt näher. »Wie kannst du es wagen, hier wieder aufzutauchen?«, presste sie zwischen zusammengebissenen Zähnen hervor. »Du warst das. Du hast sie umgebracht …« Tränen rannen ihr über das Gesicht.
Die Freundin fasste sie am Arm. »Joia, reg dich nicht auf, das ist die doch gar nicht wert.«
Joia schüttelte den Arm der anderen ab, hielt die hasserfüllten Augen auf Kim gerichtet. »Weißt du, was ich gerne wissen würde? Wieso du noch am Leben bist und diese beiden … unschuldigen …« Aber sie konnte nicht zu Ende sprechen, weil sie zu aufgebracht war.
Die Freundin legte einen Arm um sie. Inzwischen weinten sie beide. »Es stimmt. Dich sollten sie morgen beerdigen. Dich und deinen durchgeknallten Freund. Aber du kommst auch noch ungeschoren davon.«
Plötzlich riss Joia sich los und hechtete auf Kim zu, die so überrumpelt war, dass sie der Länge nach auf die Betonplatten des Gehwegs fiel.
»Joia, Joia, hör auf«, schrie die Freundin. Doch sie versuchte gar nicht erst dazwischenzugehen.
Aber jemand anders ging dazwischen. Ein Mann schlang einen Arm um Joias Taille und zog sie von Kim herunter. Joia sträubte sich in seiner Umklammerung und schwang den zerfetzten Blumenstrauß.
»Lassen Sie sie los«, schrie die Freundin.
»Ich bin Polizist«, sagte der Mann. »Und wenn ihr zwei nicht auf der Stelle friedlich abzieht, nehme ich euch beide fest.«
»Die da sollten Sie lieber festnehmen«, kreischte Joia, hörte aber auf, sich zu wehren.
Zach ließ sie los und stellte sich zwischen sie und Kim, die auf dem Boden liegen geblieben war. Er warf einen raschen Blick über die Schulter. »Alles in Ordnung?«
Was für eine absurde Frage, dachte Kim. Doch sie sagte leise: »Ja.«

Joia starrte Zach herausfordernd an, während ihre Freundin sich im Hintergrund hielt. »Wir gehen erst, wenn wir unsere Blumen zum Gedenken an Pauli und Monica abgelegt haben. Und wenn Sie uns davon abhalten wollen, dann –«

»Macht schon«, fiel Zach ihr ins Wort. »Und dann verschwindet.«

»So eine Gemeinheit«, hörte er Joia murmeln, als sie und ihre Freundin über den Rasen gingen, sich wie zum Gebet hinknieten und ihre Blumen auf eine kleine noch freie Stelle legten. Langsam erhoben sie sich und gingen schließlich davon.

Zach sah ihnen nach. Dann streckte er Kim eine Hand entgegen, um ihr aufzuhelfen, doch sie lehnte ab und rappelte sich allein hoch. Mit letzter Kraft.

»Kommen Sie«, sagte er, sobald sie stand. »Ich fahr Sie zurück ins Krankenhaus. Ihr Verband hat sich gelockert. Könnte sein, dass Schmutz in die Wunde gelangt ist.«

»Nein«, sagte sie barsch. »Ich will nicht ins Krankenhaus. Ich will in die Wohnung.«

»Das halte ich für keine gute Idee, Kim. Wenn Sie Ihre Sachen holen wollen, kann ich das für Sie tun. Sie können in meinem Wagen warten. Er steht gleich da drüben …«

Doch sie humpelte bereits auf das Haus zu. Ihr Knöchel tat weh, vielleicht hatte sie ihn sich bei dem Sturz verstaucht. Einer der übergroßen Turnschuhe war vom Fuß gerutscht, und sie hatte ihn erst gar nicht wieder angezogen.

Die Tür zu der zweiten Haushälfte öffnete sich genau in dem Augenblick, als Kim auf die Veranda trat. Alan Taylor blieb im Licht der Flurlampe stehen. Auch er durchbohrte sie mit Blicken. »Ganz schön dreist, hier aufzutauchen.«

Kim achtete gar nicht auf ihn, sondern ging weiter zu ihrer Haustür, die aber abgeschlossen war. Sie hatte den Schlüssel nicht dabei. Alan trat ins Freie. Er war barfuß, trug eine Khakihose und ein T-Shirt. »Ich sollte –«

»Sie sollten einfach wieder reingehen, Alan.«

Zach sagte das, als er die Stufen zur Veranda hochstieg. Alans Gesichtsausdruck verriet, dass er den Polizisten erst jetzt bemerkt hatte. Ohne ein weiteres Wort drehte sich der Student

auf dem Absatz um, verschwand wieder in seiner Wohnung und knallte die Tür zu.
»Kommen Sie mit hinters Haus, Kim. Da ist die Tür offen«, sagte Zach. Er war froh, dass die Vordertür abgeschlossen war. Wenn sie schon unbedingt ins Haus wollte, dann konnte er sie so wenigstens vom Wohnzimmer fernhalten, wo ihre Mitbewohnerinnen ermordet worden waren. Aber die Erinnerung an den Anblick, der sich ihr in ihrem eigenen Zimmer geboten hatte – wie ihr Exfreund tot an der Decke hing –, würde ihr dennoch nicht erspart bleiben.
Kim folgte Zach schweigend hinter das Haus. Als er die Tür öffnete und die Wohnung betreten wollte, sagte Kim: »Bitte. Ich möchte allein reingehen.«
Er wandte sich zu ihr um. »Wieso denn?« Ihm war bewusst, dass ihn das nichts anging. Außerdem hatte er nicht die geringste Befugnis, sie am Betreten ihrer Wohnung zu hindern.
Aber ihn beunruhigte die Frage, warum sie hierhergekommen war. Warum sie in der Wohnung allein sein wollte. Sein Blick fiel auf ihre bandagierte Stirn. Und überhaupt, wie sah sie denn aus, in diesem lächerlichen Regenmantel, unter dem das Krankenhaushemd hervorlugte, weil er viel zu klein war. Menschenskind, sie hatte nur einen Schuh an, der andere Fuß war nackt. Sie war eindeutig aus dem Krankenhaus abgehauen. Eine Verzweiflungstat. War sie gekommen, um eine weitere zu begehen?
Kim stieß ein kurzes, trockenes Lachen aus. »Keine Sorge, ich tu mir schon nichts an, falls Sie das denken. Obwohl es Sie nicht das Geringste angeht.«
»Kim, ich würde Ihnen gern ein paar Fragen stellen.«
Wieder lachte sie rau auf. »Ja richtig, ich bin ja immer noch verdächtig. Hätte ich fast vergessen.« Ihre Unterlippe bebte.
»Die Ermittlungen sind offiziell abgeschlossen, Kim. Wussten Sie das nicht? Für die Polizei ist die Sache vorbei. Die Fragen, von denen ich spreche, möchte ich Sie nicht als Cop fragen …«
Er suchte nach den richtigen Worten. »Als ich Samstagnacht in Ihr Zimmer gekommen bin und Roeder gesehen hab, da hatte ich so ein merkwürdiges Gefühl.« Während Zach sprach, trat er in die Küche. Kim folgte ihm ohne weiteren Protest.

»Und das Gefühl werde ich einfach nicht los«, sagte er. »Ich weiß, es muss schrecklich für Sie gewesen sein, als Sie nach Hause kamen, aber vielleicht hatten Sie, obwohl Sie unter Schock standen, ja auch das Gefühl, dass irgendwas nicht stimmte.«
»Dass irgendwas nicht stimmte? Es stimmte gar nichts. Nichts. Nichts«, murmelte Kim. Sie fing an zu weinen.
Als Zach sie an seine Brust zog und sanft die Arme um sie legte, ließ sie sich von ihm halten. Und sie weinte einfach weiter.

35

Als Anne und Nate in der Wohnung auftauchten, war Kim nicht sicher, ob die beiden von allein darauf gekommen waren, wo sie sein könnte, oder ob Zach ihnen irgendwie Bescheid gesagt hatte.

Nate wirkte blass und mitgenommen. Anne, die ihre Gefühle besser verbergen konnte, eilte trotzdem gleich zu Kim und legte einen tröstenden Arm um sie. Kim saß erschöpft, aber ruhig auf einem Küchenstuhl, und Zach goss gerade heißes Wasser aus einem Kessel in eine große Tasse. Davor hatte er den Erste-Hilfe-Kasten aus seinem Wagen geholt und Kims Wunde gesäubert und frisch verbunden.

»Ich hab für Kim eine Tasse Tee gemacht«, sagte er. »Leider war das der letzte Teebeutel in der Packung …«

»Nichts wie weg hier«, sagte Nate schroff. Er stieß gegen einen der anderen Küchenstühle, als er zu Kim wollte, und vor Frust und Wut schlug er danach, sodass der Stuhl umkippte.

»Nate, ganz ruhig«, sagte Anne leise. »Lass Kim die Tasse Tee trinken.«

»Nicht hier«, blaffte Nate sie an. »Komm, Kim. Ich hab für uns zwei Zimmer in einem Hotel an der Avon Street reserviert. Nicht weit vom Campus. Anne, pack ihre Sachen zusammen.«

Zach sah, wie Anne erstarrte, aber sie sagte nichts. Stattdessen winkte sie Zach, die Tasse Tee auf den Tisch zu stellen.

»Meinetwegen«, knurrte Nate. »Dann mach ich es eben selbst.« Er wandte sich rasch um und stolperte nach zwei Schritten über

den umgekippten Stuhl. Als er zu Boden stürzte, sprang Kim auf und eilte zu ihm. Sie ließ sich neben ihm auf die Knie fallen und schlang die Arme um seine Schultern.
»Es tut mir so leid. Es tut mir so leid«, flüsterte sie.
»Ich hol deine Sachen, Kim«, sagte Anne sanft. »Würden Sie mir helfen?«, sagte sie mit Blick auf Zach, der noch immer die heiße Tasse Tee in der Hand hielt.

Anne hatte vor, zurück nach New York zu fahren, sobald Nate und Kim ihre Hotelzimmer bezogen hatten. Kim sah ihr an, dass Anne sie beide nur ungern zurückließ, aber sie war schon länger geblieben, als sie sich eigentlich erlauben konnte. Am nächsten Morgen hatte sie einen Termin bei Gericht.
»Ich komm dann zu deiner Abschlussfeier«, sagte sie zu Kim. Sie war bereits von Nate unterbrochen worden, als sie versuchte, Kim davon zu überzeugen, mit nach Brooklyn zu kommen und sich dort auf die Prüfungen vorzubereiten.
Nate war fest entschlossen, mit Kim in Danby zu bleiben. Anne wusste, dass ihr Exmann nicht allein aus väterlicher Sorge so starrsinnig war. Als ehemaliger Cop hatte er den Drang, eine Mordermittlung zu einem runden Ende zu bringen. Dass die Polizei den Fall offiziell abgeschlossen hatte, war eine Kleinigkeit, die Nate überhaupt nicht interessierte.
Dennoch konnte Anne nicht anders, als einen letzten Versuch zu unternehmen, ihren Ex zur Einsicht zu bringen.
»Es geht ihr schlecht, Nate. Und du weißt, wie die Leute hier in der Stadt zu ihr stehen. Vor allem die Studenten, mit denen sie tagtäglich zusammentrifft, im Seminar, auf dem Campus. Willst du ihr das wirklich zumuten?«
»Wenn sie fahren will, fahren wir.«
»Hast du sie überhaupt gefragt?«
Nate gab Anne keine Antwort. Er zögerte kurz. »Danke, Annie. Für alles.«
Sie hob die Hand und wollte ihn berühren, ließ sie dann aber wieder sinken. »Pass auf dich auf, Nate. Und auf Kim.« Jetzt war sie diejenige, die zögerte. »Wir sehen uns.«

Die sechzig Dollar steckten noch immer in der schwarzen Wollsocke. Kim stopfte die Scheine in ihre Jeanstasche. Um 10.25 Uhr am nächsten Morgen fuhr ein Bus von Danby nach Manhattan. Die Haltestelle lag ausgerechnet auf der anderen Straßenseite von Ridley Hall, wo die Trauerfeier für Monica und Pauline stattfinden würde.

Es klopfte an ihrer Tür. »Kim, willst du was essen? Die Küche ist zwar schon geschlossen, aber wir könnten eine Pizza bestellen oder was vom Chinesen ...«

Kim machte nicht auf. »Ich bin hundemüde, Nate. Bestell du dir was. Tonys Pizzaservice ist nicht schlecht.« Sie rasselte die Telefonnummer herunter.

»Hast du wirklich keinen Hunger ...?«

»Ich schlaf schon fast, Nate. Bis morgen. Ich will richtig ausschlafen, also weck mich nicht. Ich ruf bei dir im Zimmer an, wenn ich aufstehe, ja?«

»Alles klar. Aber wenn du doch früh wach wirst oder nicht schlafen kannst, klingle ruhig durch oder klopf an meine Tür. Egal wann, Kim.«

»Mach ich. Versprochen, Nate.« Sie verzog gequält das Gesicht, denn sie hatte nicht vor, ihr Versprechen zu halten.

36

Es war schon spät in der Nacht, als Kim endlich die Augen zufielen, doch sie schreckte immer wieder aus dem Schlaf. Jedes Mal, wenn sie eindöste, wurde sie von albtraumhaften Bildern heimgesucht. Das schlimmste war eines von Scott, der an dem Seil hing und plötzlich den Kopf hob, bis seine leblosen Augen sie anblickten.

»Sieh nur, was du mir angetan hast. Bist du jetzt zufrieden?« Sie fing an zu weinen, während sie verzweifelt versuchte, ihm die Schlinge abzunehmen. Doch er war zu schwer, und das Seil grub sich tief in sein Fleisch. Sie schaffte es nicht. Schluchzend sank sie auf die Knie, direkt neben dem blutbesudelten Messer. Langsam hob sie es auf, spürte den klebrigen Griff, als sie ihn mit beiden Händen packte. Dann richtete sie die Klinge auf ihre Brust und stieß sie sich ins Herz. Sie spürte keinen Schmerz …

Der Traum war so deutlich gewesen, dass Kim immer noch zitterte, als sie am Dienstagmorgen erwachte.

Zachs Worte hallten ihr durch den Kopf. *Als ich Samstagnacht in Ihr Zimmer gegangen bin und Roeder gesehen hab, da hatte ich so ein merkwürdiges Gefühl. Vielleicht hatten Sie ja auch das Gefühl, dass irgendwas nicht stimmte.*

Sie schloss fest die Augen, wollte die Stimme des Polizisten loswerden. Wenn sie mit dem, was geschehen war, würde leben müssen, dann auf jeden Fall ohne von nagenden Zweifeln gequält zu werden. Das würde den Schmerz nur noch verschlimmern.

Schließlich wandte sie den Kopf, um auf den Wecker zu schauen, den sie auf neun Uhr gestellt hatte. Doch stattdessen blieb ihr Blick am Telefon hängen. Sofort kam ihr ein Gedanke in den Sinn: Und wenn ich ihn anrufe? Ein bitteres Lächeln verzog ihre Lippen. Ich könnte Joe sagen, er soll sich zum Teufel scheren. Ich könnte ihm sagen, dass Nate ihn für den Mörder hält. Ich könnte ihm panische Angst machen. Ich könnte ihn vernichten. Ich habe die Macht, ihm alles zu nehmen – seine Hoffnung auf einen Lehrstuhl am Currier, seine Ehe, die Achtung seiner Tochter. Ich könnte ihm das Leben zur Hölle machen. Und er hat es verdient.

Trieb er es vielleicht gerade in diesem Moment mit der jungen Frau, während sie hier lag? Wer war sie überhaupt? Bestimmt eine Studentin. Kannte sie sie vielleicht? Die Stimme war ihr jedenfalls irgendwie bekannt vorgekommen. Erzählte er seiner neuen Eroberung auch, dass sie die klügste, intelligenteste Studentin sei, die er je hatte? Oder stand sie vielleicht auf andere Komplimente? Joe Sanger war so clever, dachte Kim. Er wusste bestimmt, was seine jeweilige Eroberung hören wollte. Bei ihr hatte es jedenfalls funktioniert. Ein Mann, der sie wegen ihres Verstandes begehrte und nicht wegen ihres Körpers. Okay, zugegeben, er hatte ihr deutlich klargemacht, dass er auch ihren Körper begehrte.

Wie schnell Liebe doch in Hass umschlagen konnte.

Ihr Impuls, Joe anzurufen, löste sich in Luft auf. Sie sah auf die Uhr. 7.15 Uhr. Schon drang Sonnenlicht durch den Spalt zwischen den rot-weiß karierten Vorhängen. Kim setzte sich auf und beschloss, jetzt schon aufzustehen, zu duschen und sich anzuziehen, um früh zu verschwinden. Sie hoffte, bereits im Bus zu sitzen, ehe Nate merkte, dass sie weg war.

Unter der heißen Dusche löste sich der Klebeverband, den Anne ihr so behutsam angelegt hatte, ehe sie zurück nach New York gefahren war. Als sie den beschlagenen Spiegel abwischte, sah sie zum ersten Mal die Verletzung. Es war eine ziemlich lange Narbe. Bei dem Anblick zuckte sie zusammen.

Sie zog sich rasch an, wollte möglichst schnell weg. Erst als sie sich zum Gehen wandte, sah sie den weißen Briefumschlag vor der Tür liegen. Wahrscheinlich hatte Nate ihr eine Nachricht

geschrieben und irgendwann in der Nacht unter die Tür durchgeschoben. Sie hoffte, dass es letzte Nacht war und nicht an diesem Morgen. Wenn er schon wach war und hörte, wie ihre Tür aufging, wäre er im Nu auf dem Flur.
Sie steckte den Umschlag in die Tasche ihres Kapuzensweatshirts und zog sich die Kapuze über den Kopf. Dann öffnete sie vorsichtig die Tür, erleichtert, dass die Angeln nicht quietschten. Ganz leise schlich sie die Treppe hinunter. Am Ende des Flurs im Erdgeschoss lag der Frühstücksraum. Kim hörte Geschirr klappern – vermutlich wurden die Tische gedeckt –, doch es war niemand zu sehen. Unbemerkt huschte sie zur Vordertür hinaus, und erst als sie draußen war, erlaubte sie sich, tief durchzuatmen.

Kim hatte die Kapuze tief ins Gesicht gezogen und beobachtete, wie ganze Scharen in die Ridley Hall strömten: Studenten, ältere Leute, etliche Kinder, die meisten in Schwarz oder einer anderen dunklen Farbe gekleidet. Selbst von der anderen Straßenseite aus konnte Kim Menschen weinen hören. Manche Trauergäste blieben stehen, um andere zu umarmen, bevor sie weiter in den Saal gingen. Obwohl der helle, warme Sonnenschein alles in ein heiteres Licht tauchte, wirkten die Menschen düster. Düster und unsäglich traurig. Zugleich war aber auch eine dumpfe, unterdrückte Wut zu spüren, die von der Menge ausging.
Um kurz vor zehn kamen nur noch ein paar Nachzügler angehastet. Die meisten Gäste hatten den Saal schon gut zwanzig Minuten früher betreten. Kim hatte Joe Sanger nicht unter den Trauernden erspäht, war aber sicher, dass er da war. Genau wie die junge Frau, die er letzte Nacht gevögelt hatte. Seltsamerweise machte der Gedanke sie jetzt gar nicht mehr wütend. Es war unwichtig. Die Studentin war unwichtig. Joe war unwichtig. Nichts war mehr wichtig.
Der Bus kam. Der Fahrer drückte den Knopf, der die Türen öffnete. »Haben Sie Gepäck, Miss?«
Kim schüttelte den Kopf, stieg ein und löste beim Fahrer das Ticket. Im Bus saß nur eine Handvoll Fahrgäste. Kim ging bis nach hinten durch. Als sie sich hinsetzte und etwas gegen ihren

Oberschenkel drückte, fiel ihr der Umschlag wieder ein, den sie in die Tasche gesteckt hatte.
Der Bus fuhr los, und sie zog das Blatt Papier aus dem Umschlag. Zwei einzelne Wörter, am Computer ausgedruckt, standen auf dem Blatt. *Erinnere dich.*
Als ob sie je vergessen könnte.

37

Viele Wochen später lag Zach Lynch im Bett, und der immer gleiche Gedanke pulsierte in seinem Kopf: *Irgendwas stimmt nicht, irgendwas stimmt nicht.* Erst kurz vor dem Morgengrauen schlief er endlich ein.

Er träumte von ihr. Das war keine große Überraschung. Sie war von Anfang an in seinen Träumen aufgetaucht, seit ihrer ersten Begegnung, und noch häufiger, seit sie fort war. In einem seiner jüngsten Träume stieg er in der New Yorker Grand Central Station aus dem Zug, und sie war da. Er lächelte sie an, und ein Schauder des Begehrens durchlief ihn. In seinem Traum war sie nicht schöner als im richtigen Leben, aber es ging ein strahlender Glanz von ihr aus, wie er ihn in Wahrheit nie bei ihr gesehen hatte. In der kurzen Zeit, die er sie überhaupt erlebt hatte, war sie völlig am Ende gewesen. Aber hier auf dem Bahnsteig hatte sie die Augen vor Freude aufgerissen, und ihre olivfarbene Haut schimmerte, während er auf sie zuging. Und dann rannte jemand an ihm vorbei, jemand, der es eilig hatte, und stieß Zach mit solcher Wucht zur Seite, dass er fast vom Bahnsteig auf die Gleise gefallen wäre. Als er sich wieder aufrichtete und die Panik abebbte, packte ihn die Wut. Was fiel dem Typen eigentlich ein? Und dann erkannte Zach ihn. Es war Scott Roeder. Scott Roeder, der auf Kim zurannte, deren strahlendes Lächeln nicht Zach galt, sondern Scott. Ihre ausgebreiteten Arme schlangen sich nicht um Zach, sondern um Scott. Roeder hob Kim hoch und küsste sie leidenschaftlich. Zachs Verzweiflung war so greifbar, dass er sie schmecken konnte. Blind (interessanterweise war das ein wiederkehrendes Thema in seinen Träumen, seit er Nate Shapiro begegnet war) stieg Zach in einen Zug, der gerade in den Bahnhof eingefahren war. Er hatte keine Ahnung, wohin der Zug fuhr. Es war ihm auch egal. Er setzte sich ans Fenster, und als der Zug abfuhr, starrte er das Pärchen an, das eng umschlungen auf dem Bahnsteig stand. Das zischende Geräusch, das der Zug machte, als er an den beiden vorbeifuhr, blieb in Zachs Kopf, auch als er schon aufgewacht war. Genau wie der bittere Geschmack im Mund.

In dieser warmen Nacht Mitte Juni sah Kim in seinem Traum nicht strahlend aus. Wie in seinen ersten Träumen kauerte sie wieder in dem Haus auf dem Cliffwood Hill in der Zimmerecke. Sie trug dieselben Sachen wie in der Nacht, als er das Zimmer zum ersten Mal betreten hatte. Scott Roeder hing mitten im Raum an dem Seil, genau wie in der fraglichen Nacht. Es war alles glasklar. Praktisch real. Nur im Traum ließ Zach der Gedanke, der ihn verfolgt hatte, bevor der Schlaf ihn endlich übermannte, nicht mehr los. Daher nahm er in diesem Traum alles, was er sah, bewusster wahr, überdeutlich. Vor allem Scott Roeder. Er betrachtete die hängende Gestalt mit einer ganz neuen Konzentration. Alles an ihm: das Haar, wie es nach vorn hing und ihm fast das Gesicht verdeckte, die blutbesudelte Kleidung, das Messer, das ihm aus der Hand gefallen war und auf dem Boden neben ihm lag. Und dann sah Zach Scotts Hand. Die Hand, die so viel Unheil angerichtet hatte. Seine rechte Hand.

Zachs Blick glitt langsam von den blutigen Fingern aufwärts bis zum Handgelenk des jungen Mannes.

Die hämmernde Stimme in Zachs Kopf wurde stärker ... *irgendwas stimmt nicht* ... wieder und wieder ... Und plötzlich begriff Zach. Er begriff, und er keuchte auf, und das mit solcher Kraft, dass er nicht nur schlagartig hellwach war, sondern kerzengerade im Bett saß.

Erst als er sich aus der Bettdecke schälte, in der er sich während seines unruhigen Schlafes verheddert hatte, kamen Zach Zweifel an dem, was er im Traum gesehen hatte. Und er beschloss, dass er sich Gewissheit verschaffen musste. Er griff zum Telefonhörer.

Nachdem er zweimal weitervermittelt worden war, bekam Zach endlich einen Mitarbeiter vom Archiv ans Telefon.
»Sie müssen was für mich in der Akte Scott Roeder nachsehen.«
Der Kollege brummte ungehalten. Es war vier Uhr morgens, und wahrscheinlich hatte er vor sich hin gedöst. Dann schlurfte er aber widerwillig los, um die Akte zu holen.
Es dauerte länger, als Zach gedacht hatte, bis der Mann sich wieder meldete. »Sie haben mir nicht gesagt, dass der Fall abgeschlossen ist.«
Zach war sich da ganz und gar nicht sicher.
»Haben Sie die Akte?«
»Brauchen Sie sie denn trotzdem noch?«
Zach knirschte mit den Zähnen. »Ja. Sofort.«
Wieder vergingen etliche Minuten. Zach hatte den Hörer zwischen Schulter und Ohr geklemmt, während er sich eine Jeans anzog. Er wusste noch nicht genau, wo er hinwollte, aber er konnte nicht einfach untätig herumsitzen.
Schließlich kam der Mann vom Archiv wieder an den Apparat. »So, ich hab sie. Was haben Sie für eine Frage?« *Und wehe, es ist keine gute*, schwang in seiner Stimme mit.
»Da sind Fotos von dem Opfer drin, dem Erhängten ...«
»He, der Typ war kein Opfer. Das war ein perverser Killer.«
»Holen Sie die Scheißfotos raus«, raunzte Zach ihn an.
»Ja, ja, immer ruhig Blut. So, ich hab sie.«
»Trägt das Opfer ... ich meine, trägt er eine Uhr?«
»Hä?«
»So schwer ist die Frage doch wohl nicht. Gucken Sie einfach hin. Sehen Sie eine Uhr an seinem rechten Handgelenk?«
»Äh ... ja. Ja, da ist eine Uhr. Eine von diesen billigen Digitaldingern, mit Plastikband. Nichts Besonderes.«
»Da täuschen Sie sich gewaltig«, sagte Zach.

38

Zach raufte sich die Haare. War der Detective ein Vollidiot oder bloß ein fauler Sack?

»Verstehen Sie, was das bedeutet, Captain? Scott Roeder war Linkshänder. Das wissen wir nicht nur, weil er seine Uhr am rechten Handgelenk trug, sondern sein Bruder, Tom Roeder, hat es mir bestätigt.«

Chuck Wesley sah Zach müde über seinen Schreibtisch hinweg an. Er hatte zurzeit andere Probleme – wichtigere Probleme – zu bewältigen. »Ja, ja, Officer, ich verstehe.«

»Also warum sollte ein Linkshänder die Mordwaffe in der rechten Hand halten?«

Wesley hatte sich schon wieder dem Stapel Papiere auf seinem Schreibtisch zugewandt. »Die linke Hand tat ihm weh, weil er wie wild auf die armen Mädchen eingestochen hatte. Der Fall ist gelöst, abgeschlossen, *finito*, Lynch. Roeder war es. Er hat die Studentinnen abgeschlachtet. Rechte Hand, linke Hand, vielleicht war er Beidhänder, zum Henker nochmal. Mir ist es jedenfalls scheißegal, mit welcher Hand er zugestochen hat, haben Sie mich verstanden, Mister? Wir sind hier nicht in Hollywood.«

Vielleicht war es ja prophetisch, dass Wesley ihn am Ende mit *Mister* angesprochen hatte. Zwei Tage später reichte Zach Lynch jedenfalls seine Kündigung bei der State Police ein. Den Sommer über und bis in den Herbst hinein arbeitete er auf dem Bau. Dann hörte er, dass der Sheriff von Danby nicht für eine weitere Amtszeit kandidieren würde. Wahrscheinlich weil der unfähige Trottel ahnte, dass er nicht wiedergewählt werden würde.

Im Winter lief Zachs Wahlkampagne schon auf Hochtouren. Er wollte die Wahl zum Sheriff gewinnen und den wahren Mörder nicht nur von Monica Meyers und Pauline Foley, sondern auch von Scott Roeder aufspüren.

Beim Kampf um das Amt des Sheriffs war er wesentlich erfolgreicher als bei seinem anderen Projekt. Aber er gab seine private Ermittlung nicht auf.

Hin und wieder überlegte er, sich in den Zug nach New York zu setzen, Kim zu besuchen und ihr zu erzählen, wie er die Ereignisse jener schrecklichen Nacht inzwischen sah.

Die Zeit verging, es wurde Frühling, Sommer, Herbst. Im Laufe des Jahres wurde Chuck Wesley wegen sexueller Belästigung mehrerer junger Kolleginnen angeklagt und für schuldig befunden. Ihm wurde nahegelegt, seine Dienstmarke »freiwillig« abzugeben. Unterdessen arbeitete Zach sich als jüngster Sheriff von Danby ein. Er zog bei seiner Schwester aus (sie hatte sich mit dem Trucker verlobt) und kaufte ein sanierungsbedürftiges Haus auf der Mill Road, knapp eine Meile von Danbys Innenstadt entfernt. In seiner Freizeit arbeitete er an dem Haus. Auf seiner Dienststelle stellte er ein paar neue Leute ein und feuerte ein paar alte, nahm sich immer wieder vor, das Büro von Grund auf zu renovieren, fand aber einfach nicht die Zeit dazu. Er ging mit Frauen aus, aber nie mehr als zwei-, dreimal mit derselben. Einen alten Freund bei der State Police konnte er überreden, für ihn die Roeder-Akte zu fotokopieren. Der Officer fand nichts dabei, da der Fall ja ad acta gelegt worden war. Immer wieder studierte Zach diese Akte. Und er ermittelte möglichst dezent. Es sollte sich nicht herumsprechen, dass der Sheriff den Fall wieder aufgenommen hatte, weil er nicht wollte, dass die Bürger in Panik gerieten, weil sie einen kaltblütigen Mörder in ihrer Mitte fürchteten. Zach brauchte etwas Konkreteres als einen Traum, mehr als die Tatsache, dass der vermeintliche Killer Linkshänder war. Zwischendurch befielen ihn Zweifel. Wesley mochte ja ein Schwein und ein Idiot sein, aber vielleicht hatte der ehemalige Captain doch recht gehabt.

Vielleicht hatte Roeder es ja wirklich getan. Doch jedes Mal, wenn Zach diese Möglichkeit in Erwägung zog, kam sie ihm irgendwie falsch vor.
Zach kaufte sich nie eine Zugfahrkarte nach New York. Er rief Kim Burke nicht mal an. Solange er nichts in der Hand hatte, um seine Theorie zu beweisen, hatte er ihr schließlich nichts zu erzählen.
Aber er träumte weiter von ihr.

TEIL II

1

Die Briefe kamen regelmäßig, einer pro Woche, wenn auch an unterschiedlichen Tagen. Manchmal steckten sie im Briefkasten unten im Treppenhaus, dann wieder wurden sie unter ihrer Wohnungstür durchgeschoben. In das Mietshaus zu gelangen war einfach, weil die Haustür nicht mehr richtig ins Schloss fiel, nachdem sie so oft aufgebrochen worden war, dass der Vermieter sich weigerte, den Schaden zum x-ten Mal reparieren zu lassen. Hin und wieder erhielt Kim sie auch im Murray Center, wo sie als Betreuerin mit verhaltensgestörten Teenagern arbeitete, viele von ihnen Ausreißer. Sogar dort fand sie sie entweder in ihrem Briefkasten im Sekretariat, auf ihrem Schreibtisch in dem kleinen Beratungszimmer oder, wie zu Hause, unter der Tür durchgeschoben. Die Nachricht steckte stets in einem weißen Umschlag, wie sie normalerweise für Grußkarten verwendet wurden, und war manchmal eindeutig per Post gekommen, komplett mit Briefmarke und Poststempel. Der Poststempel war immer gleich – Danby, New Hampshire. Aber oftmals waren sie auch persönlich überbracht worden – ohne Briefmarke und nur mit ihrem Namen auf dem Umschlag. Das war für Kim am schlimmsten. Das Gefühl, dass die Person, die die Nachricht schickte oder irgendwie damit zu tun hatte, ganz in ihrer Nähe war.

Nach einer gewissen Zeit konnte Kim schon spüren, wenn mal wieder eine Nachricht persönlich überbracht werden würde. In den Tagen davor hatte sie immer das vage Gefühl, beobachtet zu werden. Ihr fiel zwar nie jemand auf, schon gar nicht jemand, den sie kannte oder der irgendwie ihren Verdacht erregte. Nein, es war, als würde sich etwas in der Luft verändern, schwerer werden. Oder es schien, als fiele ihr das Atmen an diesen Tagen schwerer. Als würde jemand anders alle Luft aufsaugen.

Nachts war es noch schlimmer. Kim hatte ohnehin einen schlechten Schlaf, aber in diesen Nächten hatte sie Albträume und wurde von unheimlichen Geräuschen geweckt, für die sie einfach keine Ursache erkennen konnte. Sie hatte sich Schlaftabletten verschreiben lassen, hatte aber Angst davor, sie zu nehmen. Sie wollte nicht im Schlaf völlig wehrlos sein, falls jemand in ihre Wohnung eindrang.

Stattdessen gewöhnte sie sich an, bei Licht zu schlafen. Außerdem hatte sie draußen vor ihren beiden Fenstern Eisengitter anbringen lassen, obwohl sie im dritten Stock wohnte und die Feuertreppe außen an der Hauswand nicht direkt zu ihrer Wohnung führte, sondern zu einem Flurfenster. Da aber weder dieses Flurfenster noch die kaputte Haustür ein großes Hindernis darstellten, hatte sie zusätzlich ein Sicherheitsschloss an der Wohnungstür einbauen lassen.

An diesem Sonntag war Kim besonders angespannt, weil sie diese Woche noch keinen Brief erhalten hatte. Sie rechnete also damit, dass er heute kommen würde, und da sonntags keine Post ausgeliefert wurde, würde der Umschlag persönlich überbracht werden müssen. Auch diesmal hatte sie wieder gespürt, dass der »Zusteller« die ganze Woche über in der Nähe war. Unklar war nur, ob sie den Umschlag unten im Briefkasten finden oder ob er unter ihre Wohnungstür durchgeschoben werden würde. Wenn sie den ganzen Tag zu Hause bliebe, konnte sie die Tür im Auge behalten und aufreißen, sobald sie den Brief sah, dann wüsste sie endlich, wer sie so folterte.

Denn es war Folter. Eine Folter, die mittlerweile anderthalb Jahre andauerte. Manchmal war sie so verzweifelt, dass sie dachte, es gäbe nur eine Lösung: einfach endgültig Schluss machen. Immer wenn sie diesen Gedanken hatte, fuhr sie mit den Fingern über die feine Linie auf der Stirn, das einzige sichtbare Überbleibsel von der Verletzung, die sie sich damals im Verhörraum der Polizei zugefügt hatte. Vielleicht, wenn dort alles geendet hätte …

Inzwischen verschwanden diese Gedanken rasch wieder. Nach und nach waren andere Gefühle stärker geworden. Es hatte lange gedauert, und obgleich Kim wusste, dass sie die Schuldgefühle nie ganz loswerden würde, hatte sie eingesehen, dass Nate und Anne, ja sogar Joe Sanger, recht hatten mit dem, was sie ihr von Anfang an gesagt hatten: Letztlich war Scott für seine Tat verantwortlich, nicht sie. Sie konnte sich lediglich vorwerfen, eine so unkluge Wahl getroffen zu haben. Alles Übrige hatte sie nicht in der Hand gehabt.

Wenn die Briefe jetzt kamen, meldeten sich zwar im ersten Moment noch immer die Schuldgefühle, die sich fest in ihrer Psyche eingenistet hatten, doch gleich darauf packte Kim die Wut, dass sie auf diese Weise drangsaliert wurde. Wut und Angst. Beide Gefühle waren im Lauf der letzten sechs oder sieben Monate stärker geworden.

An diesem Sonntagmorgen war Kim seit fünf Uhr wach. Irgendwann gegen zwei war sie eingedöst, doch immer wieder in Schweiß gebadet aufgewacht, von Panik geschüttelt. Bis sie schließlich den Gedanken an Schlaf aufgegeben hatte. Auf dem verkratzten Kieferncouchtisch stand noch eine Packung mit erkaltetem, kaum angerührtem Hühnchen vom Chinesen. Für einen Esstisch war kein Platz, weshalb Kim an den meisten Abenden hier aß, vor dem Fernseher, der auf einem wackeligen Metallgestell stand. Er lief auch jetzt noch, irgendeine öde Verkaufssendung, in der ein Mann mit viel zu lauter, heiserer Stimme einen »revolutionären« neuen Staubsauger feilbot. Die Vormieterin hatte ihr den Fernseher überlassen, weil er ihr zu alt und zu klein war und die Fernbedienung abhandengekommen war. Kim war das egal. Sie schaltete ohnehin so gut wie nie um, sondern gab sich mit dem zufrieden, was gerade lief. Sie sah sowieso kaum hin, ihr ging es vor allem um die Geräuschkulisse. Stille war für Kim unerträglich.

Stille und diese Briefe. Briefe, von denen sie niemandem erzählt hatte. Wem denn auch? Nate? Anne? Sie hätten doch nichts dagegen unternehmen können und machten sich schon genug Sorgen um sie, warum sie also noch mehr beunruhigen?

Und wenn heute keiner kam? Kim fragte sich, ob sie sich dann besser oder schlechter fühlen würde. Ob sie erleichtert wäre oder noch verängstigter.
Wie oft hatte sie in den letzten achtzehn Monaten versucht, sich einzureden, dass es keinen Grund gab, Angst zu haben. Einmal, als sie noch ein Kind war, vielleicht sechs oder sieben, und noch bei ihren Eltern wohnte, hatten einige Jungs in der Schule sie geärgert und beschimpft. Sie war weinend nach Hause gekommen, und ihre Mutter hatte sie in die Arme genommen. Kim hatte noch immer die beschwichtigende Stimme ihrer Mutter im Ohr, den Klang, der tröstlicher war als die Worte. *Stöcke und Steine brechen mir die Beine, doch Worte tun nicht weh.*
Kim wusste es besser. Schon damals. Worte taten weh. Die scharfe Zunge ihres Vaters und auch sein dicker Gürtel, wenn er betrunken war, hatten sowohl ihr als auch ihrer Mutter wehgetan.
Worte.
Auch wenn es nur zwei waren.
Wie in den Briefen. Zwei Wörter. *Erinnere dich.* Nein, das stimmte nicht ganz. Am Anfang hatten auf dem weißen Blatt Papier nur die beiden Wörter gestanden. Doch ein paar Monate später hatte der Unbekannte drei weitere Wörter hinzugefügt. *Monica und Pauline.* Als hätten sie die Nachricht unterzeichnet. Aber das war natürlich unmöglich.

2

»He, wo bleibst du denn?«

Sobald Kim Nates Stimme am Telefon hörte, fiel ihr ein, dass sie ihre Verabredung zum Sonntagsbrunch total vergessen hatte. Ein rascher Blick auf die Uhr verriet ihr, dass sie schon vor fünfzehn Minuten in dem Restaurant in Park Slope hätte sein müssen.

»Bin schon unterwegs«, sagte sie hastig. »Ich hab verschlafen.« Zum Glück hatte sie am Abend zuvor keine Lust gehabt, sich auszuziehen. Die faltige graue Wollhose und der zerknautschte anthrazitfarbene Pullover mit V-Kragen würden reichen müssen. Nate würde es nicht merken. Ebenfalls ein Glück, obwohl es traurig war. Im Laufe der letzten anderthalb Jahre war seine Sehkraft Gott sei Dank nicht schlechter, aber eben auch nicht besser geworden. Und es gab keine Garantie dafür, dass der Zustand so stabil blieb. Er konnte sich verschlechtern. Wie Kim, aber aus anderen Gründen, saß Nate ständig wie auf glühenden Kohlen, denn er wusste nie, was kam.

Während sie sich den Hörer mit der Schulter ans Ohr drückte, fischte sie eine Bürste aus ihrer Umhängetasche und pflügte damit durch ihre wilde Mähne. Eines Tages würde sie die Haare kurz schneiden, dachte sie und verzog schmerzhaft das Gesicht, als sie mit der Bürste in dem haarigen Gewirr hängen blieb.

»Bestell ruhig schon mal, Nate. Ich bin praktisch schon zur Tür raus«, sagte sie, während sie in ihre Schuhe schlüpfte. »Ich nehm mir ein Taxi und bin in zehn Minuten da.« Wenigstens das war ein Vorteil, wenn man auf der Lower East Side am Rand von

Chinatown lebte. Es war nur ein Katzensprung bis zur Manhattan Bridge, und Brooklyn lag gleich auf der anderen Seite. Dann nur eine kurze Fahrt über die Flatbush Avenue nach Park Slope. Nate hatte das hippe Salt & Peppa vorgeschlagen, weil es genau in der Mitte zwischen ihren Wohnungen lag und obendrein bei jungen, erfolgreichen Karrieremenschen beliebt war. Kim wusste, worum es Nate ging: Sie sollte sehen, wie die »andere« Seite lebte. Die Seite, zu der sie gehören könnte, wenn sie nicht …

»Nimm dir kein Taxi«, sagte Nate. »Das kannst du dir nicht leisten.«

Kim biss sich auf die Unterlippe. Einer der vielen wunden Punkte zwischen ihnen. Nachdem sie am Tag der Trauerfeier für ihre ermordeten Mitbewohnerinnen von Danby nach New York geflohen war, hatte Kim sich stur geweigert, die letzten Seminarscheine zu machen, die sie für ihre Zulassung zum Examen am Currier College noch gebraucht hätte. Nate hatte mit Engelszungen auf sie eingeredet, und Anne hatte sich sogar an Kims Dozenten, einschließlich Joe Sanger, gewandt und ihnen die Erlaubnis abgerungen, dass Kim die notwendigen Klausuren zu Hause schreiben durfte.

Kim wusste, dass sie keine vernünftigen Argumente hatte, dass es eine Art selbstauferlegte Strafe war. In ihrem verstörten Zustand, vor allem in der ersten Zeit, glaubte sie, nichts Positives verdient zu haben. Sie war der Ansicht, es stünde ihr nicht zu, in irgendeiner Weise von ihrem Studium am Currier zu profitieren. Stattdessen hatte sie einen lächerlich schlecht bezahlten Job in einer sozialen Einrichtung angenommen, die ständig ums finanzielle Überleben kämpfte. Genau wie Kim. Schon die 700 Dollar Miete für ihre Bruchbude aufzubringen fiel ihr schwer.

»Bis gleich, Nate.« Sie legte auf, bevor er noch etwas sagen konnte. Erst als sie schon zur Wohnungstür hinaus war, fiel ihr wieder ein, dass sie ja eigentlich vorgehabt hatte, zu Hause auf den Brief zu warten.

Vielleicht steckte er ja bereits unten im Briefkasten. Aber als sie die Treppe hinuntereilte und den Geruch von Urin, billigem Schnaps und abgestandener Luft, gegen den sie noch immer nicht ganz immun war, so gut sie konnte ignorierte, beschloss sie, erst nach dem Brunch im Briefkasten nachzusehen. Sonst wäre sie sowieso nur die ganze Zeit schlecht drauf. Nate konnte sie zwar nicht deutlich sehen, aber er hatte eine gute Antenne für ihre Stimmungen und wusste immer genau, wie sie sich fühlte.

Als sie aus der Haustür trat, gestand sie sich jedoch ein, dass sie noch nervöser wäre, wenn sie es nicht wusste. Also sah sie doch im Briefkasten nach.

Er war leer.

3

Das Restaurant war bis auf den letzten Platz besetzt. Die köstlichen Aromen von Zimt, frisch gebackenem Brot und gutem Kaffee stiegen Kim in die Nase, als sie zu dem Oberkellner trat, einem dünnen, feminin wirkenden jungen Mann, und ihm über das Stimmengewirr hinweg Nates Namen nannte.

»Er ist schon da.« Sie hielt Ausschau nach Nate, während der Oberkellner die lange Reservierungsliste durchging. Dann entdeckte sie ihn. Er saß am Ende einer langen Reihe von völlig gleich aussehenden Tischen, die entlang der rechten Wand des Restaurants dicht beieinander standen. Auch in der Mitte des Raumes erstreckte sich eine Reihe Tische, die allesamt besetzt waren, ebenso wie die Hocker an der Bar linker Hand. Kellner und Kellnerinnen mit Tabletts manövrierten sich erstaunlich geschickt zwischen den Gästen hindurch, servierten dampfende Omeletts, dicke Pfannkuchen und French Toast, bestreut mit einer Mischung aus Zimt und Zucker, ein Anblick, bei dem ihr das Wasser im Mund zusammenlief.

Sie ließ den Oberkellner, der auf der Liste noch immer den Namen Shapiro suchte, stehen und ging zu Nates Tisch. Er hatte sich auf den Kaffeehausstuhl gesetzt, damit sie die gepolsterte Bank nehmen konnte.

Kim schob sich durch die dicht an dicht stehenden Tische hindurch, was ihr aber mühelos gelang. Seit ihrem Weggang aus Danby hatte sie rund fünfzehn Pfund abgenommen, wenn auch nicht absichtlich. Es war eine Kombination aus wenig Appetit und noch weniger Geld.

Zur Begrüßung knallte Nate einen Zwanzig-Dollar-Schein auf den Tisch. Ihr Taxigeld.
»Nate ...« Er steckte ihr ständig Geld zu, keine großen Summen, weil er wusste, dass sie die nicht annehmen würde. Und Kim wusste jedes Mal, was er dachte. Wenn sie doch nur ihr Examen gemacht hätte, dann würde sie jetzt wahrscheinlich mit einem Vollstipendium Jura studieren und hätte eine große Zukunft vor sich. Oder zumindest eine finanziell abgesicherte.
»Wann siehst du endlich ein, dass es nichts bringt, mit mir darüber zu diskutieren, Kim?«
Seufzend steckte sie das Geld in die Tasche. Sie konnte es wirklich gebrauchen. Sie hatte zwar am Freitag ihren Gehaltsscheck bekommen, doch das meiste Geld war schon für die Miete weggegangen. Und das Taxi hatte fast den Rest von ihrem Wochenlohn geschluckt.
»Wie geht's dir?«, fragte sie und versuchte, einen vorbeieilenden Kellner auf sich aufmerksam zu machen.
»Ich hab für uns beide French Toast bestellt«, sagte er. Auf dem kleinen Tisch standen schon zwei Tassen Kaffee.
Sie blickte ihn an und begann zu lächeln. Doch dann sah sie seinen finsteren Gesichtsausdruck.
»Was ist los? Stimmt was nicht?«, fragte sie sofort.
»Trink deinen Kaffee. Wenn er nicht mehr heiß genug ist, bestell ich ...«
»Nate, du hast doch was. Geht es um ... deine Augen?« Sie wusste, dass er am Freitag bei einem neuen Augenarzt gewesen war, doch als sie ihn angerufen hatte, um sich zu erkundigen, was dabei herausgekommen war, hatte er nur ausweichend geantwortet. Aber Kim hatte gespürt, dass etwas war. War seine Sehkraft wieder schlechter geworden?
»Was macht die Arbeit? Irgendeine Aussicht auf Beförderung?«
»Nate, ich will nicht über die Arbeit sprechen.« Die Wahrheit war, dass sie ihre Arbeit trotz der drückenden Geldknappheit liebte. In Anbetracht ihrer eigenen Vergangenheit hatte sie in der Beratungsstelle kein Problem, einen Draht zu den Jugendlichen zu finden, denen sie half, wenn sie einen Drogenentzug,

eine anständige Unterkunft oder einen Job brauchten. Ganz selten schaffte sie es sogar, dass die Kids nach Hause zurückkehrten und alle in der Familie bereit waren, mit einer Sozialarbeiterin nach Problemlösungen zu suchen. Mitunter staunte Kim darüber, dass sie anderen helfen konnte, wieder einen Sinn in ihrem Leben zu sehen, wo sie selbst sich damit so schwertat.

»Dein Kaffee wird kalt, Kim. Komm, lass uns später darüber reden.«

Kim verschränkte stur die Arme vor der Brust. »Raus mit der Sprache.«

»Ich hab heute Morgen einen Anruf gekriegt, als ich schon fast zur Tür raus war«, sagte er schließlich. »Aus Danby.«

Eine Eiseskälte erfasste Kim. Wer sollte Nate von dort anrufen? Und wenn es der geheimnisvolle Briefeschreiber war? Wenn es ...?

Die Kellnerin brachte den French Toast. Jetzt wurde Kim von dem süßen Aroma fast schlecht. Sie hätte der Kellnerin am liebsten gesagt, sie solle das Essen wieder mitnehmen, doch dann hätte Nate gemerkt, wie erschüttert sie war.

»Bringen Sie uns doch bitte frischen Kaffee«, bat Nate die Kellnerin.

Die schlanke junge Frau, das blonde Haar zu einem Pferdeschwanz gebunden, in schicker schwarzer Hose und weißer Bluse, nahm die beiden noch vollen weißen Tassen und ging.

Kim sah, wie Nate nach dem Ahornsirup tastete, der in einem silberfarbenen Krug mitten auf dem Tisch stand.

Sie bekam den Krug vor ihm zu fassen. »Ich mach das schon.« Sie goss den dicken Sirup über seinen Toast.

Normalerweise war Nate verärgert, wenn sie ihm irgendetwas abnahm, aber diesmal nicht. Was Kim verriet, dass er mit seinen Gedanken woanders war.

»Wer hat dich angerufen, Nate?« Es gelang ihr nicht, den ängstlichen Unterton in ihrer Stimme zu unterdrücken.

»Iss erst.«

Sie lachte scharf auf. »Mach dich nicht lächerlich.«

Er kaute bereits auf einem Bissen Toast, legte dann aber die Gabel hin. »Erinnerst du dich an Zach Lynch?«

»Wer soll das sein?« Doch dann fiel es ihr ein. »Dieser Polizist.«

Die Kellnerin kam mit zwei frischen Tassen Kaffee wieder. »Haben Sie sonst noch einen Wunsch?«

»Nein, danke«, sagte Nate.

Er nahm einen vorsichtigen Schluck von dem heißen Kaffee. »Mensch, ist der gut.«

»Was ist mit dem Polizisten?«

»Er ist kein einfacher Polizist mehr. Er hat im Frühjahr für das Amt des Sheriffs kandidiert und ist gewählt worden.«

»Lynch ist jetzt Sheriff von Danby? Aber er ist doch noch so … jung.«

»Jung, aber er hat Köpfchen. Als Streifenpolizist war der Bursche völlig unterfordert.«

Bei einem Mann, der nur selten Komplimente verteilte, bedeutete das allerhand.

Kim hatte plötzlich das Gefühl, als würde ihr eine gewaltige Last von den Schultern genommen. Das war es also. Lynch hatte Nate angerufen, um ihm von seinem großen Sieg zu erzählen. Sie wunderte sich kurz darüber, dass er ausgerechnet Nate angerufen hatte, doch dann fiel ihr ein, dass die beiden Männer sich in den Tagen nach den Morden ein wenig angefreundet hatten.

»Aha, und wie geht's ihm?« Sie war auf einmal wieder hungrig, schnitt ein ordentliches Stück French Toast ab und schob es sich in den Mund. Sie kaute langsam, genoss den Geschmack.

Doch bevor Nate weitersprach, sah Kim ihm am Gesichtsausdruck an, dass sie sich auf einen Schock gefasst machen musste. »Lynch wollte es uns sagen, ehe wir aus der Zeitung davon erfahren.«

Die Gabel glitt Kim aus der Hand und fiel klappernd auf den weiß gefliesten Boden. »Uns was sagen?«

»Laurel Geller wird seit gestern Abend vermisst.«

4

Es klopfte laut an der Tür. Kim schreckte zusammen. Instinktiv huschte ihr Blick zur Türschwelle, erwartete den Anblick eines weißen Briefumschlags. Doch der Überbringer hatte sich nie bemerkbar gemacht.

»Kim, ich bin's. Mach auf.«

Kim lächelte traurig. Da Nate nicht in der Lage gewesen war, ihr nach ihrer überstürzten Flucht aus dem Restaurant zu folgen, hatte er Verstärkung angefordert.

Widerwillig hörte Kim auf, ihre Reisetasche zu packen, und öffnete die Tür.

»Hi Anne.« Obwohl Sonntag war, trug Nates Exfrau ein schickes, marineblaues Businesskostüm, eine mauvefarbene Seidenbluse und marineblaue Lederpumps. Sie war beim Friseur gewesen, ein Kurzhaarschnitt, durch den sich ihr zuvor welliges Haar mädchenhaft lockte. Die wenigsten Frauen mit Ende vierzig hätten diese Frisur tragen können, doch Anne stand sie wunderbar.

»Wo hat er dich denn erreicht?«, fragte Kim, wandte sich ab und fing wieder an zu packen.

»Eine langweilige Tagung im Marriott am Times Square. Nate hat mir einen Gefallen getan.«

Kim warf ihr einen Blick zu. »Jetzt tu du mir einen und fahr nach Hause, Anne.«

»Was willst du eigentlich damit erreichen, wenn du Hals über Kopf nach Danby fährst? Praktisch die ganze Stadt beteiligt sich an der Suche nach ihr …«

»Spar dir deine Worte, Anne.«

Anne setzte sich auf die Bettcouch neben die Reisetasche, in die Kim jetzt zwei Blusen warf.

»Nimm lieber eine warme Jacke mit. Mitte Oktober kann es da oben schon empfindlich kühl werden.«

»Ich weiß.«

»Wie kommst du hin?«

Kim faltete ein Sweatshirt zusammen – das rote mit der Aufschrift CURRIER, das sie seit ihrer Rückkehr nach New York nicht mehr angehabt hatte. »Bus.« Sie hatte zwar nicht das Geld für die Fahrkarte, aber sie würde mit ihrer bereits strapazierten VISA-Karte bezahlen.

»Und die Beratungsstelle? Was erzählst du deinem Boss?« Anne streifte sich die Schuhe von den Füßen und knöpfte ihren Blazer auf.

»Ich hab bis jetzt noch keinen Tag Urlaub genommen. Das dürfte kein Problem sein.«

»Könnte sein, dass sie schon wieder aufgetaucht ist, wenn du ankommst. Dann hast du die ganze Reise umsonst gemacht.«

»Umso besser. Dann nehm ich den nächsten Bus zurück.«

»Hattest du mit Laurel Kontakt, seit du aus Danby weg bist?«, fragte Anne scheinbar beiläufig. Doch Anne stellte selten eine Frage ohne Hintergedanken. Und diese ganz bestimmt nicht.

»Hin und wieder«, sagte Kim im gleichen Tonfall wie Anne. In Wirklichkeit hatte Laurel in den ersten Wochen nach Kims Flucht aus Danby oft angerufen. Meistens war Kim nicht ans Telefon gegangen, sondern hatte sich nur angehört, was Laurel auf den Anrufbeantworter sprach. Die ersten paar Male waren die Nachrichten der Studentin kurz gewesen. *Hi, ich wollte nur mal hallo sagen und fragen, wie's dir so geht.* Dann, ein paar Tage vor Semesterschluss, sagte Laurel deutlich, was sie auf dem Herzen hatte. *Kim, für den Fall, dass du nicht drangehst oder nicht zurückrufst wegen dem, was ich an dem Tag im Krankenhaus gesagt hab – ach, was soll's, ich sag jetzt einfach mal, was ist – ich meine, was war. Ich war in dich verknallt. Ich hab blöderweise versucht, dich anzubaggern. Ich hatte das nicht vor. Nicht in dem Moment. Eigentlich überhaupt nicht. Hinterher war ich ganz verzweifelt. Und genau das, was ich am meisten befürchtet hab, ist eingetreten. Ich hab dich als Freundin verloren. Und dabei könnte ich dringend eine Freundin gebrauchen, Kim. Mehr als alles andere, also bitte, bitte verzeih mir …*

Kim war zu der Zeit viel zu sehr damit beschäftigt, sich selbst nicht verzeihen zu können, um auch noch jemand anderem zu verzeihen. Dafür war einfach kein Raum mehr. Aber wenigstens ging sie von da an jedes Mal ans Telefon, wenn Laurel anrief. Doch sie fasste sich stets kurz.

Irgendwann hatte Laurel dann endlich kapiert. Sie rief immer seltener an, und nach Weihnachten hatten ihre Anrufe ganz aufgehört. Kim war erleichtert und traurig zugleich. Sie glaubte, das Kapitel Laurel wäre damit zu Ende. Aber nein, noch nicht ganz …

»Da fällt mir ein, Nate hat mal erwähnt, dass Laurel dich im April besucht hat.«

Annes Bemerkung brachte Kim aus der Fassung. Und Kim sah, dass Anne es bemerkte.

»Das hat Nate dir erzählt?«

»Wir sprechen ab und zu miteinander, erzählen uns, was es Neues gibt. Ich mache mir Sorgen um Nate, und das weiß er auch. Er findet es natürlich furchtbar. Er möchte, dass ich glaube, er hätte alles im Griff.«

»Redet ihr oft über mich?«

»Wir machen uns beide Sorgen um dich, Kim«, sagte Anne offen.

»Ich weiß. Ach übrigens, weiß Nate von deinem neuen Freund?«, fragte Kim.

»Ich bin ein paarmal mit dem Mann ausgegangen. Da kann man wohl kaum von einem festen Freund sprechen.«

»Und, hast du's ihm erzählt?«

»Ich habe es erwähnt.«

»Er ist Börsenanalyst, nicht?«

»Investmentbanker.«

Kim verdrehte die Augen. »Da wird Nate ja richtig begeistert sein«, sagte sie trocken.

Anne schmunzelte. »Du bist Nate sehr ähnlich. Wenn ich nicht genau wüsste, dass ihr nicht blutsverwandt seid …«

»Manchmal glaube ich, wir sind es.« Kims Stimme war ein Flüstern.

»Wieso hat Laurel dich an dem Tag besucht?« Anne hatte genug von Kims Ablenkungsversuchen. Und sie hatte keine Lust mehr, so zu tun, als wenn nichts wäre.

»Sie hat Bekannte hier in der Stadt besucht und ist auf einen Sprung bei mir vorbeigekommen.« Kim wollte den Reißverschluss an der Reisetasche zuziehen, doch ihr zitterten die Hände. Sie konnte den Tag nicht vergessen, an dem Laurel plötzlich vor ihrer Tür gestanden hatte. Wie sollte sie auch? Auf den Tag genau ein Jahr zuvor waren die Morde passiert. Es war also der erste Jahrestag. Der einzige Tag überhaupt, an dem Kim in der Beratungsstelle angerufen und sich krank gemeldet hatte. Und es war keine Lüge gewesen. Sie war wirklich krank. Ihr tat alles weh. Selbst die Augen. Sie hatte fast neununddreißig Grad Fieber. Die Grippe, hatte Nate gesagt, als er sie zu Hause anrief, nachdem er bei der Beratungsstelle von ihrer Krankmeldung erfahren hatte. Er klang besorgt, wollte, dass sie zum Arzt ging, machte ihr Vorwürfe, weil sie sich nicht hatte impfen lassen. Aber Kim wusste, dass es keine Grippe war.

Nate rief stündlich an, um sich nach ihrem Befinden zu erkundigen. Beim vierten Anruf sagte er dann: »Ich komm vorbei, Kim. Du kannst heute nicht allein bleiben. Nicht heute«, fügte er mit Nachdruck hinzu.

»Mir geht's gut«, hatte sie beteuert. »Ich hab nicht mal ein Aspirin genommen. Mach dir keine Sorgen, Nate. Ich steh das schon durch, aber ich muss allein sein. Bitte vertrau mir.«

Damit konnte sie ihn immer kriegen, wie Kim genau wusste. Nate war sich sehr wohl darüber im Klaren, wie wichtig es für sie war, dass er ihr vertraute. Und so hatte er klein beigegeben, wenn auch ungern.

Sie hatte gerade aufgelegt, da klopfte es an der Tür und eine vertraute Stimme rief: »Kim, ich bin's, Laurel.«

Kim konnte nicht so tun, als wäre sie nicht zu Hause, weil Laurel bestimmt gehört hatte, wie sie mit Nate telefonierte.

»Ich hab die Grippe, Laurel«, erwiderte sie mit schwacher Stimme. »Ich bin quasi … unter Quarantäne.«

»Ich hab mich gegen Grippe impfen lassen. Ich muss dringend mit dir reden, Kim. Bitte.«

Kim konnte die Unsicherheit hören, die in der Stimme ihres einstigen Schützlings am College mitschwang. Und sie hörte noch etwas anderes. Angst.

Jetzt dachte Kim an diesen Tag zurück und schloss die Augen, um die Tränen zu unterdrücken. »Ich hab Laurel an dem Tag gar nicht gesehen. Ich hab sie einfach weggeschickt.« Sie blickte zu Anne hinüber. »Ich konnte sie nicht reinlassen. Es war ... O Gott, ich wünschte, ich hätte.«

Anne stand von der Couch auf und legte einen Arm um Kim. »Noch ein Grund für Schuldgefühle?«

»Ihr darf nichts passiert sein, Anne. Das darf einfach nicht sein.«

Anne zog Kim kurz an sich, beugte sich dann über die Reisetasche und schloss den Reißverschluss. »Dann komm.«

»Wohin?«

»Nach Danby natürlich. Am Sonntag ist nicht viel Verkehr. In zwei Stunden müssten wir da sein.«

»Anne, du kannst doch nicht ...« Kim hielt abrupt inne. »Was ist mit Nate?«

»Ich hab ihm gesagt, dass wir ihn abholen.«

Kim öffnete den Mund, um zu protestieren, doch sie besann sich eines Besseren. In dieser Hinsicht waren die beiden sich sehr ähnlich. Es hatte keinen Sinn, mit ihnen zu diskutieren.

5

Die Sekretärin im Vorzimmer von Sheriff Zach Lynchs Büro winkte das Trio durch, als würde es bereits erwartet. Lynch erhob sich hinter seinem wuchtigen Eichenschreibtisch, als die drei Besucher eintraten. Er lächelte sie an.

»Sie haben sich aber Zeit gelassen.«

»Auf den Straßen war die Hölle los«, sagte Anne entnervt, während sie den Blick durch den großen holzgetäfelten Raum schweifen ließ. Der Schreibtisch des Sheriffs stand vor zwei hohen Fenstern mit tiefroten Samtvorhängen, die auf beiden Seiten mit Quastenkordeln zusammengebunden waren und den Blick auf einen besonders tristen Parkplatz freigaben. Vor dem Schreibtisch standen zwei üppig verzierte Brokatsessel, zwischen die, vermutlich nachträglich, noch ein Stuhl gequetscht worden war, der mit seiner Holzsprossenlehne und Peddigrohrsitzfläche ziemlich unbequem aussah. Das Einzige im ganzen Raum, das offensichtlich nicht aus dem 19. Jahrhundert stammte, war der PC auf Lynchs Schreibtisch. Und der schale Geruch nach billigen Zigarren, der vermutlich noch vom vorherigen Sheriff stammte.

»Hübsches Büro«, sagte Anne sarkastisch. »Wer hat es ausgestattet? Abraham Lincolns Gattin?«

»Knapp daneben. Die werte Gattin unseres ehemaligen Sheriffs. Irgendwann werde ich ein paar grundlegende Veränderungen vornehmen.« Zach sagte das so, als würden diese Veränderungen nicht nur die Einrichtung betreffen.

Kim schenkte weder ihrer Umgebung noch dem Geplauder Be-

achtung. Sie hatte nur einen Grund für ihr Kommen. »Gibt es was Neues?«, fragte sie ängstlich.
Zach fiel es schwer, Kimberley Burke in die Augen zu schauen, und das nicht nur wegen der Antwort, die er ihr geben musste. Als sie hereinkam, war ihm sofort aufgefallen, dass sie abgenommen hatte. Ihre Hose hing auf schmalen Hüften, und im V-Ausschnitt ihres Pullovers zeichneten sich die Schlüsselbeinknochen deutlich unter der blassen Haut ab. So dünn wie sie war, sah sie noch gehetzter aus, noch zerbrechlicher, aber nicht weniger schön. Auch die feine Narbe, die quer über ihre Stirn verlief, tat ihrer Schönheit keinen Abbruch. Kämmte sie sich die Haare absichtlich aus dem Gesicht, damit die Narbe zu sehen war? Unwillkürlich kam ihm *Der Scharlachrote Buchstabe* in den Sinn. Das öffentliche Zeichen für Kims Schuldgefühle. Er empfand tiefes Mitgefühl für sie. Und vielleicht nicht nur das.
Komisch, dass es die Narbe in seinen Träumen nie gegeben hatte.
Er merkte, dass er schon zu lange schwieg, und blickte verlegen zu Nate hinüber. Zach fürchtete, dass ihn der Excop trotz seiner schlechten Augen durchschauen würde. Shapiros sechster Sinn, jetzt eigentlich sein fünfter.
Zach räusperte sich und vermied es, einen der drei zu lange anzusehen. »Nein, tut mir leid. Noch nichts Neues. Aber keine Nachricht ist auch keine schlechte Nachricht.« Er wusste, dass seine Worte hohl klangen. Vielleicht hätte er überzeugender gewirkt, wenn er in der Nacht zuvor etwas Schlaf gefunden hätte. Aber vermutlich nicht. Sein eigener sechster Sinn verriet ihm, dass die Sache nicht gut ausgehen würde.
»Setzen Sie sich doch erst mal, und …«
»Und Sie erzählen uns, was passiert ist«, führte Nate den Satz zu Ende.
»Und ich hol Ihnen einen Kaffee.« Lynch brachte ein schwaches Lächeln zustande.
»Später gerne«, entgegnete Nate unbeirrt.
Lynch kam um den Schreibtisch herum und ging auf den Excop zu. »Schön, Sie zu sehen, Mann.« Er fasste Nate an der Schulter und führte ihn sachte zu dem nächsten Brokatsessel. »Setzen Sie

sich.« Dann bedeutete er Anne und Kim, ebenfalls Platz zu nehmen. Anne kam der Aufforderung nach und entschied sich für den Holzstuhl, Kim jedoch blieb stehen, die Arme verschränkt, einen trotzigen, herausfordernden Ausdruck im Gesicht.

»Sollten wir nicht draußen sein und nach Laurel suchen?« Ihr Ton war vorwurfsvoll.

»Ich bin vor rund zwanzig Minuten in dieses Büro gekommen, Ms. Burke.« Vor achtzehn Monaten hatte er sie beim Vornamen genannt, aber irgendwie hatte Zach jetzt das Bedürfnis nach mehr Förmlichkeit. »Bis dahin habe ich genau das getan. Ich habe die ganze gestrige Nacht und den ganzen heutigen Tag bei der Suche mitgemacht. Ich, meine beiden Mitarbeiter und praktisch die ganze Stadt. Meine Schwester und ihr Partner sind sogar extra aus Hatfield gekommen, um bei der Suche zu helfen. Studenten vom Currier haben ein eigenes Suchteam auf die Beine gestellt. Also, falls Sie irgendeine Idee haben, wo wir noch suchen sollten, dann lassen Sie hören«, entgegnete Lynch. Er fuhr sich mit den Fingern durch das ungekämmte Haar.

Kims bohrender Blick blieb starr auf den Sheriff gerichtet. »Wer hat sie vermisst gemeldet? Wie lange ist sie schon verschwunden? Wer hat sie zuletzt gesehen? Wann …«

»Halt. Bitte immer nur eine Frage auf einmal«, sagte Zach. »Und erst wenn Sie sitzen.«

Kim nahm widerwillig den anderen Brokatsessel, setzte sich aber nur ganz vorn auf die Kante. Sie wollte unbedingt all diese Fragen beantwortet haben, doch hier zu sitzen und zuzuhören, statt nach Laurel zu suchen, behagte ihr ganz und gar nicht. Aber wo sollte sie suchen? Die Wahrheit war, sie hatte keine Ahnung.

Zach setzte sich wieder hinter den Schreibtisch und drehte seinen braunen Ledersessel so, dass der große PC-Bildschirm ihm nicht die Sicht versperrte.

Kim registrierte, dass das Namensschild seines Vorgängers noch auf dem Schreibtisch stand. Es rief ihr in Erinnerung, dass Lynch als Sheriff ein blutiger Anfänger war. Noch dazu jung und unerfahren.

Sie musterte den Mann, der für sie noch immer aussah wie der typische Junge von nebenan. Bis auf den dunklen Bartschatten, der die untere Hälfte seines Gesichts umrahmte, und die noch dunkleren Ringe um seine blauen Augen. »Wäre es nicht besser, wenn sich auch die bundesstaatliche Polizei an der Suche beteiligt?«

»Wer sagt, dass sie das nicht tut?«, erwiderte Zach. »Aber diesmal hab ich das Sagen«, fügte er mit Nachdruck hinzu.

»Ich wette, der alte Chucky ist darüber nicht gerade begeistert«, sagte Nate trocken.

»Chuck Wesley hat den Dienst quittiert«, erwiderte Zach.

»Aha?« Anne war überrascht, aber keineswegs unglücklich darüber. Sie hatte nie viel von dessen Fähigkeiten als Detective gehalten, geschweige denn von dem Mann selbst. »Was ist passiert?«

»Sagen wir mal so, es sind da gewisse Unkorrektheiten ans Licht gekommen.« Mehr wollte Zach zu dem Thema nicht sagen.

»Okay. Sie haben das Sagen«, sagte Kim bissig. »Wie geht's also weiter?«

»Lassen wir den Sheriff doch erst mal deine ersten Fragen beantworten«, schaltete Nate sich ein. »Also los, Zach. Jetzt mal ganz von Anfang an.«

Zach spürte, wie ihm ein Frösteln in die Knochen kroch; genau die Worte hatte Nate Shapiro benutzt, als sie beide vor über anderthalb Jahren gemeinsam zum Tatort gefahren waren.

»Um 11.37 Uhr gestern Nacht kam ein Anruf im Präsidium an. Eine Studentin namens Julie Fisher meldete, dass ihre Mitbewohnerin Laurel Geller verschwunden sei. Ich wurde sofort zu Hause verständigt und habe dann Julie angerufen. Sie hat gesagt, sie habe Laurel seit Donnerstagmorgen nicht mehr gesehen oder gesprochen –«

Kim wäre am liebsten aufgesprungen. »Fast drei volle Tage? Sie hat drei Tage gewartet –?«

Zach fiel ihr ins Wort, sprach aber ruhig und sachlich weiter. »Julie hat gesagt, dass sie viel Zeit bei ihrem Freund verbringe. Sie war ab Dienstag bei ihm, hat Laurel aber noch am Donnerstagmorgen in einem Seminar getroffen. Am Nachmittag und am Abend hat sie dann mehrmals versucht, ihre Mitbewohnerin

telefonisch zu erreichen, auch am Freitag und Samstag, und zwar sowohl übers Festnetz als auch auf dem Handy.«
»Warum hat sie sie so oft angerufen?«, unterbrach Kim ihn. »Hat sie sich Sorgen um Laurel gemacht?«
»Julie sagt, sie wollte irgendwas wegen eines Referats mit ihr besprechen, das sie in dem Seminar am Donnerstag übernommen hatten.«
Anne griff Kims Frage auf. »Hat Laurels Mitbewohnerin sich keine Gedanken gemacht, als sie Laurel die ganze Zeit nicht erreichen konnte?«
»Sie sagt, sie habe sich keine ernsthaften Sorgen gemacht, weil sie wusste, dass Laurel auch noch an einer wichtigen Hausarbeit schrieb und es in der Vergangenheit schon öfter vorgekommen war, dass Laurel dann einfach nicht ans Telefon ging«, sagte Zach.
»Aber dann ist Julie schließlich doch in die Wohnung gefahren, um nach dem Rechten zu sehen?«, wollte Anne wissen.
»Ja, aber mehr aus Ärger denn aus Sorge. Julie hat mir gesagt, sie sei nach Hause gefahren, weil sie mit Laurel über das Referat sprechen wollte. Gestern Nacht gegen halb zwölf war sie wieder in der Wohnung.«
»Was war das für ein Seminar?«, fragte Nate.
Zunächst schien die Frage abwegig, doch ein Blick in Zachs Gesicht verriet ihnen, dass sie bedeutsam war.
Umso mehr, als Zach kurz zögerte, bevor er antwortete. »Zeitgenössische britische Literatur.«
Kim spürte, wie ihr die Farbe aus dem Gesicht wich. »Sangers Seminar?« Ihre Stimme war plötzlich tonlos.
Zach nickte, dachte dann an Nates Sehschwäche und sagte: »Genau das. Joe Sanger.« Seine Augen blieben auf Kim gerichtet, registrierten ihr kalkweißes Gesicht.
»Wieso glaubt Julie, dass Laurel verschwunden ist?«, fragte Anne, und jedem im Raum war klar, dass die Anwältin das Gespräch bewusst in andere Bahnen lenkte. Vielleicht wollte sie Kim ein paar Minuten Zeit verschaffen, um die Fassung wiederzugewinnen. »Könnte doch sein, dass Laurel übers Wochenende weggefahren ist, oder?«

»Das hat Julie zuerst auch gedacht, als sie sah, dass Laurel nicht zu Hause war«, erwiderte Zach. »Aber Laurel hatte ihr nicht gesagt, dass sie wegfahren wollte, und anscheinend tat sie das sonst immer. Im Gegenteil, Laurel hatte gesagt, sie würde das ganze Wochenende zu Hause bleiben und an ihrer Hausarbeit arbeiten.«

»Könnte doch sein, dass Laurel es sich anders überlegt hat«, gab Anne zu bedenken. »Vielleicht hat sie alle Unterlagen einfach mitgenommen, um woanders zu arbeiten.«

»Keine Seminare am Freitag?«, fragte Nate.

»Nein«, sagte Zach.

»Dann hatte sie also ein langes Wochenende. Möglicherweise –«

Zach fiel Anne ins Wort. Was er als Nächstes zu sagen hatte, kostete ihn einige Überwindung. »Als Julie gestern Nacht nach Hause kam, war die Wohnungstür nicht abgeschlossen.« Der Sheriff schluckte so schwer, dass Kim seinen Adamsapfel unter dem schwarzen Rollkragenpullover, den er zu einer Blue Jeans trug, hüpfen sah. »Sie hat sich nicht mal getraut, die Wohnung zu betreten, und erst mal ihren Freund angerufen, damit er rüberkommt, aber sie konnte ihn nicht erreichen. Schließlich ist sie doch rein.« Zach stockte, tat sich sichtlich schwer, weiterzuerzählen. »Sie sah Laurels Portemonnaie und Handy auf der Kommode liegen.« Er hielt inne und sah sie ernst an.

»Was noch?«, fragte Nate, der sich auch ohne den Blick des Sheriffs denken konnte, dass es noch schlimmer kommen würde.

»Laurels Computer war eingeschaltet, ihr Koffer war in der Abstellkammer, es fehlte keine Kleidung. Und sämtliche Notizen für die Hausarbeit, an der sie schrieb, lagen auf dem Schreibtisch.«

Kim bekam kaum Luft. Zach sah sie besorgt an, doch Nate lenkte sein Augenmerk wieder auf das Thema zurück.

»Irgendwelche Spuren eines Kampfes in der Wohnung?«

Zach wollte Nates bedrückende Frage schon mit einem Kopfschütteln beantworten, doch dann besann er sich. »Nein«, sagte er laut. »Es war alles ziemlich unordentlich, aber die Mitbewohnerin meinte, das sei ganz normal.«

»Hat einer aus der Nachbarschaft seit Donnerstagmorgen jemanden in die Wohnung der beiden Frauen gehen sehen?«, fragte Anne.

»Nein.«

»Und ich nehme an, es hat auch niemand gesehen, wie Laurel weggegangen ist«, fuhr sie fort.

»Niemand. Es könnte mitten in der Nacht gewesen sein, als alle schon im Bett waren.« Zach zuckte die Achseln. »Ich habe um kurz nach Mitternacht bei ihren Eltern angerufen, um zu fragen, ob sie bei ihnen ist.« Jetzt seufzte er, ein Geräusch, das seine Müdigkeit und Frustration verriet. »Sie war nicht da, und natürlich hat sich ihre Mutter sofort schreckliche Sorgen gemacht. Sie hat dann die halbe Nacht herumtelefoniert, alle Leute angerufen, bei denen ihre Tochter sein könnte oder die vielleicht wüssten, wo sie ist. Aber vergeblich. Sie wäre am liebsten gleich hergekommen, um bei der Suche zu helfen, aber sie hat einen siebzehnjährigen herzkranken Sohn, der zurzeit im Krankenhaus liegt.«

»Und der Vater?«, fragte Nate.

»Hat sich kurz nach der Geburt des Sohnes scheiden lassen und ist vor vierzehn Jahren bei einem Flugzeugabsturz ums Leben gekommen.«

»Vielleicht hat Laurel einen Anruf gekriegt, irgendein Notfall, und ist Hals über Kopf weg – zu jemandem, den ihre Mom nicht kennt.« Anne versuchte, eine logische Erklärung zu finden.

»Die Einzige, die angerufen hat, war Julie Fisher«, sagte Zach. »Ich hab mir bei der Telefongesellschaft eine Liste mit sämtlichen Telefonaten besorgt. Und Laurel hat seit Mittwoch niemanden mehr angerufen, weder übers Festnetz noch per Handy.«

»Wen hat sie am Mittwochabend angerufen?«, fragte Nate sogleich.

Zach faltete die Hände, warf Kim einen raschen Blick zu und sah dann wieder Nate an. »Sie hat Sanger angerufen. Seine Handynummer.«

Kim hatte keine Farbe mehr zu verlieren. Sie war bereits aschfahl im Gesicht. Seit Joes Name gefallen war, hatte sie kein Wort mehr gesagt, und sie konnte sich nur mit Mühe auf das Gespräch konzentrieren. Würde sie je in der Lage sein, den Namen ihres Exliebhabers zu hören, ohne dieses schreckliche Gefühl des Verrats zu empfinden?

Sie fand ihre Stimme wieder. »Haben ... haben sie miteinander gesprochen? Laurel und ... Sanger?«

»Der Anruf hat zweiundsiebzig Sekunden gedauert«, sagte Zach.

Bevor Kim oder Nate eine weitere Frage nach dem Anruf stellen konnte, schaltete Anne sich ein.

»Hat Laurel einen Freund?«

»Nein. Keinen Freund«, sagte Zach nur.

Nate blickte finster. »Ich nehme an, Sie haben mit Sanger gesprochen.« Er war nicht gewillt, sich vom Thema Sanger ablenken zu lassen. Absolut nicht.

»Ja, sobald ich die Telefonliste gesehen hatte. Sanger hat den Anruf bestätigt«, erwiderte Zach mit bewusst ruhiger Stimme, um seinen persönlichen Verdacht nicht durchblicken zu lassen. »Er sagt, Laurel wollte nur um Verlängerung für ein Referat bitten, das sie morgen eigentlich hätte abgeben müssen, weil sie übers Wochenende ein Kapitel ihrer Hausarbeit abschließen wollte. Er sagt, er hat ihr die Verlängerung gegeben.«

Nate blickte noch finsterer. »Und seitdem hat er sie weder gesehen noch gesprochen?«

»Das behauptet er zumindest«, entfuhr es Zach, bevor er sich bremsen konnte.

»Vielleicht sollten wir noch einmal mit ihm reden«, sagte Nate.

»Ich hab ihn gebeten, morgen Vormittag herzukommen, um noch ein paar Fragen zu klären. Das heißt, wenn wir Laurel bis dahin nicht gefunden haben.«

»Um welche Uhrzeit?«

»Zehn Uhr.«

»Ich werde da sein«, sagte Nate.

Zach erhob keine Einwände.

6

Zach Lynch war völlig verdattert, als Kim, kurz nachdem sie sein Büro mit Nate und Anne verlassen hatte, allein zurückkam und ihn fragte, ob er Lust hätte, etwas essen zu gehen.
Zunächst war er unsicher, ob Kim nicht vielleicht zu viert meinte, doch als er hörte, dass Nate und Anne schon zu dem Hotel gefahren waren, wo sie übernachten würden, war er – obgleich er es sich nicht eingestehen wollte – angenehm überrascht.
Kim wollte auf keinen Fall in ein Restaurant in der Nähe gehen, also fuhren sie in Zachs Auto – der rote Ford Explorer, den er schon vor zwei Jahren gehabt hatte – zu einem Burger King etwa fünf Meilen weiter an der Route 42.
»Kennt man Sie hier?«, lautete Kims erste Frage, als Zach in die Einfahrt zum Drive-In bog.
»Wieso?«
»Die Bedienung wird Sie bestimmt mit Fragen nach der Suchaktion löchern.«
»Ach so. Nein, nein, ich bin kein großer Freund von Fastfood, ehrlich gesagt. Nicht dass ich was dagegen hätte. Ich meine –«
»Wir können ja Salat bestellen.« Kim hatte gar keinen Hunger. Sie hatte nur einen Vorwand gebraucht, um Zach Lynch allein zu sprechen.
»Was zu trinken?« Zach wiederholte die Frage, die ihm die Bedienung mit dem Headset stellte, nachdem er zwei Geflügelsalate bestellt hatte.
»Cola«, sagte Kim. Ein bisschen Koffein würde ihr vielleicht ganz guttun.

»Zwei Cola«, sagte er zu der jungen Frau. »Normal«, fügte er hinzu, ohne Kim zu fragen, ob ihr das recht war. Kim Burke brauchte keine Cola Light.

Das Essen kam prompt, und Zach fuhr ans Ende des Parkplatzes, wo keine anderen Autos standen.

»Was dagegen, wenn ich den Motor laufen lasse? Es ist ziemlich kalt draußen.« Eigentlich war es ein sonniger Oktobertag, um die zehn Grad, und Zach war gar nicht kalt, aber er sah Kim an, dass sie fror.

»Meinetwegen.«

Er griff in die Tüte und reichte Kim den Salat und die Cola.

Sie nahm den Plastikbehälter und den großen Becher und stellte beides auf die Ablage vor sich.

»Hier ist eine Serviette.« Er fischte sie aus der Tüte. Sie nahm sie geistesabwesend entgegen.

Sie schwiegen eine Weile, und keiner von ihnen machte Anstalten, mit dem Essen anzufangen.

»Wie ist es Ihnen ergangen, seit ... seit Sie aus Danby weg sind?«, fragte Zach.

Kim zuckte die Achseln. »Einigermaßen.«

»Haben Sie in New York zu Ende studiert und Examen gemacht?«

»Nein.«

»Das sollten Sie aber.«

Er bemerkte den strafenden Blick, den sie ihm zuwarf.

»Ich meine, Sie waren so kurz davor. Und Ihre Leistungen waren überragend ... wenn ich mich recht erinnere.«

Kim drehte sich auf ihrem Sitz so, dass sie ihn ansah.

»Sie glauben, dass Laurel tot ist, nicht?«

Sie hält nichts von Smalltalk, dachte er.

»Lügen Sie mich nicht an«, warnte sie ihn, bevor er antworten konnte.

Er wollte sie nicht anlügen. »Durchaus möglich.«

»Glauben Sie ...?« Sie stockte, holte tief Luft, nahm einen neuen Anlauf und formulierte das, was sie sagen wollte, diesmal nicht als Frage. »Sie glauben, Joe Sanger hat mit Laurels Verschwinden zu tun.«

Zach betrachtete sie prüfend. »Wie kommen Sie darauf?«
»Ich bin nicht halbblind wie Nate. Ich hab Ihren Gesichtsausdruck gesehen, als Sie Nate erzählt haben, dass Sie Sanger im Präsidium vernehmen wollen.«
Zach antwortete nicht.
»Nate denkt das auch«, sagte Kim.
»Ich will es mal so ausdrücken«, räumte Zach ein. »Wir haben beide keine hohe Meinung von Joe Sanger.« Er nahm seine Cola aus der Tüte, öffnete den Deckel und trank einen Schluck. Wie Kim machte er sich nicht mal die Mühe, den Deckel von seiner Salatschale zu nehmen.
»Und Sie?«, fragte er.
»Was soll mit mir sein?«
»Sie und Sanger hatten – eine Affäre, bevor Sie aus Danby weg sind.«
Kim blickte den Sheriff argwöhnisch an. Wusste er das oder mutmaßte er nur? Vielleicht hatte Nate es ihm erzählt.
»Ich habe nicht mehr mit Professor Sanger gesprochen, seit ich das College geschmissen habe«, sagte sie ausweichend.
»Wussten Sie, dass Laurel Geller letztes Frühjahr bei ihm eine Stelle als studentische Hilfskraft hatte?«
Kims Gesichtsausdruck war Antwort genug. Sie hatte keine Ahnung gehabt.
Sobald sich die Überraschung gelegt hatte, musste Kim an Laurels Besuch bei ihr in New York im letzten April denken. Wie bedrückt Laurels Stimme geklungen hatte. Wie furchtsam.
Hatte das irgendwas mit Joe Sanger zu tun gehabt?
»Sie hat mindestens zwei Monate für ihn gearbeitet«, fuhr Zach fort und ließ sie dabei nicht aus den Augen. »Ende März hat sie den Job gekündigt. Er war gut bezahlt, einer der lukrativsten Studentenjobs, den man kriegen kann.«
»Ich weiß«, sagte Kim heiser flüsternd. Ihr war flau in der Magengegend.
»Stimmt. Sie haben ja auch mal für ihn gearbeitet. Im zweiten Semester, oder?«
Kim sah ihn eisig an. »Die Antwort kennen Sie doch schon. Sie

haben sich informiert, Sheriff. Über mich und auch über Laurel. Sie ist mit jemandem zusammen, nicht? Sie hat keinen Freund, sondern eine Freundin. Eine Studentin?«
Zach nickte. »Ronnie Jackson. Sie ist im dritten Semester. Sie waren seit Februar zusammen.«
»Waren? Sie haben sich getrennt?«
»Vor einigen Wochen. Die Trennung ging von Ronnie aus.« Zach blickte Kim gebannt an. Trotz Sorge, Schock und Furcht war sie noch immer hinreißend schön.
»Warum?« Kims Frage war kaum hörbar.
»Ich weiß nur, was Ronnie mir erzählt hat. Sie sagt, Laurel wäre zunehmend nervös gewesen, launisch und verschlossen, und sie wäre immer sofort auf die Palme gegangen, wenn Ronnie sie gefragt hat, was los sei. Irgendwann war es ihr einfach zu anstrengend.«
»Hat Laurel unter der Trennung gelitten?« Das Bild von Scott, wie er in ihrem Zimmer von der Decke baumelte, schoss ihr durch den Kopf. Sie dachte an ihre Gefühle, als sie herausgefunden hatte, dass Joe Sanger sie betrog – an dem Abend, als sie aus dem Krankenhaus verschwunden war und sich bei ihm hinter der Garage versteckt hatte, um auf ihn zu warten. In diesem Augenblick war Kim so niedergeschmettert gewesen, dass sie kaum darüber nachgedacht hatte, wer die Frau war, die Joe bei sich hatte. Doch in den Monaten danach hatte der Gedanke sie geradezu verfolgt. Immer wieder hatte sie sich das Gehirn zermartert, wo sie die Stimme der Frau hintun sollte, den leichten Akzent. Kannte sie sie? War sie auch Studentin? Hatte sie schon während der ganzen Zeit was mit Joe gehabt, in der Kim und Joe zusammen gewesen waren?
Mit der Zeit hatte sie nicht mehr so zwanghaft darüber nachgedacht. Auch ihr Schmerz hatte sich gelegt. Sogar ihre Wut. Doch eines war zu ihrem großen Kummer nie ganz verschwunden: ihr Verlangen. Was das anging, so sehnte sie sich noch immer ein wenig nach Joe Sanger.
»Ronnie sagt, sie glaubt, Laurel sei froh über die Trennung gewesen«, drängte Zach sich leise in ihre Gedanken.
»Vielleicht hat sie nur so getan.«

»Möglich. Aber Ronnie und Laurel sind jetzt gut befreundet.«
»Was meint Julie dazu?«
»Julie hat gesagt, Laurel sei in letzter Zeit ziemlich durcheinander gewesen, aber sie hat das eher auf Stress im Studium als auf Unglück in der Liebe zurückgeführt. Laurel hat ein Stipendium, und ihre Leistungen haben nachgelassen. Sie läuft Gefahr, das Stipendium zu verlieren, und dann müsste sie das Studium abbrechen.«
»Wann hat Ronnie Laurel zuletzt gesehen?«
»Sie waren letzten Samstag zusammen im Kino.«
»Was hat Laurel da für einen Eindruck auf sie gemacht?«
»Genau wie zuvor. Bekümmert, gereizt, besorgt wegen ihrer Hausarbeit.« Er stockte. »Am Mittwoch hat Ronnie bei Laurel angerufen.« Er hielt inne, und Kim wartete mit angehaltenem Atem, dass er endlich weitersprach.
»Ronnie hat erzählt, dass Laurel kurz angebunden war und gesagt hat, sie hätte Besuch und könnte jetzt nicht reden.«
»Sie hat nicht gesagt, wer bei ihr war?«
»Ronnie hatte das Gefühl, es war eine andere Frau.« Eine schwache Röte färbte seine Wangen. Und sein Blick glitt weg von Kims Gesicht. »Und dass sie die beiden wohl bei irgendwas gestört hätte. Laurel hätte … außer Atem geklungen.«
»Hat Ronnie einen Verdacht, wer …?«
»Sie sagt nein.«
»Was ist mit Julie? Haben Sie sie gefragt, ob Laurel eine neue Freundin hat?«
»Ja, hab ich. Sie glaubt nein. Laurel hätte für so was im Moment gar keine Zeit.«
»Wussten Julie oder Ronnie, warum Laurel ihren Job bei Sanger letztes Semester geschmissen hat?« Kim hielt den Blick gesenkt.
»Sie sagen, sie wissen es nicht.«
Kims Augen huschten zu Zachs Gesicht. »Sie glauben, die beiden lügen.«
»Etwas zu glauben bringt mich nicht weiter.« Er nahm wieder einen Schluck Cola.
Die Autoscheiben beschlugen schon, und die Wärme von dem

Gebläse wurde Kim allmählich zu viel. Sie fühlte sich eingeschlossen, als wäre nicht genug Luft im Wagen. Sie brach in Schweiß aus. Ihr Herz raste. Sie wusste, dass sie kurz vor einer Panikattacke stand, konnte aber nichts dagegen tun.
Unvermittelt zog sie am Türgriff, stieß die Tür auf und wollte aussteigen.
Zach hielt sie am Arm fest. »Wo wollen Sie hin?«
Kim blickte ihn benommen an. Sie hatte keine Ahnung. »Ich brauche ... ich brauche frische Luft.«
»Kein Problem. Schließen Sie die Tür. Ich mach die Fenster auf.«
»Nein«, sagte sie, tat aber dann wie geheißen.
Er drückte sofort auf den Knopf, der das Fenster auf ihrer Seite senkte. »Gleich geht's Ihnen wieder besser, Kim. Das muss alles sehr schwer für Sie sein.«
Seine Worte, der sanfte Ton seiner Stimme, trieben Kim Tränen in die Augen. Die Panik ebbte ab. Sie wandte den Kopf zum offenen Fenster, wischte sich verstohlen die Tränen ab. Sobald sie sich wieder im Griff hatte, blickte sie Zach an.
»Bringen Sie mich zu ihnen. Zu Ronnie Jackson und Julie Fisher.«
»Sind Sie sicher, dass Sie sich da reinhängen wollen, Kim?«
»Ich bin mir bei gar nichts sicher, Lynch. Ich war mir noch nie bei irgendwas sicher.« Sie brachte ein schwaches Lächeln zustande.
»Aber in einem bin *ich* mir sicher«, sagte Zach. »Die Leute in Danby haben ein gutes Gedächtnis. Die haben Sie nicht vergessen, Kim. Und sie werden Sie nicht mit offenen Armen empfangen. Das könnte auch für Julie Fisher und Ronnie Jackson gelten.«
»Wollen Sie mir Angst machen?«
Angst hatte sie bereits genug ausgestanden. Als die Briefe eintrafen. *Erinnere dich*. Sie enthielten keine offene Drohung, und doch wurde Kims Angst mit jedem Brief größer. Erst recht seit der Verfasser zu den zwei Wörtern *Monica und Pauline* hinzugefügt hatte.
Seltsamerweise hatte die Rückkehr nach Danby, wo sie sich der

Bedrohung unmittelbar stellen konnte, ihre Angst nicht verstärkt, sondern eher gemildert.
»Nein, aber ich mache mir Sorgen«, sagte Zach.
Sie erwiderte seinen Blick, ohne mit der Wimper zu zucken. »Das Risiko geh ich ein.«

7

Kim staunte nicht schlecht, als Zach mit seinem Explorer vor dem Fallon House hielt, einem hundertfünfzig Jahre alten, viergeschossigen klassizistischen Backsteinbau am nördlichen Ende des Campus direkt gegenüber vom Currier Medical Center. Das Gebäude, in dem zu Beginn des zwanzigsten Jahrhunderts Kranke untergebracht waren, hatte seitdem eine Vielzahl von Funktionen gehabt, bevor es schließlich in ein Wohnheim für junge Ärzte in der Facharztausbildung umgewandelt wurde, die das Krankenhaus rasch erreichen mussten.

»Warum sind wir hier? Sie wollten mich doch zu Julie Fisher bringen«, sagte Kim und sah Lynch verwirrt an.

»Tu ich ja auch. Sie wohnt zurzeit bei ihrem Freund.« In seinem Blick lag etwas Beunruhigendes.

»Ist er Medizinstudent?«

»Assistenzarzt.«

Kim war überzeugt, dass Lynch noch mehr Überraschungen auf Lager hatte.

»Julie ist mit Dennis Parker zusammen. Wissen Sie noch –?«

»Der Freund von Monica.« Weitere Erinnerungen an die schrecklichen Tage brandeten in ihr auf. Eine wahre Springflut.

Zach öffnete die Fahrertür, und das Deckenlicht ging an. Als er Kims verkrampftes Gesicht sah, schloss er die Tür wieder. »Sie müssen sich das nicht zumuten.« Tatsächlich betrachtete er ihr Vorhaben mit gemischten Gefühlen. Er fürchtete, es könnte sie überfordern. Doch er musste sich eingestehen, dass er auch

hoffte, Kim könnte der Mitbewohnerin der vermissten Studentin vielleicht mehr Informationen entlocken als er.
Zachs Worte hallten Kim durch den Kopf. *Sie müssen sich das nicht zumuten …*
Aber sie hatte keine Wahl. Wenn sie bei ihrer Arbeit mit Jugendlichen in den letzten anderthalb Jahren etwas gelernt hatte, dann, dass man Problemen nicht auf Dauer davonlaufen konnte. Egal, um was es sich handelte, die Schwierigkeiten – ob Scham, Schuld, Selbstekel oder irgendeine Kombination davon – verfolgten einen wie ein Schatten, und irgendwann holten sie einen unweigerlich ein. Entweder man wurde von ihnen verschlungen, oder man stellte sich ihnen und kämpfte. Es war die einzige Chance zu überleben, auch wenn man nicht gewann.
Kim begriff, dass sie sich die ganze Zeit über unbewusst auf den Kampf vorbereitet hatte. Was die Sache aber kein bisschen einfacher machte.
Zach wollte gerade den Gang einlegen, um wieder loszufahren, als Kim wortlos die Beifahrertür öffnete.
»Verdammt«, knurrte er. *Diese Frau hat Mumm*, dachte er. Mehr als er erwartet hatte. Und es gefiel ihm mehr, als er erwartet hatte.
Wo blieben die verdammten Alarmsignale, die sich angeblich im Kopf meldeten, wenn man dabei war, sich bis über beide Ohren zu verlieben?
Kim war schon fast an der Eingangstür, als Zach sie einholte.
Sie blieb abrupt stehen. »Bitte warten Sie im Auto auf mich.«
»Kim, das kann ich nicht …«
»Doch, Sie können.« Sie blickte ihn an. Er sah in ihren Augen Eigensinn und Entschlossenheit. Doch noch deutlicher sah er den Mut, den sie auf einmal zu besitzen schien.
»Apartment 2A. Erster Stock, erste Tür rechts.«

Dennis Parker trug einen marineblauen Pullover und eine graue Cordhose, als er auf Kims resolutes Klopfen hin die Tür öffnete. Was sich in seinem gutaussehenden Gesicht abzeichnete, war mehr als Verblüffung. Es war Entgeisterung. Und dann kalte, nackte Wut.

»Was fällt dir …?«
»Wer ist denn da, Dennis?« Julie tauchte hinter ihm auf. Eine hübsche junge Frau, vielleicht ein wenig zu dünn für ihre immerhin fast ein Meter achtzig Körpergröße, aber mit einem schönen Teint, großen blauen Augen mit dichten Wimpern. Das schulterlange Haar, dunkelbraun und glänzend, hatte sie hinter die Ohren gestrichen. Sie trug eine verwaschene, fleckige Jeans und ein tiefblaues T-Shirt, das das Blau ihrer Augen noch hervorhob, die jetzt jedoch deutlich rot gerändert waren. Zu wenig Schlaf und wahrscheinlich viel geweint.
»Kim. O Gott, Kim.« Julie stieß ihren Freund beiseite und warf stürmisch die Arme um sie. Kim taumelte rückwärts, hielt aber die Balance. Mit dieser Reaktion hatte sie nicht gerechnet, schließlich war sie Julie nur wenige Male begegnet, als sie Laurels Betreuerin gewesen war. Aber bei diesen wenigen Malen hatten sie sich immer gut verstanden. Julie war aufgeweckt und clever und studierte im Hauptfach Theaterwissenschaft. Im Gegensatz zu Laurel – und auch zu Kim – war Julie äußerst extrovertiert. Sie sagte stets, was sie dachte, lockte andere gern aus der Reserve und angelte sich andauernd irgendeinen neuen Typen, wobei sie den Eindruck erweckte, nichts und niemanden richtig ernst zu nehmen. Kim hatte Julie immer um ihre sorglose Art und erfrischende Offenheit beneidet.
Jetzt war von der unbekümmerten jungen Frau nichts mehr zu spüren. Kim hoffte bloß, dass Julies Offenheit nicht auch verschwunden war.
»Ist das nicht furchtbar? Ich kann es einfach nicht fassen. Wir sind eben nach Hause gekommen. Wir haben überall gesucht, Dennis und ich. Ich bin dabei, ein paar Sandwiches zu machen … Obwohl ich bestimmt keinen Bissen runterkriege. Ich hab so Angst um Laurel …«
»Wieso bist du zurückgekommen?«, wollte Dennis wissen. Julie mischte sich ein. »Kim war doch Laurels Freundin. Sie …«
»Genau, und sie war Monicas Mitbewohnerin«, entgegnete Dennis höhnisch, aber kaum hatte er den Satz ausgesprochen, sah er den verletzten Ausdruck im Gesicht seiner neuen Freundin. Er besann sich und holte zittrig Luft, bevor er weitersprach.

»Tut mir leid, aber ... der Anblick von Kim ... ich hatte versucht, das alles zu vergessen, und jetzt taucht sie plötzlich hier auf ... und ...«
Julie streichelte ihm zärtlich die stoppelige Wange. »Das versteh ich«, sagte sie sanft. Erst da begriff Kim, dass Julies Gefühle für Dennis tiefer waren, als sie erwartet hatte.
Julie weinte leise an Dennis' Schulter. Und während Dennis Julie in den Armen hielt, waren seine tiefen graugrünen Augen noch immer gebannt auf Kim gerichtet.
»Du hast Nerven, hier aufzutauchen. Das muss ich dir lassen.« Sein Tonfall machte Kim deutlich, dass das nicht als Kompliment gemeint war.
Sie überging die Bemerkung und konzentrierte sich auf seine Freundin. »Julie, können wir uns unter vier Augen unterhalten?«
Julie hob ihr verweintes Gesicht von Dennis' Schulter.
»Kommt gar nicht in Frage«, sagte er, bevor Julie reagieren konnte. »Verzieh dich, Kim. Du machst alles nur noch schlimmer, als es schon ist.«
Ehe Kim oder Julie etwas sagen konnten, knallte Dennis Kim die Tür vor der Nase zu.
Kim blieb einige Sekunden lang wie erstarrt stehen, erschüttert und wütend zugleich.
Als sie sich schließlich umdrehte und die Treppe hinunterging, hörte sie eilige Schritte hinter sich. »Kim, warte.«
Es war Julie.
»Dennis kann manchmal ein echter Arsch sein«, gestand sie atemlos, als sie Kim einholte, die Augen noch glänzend vor Tränen. Als sie sich eine Strähne zurück hinters Ohr schob, sah Kim, dass ihre Hand zitterte. Julie bemerkte Kims Blick und zuckte mit den Schultern. »Zu viel Koffein.« Sie steckte die Hände in die Taschen ihrer Jeans.
»Warum bist du dann mit ihm zusammen?«, fragte Kim. Sie musste an die roten Striemen denken, die er ihr am Hals beigebracht hatte, als er sich auf der psychiatrischen Station nachts in ihr Zimmer geschlichen hatte. Damals war sie ans Bett geschnallt gewesen, wehrlos. Damals hatte er versucht, sie umzubringen ...

»Er kann auch toll sein. Ehrlich. Meistens ist er richtig lieb und zärtlich zu mir.« Julie klang so, als meinte sie das ernst.
Kim spürte ein ängstliches Kribbeln im Nacken. Hatte Dennis Julie schon öfter grob behandelt?
Hatte er auch bei Monica schon mal die Beherrschung verloren? War er schon mal richtig ausgerastet?
»Ich will mit dir reden«, sagte Julie nervös.
Kim blickte die Treppe hinauf.
Julie verstand ihren Blick. »Dennis ist im Bad und rasiert sich. Er muss in einer halben Stunde ins Krankenhaus und hat die ganze Nacht Dienst. Wir können uns später treffen. Ich geh nochmal los und mach mit beim Suchteam, bevor es zu … bevor es dunkel wird.«
»Sollen wir uns hier treffen?«
Julie schüttelte rasch den Kopf. »Besser in meiner Wohnung.« Sie verzog das Gesicht. »In der von mir und Laurel.«
»Ist das noch dieselbe Adresse?«
Julie nickte. »Prospect Nummer 17. Neun Uhr?«
»Ja. Bis dann.«
»Gut.« In Julies Stimme schwang hörbar Erleichterung mit. »Ich hab … der Polizei … nicht alles erzählt. Ich … bin … mir nicht sicher.«
Kim war froh, dass sie Zach Lynch im Auto hatte warten lassen. Wenn er mit hochgekommen wäre – wenn Julie auch nur wüsste, dass er sie hergebracht hatte und im Wagen wartete, hätte sie sich vielleicht nicht bereit erklärt, später mit ihr zu reden.
»Geh lieber wieder hoch«, sagte Kim.
Julie zögerte. »Dennis liebt mich wirklich. Aber … ich bin nicht Monica und werde es auch nie sein.« Sie zuckte die Achseln wie ein Kind, das sich mit dem zweiten Platz abfand.
Als Julie wieder die Treppe hinaufging, tat sie Kim zutiefst leid.

8

Ronnie Jackson war für eines von sechs Telefonen zuständig, die im Eingangsbereich der Mensa auf einem langen Holztisch aufgereiht waren. Links von ihr saßen zwei junge Burschen, rechts von ihr zwei Studentinnen und dann noch ein Student. An Säulen überall im Mensagebäude, einschließlich der beiden rechts und links vom Tisch, klebten große Plakate mit der Überschrift WER HAT DIESE STUDENTIN GESEHEN? Darunter prangte ein Foto von Laurel Geller, auf dem sie noch genauso aussah, wie Kim sie in Erinnerung hatte.

Ihr Blick fiel auf die Telefonnummer, die in großen roten Ziffern unter dem Foto abgedruckt war. Die Nummer der Hotline, so vermutete sie, über die die sechs Apparate vorn in der Mensa zu erreichen waren.

Ronnie, eine attraktive Afroamerikanerin mit einem makellosen Teint in der Farbe von Milchschokolade, großen, dunkelbraunen Augen, einer zarten Statur und sehr kurzen schwarzen Haaren, telefonierte gerade, den Stift schreibbereit über einem Blatt Papier. Aber sie notierte nichts, und ihr Gesichtsausdruck verriet Enttäuschung.

Kim sah, dass die Studentin an jedem Finger einen Ring trug. Und das Tattoo, das sich wie ein Armband um ihr Handgelenk schlang, bestand aus ineinander verflochtenen Kettengliedern. Kim musste genauer hinschauen, doch dann erkannte sie, dass es gar keine Kettenglieder waren, sondern Herzen. Und in jedem Herz war ein Buchstabe. L-A-U-R-E-L.

Ronnie legte auf. Die Enttäuschung, die ihr während des Telefonats anzusehen gewesen war, schlug um in Wut. »Scheiße«, zischte sie mit Blick auf Zach, der auf der anderen Seite des Tisches direkt vor ihr stand.

»Ich finde nach wie vor, dass ihr das den Profis überlassen solltet«, sagte er. »Wir haben eine groß angelegte Suche gestartet, schon den ganzen Tag sind Cops mit Spürhunden unterwegs, wir haben die Bevölkerung über Fernsehen und Rundfunk aufgerufen, sich im Polizeipräsidium zu melden, wenn jemand Informationen hat, und es rufen schon jede Menge Leute an.«

»Und? Habt ihr auch nur eine nützliche Information bekommen?«, sagte Ronnie mit leicht gedehntem Südstaatenakzent.

»Ihr denn?« Zachs Ton war eher mitfühlend als provokant.

Ronnie seufzte. »Nein. Aber Studenten sind gegenüber der Polizei schon mal leicht misstrauisch, das wissen Sie ja. Wenn einer Informationen hat, die uns weiterhelfen könnten, wird er eher bei uns anrufen. Wir kriegen jede Menge Anrufe, aber falls wir was hören, was auch nur annähernd wie ein sachdienlicher Hinweis klingt, geben wir das sofort an euch weiter.« Sie deutete mit einer Handbewegung auf ihre fünf Mitstreiter. Bei nur einer Studentin stand das Telefon still, und sie starrte gebannt auf den Apparat, als wollte sie ihn kraft ihres Willens zum Klingeln bringen.

Ronnies Blick glitt zu Kim, die neben Zach stand. »Studierst du auch?«

»Nicht mehr.«

Zach stellte Kim vor. »Das ist Kimberley Burke, Ronnie. Sie –«

Ronnies Augen wurden schmaler. »Ich weiß, wer sie ist.« Jeder Anflug von Freundlichkeit war aus ihrer Stimme verflogen. »Ich war noch nicht am Currier, als das passiert ist – ich war auf der Alhambra High School in Fayetteville, aber natürlich kam das auch bei uns in den Nachrichten. Und Laurel hat mir davon erzählt, als wir zusammen waren.« Ronnie stockte, blickte Kim eindringlich an. »Das heißt, sie hat überwiegend über dich geredet. Du warst mal ihre einzige richtige Freundin.«

Kim spürte, wie ihr Gesicht vor Scham heiß wurde. »Ich wünschte jetzt, ich wäre eine bessere Freundin gewesen.«

»Ja, tun wir das nicht alle?«, sagte Ronnie, und Kim begriff, dass sie nicht die Einzige war, die sich mit Schuldgefühlen herumschlug. Irgendwie fühlte sie sich dadurch mit der Studentin verbunden.

»Könnte vielleicht jemand ein paar Minuten für dich einspringen?«, fragte Kim. »Ich würde gern mal mit dir reden.«

»Reden ist Zeitverschwendung, finde ich.« Eine klare Abfuhr.

»Das ist doch Unsinn«, sagte Lynch. »Ich halte hier so lange die Stellung für Sie. Sie sehen aus, als könnten Sie eine Pause gebrauchen, Ronnie.«

Kim sah, dass die Studentin zögerte. Sie war sich nicht sicher, ob Ronnie einfach nicht mit ihr reden wollte oder ob es ihr nicht behagte, dass der Sheriff das Telefon bediente. Sehr wahrscheinlich beides.

Kim wollte schon die Hoffnung aufgeben, als Ronnie einem Kommilitonen mit langen Dreadlocks und einem großen Ohrring winkte und auf ihr Telefon deutete. Der Junge nickte und kam herüber.

»Ich bin in ein paar Minuten wieder da«, sagte sie zu ihm.

»Alles klar.« Das Telefon klingelte. Er beugte sich über sie und nahm ab.

Ronnie blieb noch so lange sitzen, bis sie sah, wie er die Stirn runzelte und den Kopf schüttelte. Dann blickte sie Zach Lynch an. »Sehen Sie sich doch mal die Infos an, die wir bisher gesammelt haben. Vielleicht fällt Ihnen ja irgendwas auf, was uns entgangen ist.«

Es klang zwar nicht so, als hielte Ronnie das für sehr wahrscheinlich, aber Lynch machte sich bereitwillig an die Arbeit.

Als Ronnie aufstand und dem Studenten ihren Platz überließ, sah Kim, dass sie kleiner war, als sie gedacht hatte, höchstens ein Meter sechzig. Als sie sich umdrehte, um ihren Pullover von der Stuhllehne zu nehmen, sah Kim den Aufdruck auf dem Rücken des T-Shirts – FRAUEN HABEN'S DRAUF.

Ronnie kam um den Tisch herum und winkte Kim, ihr zu folgen. Als sie durch den Eingangsbereich gingen, kamen zwei Studentinnen auf Ronnie zu, die Arme voll mit den gleichen Plakaten, die bereits an den Säulen klebten.

»Das ist der Rest«, sagte eine der beiden zu Ronnie.

Die andere sagte: »Das reicht dicke für den Teil vom Campus, wo noch nichts hängt.«

»Sollen wir auch welche in der Stadt verteilen?«, fragte die erste Studentin.

»Noch nicht«, sagte Ronnie, die offensichtlich die Suchaktion leitete, zumindest die auf dem Campus. Als die beiden Frauen Richtung Ausgang davoneilten, rief Ronnie ihnen nach: »Vergesst die Toiletten in den Wohnheimen nicht. Vor allem im Baskin House.«

Kim wandte sich Ronnie zu. »Wieso vor allem im Baskin House?«

Ronnie beantwortete die Frage nicht. »Ich muss eine rauchen. Gehen wir nach draußen auf den Rasen.« Sie fischte bereits eine etwas zerdrückte Marlboro-Packung aus der Hosentasche.

Kim nickte, sah zu, wie Ronnie eine Zigarette aus der Packung zog und sie sich hinter das mit etlichen Steckern geschmückte Ohr klemmte. Dann zog sie sich eine dicke, schwarze Strickjacke mit Zopfmuster über.

»Hübsch«, sagte Kim.

»Hat Laurel mir zum Geburtstag geschenkt.«

»War das vor eurer Trennung?«

Ronnies Mund mit den vollen Lippen zuckte, aber auch diese Frage blieb unbeantwortet.

9

Ronnie nahm einen langen Zug von ihrer Zigarette, legte dann den Kopf in den Nacken und blies langsam den Rauch aus. Der kühle Abendwind wehte die beißende Wolke in Kims Richtung. Kim hatte vor einigen Monaten mit dem Rauchen aufgehört, nachdem sie es sich kurz nach ihrer Flucht aus Danby wieder angewöhnt hatte. Aber Nate hatte es gar nicht gut gefunden, dass sie wieder rauchte, und beschwor sie ständig, doch wieder aufzuhören. Obwohl sie in seiner Gegenwart auf die Zigarette verzichtete, konnte er es stets an ihrer Kleidung, an ihrem Haar riechen. Schließlich hatte sie ihm den Gefallen getan.

Aber jetzt hätte sie wieder schwach werden können. Nicht, dass Ronnie ihr eine Zigarette angeboten hätte. Sie machte nicht den Eindruck, dass sie in der Stimmung war, Kim irgendetwas anzubieten.

Nach einem zweiten tiefen Zug senkte Ronnie leicht den Kopf und blickte Kim aus zusammengekniffenen Augen an. Die Straßenlampen im altmodischen Gaslaternenstil, die vereinzelt auf dem Rasen standen, spendeten genug Licht, dass Kim den zynischen Ausdruck der Studentin erkennen konnte.

»Du bist also aus deinem Elfenbeinturm hierhergekommen, um deine alte Freundin zu retten?«

»Ich möchte bloß irgendwie helfen«, sagte Kim. »Ich habe Laurel einmal im Stich gelassen –« Von Scham übermannt, sprach sie den Satz nicht zu Ende.

Ronnie hatte sich auf die Rückenlehne einer der grünen Bänke gesetzt, die zu Dutzenden den gepflegten Rasen säumten, und rauchte ihre Zigarette. Die weite quadratische Grasfläche wurde kreuz und quer von gepflasterten Wegen durchschnitten, die zu den altehrwürdigen weißen College-Gebäuden ringsherum führten.

Wieder kniff Ronnie die Augen zusammen. »Nur einmal?«

Kim zuckte zusammen. »Laurel hat dir erzählt … dass sie mehr als nur freundschaftliche Gefühle für mich hatte?«

Ronnie stieß ein kehliges Lachen aus. »Süße, sie war scharf auf dich.«

»Ich bin nicht so. Das wusste Laurel …«

»Mann, ich war auch mal nicht so.« Ronnie nahm wieder einen tiefen Zug von ihrer Zigarette, wollte wieder lachen, bekam aber vom Qualm einen Hustenanfall. Sie hielt eine Hand hoch, als wollte sie Kim davon abhalten, ihr zu Hilfe zu kommen, obwohl Kim, die vor der Bank stand, sich nicht gerührt hatte.

Als der Husten sich legte, schnippte Ronnie die Zigarette gekonnt auf den Rasen. »Schade, dass es gestern den ganzen Tag geregnet hat, sonst könnte ich einen Waldbrand legen und das verdammte College abfackeln.«

»Was hast du gegen das Currier?«

Ronnies Augen wurden groß. »Das fragst ausgerechnet du? Süße, die meisten hier wissen vor Spießigkeit, Hass und Vorurteilen gar nicht mehr wohin mit sich.«

»Vorurteile gegen Farbige?«

»Das auch. Aber ich meinte vor allem gegen uns Schwule und Lesben. Vor uns haben diese feinen, aufrechten Heteros nämlich eine Scheißangst, Mädchen. Tja, wenn wir alle schön brav wären und uns weiter verstecken würden, dann wär das hier wie beim Militär – keiner fragt was, keiner sagt was. Aber wir warten nicht ab, bis man uns fragt, Mädchen. Und wir sagen nicht nur was, wir werden richtig laut. Und das passt vielen nicht in den Kram, vor allem nicht diesen stinkreichen verklemmten Spießern von Ehemaligen, die mit ihrer Kohle das Currier finanzieren. Ja, für die sind wir auf dem Campus ein Riesenstörfaktor«, sagte Ronnie trocken.

»War Laurel auch ein Störfaktor?«

»Sie war Mitglied bei CGP. Currier Gay Pride. Ich bin die Vorsitzende. Laurel ist die Sekretärin. Wir haben fast hundert Mitglieder, Schwule, Lesben und sogar ein paar Heteros, die sich für gleiche Rechte und die Gleichbehandlung aller Studenten stark machen. Ach ja, und auch ein paar Dozenten unterstützen uns.«

»Dann hat es also Ärger gegeben?«

»Wir werden ständig schikaniert. Hass-E-Mails, üble Streiche. Wir sind sogar schon mit Scheiße beworfen worden.« Ronnie blickte Kim düster an. »Von ein paar Typen, die das richtig lustig fanden.«

Vor Ekel und Wut drehte sich Kim der Magen um. »Ich hoffe, ihr habt sie angezeigt.«

Ronnie musterte Kim einige Augenblicke lang, taxierte sie richtiggehend. »Bist du mit dem Sheriff befreundet?«, fragte sie schließlich.

»Ich kenn ihn kaum«, murmelte Kim. Was natürlich stimmte. Und doch gab es da irgendwie eine Verbindung, ob sie wollte oder nicht. Zach Lynch hatte sie gesehen, als sie besonders verletzlich war, hatte sie völlig aufgelöst erlebt. Die einfühlsame Art, wie er mit ihr in der verhängnisvollen Nacht gesprochen hatte, die Sanftheit, wie er sie aus dem Zimmer gebracht hatte, aus dem Haus des Grauens – das hatte sie nicht vergessen. Es stimmte, sie kannte ihn kaum, ja, aber ein Fremder war er für sie beileibe nicht. Kim hätte nicht sagen können, wie sie ihr Verhältnis zu Lynch benennen sollte. Und das bereitete ihr Kopfschmerzen. Sie war nicht nach Danby gekommen, um sich auf irgendwen in irgendeiner Form einzulassen. Und das schloss den Sheriff mit ein und ganz sicher Professor Joseph Sanger.

»Der ist nicht übel«, sagte Ronnie jetzt, »aber er ist noch ziemlich grün hinter den Ohren.«

Kim brauchte einen Moment, bis sie begriff, dass Ronnie von Lynch sprach.

»Jedenfalls, wie du sicher weißt, legt das College großen Wert auf seine Unabhängigkeit. Currier will nicht, dass die hiesige Polizei sich in College-Angelegenheiten einmischt. Und deshalb halten die Cops sich meist raus, um deine Frage zu beantworten. Ein paarmal hat sich der Sicherheitsdienst auf dem Campus eingeschaltet. Zum Beispiel letztes Semester, als die Sache mit der rumfliegenden Scheiße passiert ist. Das waren Typen aus einer von den Studentenvereinigungen, die uns schon länger auf dem Kieker hatten. Die können uns absolut nicht ausstehen, aber was sie richtig auf die Palme gebracht hat, waren unsere Gruppentreffen im Norris House, direkt nebenan bei ihnen.«

Ronnies Miene wurde finster. »Jedenfalls, einer von uns hat die Sicherheitsleute gerufen, als wir so unappetitlich beworfen wurden, und die waren prompt zur Stelle und haben der Sache ein Ende bereitet. Sie haben die drei Hauptanstifter sogar gemeldet. Zwei Wochen später wurden sie vor den Dekan zitiert und alle drei für den Rest des Semesters suspendiert.«

»Da waren sie doch bestimmt stinksauer«, sagte Kim. »War Laurel dabei, als ihr mit Scheiße beworfen wurdet?«

»Und ob sie dabei war.« Ronnies Mund verzog sich zu einem breiten Lächeln, in dem ein Anflug von Stolz durchschien. »Sie ist so wütend geworden, dass sie sich einen Stuhl geschnappt hat und einem von den Arschlöchern damit eins übergebraten hat. Der Typ hat ganz schön was abgekriegt.«

Das Lächeln der Studentin verschwand. »Danach war sie aber richtig fertig. Erst recht, als der Scheißkerl ihr in einer E-Mail gedroht hat, sie wegen Körperverletzung anzuzeigen.«

»Und hat er?«

»Nein. Wahrscheinlich hat er eingesehen, dass das nicht viel gebracht hätte. Zumal er einer von den dreien war, die suspendiert wurden.« Ronnie warf einen Blick auf ihre Uhr. »Ich muss langsam wieder zurück.«

»Wann hatte Laurel eigentlich ihr Coming-out?«, fragte Kim, um Laurels Ex noch ein wenig zurückzuhalten.

Ronnie zündete sich eine neue Zigarette an. Zumindest dachte Kim das, bis ihr der unverkennbare Geruch von Marihuana in die Nase stieg. Ronnie kniff ein Auge zu, als sie den Rauch ausblies, und betrachtete Kim herausfordernd mit dem anderen. »Verpfeifst du mich jetzt bei deinem Sheriff?«

Kim verschränkte die Arme vor der Brust. »Quatsch, lass mich lieber mal ziehen.«

Ronnie hielt das eine Auge weiter geschlossen, doch das Funkeln in dem anderen verriet Kim, dass sie ein paar Pluspunkte gemacht hatte. Ronnie reichte ihr den Joint, und nach kurzem Zögern nahm Kim einen vorsichtigen Zug. Mann, tat das gut. Dann sah sie, wie eindringlich Ronnie sie beobachtete. »Ich war mal auf Droge. Ich muss aufpassen«, gab sie zu.

»Spinnst du, Mädchen? Gib sofort die Tüte her.« Ronnie riss ihr den Joint aus den Fingern. »Du musst klar im Kopf sein, wenn du uns helfen willst, Laurel zu finden.«

Kim spürte eine Welle von unvorstellbarer Dankbarkeit, als Ronnie das sagte. Als wäre sie in einen exklusiven Club aufgenommen worden, der Leuten wie ihr bislang verschlossen gewesen war.

In ihrer Euphorie beschloss Kim, ein Risiko einzugehen. »Laurel war mit jemandem zusammen, nachdem ihr zwei euch getrennt hattet.«

Schlagartig war die Studentin wieder auf der Hut. »Woher weißt du das?«

»Weißt du, mit wem?«

»Nein.« Aber Ronnies Antwort kam einen Tick zu schnell. Entweder sie wusste es oder sie hatte einen Verdacht.

Kim hakte nach. »Jemand aus dem Baskin House?« Das war das einzige Wohnheim ausschließlich für Studentinnen. Alle anderen waren gemischt.

»Laurel war oft dort. Mehr weiß ich nicht.«

Sie sah, wie Ronnie sich über das Handgelenk strich, das mit dem Tattoo.

»Du liebst sie immer noch.«

Ronnie blickte Kim an. »Stimmt. Aber selbst wenn es nicht so wäre, zu denen, die ich mal geliebt habe, steh ich auch weiterhin, es sei denn, sie missbrauchen meine Loyalität. Was Laurel nie getan hat.«

Kim lächelte sanft. »Nein, das kann ich mir auch nicht vorstellen.«

»Zu deiner Frage, wann Laurel ihr Coming-out hatte.« Ronnie drückte ihren Joint aus und steckte den Stummel in die Zigarettenschachtel. »Das haben wir eigentlich deinem Freund zu verdanken.«

»Ich hab dir doch gesagt, der Sheriff –«
»Den meine ich nicht. Ich meine diesen Kotzbrocken von Professor, auf den du damals so scharf warst. Oder willst du abstreiten, dass Sanger dein Liebhaber war?«
»Woher …?« Kim, die von dem Zug an dem Joint nicht viel spürte, hätte am liebsten noch einen genommen. Und einen dritten.
»Von Laurel.«
Kim war erstaunt, dass Laurel von ihr und Joe gewusst hatte.
»Wie gesagt, Laurel hat viel über dich gesprochen. Nicht mehr so viel, als wir dann zusammen waren, aber vorher, als wir befreundet waren. Gute Freundinnen erzählen sich solchen Kram.«
»Was meintest du vorhin, als du gesagt hast, ihr hättet es Sanger zu verdanken, dass –?«
»Ihm hat Laurel es zuerst gesagt.«
»Wieso denn das?«
»Dreimal darfst du raten«, erwiderte Ronnie und blickte Kim jetzt mit weit offenen Augen an.
»Er hat sie angebaggert?«
»So könnte man es ausdrücken.«
»Wie würdest du es denn ausdrücken, Ronnie?«
»Vielleicht so. Eines Abends hat er Laurel gebeten, länger zu bleiben, um ihm bei einem Vortrag zu helfen, den er auf irgendeiner blöden Konferenz halten sollte. Dann erzählte er ihr, er könnte im Büro nicht so gut denken und würde lieber zu Hause arbeiten. Ob es ihr was ausmachen würde. Er schlug vor, eine Kleinigkeit zum Abendessen zu machen, und dann würden sie gleich loslegen.«
»War seine Frau nicht zu Hause?«, unterbrach Kim sie.
Ronnie schien von der Frage überrascht. »Weißt du das nicht? Seine Frau hat ihn verlassen.«
»Wann?«
»Nach dem, was ich gehört habe, höchstens ein paar Wochen nach dem Mord an den beiden Studentinnen.« Ronnie sah aus, als wollte sie noch mehr sagen, aber sie tat es nicht.
Kim hatte das Bedürfnis, sich hinzusetzen.

»Willst du den Rest hören?«, fragte Ronnie.
Kim nickte.
»Ich mach's kurz«, sagte Ronnie, in deren ernstem Gesicht Wut und Ekel miteinander wetteiferten. »Sie haben was gegessen, getrunken – vor allem Sanger, der den Scotch wie Wasser in sich reingeschüttet hat – und dann sagte er, er würde sich was Bequemeres anziehen. Und ehe Laurel wusste, wie ihr geschah, kam der Typ splitternackt ins Zimmer. Die arme Laurel war wohl so verdattert, dass sie sich nicht von der Stelle rühren konnte. Und was macht unser guter Professor? Er schnappte sie sich, um sie ins Schlafzimmer zu tragen. Zum Glück war er vom Alkohol so wackelig auf den Beinen, dass er das Gleichgewicht verloren hat. Laurel konnte sich losreißen – inzwischen war sie stinkwütend – und als sie zur Haustür gerannt ist, hat sie geschrien: ›Ich bin lesbisch, du Arschloch.‹«
»Kein Wunder, dass sie ihren Job bei ihm geschmissen hat«, sagte Kim, mit Wut und Schmerz in der Stimme. Und Ekel. Der Mann war wirklich ein Kotzbrocken. Wie hatte sie nur auf ihn hereinfallen können?
Ein kleines Lächeln schlich sich auf Ronnies Lippen. »Sobald sie es einmal ausgesprochen hatte, kannte Laurel kein Halten mehr und hat es praktisch jedem, ob er es hören wollte oder nicht, unter die Nase gerieben.« Das Lächeln verschwand, wich einer Mischung aus Bewunderung und Traurigkeit. »Echt, sie war erstaunlich.«
Kim hörte erschüttert, dass Ronnie in der Vergangenheit sprach. Tat sie es, weil ihre Beziehung zu Laurel vorbei war oder weil sie glaubte, dass ihre Exfreundin tot war?
Bevor Kim dazu kam nachzufragen, sprang Ronnie jäh von der Bank. Trotz ihres Übergewichts bewegte sie sich anmutig. »Ich muss wieder zurück. Wer weiß, vielleicht hat ja tatsächlich jemand angerufen, der nützliche Infos –«
Sie war schon an Kim vorbei, die noch auf der Bank saß, als dieser noch ein Gedanke kam. »Ronnie«, rief sie. »Warum hast du dem Sheriff die Geschichte mit Laurel und Sanger nicht erzählt?«
»Ich musste ihr versprechen, dass ich es keinem erzähle. Sie

schreibt bei ihm noch eine wichtige Hauptseminararbeit, und wenn sie den Schein nicht kriegt, kann sie einpacken.«
»Ich glaube, das Versprechen wirst du jetzt brechen müssen«, sagte Kim mit Nachdruck.
Die Studentin blickte sie an. »Ja, das hab ich mir auch schon gedacht.«
Plötzlich fiel Kim noch etwas ein.
»Die drei Typen, die suspendiert wurden – sind die dieses Semester wieder da?«
»Zwei von ihnen sind auf ein anderes College gewechselt. Nur einer ist wieder da. Alan Taylor. Aber er ist aus der Studentenvereinigung geflogen.« Ronnie seufzte. »Wenigstens ein kleiner Trost.«
Kim sah Ronnie nach, die mit raschen Schritten zurück zur Mensa ging, doch in Gedanken war sie woanders.
Alan Taylor. Irgendwo hatte sie den Namen schon mal gehört. Und dann fiel der Groschen.
»Ronnie, Moment noch.« Kim lief ihr nach. »Alan Taylor.«
»Ja? Was ist mit dem?«
»Er hat direkt nebenan von mir gewohnt, als ich am Currier war.«
»Du Glückspilz«, sagte Ronnie trocken.
»Hat er irgendjemanden aus eurer Gruppe schikaniert, seit er wieder zurück ist?«
»Du meinst, ob er Laurel schikaniert hat? Sie hat ihm doch mit dem Stuhl eins übergebraten.«
Die beiden Frauen blickten einander stumm an.
»Komisch«, sagte Ronnie schließlich, »und ich meine nicht komisch im Sinne von witzig, aber genau dieser kleine Scheißkerl hat meiner Meinung nach ernsthafte Probleme mit seiner Geschlechtsidentität.«

10

Kim blieb noch stehen, während Ronnie weiter zur Mensa ging. In ihrem Kopf herrschte ein einziges Chaos. In der kurzen Zeit, seit sie wieder in Danby war, war sie mit Informationen überhäuft worden, die aus allen Richtungen auf sie einströmten. Die feindselige Begegnung mit Dennis Parker, Julie, die ihr Dinge erzählen wollte, die sie der Polizei verschwiegen hatte, Ronnie, die ihr von Joe Sangers Zudringlichkeiten gegenüber Laurel erzählt hatte, dann Alan Taylors Beteiligung an der Fäkalattacke und Laurels Angriff auf ihn mit dem Stuhl, was ihn vielleicht nicht nur erbost hatte, sondern womöglich auch eine Demütigung vor den anderen aus seiner Studentenvereinigung gewesen war. Obendrein war Taylor nicht nur suspendiert worden, wovon seine Eltern bestimmt nicht begeistert gewesen waren, sondern er war nach seiner Rückkehr in diesem Semester auch noch aus der Vereinigung geflogen.

Wenn jemand Laurel Geller hasste, dann Alan Taylor. Wusste Zach bereits über Taylor Bescheid? Hatte er den Studenten vernommen?

Kim sah auf die Uhr. Schon zwanzig nach acht. Vielleicht schaffte sie es ja noch, Taylor einen kurzen Besuch abzustatten, ehe sie sich um neun mit Julie traf. Kim beschloss, allein hinzugehen. Sowohl Ronnie als auch Julie hatten angedeutet, dass Studenten sich nicht gern mit der Polizei unterhielten. Allein würde sie aus Taylor vielleicht mehr rauskriegen. Da Zach bestimmt jeden Augenblick aus der Mensa kommen würde, um sie zu suchen, musste sie sich beeilen.

Sie überquerte gerade den Rasen auf einem der gepflasterten Wege, um in einem der Wohnheime nachzufragen, wo Taylor wohnte, als sie hinter sich Schritte hörte, die rasch näher kamen. Kim war sicher, dass es Zach war.

Innerlich seufzend, blieb sie stehen, um auf ihn zu warten, und nahm sich vor, ihm irgendeinen Blödsinn zu erzählen, dass sie müde sei und ins Bett wolle. Schließlich wusste er ja nichts von ihrer Verabredung mit Julie um neun …

Als die Schritte schon ganz nah waren, wollte sie sich umdrehen, um ihm ihre Geschichte aufzutischen.

Doch sie kam nicht mehr dazu. Urplötzlich legte sich ihr von hinten ein Arm um den Hals, und sie wurde gegen einen harten Körper gezogen. Ein Männerkörper, da war Kim sich ganz sicher. Instinktiv griff sie mit beiden Händen nach dem Arm, der sie umklammerte, und versuchte, ihn von ihrer Gurgel wegzuziehen. Sie konnte angespannte Muskeln unter einem Sweatshirt spüren. Nie im Leben würde sie sich aus dem Schraubstock befreien können, der sie festhielt.

Sie konnte sich zwar nicht bewegen, aber der Arm schnürte ihr nicht ganz die Luft ab. Sie konnte atmen, wenn auch mit Mühe.

Selbst in ihrer Panik hatte sie wieder vor Augen, wie Dennis Parker in der Nacht im Krankenhaus versucht hatte, sie zu erwürgen.

Aber hatte er jetzt nicht Dienst im Krankenhaus? Nachtschicht?

Eine heftige Windböe wirbelte Laub auf, das ihr um die Füße flog. Kim grub die Finger in den Arm des Mannes, verfluchte ihre hässliche Angewohnheit, Nägel zu kauen. Lange, scharfe Nägel hätten ihr jetzt vielleicht helfen können.

Blödsinn. Das Einzige, was sie retten würde, wäre eine Pistole oder ein Messer. Oder wenn Zach Lynch auftauchen würde. Wo zum Henker steckte er denn bloß? Jetzt würde sie alles dafür geben, wenn der Sheriff angerannt käme.

Doch der Arm hielt weiter ihren Hals umschlossen. Kim spürte, wie sich die Brust ihres Angreifers bei jedem Atemzug hob und senkte. Wer immer es war, wenn er sie hier und jetzt umbringen

wollte, würde ihn das nicht die geringste Anstrengung kosten. Wollte er sie vorher quälen? Wollte er sie leiden lassen?
Hatte Laurel Geller denselben muskulösen Arm an der Kehle gespürt?
Harter, heißer Atem an ihrem Ohr ließ ihre Gedanken erstarren.
»Miststück.«
Einen Augenblick lang – ein Augenblick, der ihr wie eine Ewigkeit vorkam – drückte der Arm zu, und Kims schmerzhafter, verzweifelter Atemzug blieb ihr im Hals stecken. Sie war sicher, dass es ihr letzter sein würde. Und dass er ihre Lunge niemals erreichen würde.
Der Druck in ihren Augen nahm zu – weiße Funken blitzten – das allerletzte Licht, das sie noch sehen würde.
Wie bereitet man sich auf den Tod vor?
Dafür war keine Zeit mehr.
Vielleicht war es gut so …
Und dann, so plötzlich, wie der Arm sich ihr um den Hals geschlungen hatte, ließ er auch wieder los.
Es ging so abrupt, dass Kim nach vorne taumelte, auf Gummibeinen, die viel zu schwach waren, um sie zu tragen. Kim knickte ein und schlug mit den Knien hart auf die Pflastersteine auf. Sie hörte, wie ihr Angreifer davonlief, und wollte sich noch nach ihm umdrehen, doch dann beugte sie sich unwillkürlich vor und musste würgen, was den scharfen, heißen Schmerz in ihrer Kehle noch verstärkte.
Als sie es schließlich schaffte, einen Blick nach hinten zu werfen, sah sie niemanden davonlaufen. Im Gegenteil, sie sah einen Mann auf sich zugerannt kommen, aus Richtung Mensa. Eine Schrecksekunde lang dachte Kim, es wäre ihr Angreifer, der zurückkam, um sie diesmal wirklich zu töten.
Doch dann erkannte sie Zach Lynch. Er kam zu ihr gelaufen, und erneut ging er neben ihr in die Hocke, wie in jener Nacht vor langer Zeit. Und erneut war sie ein zitterndes Häufchen Elend.
»Was ist passiert? Ist Ihnen schlecht geworden?«, fragte Zach.
Kim wollte ihm schon erzählen, was passiert war. Doch dann überlegte sie es sich anders. Wenn der Sheriff erfuhr, dass ihr

Leben in Gefahr war, würde er niemals zulassen, dass sie ihre Nachforschungen fortsetzte. Er würde Nate und Anne informieren, und die beiden würden sie bedrängen, wieder abzureisen. Und falls sie sich weigerte, würden sie sie nicht mehr aus den Augen lassen. Genau wie der Sheriff.

Aber sie konnte jetzt nicht aufhören. Sie war ehrlich überzeugt, dass sie möglicherweise die Einzige war, die etwas über die Umstände von Laurels Verschwinden in Erfahrung bringen konnte.

Was nicht hieß, dass sie keine Angst hatte. Der Überfall hatte ihr eine Heidenangst eingejagt. Aber genau darum war es dem Angreifer ja vermutlich gegangen. Jedenfalls hoffte sie das.

»Kim? Sagen Sie doch was.« Zach klang richtig besorgt.

»Ich hab wohl irgendwas Falsches gegessen«, murmelte sie, stülpte sich die Kapuze ihres Sweatshirts über den Kopf und zog die Kordel fest, um die gerötete Haut an ihrem Hals zu verdecken. Dann, als ihr einfiel, dass Zach ja dabei gewesen war, als sie ihr sogenanntes Abendessen gar nicht angerührt hatte, fügte sie hinzu: »Nate und ich waren heute zum Brunch in einem Restaurant in Brooklyn ...« Sie verzog das Gesicht und ließ es dabei bewenden.

Zach half ihr vorsichtig auf die Beine. »Soll ich Sie ins Krankenhaus bringen?«, fragte er fürsorglich. »Vielleicht sollten Sie sich lieber untersuchen lassen.«

Sie war kurz geneigt zuzustimmen, denn dann würde sie überprüfen können, ob Dennis Parker tatsächlich Nachtschicht hatte. Aber wenn ein Arzt sie untersuchte, würde er ihren geröteten Hals sehen, und das wollte Kim auf jeden Fall vermeiden.

Mit aller Willenskraft zwang sie ihre Beine, sie aufrecht zu halten. »Mir geht's schon besser. Wirklich«, beteuerte sie, als sie den skeptischen Blick des Sheriffs sah.

»Wie Sie meinen«, sagte er. »Dann fahr ich Sie zum Hotel. Nate hat gesagt, er wollte Zimmer im Canterbury besorgen.«

»Also, ich hab ... ähm ... Ronnie schon versprochen, ich würde für zwei Stunden Telefondienst machen, in der Mensa.«

»Ich weiß nicht, ob das –«

»Das ist das Mindeste, was ich tun kann, Zach.« Sie spürte, dass sie ihn überredet hatte. Durch ihren ernsten Tonfall und dadurch, dass sie ihn beim Vornamen genannt hatte. So verängstigt und besorgt sie auch war, sie hatte dennoch Schwingungen wahrgenommen, die vom Sheriff ausgingen und nicht unbedingt professioneller Natur waren. Sandte sie vielleicht ähnliche Schwingungen aus? Mit der Frage wollte sie sich lieber gar nicht befassen.

»Na schön«, sagte er widerwillig, »ich bring Sie hin.«

Kim protestierte nicht. Es war nicht auszuschließen, dass der Mann, der sie hinterrücks überfallen hatte, noch irgendwo im Dunkeln lauerte. Und wie auch immer ihre Gefühle für Sheriff Zach Lynch geartet sein mochten, sie fühlte sich auf jeden Fall sicherer, wenn er bei ihr war.

11

Sobald sie die Mensa betraten, sagte Kim zu Zach, sie müsse mal zum Klo.
Er nickte, machte aber keinerlei Anstalten, sich zu verabschieden.
»Sie müssen nicht warten. Ich fühl mich schon besser, will mich nur schnell etwas frisch machen. Ronnie hat gesagt, sie setzt mich anschließend am Hotel ab.« Kim hoffte inständig, dass Lynch sich nicht noch Bestätigung von der Studentin holen würde.
»Alles klar.« Aber er rührte sich noch immer nicht von der Stelle, sondern zückte stattdessen sein Portemonnaie.
»Ich hab Geld dabei, Zach.«
Er schmunzelte und zog eine Visitenkarte heraus. »Auf der Rückseite steht meine private Handynummer. Sie können Tag und Nacht anrufen.«
Sie nahm die Karte und steckte sie ein. »Danke.«
»Ronnie hat mir erzählt, dass Sanger Laurel sexuell belästigt hat«, sagte er, als sie sich gerade abwandte.
Sie blickte ihn an. »Tja, das überrascht Sie wahrscheinlich nicht.«
»Überrascht es Sie?«
Sie spürte, wie ihr die Hitze ins Gesicht stieg.
Zach ersparte ihr die Antwort. »Haben Sie sonst noch was von Ronnie erfahren?«
Kim schüttelte den Kopf. Von der Sache mit Taylor hatte Ronnie ihm offenbar nichts erzählt, was ihr noch die Möglichkeit

ließ, zuerst mit dem Studenten zu sprechen. Die Zeit wurde allerdings langsam knapp, und wenn sie die Verabredung mit Julie einhalten wollte, würde sie den Besuch bei Taylor wohl auf später verschieben müssen.

Sie sah Zachs besorgte Miene. War er enttäuscht oder spürte er, dass sie log?

Sein Handy klingelte.

Gut, dachte Kim und nutzte die Gelegenheit, endlich zu gehen. Doch sie hatte nur wenige Schritte zurückgelegt, als Zach sie zurückrief und ihr sein Handy entgegenhielt.

»Es ist Nate.«

»Mist«, murmelte Kim leise und drehte sich widerwillig um.

»Wo bist du?«, lautete Nates erste, offensichtlich besorgte Frage.

Sie erzählte es ihm und versuchte, ihn damit zu beruhigen, dass der Sheriff ja bei ihr sei.

»Bleib, wo du bist«, sagte er zu ihr. »Anne holt dich ab.«

»Das ist wirklich nicht nötig. Ich bin kein Kind mehr, Nate«, fauchte Kim. Doch wie immer meldete sich prompt ihr schlechtes Gewissen. Nate Shapiro liebte sie mit absoluter Unerschütterlichkeit. Und mit dieser Liebe ging nun mal auch Sorge einher. Ob es ihr gefiel oder nicht. Aber das war ein kleiner Preis.

»Im Ernst, Anne braucht nicht zu kommen. Ich werde mitgenommen.« Sie wusste, dass Nate beruhigt gewesen wäre, wenn sie sagen würde, dass Lynch sie zurückbringen würde, aber sie hatte dem Sheriff ja schon gesagt, dass Ronnie sie später am Hotel absetzen würde. Die Lügen häuften sich, und Kim dröhnte allmählich der Kopf davon. Das und der Schmerz in der Kehle bei jedem Schlucken hätte sie fast bewogen, tatsächlich zum Hotel zu fahren, um früh ins Bett zu gehen.

Aber wenn sie die Verabredung mit Julie verschob, könnte die es sich anders überlegen. Kim fragte sich, ob Julie auch über den Vorfall zwischen Laurel und Sanger Bescheid wusste.

»Fünf Minuten, Kim. Warte draußen auf Anne.« Nate Shapiro war nicht bloß liebevoll besorgt. Er war auch ein Sturkopf.

Kim seufzte. Mit dem Mann war einfach nicht zu diskutieren. Aber sie wollte ihn auch nicht belügen. Daher sagte sie nichts, sondern legte einfach auf. Sie würde später erklären, warum sie nicht mehr da gewesen war.

Sie gab Zach das Handy zurück. »Ich verschwinde mal eben zum Klo, bevor Anne kommt.«

»Ich warte draußen auf Sie. Lassen Sie sich ruhig Zeit.«

Kim zögerte. »Zach, bitte sagen Sie Anne nicht … dass mir schlecht geworden ist. Sie sagt es dann Nate und …«

»Ich schweige wie ein Grab.« Er hielt ihr die Hand hin. Instinktiv wich Kim zurück, was ihr augenblicklich leidtat. Zach Lynch war von Anfang an immer nur nett gewesen. So eine Reaktion hatte er nicht verdient.

Er hatte seine Hand schon wieder sinken lassen, als sie ihm ihre entgegenstreckte. Einen Moment lang blickte er darauf, als wolle er sichergehen, dass er die Geste richtig deutete. Dann ergriff er sie.

»Danke für alles, Zach.« Die Berührung machte sie nervös, doch sie versuchte mit aller Kraft, sich nichts anmerken zu lassen. Wie sollte er verstehen, dass es nichts Persönliches war? Seit anderthalb Jahren mied sie – außer bei Nate – jeden auch noch so harmlosen Kontakt zu Männern.

Aber Zach nahm ihr Unbehagen ebenso wahr wie ihre Anstrengung, es zu kaschieren. Er hätte ihre Hand sofort loslassen sollen, doch er konnte dem Drang nicht widerstehen, ihr vorher noch zu sagen: »Sie können mir vertrauen, Kim.«

Als Kim danach zur Toilette eilte, dachte sie unwillkürlich, dass Zach Lynch das, was er soeben gesagt hatte, ernst meinte.

Aber Kim hatte längst die Hoffnung aufgegeben, je wieder einem Menschen vertrauen zu können. Schon gar keinem Mann. Und das, was sie vorhin über Joseph Sanger erfahren hatte, bestätigte sie in diesem Gefühl.

Als sie die Tür zur Damentoilette öffnete, warf sie einen Blick zurück in die Eingangshalle und sah, wie Zach das Gebäude verließ. Sie schloss die Tür wieder, lief dann ans Ende des Korridors und durchs Treppenhaus ins Untergeschoss, von wo sie auf den Parkplatz hinter der Hamilton Hall gelangte. Sie schaute auf die Uhr. Zwanzig vor neun.

Bis zur Prospect Street war es etwa eine Meile. Der Himmel

war dunkel und nahezu sternenlos, aber der Parkplatz war hell beleuchtet, wie fast der gesamte Campus. Kim nahm eine Reihe von abgestellten Fahrrädern in Augenschein, doch sie waren alle angekettet.

Sie würde zu Fuß gehen müssen. Es hatte mal eine Zeit gegeben, als sie locker in fünfzehn Minuten eine Meile gegangen war, und in sieben gelaufen. Aber sie war außer Form, da sie seit ihrem Weggang aus Danby keinen Sport mehr getrieben hatte. Außerdem pochten ihr die Knie von der unsanften Landung auf dem Boden, als ihr Angreifer sie losgelassen hatte. Und ihre Kehle brannte bei jedem Atemzug.

Aber was blieb ihr anderes übrig?

Im selben Augenblick hörte sie rechts von sich ein Auto anspringen. Die Rückfahrscheinwerfer gingen an, und ein kleiner roter Pick-up setzte aus einer Parklücke. Ein Student, der nach Hause wollte. Vielleicht würde er sie ja ein Stück mitnehmen.

Kim stellte sich dem Wagen in den Weg und winkte.

Der Fahrer bremste, und Kim lief rasch auf die Beifahrerseite, riss die Tür auf und kletterte auf den Sitz, bevor der Typ am Steuer ein Wort sagen konnte.

»Danke. Hör mal, es ist ein Notfall. Eine Freundin von mir ist krank, und mein Wagen ist nicht angesprungen. Ich muss zur Prospect Street. Ist nur ein Katzensprung. Da hinten rechts in die Elm Street und dann –« Der Rest des Satzes blieb Kim im Halse stecken, als der Fahrer ihr das Gesicht zudrehte. Ihr klappte der Unterkiefer runter.

»Hallo, Kim. Erinnerst du dich noch an mich?«

12

»Tom.« Sie stieß seinen Namen gepresst hervor.

»Wieso bist du so überrascht, mich zu sehen? Ich hab dir damals doch gesagt, dass ich Danby nicht verlasse, ehe ich den Namen meines Bruders nicht reingewaschen habe.«

Kims Hand glitt verstohlen zum Türgriff. Doch Tom Roeder hatte wohl gemerkt oder geahnt, dass sie aus dem Wagen wollte, denn er trat so fest aufs Gaspedal, dass sie in den Sitz gedrückt wurde.

»Wer ist denn die kranke Freundin, zu der du auf der Prospect Street willst?« Doch er lieferte die Antwort gleich mit. »Ach ja, das ist doch die Straße, auf der die verschwundene Studentin wohnt. Hab mir schon gedacht, dass du ihretwegen hier wieder auftauchen würdest.«

Kims Magen krampfte sich zusammen. »Hast du was mit Laurels Verschwinden zu tun, Tom?« Hatte Scotts Bruder Laurel benutzt, um sie wieder nach Danby zu locken?

Tom bog rasant von dem Parkplatz auf die Straße. Ein Reifen geriet auf den Bordstein, und Kim wurde gegen ihn geschleudert.

»Bitte halt an, Tom.« Sie richtete sich rasch wieder auf. Ihre Augen huschten zu seiner Windjacke. Trug er darunter ein Sweatshirt? Hatte er sie vielleicht vorhin auf dem Rasen überfallen? Hatte er sie verfolgt, seit sie wieder in Danby war? Sie fröstelte vor Angst.

»Ich dachte, du wolltest ein Stück mitgenommen werden.«

»Wo ist Laurel, Tom?« Verzweiflung füllte ihre Stimme.

»Da fragst du den Falschen«, entgegnete er.
»Wer wäre denn der Richtige?«
»Aber du kannst mich fragen, wie ich mit meinen Nachforschungen vorankomme, Kim. Oder willst du das lieber nicht wissen? Für dich ist es wahrscheinlich einfacher zu glauben, dass Scott deine Mitbewohnerinnen umgebracht hat. Der arme Scott mutiert aus Verzweiflung darüber, dass seine Liebe nicht erwidert wird, zu einem mordhungrigen Unmenschen und hängt sich dann auf, um nicht die Zeche zahlen zu müssen.«
»Einfacher?« Kims Angst wurde von Zorn verdrängt. »Seit … seit der Nacht damals war für mich gar nichts einfach. Und ich denke, das weißt du genau.«
»Ich?«
»Ich würde alles dafür geben, wenn ich es irgendwie ungeschehen machen könnte.«
»Du kannst es nicht ungeschehen machen, aber du kannst es richtigstellen.«
»Wie denn?«
»Indem du mir hilfst, ihn zu überführen.«
»Wen überführen? Wovon redest du, Tom?«
Er fuhr viel zu schnell, hielt das Lenkrad fest umklammert. Als sie seine Hände sah, an denen die Knöchel weiß hervortraten, hatte Kim nur den einen Gedanken, dass er mit ihrem Hals vielleicht das Gleiche machen würde wie mit dem Lenkrad, wenn sie nicht aus dem Wagen rauskam. Aber er fuhr jetzt beinahe hundert. Und er war soeben an der Elm Street vorbeigebraust, sodass sie die Hoffnung aufgeben musste, dass er sie zur Prospect Street bringen würde. Die Verabredung um neun mit Julie konnte sie also vergessen. Vielleicht würde sie nie mehr zu irgendeiner Verabredung gehen, dachte Kim panisch. Wenn sie Scott einmal für labil gehalten hatte, dann stellte sein älterer Bruder ihn bei weitem in den Schatten.
Sie näherten sich einer Kreuzung mit Stoppschild, doch Tom verlangsamte das Tempo nicht. Kim kreischte auf, als ein Pkw aus der Vorfahrtsstraße auftauchte, und hob instinktiv die Hände vors Gesicht, überzeugt, dass eine Kollision unvermeidlich war. Doch Tom beschleunigte, statt zu bremsen, und wich dem

Wagen gekonnt aus. Der Fahrer, der um Haaresbreite einem schlimmen Unfall entgangen war, drückte auf die Hupe.
Tom reagierte nicht. Er fuhr mit unvermindertem Tempo weiter, als wäre nichts gewesen. Ein Mann in seiner eigenen Welt.
»Bitte, fahr langsamer«, flehte Kim.
Tom hörte nicht auf sie. »Er hat sie umgebracht. Er hat alle drei umgebracht. Und er hat wahrscheinlich auch die Studentin umgebracht, die vermisst wird.«
»Laurel? Wer soll sie umgebracht haben –?«
»Dein Lover natürlich. Der Scheißkerl, wegen dem du meinen Bruder damals abserviert hast.« Er lachte hässlich auf. »Und alle haben Scotty für irre gehalten. Und die ganze Zeit läuft der wahre Killer frei herum.«
»Wenn du Joe meinst –«
Wieder fiel Tom ihr ins Wort. »Ich hab in den letzten anderthalb Jahren eine Menge rausgefunden. Ich hab das Monster regelrecht studiert. Ich hab seinen Müll durchwühlt, ich bin in sein Haus eingebrochen und hab seine Schubladen durchsucht, ich hab mich sogar an seine Frau rangemacht, nachdem sie ihn schlauerweise verlassen hatte. Und ich hab sie rumgekriegt. Schon erstaunlich, wie gesprächig Frauen im Bett werden können.« Er warf ihr einen Blick zu, und ein verschlagenes Lächeln huschte über seinen Mund.
Kim wusste nicht, was sie mehr verblüffte: Toms intimes Geständnis oder die Tatsache, dass er überhaupt was mit einer Frau angefangen hatte. Nach allem, was Scott ihr über seinen Bruder erzählt und was sie selbst beobachtet hatte, war sie überzeugt gewesen, dass Tom sich eigentlich für niemanden interessierte, sondern nur für Autos. Und für seinen kleinen Bruder. Vielleicht hatte Tom Roeder ja doch eine Seite, die sie nie kennengelernt hatte.
Er bog abrupt in die Litchfield Road. Sie waren jetzt am Rande der Stadt, in einer Gegend, die im sauberen Danby als heruntergekommen galt. Trailerparks, Wohncontainer, schäbige Mietskasernen, alte heruntergekommene Cottages. Hier draußen waren Grundstücke vergleichsweise billig, vor allem, weil die Gegend überwiegend aus Sumpfgebiet und Wald bestand. Es

gab keine Straßenlaternen und die Nacht war dunkel. Ihr Fahrzeug war das einzige, das auf der Litchfield Road unterwegs war, und im Scheinwerferkegel von Toms Pick-up schimmerte der schwarze Straßenbelag unheimlich. Kim starrte darauf, bis ihr schwindelig wurde, dann schloss sie die Augen.

Zumindest fuhr Tom jetzt etwas langsamer. »Willst du wissen, was Meg Sanger mir erzählt hat, Kim?«

Kim antwortete nicht. Sie beobachtete wieder die Straße und wurde zunehmend nervös. Wo zum Teufel wollte Tom mit ihr hin?

Die Antwort ließ nicht lange auf sich warten. Kurz vor Ende der Landstraße bog Tom in einen schmalen, holprigen Weg, der durch einen dichten Wald eine steile Anhöhe hinaufführte. Auf halber Strecke schlug er das Lenkrad scharf nach rechts ein, um auf einen noch schmaleren, steinigen Weg abzubiegen. Der Wagen rumpelte schwankend dahin, was Kims Nervosität noch verstärkte.

Schließlich hielt Tom inmitten eines sumpfigen Waldes vor einem baufälligen Cottage, das aussah wie eine Jagdhütte.

Tom hatte Kim schon mit seiner halsbrecherischen Fahrweise Angst gemacht, doch jetzt, in dieser gottverlassenen, unheimlichen Gegend, überkam sie die blanke Panik.

Tom stellte den Motor aus. »Gehen wir rein?« Er deutete auf die Hütte.

Sie schüttelte heftig den Kopf.

Er lachte. »Stimmt, sieht nicht sehr einladend aus.«

Tom schaltete die Scheinwerfer aus, und schlagartig waren sie in Finsternis gehüllt. Unwillkürlich dachte Kim, so ungefähr muss es für Nate sein. Aber Nate konnte noch Schatten sehen. Sie konnte nicht mal die Hand vor Augen sehen. Dafür hörte sie umso schärfer – den Klang ihres keuchenden Atems, der sich mit Toms langem, tiefen Seufzer vermischte.

Trotz ihrer Angst erkannte Kim, dass das hier vielleicht ihre einzige Fluchtmöglichkeit war. Mit der rechten Hand tastete sie nach dem Türgriff, doch in dem Moment, als sie ihn fand, knipste Tom das Deckenlicht an.

Kim blieb die Luft weg, als sie Tom Roeder zum ersten Mal

richtig sah. Sie schauderte. Er trug das Haar jetzt lang und hatte sich einen Bart wachsen lassen. Bis auf die Falten um die Augen und den Knick in der Nase, ein Andenken an eine Schlägerei in seiner Jugend – war er seinem jüngeren Bruder wie aus dem Gesicht geschnitten. Kim sträubten sich die Nackenhaare.

Das Glitzern in Toms Augen verriet ihr, dass er genau wusste, was sie dachte.

Er strich sich den Bart. »Ein bisschen dunkler als Scottys, aber die Ähnlichkeit ist verblüffend. Ich möchte, dass die Leute sich erinnern. Du verstehst, was ich meine, Kim?«

Erinnere dich …

Kim schaute auf den Kragen von Toms Windjacke. Der Reißverschluss war ein kleines Stück offen, sodass der gerippte Halsausschnitt eines Sweatshirts zu sehen war.

Erinnere dich …

Er lehnte sich zurück, die Hände am Lenkrad, aber mit entspannten Fingern. »Egal, kommen wir auf Meg zurück und darauf, was sie mir erzählt hat.«

Kim blickte ihn verständnislos an, in Gedanken woanders.

Er schnippte mit den Fingern vor ihrem Gesicht und sah sie ärgerlich an. »Schön aufpassen, Kimmy. Ich rede hier von der Frau deines Lovers. Na schön, Exfrau. Da solltest du eigentlich ein bisschen neugierig sein.«

Kim brachte ein schwaches Nicken zustande, kämpfte gegen ihre zitternde Furcht an.

»Meg hat mir erzählt, dass Joey ein richtiger Schürzenjäger war. Hat sich jedes Semester eine neue Studentin ins Bett geholt. Aber er war wählerisch. Sie mussten nicht nur hübsch sein, sondern auch intelligent.« Er hielt inne und sah Kim an. Kim durchfuhr ein eisiger Schauer.

»Aber auch nicht *zu* intelligent«, fuhr Tom fort und nahm die Hände vom Lenkrad. Die linke Hand ließ er in den Schoß fallen, den rechten Arm schob er über die Rückenlehne des Beifahrersitzes. Kim beugte sich instinktiv nach vorn, um ja nicht von ihm berührt zu werden.

»Wie gesagt, Joey mochte es nicht, wenn seine Mädchen zu

clever waren. Sie sollten ja nicht merken, was für ein mieser Typ er war.«

Er beugte sich vor, die Augen voller Hass. Kims Hand jedoch glitt hinter ihren Rücken und tastete nach dem Türgriff. Sie durfte auf keinen Fall einfach so wehrlos im Pick-up hocken bleiben. Auch wenn es draußen stockdunkel war, sobald sich eine Chance zur Flucht bot, musste sie sie ergreifen.

Sie hielt die Chance für gekommen, als Tom an ihr vorbei in die Dunkelheit starrte.

Kim fasste nach dem Türgriff. Sie betete, dass die Tür nicht verriegelt war. Wenn sie es schaffte, aus dem Pick-up zu springen und sich im Wald zu verstecken, konnte sie mit dem Handy Zach Lynch anrufen. Seine Karte steckte in ihrer Jeanstasche.

Aber hatte ihr Handy hier draußen überhaupt Empfang?

Toms Blick richtete sich wieder auf sie, und ihre Hand erstarrte.

»Das war Paulines Problem. Sie war zu clever. Und das war ihr Pech.«

»Pauline?« Jetzt hatte Tom Kims uneingeschränkte Aufmerksamkeit.

»Er hat sie auch gebumst, Kimmy. Ja, echt. Einen Monat bevor er dann an dir Geschmack gefunden hat.«

»Du lügst. Das glaube ich nicht.« Doch noch während sie das sagte, musste Kim daran denken, wie ablehnend Pauline vom ersten Augenblick an auf sie reagiert hatte. Pauline wusste, dass sie als studentische Hilfskraft bei Joe gearbeitet hatte. Dass sie in dem Semester ein Seminar bei Joe besuchte, zusammen mit Monica. Hatte Pauline da vielleicht schon geahnt, dass Joe ein Auge auf sie geworfen hatte? Ja, dass er ihr seit Monaten Avancen machte? Und hatte sich Paulines Feindseligkeit nicht verstärkt, als sie und Joe schließlich eine Beziehung hatten?

Kim kam noch ein Gedanke. Hatte Monica von Joe und Pauline gewusst? Von ihr und Joe?

Sie biss die Zähne zusammen. Wieso kaufte sie Tom alles so bereitwillig ab? Wieso sollte sie ihm überhaupt ein Wort glauben?

Tom schien ihre Gedanken zu erraten. »Wieso sollte ich lügen, Kimmy?«

Alles in ihr sträubte sich gegen den Spitznamen, den er ganz bewusst benutzte. Als Tom einmal seinen Bruder besuchte, waren sie zu dritt irgendwo essen gegangen, und Tom hatte sie flapsig Kimmy genannt. Scott hatte ihm sofort erklärt, dass sie den Spitznamen nicht ausstehen konnte. Er könne sie Kim oder Kimberley nennen. Er entschied sich für Kim, genau wie Scott sie genannt hatte. Und er hatte sich entschuldigt.
Es würde keine Entschuldigungen mehr geben, so viel war sicher.
Kim warf einen raschen Blick zum Seitenfenster hinaus in die pechschwarze Dunkelheit.
Wie ein Schlag in die Magengrube traf sie die Erkenntnis, dass ihre Lage hoffnungslos war. Selbst wenn sie aus dem Wagen fliehen konnte, wie weit würde sie kommen? Tom war ihr gegenüber in jeder Beziehung im Vorteil. Er war größer, schneller, und vor allen Dingen kannte er sich in der Gegend aus.
Weglaufen, so wurde ihr klar, war völlig unmöglich.
Aber was sollte sie tun?
Ihr Mund war vor Angst wie ausgetrocknet. Sie war jetzt beinahe sicher, dass Tom Roeder der Unbekannte war, der sie auf dem Campus überfallen hatte. Aber sie begriff auch, warum er sie nicht bei der Gelegenheit erledigt hatte: Er wollte ihr vorher sämtliche unappetitlichen Einzelheiten seiner sogenannten Nachforschungen verklickern.
Doch bei diesen Gedanken spürte Kim plötzlich einen Hoffnungsschimmer. Wenn sie Tom überzeugen könnte, dass sie ihm glaubte, ja, sogar auf seiner Seite war und ihm helfen wollte, Scott reinzuwaschen, dann hätte er einen Grund, sie am Leben zu lassen.
»Woher weißt du, dass Joe was mit Pauline hatte?«, fragte sie und nahm die Hand vom Türgriff. Sie formulierte die Frage ohne jeden provozierenden Unterton, sondern so, als wollte sie die Antwort unbedingt wissen. »Von Meg Sanger?«
»Meg? Nein. Sie wusste, dass er jede Menge Affären hatte, aber sie wusste nicht, mit wem alles. Sie hat mir erzählt, dass sie irgendwann daran gedacht hat, einen Privatdetektiv zu engagieren, aber dann wurde ihr klar, dass sie es eigentlich gar nicht so genau

wissen wollte. Bis ein paar Monate nach dem Mord an deinen Mitbewohnerinnen. Schon komisch, Meg dachte, er hätte nicht Pauline, sondern Monica umgelegt, ich meine, flachgelegt.«
Kim funkelte Scotts Bruder angewidert an. War er immer schon so verkorkst gewesen oder erst seit dem Tod seines Bruders?
Tom schien Kims Reaktion nicht im Geringsten zu beirren. »Dann hat sie doch einen Privatschnüffler beauftragt, und was meinst du, findet er raus?«
Kim wusste, dass sie sich eine Antwort sparen konnte.
»Dein Techtelmechtel mit ihrem Göttergatten. Da hatte Meg endgültig die Nase voll und hat den Scheißkerl verlassen.«
Kim wurde vor Scham und Schuld übel, Gefühle, die für sie nicht neu waren, die sie aber jetzt mit größerer Vehemenz erfassten.
»Dass zwischen Sanger und Pauline was gelaufen ist, weiß ich aus einer anderen zuverlässigen Quelle«, fuhr Tom selbstgefällig fort. »Erinnerst du dich noch an die Typen, die bei euch nebenan gewohnt haben?«, fragte er wie aus heiterem Himmel.
»Ja, wieso?«, fragte Kim dumpf. Sie hatte noch immer mit ihren Emotionen zu kämpfen.
»Ich hab mich auch an einen von denen rangemacht.« Wieder das durchtriebene Grinsen. »Hab ihn aber nicht flachgelegt. Obwohl er bestimmt nichts dagegen gehabt hätte.«
Kim lief ein kalter Schauer über den Rücken. »Alan Taylor?«
Toms Grinsen wurde breiter. »Dann kennst du also das dunkle Geheimnis von dem armen Schwein.«
»Was hat Alan dir erzählt?« Kims Interesse war schon lange nicht mehr gespielt.
»Nur eins. Dass Pauline und Sanger es gut einen Monat miteinander getrieben haben. Und dass sie stinkwütend war, als er sie abserviert hat. Erst recht, als sie dahinterkam, dass er sie deinetwegen in die Wüste geschickt hat.«
»Pauline hat gewusst, dass Joe und ich –?«
»Sie hat gewusst, dass er andere hatte, deshalb hat sie ihn beobachtet. Irgendwann war ihr Auto in der Werkstatt und Monica mit ihrem Land Rover unterwegs, da hat Pauline ihren Nachbarn Alan gefragt, ob er ihr sein Auto borgt. Aber er war ziemlich pingelig mit seinem BMW und hat nicht gern andere

ans Steuer gelassen, aber er hat ihr angeboten, sie zu fahren. Sie sind Sanger gefolgt, vom College zu diesem Motel, etwa vierzig Minuten Fahrt. Das Cozy Corner Motel.«

Tom blickte sie mit unverhohlenem Ekel an. »War bestimmt schön kuschelig, was?«

Tränen glänzten in Kims Augen. Ihr war schlecht.

»Alan hat gesagt, an dem Abend hätte Pauli gekocht vor Wut. Die ganze Fahrt zurück hat sie wiederholt: ›Das wird er bereuen.‹«

Kim hielt sich den Bauch, wollte sich Halt geben.

»Aber ich vermute, da hat sie sich geirrt. Der Scheißkerl bereut, glaub ich, gar nichts.«

Tom sah Kim nicht mehr an. Er blickte geradeaus in die Finsternis. Und er umklammerte wieder das Lenkrad. Ganz fest. Als wäre es der Hals von jemandem. Nicht der von Kim diesmal. Der von Joe Sanger.

Die Bestätigung lieferten seine nächsten Worte. »Aber das wird er«, sagte Tom mit leiser, böser Stimme. »Ich werd Pauline den Wunsch erfüllen. Das bin ich ihr schuldig.«

Kim musste Toms letzte Worte noch einmal im Geiste wiederholen, denn sie dachte, er hätte *ihm* gesagt – das bin ich *ihm* schuldig. Scott. Seinem Bruder.

Hatte er sich versprochen? Und wenn nicht, wieso meinte Tom Roeder, er sei Pauline irgendwas schuldig?

13

Nate war außer sich. »Wo zum Teufel ist sie hin?« Er feuerte die Frage auf Anne und Zach zugleich ab. Als Anne zehn Minuten zuvor an der Mensa eingetroffen war und feststellen musste, dass Kim nicht wie vereinbart auf sie wartete, hatte sie darauf bestanden, dass Zach ihr in seinem Wagen zurück zum Hotel folgte: Sie wollte Nate die beunruhigende Nachricht nicht allein überbringen. Als die zwei im Hotel ankamen, wartete Nate in dem viktorianisch eingerichteten Salon auf sie. Er hatte natürlich damit gerechnet, dass Anne Kim mitbrachte, nicht Zach Lynch.
»He, ich hab bloß den Wagen gefahren«, schnauzte Anne Nate an, doch ihre Gereiztheit sollte nur überspielen, wie groß ihre Sorge um Kim war.
Zach fühlte sich für Kims Verschwinden verantwortlich. »Ich hätte draußen vor dem Klo auf sie warten sollen. Ich weiß ja nicht mal, ob sie von sich aus abgehauen ist –« Er ließ den Rest des Satzes verklingen.
»Aber die Studentin – wie hieß die noch gleich? – hat Ihnen doch gesagt, dass sie Kim gar nicht gebeten hat, Telefondienst zu machen«, sagte Anne, die sich an diese Information klammerte, weil die bewies, dass Kim Zach angeschwindelt hatte, was wiederum die Theorie erhärtete, dass sie die Mensa aus freien Stücken verlassen hatte.
»Ronnie«, sagte Zach. »Ja. Stimmt.« Auch er hielt sich an dieser Theorie fest. Aber es nahm ihm kein bisschen von seiner Angst. Auch nicht von seinen Schuldgefühlen, weil er nicht besser auf Kim aufgepasst hatte.

»Dann wollte sie also irgendwohin«, murmelte Nate. »Oder zu irgendwem.«
Eine angespannte Stille hing in dem überheizten Salon.
»Sanger?« Zach sprach den Gedanken aus, der ihm schon die ganze Zeit durch den Kopf ging, seit Kim nicht am Treffpunkt vor der Mensa erschienen war.
Nate war bereits aufgesprungen und strebte auf den Bogendurchgang zu, der in den Flur führte. Er stieß gegen die Lehne eines Ohrensessels, fluchte aber bloß und ging gleich weiter. »Anne fährt mich hin. Wohnt er noch im selben Haus?«
»Ja«, sagte Zach. »Ich folge in meinem Wagen.«
»Nein. Wir könnten uns täuschen. Sie waren zwei Stunden mit Kim zusammen. Überlegen Sie nochmal, ob in der Zeit irgendwas war, was einen Hinweis liefern könnte. Und gehen Sie der Möglichkeit nach.« Nate erteilte die Anweisung, als wäre er der Sheriff und nicht Zach.
Aber Zach protestierte nicht. Was hatte er doch bisher für lausige Arbeit geleistet.

»Erinnert an alte Zeiten«, sagte Anne trocken, als sie vom Parkplatz des Canterbury Inn fuhr.
»Wehe, das Schwein ist diesmal wieder nicht zu Hause. Und wenn Kim bei ihm ist, dann gnade ihm Gott, wenn ihr –« Er sprach nicht weiter. So weit wollte niemand von ihnen denken.
Anne ließ ein paar Augenblicke verstreichen. »Ich glaube nicht, dass sie da ist, Nate. Ich glaube, Kim ist über Sanger hinweg.«
»Das geht ja auch so einfach, nicht?«, konterte Nate.
Anne wusste, dass ihr Ex nicht nur Kim meinte. Sie hatte ihm einige Tage zuvor erzählt, dass sie wieder mit jemandem zusammen war, aber sofort dichtgemacht, als er versuchte, ihr mehr Informationen zu entlocken. Nate war alles zuzutrauen. Gut möglich, dass er einen alten Kollegen anrief und ihren Freund überprüfen ließ. Vielleicht kam Nate sogar auf die Idee, Evan James gleich selbst anzurufen, um ihm auf den Zahn zu fühlen.
Warum hatte sie nicht einfach den Mund gehalten? Sie hatte sich eingeredet, dass er es von ihr und nicht von Kim erfahren sollte. Eigentlich hatte sie es nicht mal Kim sagen wollen.

Leider war Evan irgendwann abends bei ihr zu Hause ans Telefon gegangen, als Kim anrief. Ohne sich irgendwas dabei zu denken, hatte Evan Kim freundlich erklärt, Anne sei unter der Dusche, und wenn es wichtig wäre, würde er ihr das Telefon ins Bad bringen –

»Und wie läuft es mit dir und deinem neuen Freund?«, fragte Nate, was Annes Vermutung bestätigte.

»Ganz gut.« Sie war nicht bereit, mehr zu diesem Thema zu sagen. Schon das genügte ihm, um eine saure Miene aufzusetzen. Sie wusste, was er hoffte: dass sie sagen würde, die Geschichte wäre vorbei. Und irgendwie hatte sie selbst manchmal das Gefühl. Evan war ein toller Mann, aufmerksam, interessant, attraktiv, und nicht zu vergessen, sehr erfolgreich. Aber irgendetwas fehlte. Der Funke. Letztlich fehlte der immer. Erst recht, seit sie sich wieder mehr auf ihren Exgatten eingelassen hatte.

In den letzten anderthalb Jahren hatte sich Annes Beziehung zu Nate tiefgreifend verändert. Vor der schicksalsschweren Fahrt nach Danby nach den Morden hatten sie und Nate nur selten telefoniert und einander so gut wie nie gesehen. Seit damals hatten sie sich angewöhnt, mindestens einmal, häufig zweimal die Woche zu telefonieren, und Anne schaute ziemlich regelmäßig bei ihm zu Hause – ihrem ehemaligen gemeinsamen Zuhause – vorbei, manchmal um Nate zu einem Arzttermin zu fahren, gelegentlich wenn sie für ihn einkaufen war (obwohl Nate sich am liebsten eine Pizza oder etwas vom Chinesen bringen ließ). Hin und wieder waren sie sogar zusammen ausgegangen, aber weder sie noch er nannten das ein Rendezvous. Sie gingen bloß *einen Bissen essen*, *in ein Konzert*, *in einen Film*. Der Vorschlag, ins Kino zu gehen, kam stets von Nate, weil Anne meinte, bei seiner geringen Sehfähigkeit hätte er nichts davon. Doch Nate schien es nichts auszumachen, dass er sich die Filme im Grunde nur anhören konnte. Er hatte Anne erklärt, dass er sich die Handlung einfach vorstellte.

Das letzte Stück zum Haus von Joe Sanger auf dem Chapel Drive fuhren sie schweigend. Diesmal brannte Licht im Erdgeschoss, als sie in die Einfahrt bogen.

Anne und Nate mussten fünfmal klingeln, bis Joe Sanger an die Tür kam. Sie sahen sofort, dass der Mann sturzbetrunken war.

»Wenn ihr Zeugen Jehovas seid, kommt ihr zu spät«, lallte Joe und wollte die Tür wieder schließen.
Nate stieß so fest gegen die Tür, dass sie zurückprallte und Sanger zu Fall brachte. Er landete unsanft auf dem Marmorboden der Diele. Sein Bademantel flog auf und enthüllte Boxershorts und behaarte Beine. Der Mann war derart alkoholisiert, dass ihm der Sturz überhaupt nichts auszumachen schien.
Anne spürte, wie sich ihr angewidert der Magen umdrehte.
»Wo ist sie?«, bellte Nate den Mann an und stürmte ins Haus, dicht gefolgt von Anne.
»Ihr seid nie und nimmer Kinder Gottes«, nuschelte Sanger und grinste unangemessen.
»Geh sie suchen«, sagte Nate zu Anne.
Sanger taumelte rückwärts gegen das Geländer der Treppe, die nach oben führte, und schloss die Augen.
Nate fand sein Ziel, auch ohne sehen zu können. Seine Nase genügte ihm. Er steuerte schnurstracks auf den Professor zu und packte ihn an der Gurgel.
»Nate, bleib ruhig«, warnte Anne ihn.
»Such sie, Anne. Und wenn dieser verdammte Säufer ihr auch nur ein Haar gekrümmt hat, steht er so bald nicht wieder auf. Auch wenn er nüchtern ist.«
Sanger gurgelte irgendetwas Unverständliches, und ein Anflug von Furcht trat auf sein schlaffes Gesicht.
»Kim«, rief Anne, während sie überlegte, ob sie zuerst unten oder oben suchen sollte.
»Kim? Ist Kim … hier?« Sangers Worte waren jetzt deutlicher, da Nate die Finger um den Hals des Mannes gelockert hatte. »Wo … ist sie?« Er machte Anstalten, sich etwas herzurichten, strich sich das Haar nach hinten, wollte seinen Bademantel zurechtziehen.
Anne warf Nate einen Blick zu, der besagte: *Siehst du, hab ich doch gesagt*. Nate konnte ihren Blick zwar nicht sehen, aber er wusste, was seine Exfrau dachte.
»Sieh erst hier unten nach, dann oben.« Nate traute Sangers Ahnungslosigkeit nicht. Nicht in der Verfassung, in der er sich befand. Nate Shapiro fügte das Etikett »Säufer« zu den anderen

hinzu, mit denen er den Mann schon bedacht hatte – mieses Schwein, Perversling, Arschloch. Und was war mit *Mörder*? Dieses Etikett konnte der ehemalige Detective dem Professor noch nicht anheften. Aber er konnte es kaum erwarten. Er hoffte bloß, nicht auf Kosten von Kim.

Anne brauchte nicht lange für das Erdgeschoss, denn es bestand, abgesehen von der Diele, aus einem einzigen großen, offenen Raum. Da das Haus keinen Keller hatte, ging Anne als Nächstes nach oben. Nate hörte, wie sie von Zimmer zu Zimmer eilte und Kims Namen rief. »Hier oben ist niemand«, rief sie nach zwei Minuten.

»Ich brauch 'nen Drink«, nuschelte Sanger. »Sie auch einen ...?«

Nate ballte die Hand zur Faust, und für einen praktisch blinden Mann war er erstaunlich treffsicher, wie Joe Sangers Kinn zu spüren bekam.

Anne kam die Treppe heruntergerannt, als Sangers Körper wieder auf dem Boden aufschlug. »Nate, hast du sie noch alle?«, herrschte sie ihn an. »Dafür kannst du im Knast landen. So was nennt man Körperverletzung. Himmelherrgott. Kim ist hier nicht.«

»Du hast noch nicht in der Garage nachgesehen.«

»Schön, das machen wir auf dem Weg zum Auto, aber wir werden sie hier nicht finden, und das weißt du genau. Du wolltest dem Typen nur endlich eine verpassen, darauf wartest du doch schon seit anderthalb Jahren. Fühlst du dich jetzt besser?«

Nate rieb sich geistesabwesend die schmerzenden Knöchel. »Nein, aber auch nicht schlechter.«

14

»Gott sei Dank. Wo sind Sie, Kim?« Zach umklammerte sein Handy. Noch nie war er so erleichtert gewesen, jemandes Stimme zu hören. »Alles in Ordnung mit Ihnen?«

»Ja, Zach. Tut mir leid, dass ich einfach abgehauen bin.«

»Wo sind Sie?«, wiederholte er.

»Bitte sagen Sie Nate und Anne, dass es mir gut geht. Und sagen Sie ihnen auch, dass es mir leidtut.«

»Sie klingen aber gar nicht gut«, sagte Zach. »Erzählen Sie schon, bitte, Kim.«

»Ich hab was erlebt ... was mir ein bisschen Angst gemacht hat. Aber das ist jetzt vorbei.«

»Wieso weichen Sie mir aus, was ist los?«, fragte er, nicht mehr nur erleichtert, sondern jetzt auch ein wenig verärgert über ihre Weigerung, mit der Sprache herauszurücken.

»Ich bin im Augenblick ziemlich durcheinander«, gab Kim zu.

»Vielleicht könnten wir das Durcheinander gemeinsam klären –«

»Ja, das machen wir auch, bestimmt.«

Und dann wurde aus Zachs Verärgerung Furcht, denn ihm kam ein schrecklicher Gedanke – was, wenn Kim nicht freiwillig so zurückhaltend war? Was, wenn sie gezwungen wurde, ihm nicht zu sagen, wo sie war?

Panik erfasste Zach.

»Wann? Wann können wir uns treffen?«, fragte er, um das Telefonat zu verlängern. Solange er ihre Stimme hörte, konnte er seine Angst um sie im Zaum halten.

»Morgen.«
Er fuhr gerade mit überhöhter Geschwindigkeit über die Edgecomb Avenue, um einem Hinweis von Ronnie Jackson nachzugehen, wo Kim hingegangen sein könnte. Wo sie vielleicht jetzt noch war.
»Warum nicht sofort? Ich könnte –«
Doch ein Klicken beendete das Gespräch. Vielleicht hatte sie keinen Empfang mehr. Oder sie war gezwungen worden aufzulegen. Zach rief sie rasch auf ihrem Handy zurück, doch es meldete sich nur die Mailbox, genau wie bei all seinen früheren Versuchen, sie zu erreichen.
Zach fuhr schneller. Fünf Minuten nach Kims Anruf war er auf der Jasper Road, wo er nach der Hausnummer 72 suchte. Er betete, dass Ronnie mit ihrer Ahnung richtig lag.
Da er keine Parklücke fand, parkte Zach einfach ein anderes Auto ein, und zwar ganz bewusst einen BMW X5 Silbermetallic. Nur für den Fall, dass der Mistkerl versuchte, das Weite zu suchen.
Auf den Briefkästen neben der Haustür waren die Namen mit der Hand geschrieben, und die Tür war nicht verschlossen. Der Flur war vollgestellt mit Fahrrädern, leeren Bierkästen, stapelweise Pizzaschachteln, einem kleinen Holzkohlegrill, der so mit altem Fett verdreckt war, dass Zach nicht mal mehr für einen tollwütigen Hund darauf ein Würstchen braten würde. Trotz der Verwahrlosung war die Miete in diesen umgebauten Häusern nicht billig, wie Zach wusste, denn die meisten Studenten in Danby wohnten am liebsten außerhalb vom Campus. Und Vermieter wussten, dass die Studenten am Currier Eltern hatten, die nicht gerade am Hungertuch nagten.
Wohnung Nummer 2 lag am Ende des Flurs, sodass Zach sich einen Weg durch das Chaos bahnen musste. An der Tür war keine Klingel, und aus der Wohnung schallte ohrenbetäubende Musik von einer Heavy Metal Band. Zach klopfte laut an, war aber nicht überrascht, als niemand aufmachte. Bei dem Krach würde man ihn nie im Leben hören.
Er drehte den Knauf. Abgeschlossen.
Aber Zach sah, dass die Tür eines von den einfachen Schlössern hatte, die sich mühelos mit einer Kreditkarte öffnen ließen. Für

einen Amateureinbrecher genauso wenig ein Problem wie für einen Cop.
Natürlich sollte ein Cop einen plausiblen Grund haben – und Diebstahl gehörte nicht dazu –, um in einer Wohnung einzubrechen.
Zach klopfte erneut. Diesmal nicht allzu fest. Und dann rief er: »Ist jemand da drin verletzt? Brauchen Sie Hilfe?«
Zach presste das Ohr an die Tür und rief: »War das ein Ja?«
Er deutete es so.
»Also schön, dann komm ich jetzt rein, um Ihnen zu helfen.«
Er zog die Kreditkarte einmal durch den Türspalt, und das Schloss sprang auf. Zach öffnete die Tür, die direkt in ein völlig chaotisches Wohnzimmer führte. Neben einem Sofa mit einem indischen Überwurf brannte eine Halogen-Stehlampe. Die Musik war hier drin so laut, dass Zach die Ohren dröhnten. Dabei war die Stereoanlage nicht mal in dem Zimmer. Noch lauter war es in dem Raum, der vom Wohnzimmer abging. Die Verbindungstür stand halb offen.
Zach ging hin und stieß sie ganz auf.
Bei dem Anblick, der ihn erwartete, wurde ihm im ersten Moment schlecht. Eine nackte Gestalt, Arme und Beine an die Bettpfosten gefesselt, lag mit dem Gesicht nach unten, das lange, dunkle, lockige Haar und ein Großteil des Körpers wurden von der Gestalt verdeckt, die auf der gefesselten Person lag und das Gesäß auf und ab bewegte.
Zach drückte den Ausknopf an der Stereoanlage. Der Typ mit dem Hintern in der Luft erstarrte, als es plötzlich still wurde.
»Runter von ihr«, brüllte Zach. »Sofort.«
Alan Taylor sprang förmlich vom Bett und bedeckte seinen erigierten Penis mit den Händen, das Gesicht weiß vor Entsetzen und Schreck.
Zach schritt zum Bett, wo die nackte, festgebundene Gestalt sich den Hals verdrehte, um zu sehen, wer da gekommen war.
Zach blieb abrupt stehen.
»Menschenskind, können zwei Erwachsene nicht mal ungestört ein bisschen Spaß haben«, maulte der junge Mann mit den langen, wilden Locken.

Doch Alan Taylor machte im Moment nicht den Eindruck, als hätte er auch nur ein bisschen Spaß. »Hören Sie ... Sheriff ... wir ... haben doch nur ...«, stammelte er.
»Sheriff?«, schaltete sich der Gefesselte auf dem Bett ein. »He, haben Sie etwa einen Durchsuchungsbefehl? Sie können doch nicht einfach in fremder Leute Wohnungen spazieren, ohne –«
»Halt die Klappe, Brad«, fauchte Taylor und schnappte sich ein Laken, das halb vom Bett gerutscht war, um seine Blöße zu bedecken.
»Wir sprechen uns draußen.« Zach blickte Taylor eindringlich an und zeigte über seine Schulter zum Wohnzimmer. Dann drehte er sich um und ging hinaus.
Als Taylor ihm prompt folgte, rief Brad: »He, Mann, willst du mich hier so liegen lassen? Du spinnst wohl, du Arschloch.«

15

»Kann ich mir nicht eben was anziehen?«, jammerte Alan Taylor, der noch immer das dünne Laken um den nackten, verschwitzten Körper geschlungen hielt.
»Setzen Sie sich«, sagte Zach und deutete auf das Sofa. Er sah, dass der Student unter dem Laken zitterte.
Taylor hoppelte zum Sofa und sank darauf zusammen wie ein Ball, dem die Luft entweicht. »Ich … das da vorhin nebenan … na ja … das ist bloß … ein Experiment. Das … macht man … na ja …«
»Taylor«, sagte Zach mit ruhiger Stimme. »Sie können es mit Gott weiß wem oder was treiben. Das interessiert mich nicht die Bohne.«
Der Student war verdattert. »Aber warum sind Sie dann …?«
»Ich bin wegen Kim Burke hier.«
»Wegen wem?«
»So kurz kann Ihr Gedächtnis nicht sein. Sie sind doch ein blitzgescheiter Student, oder?«
Taylor blinzelte mehrmals rasch hintereinander. Er wusste wirklich nicht, worum es ging.
»Ihre frühere Nachbarin auf dem Cliffwood Hill. Die Studentin, die mit Monica und Pauline zusammengewohnt hat.«
Jetzt fiel der Groschen. »Ach ja, klar. Kim. Richtig. Die ist weg aus der Stadt, Mann. Ich meine … Sheriff. Kurz nachdem das alles passiert war.« Er schloss fest die Augen und schüttelte langsam den Kopf, als wollte er deutlich machen, wie ihm die Erinnerung an den Horror zusetzte.

»Und Sie wussten nicht, dass Kim wieder da ist?« Doch noch während er die Frage stellte, wurde Zach klar, dass Taylor es tatsächlich nicht wusste. Er war anderweitig beschäftigt gewesen, seit Kim aus der Mensa verschwunden war. Dieser Hinweis führte also ins Leere. Von wo aus Kim ihn auch immer angerufen hatte, von hier jedenfalls nicht, da war Zach nun sicher.
»Nein, Sir. Nein. Wusste ich nicht. Aber he, es juckt mich auch nicht.«
»Genau, Taylor, das mag ich an Ihnen. Sie werfen nicht mit Steinen auf andere.«
Ein schwaches Lächeln flackerte im Gesicht des Studenten auf.
»Sie werfen nur mit Scheiße.«
Ein verdatterter Blick, dann wieder schnelles Blinzeln.
»Hat Ihnen nie jemand gesagt, wer im Glashaus sitzt, sollte nicht mit Scheiße werfen?«
Taylors Gesicht färbte sich krebsrot. »Ich war … high, Mann … Sir. Ich war … damals ziemlich verkorkst. Ich war … sexuell verwirrt, Mann. Ich mach auch 'ne Therapie und …«
»Wann haben Sie Laurel Geller zuletzt gesehen?«
Taylors Zunge schnellte hervor und fuhr über seine trockenen Lippen. »Gesehen im Sinne von mit ihr gesprochen?«
»Wenn Sie so wollen.«
»Ich … ich weiß nicht. Ich glaube, nicht mehr … seit ich dieses Semester wieder angefangen habe.«
»Ach ja stimmt. Laurel war schuld, dass Sie vorübergehend vom College verwiesen –«
»Nein, Sir. Nein. Da war ich selbst schuld. Ich allein.« Er sagte das, als wäre es ein auswendig gelerntes Sprüchlein. Zach bezweifelte, dass Taylor das wirklich glaubte.
»Sie hat Ihnen damals außerdem ganz schön eins übergebraten.«
»Sie war stinkwütend. Und das mit Recht.«
»Sie haben sie bedroht.«
»Nein. Nein. Ich … ich war sauer. Ich war …«
»Sexuell verwirrt«, sagte Zach trocken.

»He Mann«, rief eine wütende Stimme aus dem Nebenzimmer, »wie lange dauert das denn noch? So hab ich mir den Abend nicht vorgestellt.«
Taylor verzog das Gesicht, wich Zachs Blick aus. »Kann ich ... kurz reingehen und ... ihn losbinden?«
»Er kann warten, bis wir hier fertig sind«, sagte Zach kühl. »Wir sprachen von Ihnen und Laurel.«
»Hören Sie, Mann ... Sheriff ... ich habe was Falsches getan, und ich wurde zu Recht dafür bestraft. Ich hätte das College wechseln können, wie meine beiden Kommilitonen, die auch suspendiert worden sind, aber ich bin zurückgekommen, weil ich ... weil ich mich dem stellen wollte, was ich getan habe, und nicht davonlaufen.« Jetzt blickte er Zach in die Augen und wirkte, als wäre er mächtig stolz auf sich.
»Dann sind Sie also nicht nachtragend?«
Schweiß perlte auf Taylors Stirn. »Wenn Sie glauben, ich hätte irgendwas zu tun mit ... ich schwöre, ich weiß nicht, wo Laurel Geller ist. Und ich bete zu Gott, dass sie wohlauf ist.«
»Sie haben wirklich eine komische Art zu beten, Taylor.«

»Dann sind wir also keinen Schritt weiter«, knurrte Nate in sein Handy. »Sind Sie sicher, dass dieser Taylor Kim heute Abend weder gesehen noch mit ihr gesprochen hat?«
Zach lehnte sich müde im Fahrersitz seines Wagens zurück. »Ich bin so sicher, wie ich sein kann. Und Sie bei Sanger?«
»Dito«, knurrte Nate.
Zach hörte, wie Anne im Hintergrund zu Nate sagte, er solle das Handy auf die Freisprechanlage legen. Sofort wurde ihre Stimme deutlicher.
»Sie haben gesagt, Kim hat Sie um Viertel nach zehn angerufen, nicht?«
»Genau, und sie hat beteuert, dass es ihr gut geht.«
»Wo könnte sie noch sein, Lynch?« Nate klang erschöpft.
»Ich war vorhin in der Wohnung von Laurel Geller und Julie Fisher auf der Prospect Street«, sagte Zach, der die Aussicht, die Studentin lebend zu finden, mit jeder weiteren Stunde schlechter einschätzte.

»War jemand da?«, fragte Anne.
»Nein.« Er zögerte. »Ich glaube aber, dass vorher jemand da war.«
»Kim?«, fragte Nate sofort.
»Durchaus möglich«, sagte Zach. »Aber wenn, dann war sie nicht allein.«
»Wie meinen Sie das?«, fragte Nate.
»In die Wohnung kommt man schließlich nur mit einem Schlüssel. Deshalb glaub ich, dass Laurels Mitbewohnerin Julie da war. In ihrem Zimmer brannte jedenfalls noch Licht.«
»Aber Julie war nicht mehr da, als Sie dort ankamen?«, fragte Anne.
»Nein, ich vermute, sie ist nach Hause gekommen, um ein paar Sachen zu holen und ist dann zurück zu ihrem Freund. In ihrem Zimmer waren Schubladen geleert worden, die vorher nicht leer waren.«
»Wir fahren am besten mal zu ihr«, sagte Nate und wollte die Adresse wissen.
»Ich komm auch hin«, sagte Zach.
»Nein. Wenn diese Julie irgendwas weiß, hält sie sich im Beisein eines Polizisten vielleicht bedeckt«, sagte Nate. »Glauben Sie mir, ich weiß, wovon ich rede.«
Zach war zwar nicht glücklich darüber, aber er musste zugeben, dass Nate nicht ganz unrecht hatte. Er gab Nate die Adresse von Dennis Parker.
»Gehen Sie inzwischen irgendwelchen anderen Hinweisen nach«, sagte Nate. »Vielleicht sprechen Sie nochmal mit dieser Ronnie. Oder mit anderen Freunden von Laurel.«
»Moment mal, Shapiro«, sagte Zach, der Nates Anweisungen endlich satt hatte. »Ich lasse Ihnen hier jede Menge Spielraum, weil ich weiß, dass Sie sich große Sorgen um Kim machen, aber ich leite die Ermittlungen im Fall der vermissten Laurel Geller. Vergessen Sie das nicht.«
»Ich will nur verhindern, dass Sie auch noch eine Ermittlung im Fall der vermissten Kim Burke leiten müssen, Lynch.«

16

Kim konnte es noch immer nicht ganz fassen, aber es war ihr gelungen: Sie hatte Tom Roeder endlich davon überzeugen können, dass auch sie Joe Sanger für den Mörder von Pauline und Monica hielt, und für den Mörder von Scott, dessen Selbstmord er vorgetäuscht hatte, um ihm die Tat anzuhängen. Und wenn Joe auch noch Laurel was Schlimmes angetan hatte, so hatte sie Tom versichert, dann würde er diesmal nicht ungeschoren davonkommen, dafür würde sie persönlich sorgen. Wenn sie ehrlich war, konnte sie sich zwar nicht vorstellen, dass ihr Exlover ein brutaler Mehrfachmörder war, aber auch wenn Tom bei seinen anderen Behauptungen, dass Joe zahlreiche Affären mit Studentinnen gehabt hatte, vielleicht etwas übertrieb oder es mit der Wahrheit nicht ganz so genau nahm, aus der Luft gegriffen waren die Geschichten bestimmt nicht.

Die Zeit, die sie da draußen in dem dunklen Wald vor der trostlosen Hütte in Toms Pick-up gesessen hatten, war Kim wie Stunden vorgekommen. Tom wollte ihr einfach nicht abnehmen, dass sie auf seiner Seite stand. Überzeugt war er erst, als er einsah, wie nützlich sie für ihn sein konnte. Tom hatte Sanger bislang nur unauffällig ausspionieren oder Erkundigungen über ihn einholen können, aber näher war er an den Professor nicht herangekommen. Sie dagegen hatte die Möglichkeit, sich Joe wieder auf Tuchfühlung zu nähern. Was ihr Gelegenheit bot, gründlicher herumzuschnüffeln und Joe sogar direkt Informationen zu entlocken.

Kim war unglaublich nervös. Das Gute war immerhin, dass sie

noch lebte. Und sie hatte es sogar geschafft, zwischendurch Zach Lynch anzurufen, als Tom auf halber Strecke plötzlich rechts ranfuhr und aus dem Pick-up sprang, weil er pinkeln musste. Er blieb allerdings in der Nähe des Wagens, um sie im Auge behalten zu können, und er hatte den Zündschlüssel abgezogen. Kim drehte ihm den Rücken zu, hoffte, Tom würde lediglich denken, sie wolle ihm nicht beim Pinkeln zusehen. Rasch fischte sie ihr Handy und die Karte mit Zachs Nummer aus der Tasche.
Da Tom zum Glück das Deckenlicht angelassen hatte – um sie von draußen besser sehen zu können – konnte sie die Ziffern hinten auf der Karte mühelos lesen. Im Display sah sie, wie viele Nachrichten sie auf der Mailbox hatte, die meisten sicherlich von Nate, der verzweifelt versucht hatte, sie zu erreichen – vergeblich, weil sie bis jetzt kein Netz gehabt hatte. Rasch tippte sie Zachs Nummer ein. Sobald sie sah, dass der Anruf durchging, drückte sie das Handy unauffällig ans Ohr, froh, dass sie sich nicht die Haare hochgebunden hatte, denn so boten ihre dichten Locken einen willkommenen Schutz vor Toms wachsamem Blick. Zach meldete sich beim ersten Klingeln, die Stimme voller Besorgnis.
Leider hatte er gar nicht überzeugt geklungen, als sie ihm sagte, dass es ihr gut ginge. Aber sie hatte keine Zeit gehabt, ihn zu beruhigen, denn Tom war bereits wieder auf dem Weg zum Wagen. Hastig hatte sie das Gespräch beendet und sogar das Gerät ausgeschaltet, da sie wusste, dass Zach gleich zurückrufen würde. Und auch Nate würde versuchen, sie zu erreichen.
Wenige Minuten nach der kurzen Pinkelpause parkte Tom den roten Pick-up direkt gegenüber von Joe Sangers Haus. Es war Viertel nach zehn. Kim hatte die Verabredung mit Julie an dem Abend längst abgeschrieben. Sie würde sie morgen anrufen und hoffentlich ein neues Treffen vereinbaren.
Toms Fingernägel klickten auf dem Lenkrad. »Und, worauf wartest du? Geh schon.«
Kim zögerte. »Es ist ziemlich spät.«
»Unten brennt noch Licht. Ich warte hier, bis du drin bist.«
Toms Interesse galt dabei nicht ihrem Wohlergehen, das war ihr klar. Er wollte sich nur vergewissern, dass sie Wort hielt. Sie vermutete, dass er noch eine Weile hier draußen warten würde, nur

für den Fall, dass sie sich rasch wieder von Sanger verabschiedete und das Weite suchte.
Ein Beben durchlief ihren Körper, als sie den Weg zum Haus hochging. Es war das erste Mal, dachte sie, dass sie ganz unverschämt zu Joe Sangers Haustür spazierte und klingelte.
Aber ganz so unverschämt war es ja doch nicht. Joe war nicht mehr verheiratet, und sie war keine Studentin mehr. Sie fragte sich auf einmal, ob er den Lehrstuhl bekommen hatte, auf den er so versessen gewesen war. Wenn ja, konnte er ihn wieder verlieren, wenn seine Affären mit den Studentinnen ans Licht kamen. Sie musste an das Suchplakat für Laurel denken. Hatte Ronnie die Geschichte auch richtig verstanden? Hatte Joe sich wirklich nackt ausgezogen und versucht, Laurel ins Bett zu schleppen? Irgendwas daran kam ihr komisch vor. Kim konnte sich einfach nicht vorstellen, dass Laurel Joe Sangers Typ war. Aber vielleicht hatte sich sein Geschmack ja verändert, oder sie hatte seinen Geschmack immer falsch eingeschätzt.
Sie drückte die Klingel und wartete. Nichts tat sich. Sie war sich nicht sicher, ob sie überhaupt wollte, dass Joe aufmachte. Aber die Alternative – Tom – war auch nicht besser. Sie wusste wirklich nicht, was schlimmer wäre. Doch dann fiel ihr wieder ein, wie eiskalt sich die Mündung von Toms Pistole an ihrer Schläfe angefühlt hatte.
Sie klingelte erneut, hielt den Finger sekundenlang auf dem Knopf.
Schließlich rief eine barsche Männerstimme von innen: »Verschwindet. Bleibt mir mit euren verdammten Bibeln vom Leib.«
Kim runzelte die Stirn. Sie erkannte Joes Stimme, aber er hörte sich an, als wäre er betrunken oder nicht ganz bei Trost. Oder beides.
»Joe«, rief sie. »Ich bin's, Kim. Kim Burke. Bitte mach auf, Joe. Ich muss mit dir reden.«
»Wer?«
»Kim. Bitte. Joe.«
»Kim?« Er schrie fast. »Kim? Bist du das wirklich?«
»Mach auf, dann siehst du's.«

17

Kim hatte selten einen erwachsenen Mann weinen sehen. Und sie hatte noch keinen in Tränen aufgelösten Joe Sanger gesehen und weiß Gott auch nicht damit gerechnet. Doch der Mann schluchzte wie ein Kind und klammerte sich fest an sie.

»Du bist es wirklich«, stammelte er immer wieder zwischen Schluchzern. »Du bist es wirklich, Baby.«

Er roch nach Alkohol, und dem kurzen Eindruck nach zu urteilen, den Kim von ihm gewinnen konnte, ehe er sie an sich riss, sah er fürchterlich aus. Ja, sie konnte kaum glauben, dass er derselbe gepflegte Mann war, den sie achtzehn Monate zuvor so intim gekannt hatte.

»Ich mach dir einen Kaffee, Joe«, sagte Kim und tätschelte ihm instinktiv den Rücken, wie sie es schon bei so vielen Jugendlichen im Murray Center getan hatte, wenn sie vor Verzweiflung nicht weiterwussten.

»Hier war so ein Typ ... von den Zeugen Jehovas ... aber ich glaube ... das stimmt gar nicht ... Menschenskind, der hat mir eine reingehauen, Kim, wieso bloß?« Joe schluchzte nicht mehr so heftig, aber er hatte Schluckauf zwischen den Worten.

»War eine Frau dabei?«, fragte Kim.

»Ja ... ja ... ich glaube ... weißt du, was ich glaube, Kim?«

Kim wusste, was *sie* glaubte. Die Vorstellung, dass jemand Nathan Shapiro für einen Bibel schwingenden, christlichen Missionar hielt, entlockte ihr tatsächlich ein Schmunzeln.

»Ich glaub ... die beiden wollten ... mich ausrauben. Die Frau ...

die hat … das ganze Haus abgesucht … nach Wertsachen. Sie haben mich beklaut, ganz bestimmt.«

»Ich glaube nicht, dass sie was mitgenommen haben, Joe«, sagte Kim. Sie konnte sich ihm entwinden und ihn genauer in Augenschein nehmen. Seine Kinnpartie war gerötet und leicht geschwollen. Eindeutig eine frische Verletzung. Aber alles Übrige – die trüben Augen, die dunklen Ringe darunter, die fettigen Haare, die dichten Bartstoppeln – das kam nicht von heute auf morgen.

Und er roch unangenehm. Nicht nur nach Alkohol, sondern auch nach Schweiß. Wann hatte er zuletzt geduscht? Oder sich richtig angezogen? Der blassblaue Bademantel, den er trug, war fleckig und zerknittert. Der Mann, den sie da vor sich hatte, war ihr völlig fremd. Was zum Teufel war mit ihm geschehen?

Oder besser gesagt: Was zum Teufel hatte er getan, das der Grund für seine Verwahrlosung war?

»Geh duschen, Joe. Ich setz Kaffee auf und mach dir was zu essen.« Sie wollte ihn wieder nüchtern machen, ihm ein paar Fragen stellen. Es spielte keine Rolle mehr, dass Tom Roeder sie gezwungen hatte, hierherzukommen. Sie wusste nicht mal, ob er noch vor dem Haus parkte. Das hier war jetzt ihre Aufgabe.

Sie löste sich von Joe und wollte in die Küche, erinnerte sich wieder, wo sie war, von damals, als sie von der Veranda aus durchs Fenster ins Haus geschaut hatte, in der Hoffnung, dass Joe da war. Allein. Anderthalb Jahre war das jetzt her. Es kam ihr vor wie eine Ewigkeit.

Sie hatte noch keine zwei Schritte gemacht, als Joe ihr von hinten die Arme um die Taille schlang und sie an sich zog. Er fuhr mit den Lippen über ihren Hals. »Ich bin so froh, dass du wieder da bist, Kim. Ich liebe dich. Ich habe dich immer geliebt. Du hast ja keine Ahnung. Du hast ja keine Ahnung.«

»Da täuschst du dich, Joe«, sagte Kim kühl. »Da täuschst du dich gewaltig.«

»Darling, jetzt kann alles so werden, wie wir es geplant hatten, Darling«, fuhr Joe fort, ohne ihren Unterton herauszuhören.

»Was hattest du denn für dich und Laurel geplant, Joe?«

»Was?« Vielleicht sollte Kim denken, er hätte sie nicht richtig verstanden, aber seine Lippen an ihrem Hals verharrten, und sie spürte die plötzliche Anspannung in seinen Armen, die noch ihre Taille umschlangen.
Kim beschloss, gleich zur Sache zu kommen. Vielleicht wurde sie ja besser mit ihm fertig, solange er betrunken war. »Wo ist Laurel, Joe?«
Er ließ sie abrupt los. Er trat sogar zurück. Besser gesagt, er torkelte zurück.
Sie wandte sich ihm zu, sah, wie er mit zitternden Händen seinen Bademantel zuzog. Sie hatte seine Erektion gespürt, als er sich an sie drückte. Jetzt war ihm bestimmt jede Lust vergangen.
Joe hatte aufgehört zu weinen, doch sein Gesicht war noch immer tränennass. Er torkelte wieder einen Schritt zurück, als hätte sie eine ansteckende Krankheit. Von der Freude über ihr Wiederauftauchen in seinem Leben war ihm nichts mehr anzumerken.

18

Julie Fisher hatte Angst. Das sah Anne ihr deutlich an. Nate musste es gar nicht sehen, er konnte es spüren. Aber sie war nicht sehr kooperativ. Nur widerstrebend hatte sie sie in Dennis Parkers Wohnung gelassen, und sie hatte ihnen keinen Platz angeboten. Nun standen sie alle drei mitten in dem kleinen Wohnzimmer mit Küchenecke. Hinter Julie sah Anne den Fernseher laufen, aber mit abgedrehtem Ton. Ausgerechnet jetzt kamen die Lokalnachrichten mit den neuesten Meldungen über die Suche nach der vermissten Laurel Geller, ein Foto von ihr war in der oberen rechten Bildschirmecke eingeblendet.

»Wir wissen, dass Kim heute bei Ihnen war«, sagte Anne und ließ Laurels Mitbewohnerin keine Chance, es abzustreiten. »Der Sheriff hat sie hergefahren. Was ist dann passiert?«

»Nichts. Nichts ist passiert.« Julie zupfte an einem Faden, der sich am Ärmel ihres Pullovers gelöst hatte.

»Ihr beide habt euch unterhalten, richtig?«, hakte Anne nach.

»Höchstens zwei Minuten. Sie hat gefragt, ob ich irgendeine Idee hätte, wo Laurel sein könnte und … tja, ich hatte natürlich keine Idee. Sonst hätte ich das ja wohl der Polizei gesagt. Und ich hätte nicht den ganzen Tag bei der Suche nach ihr mitgemacht.«

»War Dennis Parker zu Hause, als Kim hier war?«, fragte Nate.

Julie zögerte. »Na ja … er war da, aber er war dabei, sich zum Dienst fertig zu machen. Hat sich rasiert und so …«

»Dann haben Kim und Dennis also nicht miteinander gesprochen?«, lautete Nates nächste Frage.
»Nein. Eigentlich nicht.«
Anne lächelte freundlich. »Ich vermute mal, das heißt, sie haben kurz miteinander gesprochen.«
Julie wurde rot. »Ja, stimmt. Aber kaum eine Minute.«
»Bestimmt keine besonders angenehme Minute«, bemerkte Nate.
Julie öffnete den Mund, um etwas zu erwidern, aber entweder sie überlegte es sich anders oder sie konnte sich nicht entscheiden, was sie sagen sollte.
»Sie wohnen hier mit Parker zusammen?«, fragte er.
»Ich wohne hier nicht richtig. Ich übernachte nur manchmal hier.«
Nate ließ ein paar Sekunden verstreichen, ehe er die nächste Frage stellte. »War Dennis Parker nicht mit Monica Meyers verlobt?«
Julies Augen schossen hoch und blickten Nate wütend an. »Nein. Nein, sie waren nicht verlobt. Sie hatten eine Beziehung, als ... als sie von Kims durchgedrehtem Freund ermordet wurde«, platzte sie heraus.
»Sie wirken ziemlich aufgeregt, Julie. Oder haben Sie Angst?«, sagte Anne leise. »Vor was haben Sie Angst?«
»Oder vielleicht besser: vor *wem*?«, warf Nate ein.
Julie holte tief Luft, um sich zu beruhigen, doch es schien nicht zu funktionieren.
»Kommen Sie, wir setzen uns.« Anne führte Julie zu einem schwarzen Kunstledersofa, das dem Fernseher gegenüberstand und zusammen mit einem passenden Sessel den größten Teil der Raumfläche einnahm. Ehe sie Platz nahm, stellte Anne den Fernseher ab, in dem gerade die Sportnachrichten begannen. Die aktuelle Meldung über Laurel war vorbei. Sie hatte nicht viel Zeit in Anspruch genommen. Kein Wunder, denn leider gab es ja nichts Neues. Aber andererseits waren keine Neuigkeiten vielleicht gute Neuigkeiten. Anne hoffte das jedenfalls für Laurel Geller. Und für Kim.
»Vor wem haben Sie Angst?«, wiederholte Nate.

Julie fing an zu weinen. »Ich glaube … er hat sie umgebracht.« Sie hob die Hände vors Gesicht. »Und … und ich habe schreckliche Angst, dass ich die Nächste bin.«

»Wen umgebracht?« Nate machte zwei Schritte nach vorn und hielt sich an der Rückenlehne des Sessels fest, der neben dem Sofa stand. Sein Herz raste.

»Laurel«, brachte Julie heraus.

»Wer hat Laurel umgebracht?«, fragte Anne mit einem raschen Seitenblick zu Nate, der offenbar genau wie sie zumindest erleichtert war, dass Julie nicht Kim gemeint hatte. Aber Anne wusste, dass er sich weiterhin Sorgen machte, wie sie selbst auch. Wenn Laurel Geller wirklich ermordet worden war und der Mörder es vielleicht auch auf Julie Fisher abgesehen hatte, dann war Kim womöglich ebenfalls in Gefahr.

Julie hatte noch immer das Gesicht in den Händen vergraben. Anne zog die Arme der jungen Frau herunter. »Was glauben Sie, wer hat Laurel getötet?«

»Vielleicht täusch ich mich ja. Vielleicht ist ja alles … in Ordnung mit ihr. Ich hätte das nicht sagen sollen …«

»Ob Sie sich täuschen oder nicht, ich will seinen Namen wissen«, sagte Nate unerbittlich.

Julie schüttelte den Kopf. »Nein, bitte. Nein. Ich … Bitte, ach bitte lassen Sie mich doch in Ruhe«, flehte sie. »Gehen Sie. Gehen Sie einfach.« Sie wollte vom Sofa aufstehen, doch Anne hielt sie am Ärmel fest und zog sie wieder zurück.

»Wenn Sie in Gefahr sind«, sagte Anne entschlossen, »gehen Sie ein größeres Risiko ein, wenn Sie uns nicht sagen, um wen es sich handelt. Und Laurel liegt Ihnen doch am Herzen, oder?«

Julie sah sie gekränkt an. »Natürlich liegt mir Laurel am Herzen. Ich … ich bin mir nur nicht sicher, ob er sie umgebracht hat. Ich mache mir wie verrückt Sorgen … und hab schreckliche Angst.« Die Studentin wirkte fast hysterisch.

»Wir möchten Ihnen helfen, Julie«, sagte Anne mit bewusst sanfter und beruhigender Stimme. »Und wir wollen Laurel finden.«

»Das können Sie nicht. Das werden Sie nicht. Es hat keinen Sinn.« Sie schüttelte heftig den Kopf.

»Julie, wir wissen, dass Laurel letztes Semester von Joe Sanger belästigt wurde«, sagte Nate.
Julies Mund klappte auf. »Woher wissen Sie das?«
»Erzählen Sie uns, was Sie von der Sache wissen, Julie«, sagte Anne leise.
Julie sah aus, als würde sie darüber nachdenken. Schließlich seufzte sie. »Sanger hat wohl geglaubt, wenn er Laurel verführen kann, wenn sie sich in ihn verknallt, dann behält sie es für sich. Er wusste ja nicht, dass er gar keine Chance bei ihr hatte.«
»Was sollte sie für sich behalten?«, fragte Anne.
Julie starrte auf ihren Schoß. »Ich wünschte … ich wünschte, sie hätte es mir nicht erzählt. Es ist gemein, so was zu denken, nicht? So … egoistisch. Aber ich kann nicht anders. Ich habe einfach so schreckliche Angst.«
»Was hat Laurel Ihnen denn nun erzählt? Machen Sie's doch nicht so spannend«, sagte Nate schroff, weil ihm langsam der Geduldsfaden riss.
Anne warf ihm einen mahnenden Blick zu, doch zu ihrem Erstaunen zeigte sein barscher Ton offenbar Wirkung. »Sie hat was in einem von Sangers alten Terminkalendern gesehen.« Julie schluckte schwer. »Als sie bei ihm gearbeitet hat. Sie sollte seine Akten ordnen. Alte Unterlagen ausmisten, die er nicht mehr brauchte. Aber dann ist ihr der Terminkalender von vor zwei Jahren in die Hände gefallen, und sie ist neugierig geworden.« Julie wollte lächeln, doch sie brachte nur eine gequälte Grimasse zustande.
Anne legte der Studentin eine Hand auf die Schulter. »Laurel hat nachgesehen, was er an dem Tag für Termine hatte, als die beiden Studentinnen ermordet wurden, richtig?«
Julie nickte.
»Und was hat sie gesehen?«, fuhr Anne fort.
Julie schloss wieder die Augen. Und dann, als würde sie vom Blatt ablesen, sagte sie mit ausdrucksloser Stimme: »20.00 Uhr, Pauline, Cliffwood, 22.00 Uhr, Kim, Lucky's.«
Eine Weile sagte keiner etwas.
Nate brach das Schweigen. »Hat Laurel den Terminkalender behalten?«

Julie schüttelte den Kopf. »Sanger hat ihn vernichtet.«
Und als Nate gerade einen Seufzer des Bedauerns ausstoßen wollte, fügte Julie hinzu: »Aber Laurel hat die Seite fotokopiert. Sie hat sie mir gezeigt.« Julies Hände flogen wieder hoch vor ihr Gesicht. »O Gott, wenn ich sie doch bloß nicht gesehen hätte.«
»Hat sie die Kopie der Polizei gezeigt?«
Julie schüttelte den Kopf. »Sie meinte, das wäre kein Beweis für irgendwas und sie würde es sich dadurch nur mit Sanger verscherzen. Sie brauchte den Job. Außerdem hatte er ihr zugesagt, dass sie bei ihm die Prüfung machen könnte.«
»Aber dann versucht er, sie zu vergewaltigen, und sie geht immer noch nicht zur Polizei«, sagte Anne. »Da sie kurz danach ihren Job bei ihm geschmissen hat, muss es für ihr Schweigen einen anderen Grund gegeben haben. Und sie hätte doch bestimmt einen anderen Englischprofessor als Prüfer gefunden.«
Julie seufzte. »Laurel hat gedacht, die sexuelle Belästigung glaubt ihr sowieso keiner. Da hätte Aussage gegen Aussage gestanden, noch dazu die Aussage des Leiters der anglistischen Fakultät gegen die einer erklärten Lesbe. Und außerdem hat Sanger sie am Tag danach angerufen und sich entschuldigt. Ich wette, dem ist die Muffe gegangen, weil ein paar Wochen später die Entscheidung anstand, ob er den Lehrstuhl kriegt oder nicht. Und damit Laurel seinen *kleinen Fauxpas* vergisst, wie er es ausgedrückt hat – das weiß ich von Laurel –, hat er ihr versprochen, bei einigen Dozenten nachzuhören, ob sie bei der Benotung ihrer Leistungen nicht ein wenig nachsichtiger sein könnten. Laurel hatte ein paar Klausuren versiebt und brauchte dringend die Scheine. Trotzdem hab ich ihr geraten, das Schwein anzuzeigen. Und ihre Freundin Ronnie hat ihr auch zugeredet. Aber sie wollte nicht. Und Laurel hat uns das Versprechen abgenommen, kein Sterbenswörtchen zu sagen.«
»Und Sie haben beide Wort gehalten?«, fragte Anne.
»Ich ja, ob Ronnie auch, weiß ich nicht.« Dann lachte sie schrill auf. »Aber dann, etwa einen Monat später, ist auf einmal eine andere Studentin, mit der Sanger was hatte, zum Dekan marschiert und hat behauptet, Sanger hätte sie zum Sex gezwungen. Aber

da stand natürlich Aussage gegen Aussage, und als das College sich auf Sangers Seite geschlagen hat, war das für Laurel gleich die Bestätigung dafür, dass das Gleiche passiert wäre, wenn sie was gesagt hätte.«

»War Laurel wütend darüber, dass die Sache so ausging?«, fragte Anne.

»Ganz bestimmt. Und ich glaube, sie hatte ein schlechtes Gewissen, weil sie die Geschichte nicht nachträglich noch gemeldet hat. Das hätte der Aussage der Kommilitonin mehr Glaubwürdigkeit verschafft.«

»Der Scheißkerl ist also ungeschoren davongekommen.« Nates Kommentar war ebenso eindeutig wie seine Gefühle.

»Damit war die Sache aber noch nicht zu Ende«, sagte Julie mit einem schwachen Lächeln der Genugtuung auf den Lippen. »In der Collegezeitung, dem *Currier Advocate*, erschien ein schonungsloses Interview mit der Studentin, die Sanger gemeldet hat. Das hat einen Riesenwirbel ausgelöst, vor allem bei den zahlenden Eltern. Mit der Folge, dass Sanger den Lehrstuhl nicht gekriegt hat. Er ist jetzt am College zur *Persona non grata* geworden und lässt nur noch seinen Vertrag auslaufen. Wahrscheinlich hofft er, an irgendeinem zweit- oder drittklassigen College noch eine Stelle zu finden.«

Julie blickte grimmig. »Aber er gehört nicht an ein anderes College. Er gehört hinter Gitter. Ich weiß, dass er etwas mit Laurels Verschwinden zu tun hat. Ich … ich weiß es einfach.«

»Wo ist die Fotokopie, die Laurel gemacht hat?«, fragte Nate.

»Keine Ahnung.«

»Haben Sie Kim die ganze Geschichte erzählt, als sie hier war?«

»Nein. Nein, aber ich wollte. Deshalb haben wir uns für neun Uhr bei mir zu Hause verabredet, aber sie ist nicht gekommen. Ich hab bis kurz vor zehn gewartet. Gott, hoffentlich ist ihr nichts passiert.«

Anne sah, wie die Farbe aus Nates Gesicht wich. Er war kurz davor, die Nerven zu verlieren, aber Anne hatte das Gefühl, unbedingt einen kühlen Kopf bewahren zu müssen. Einige Fragen waren noch immer nicht beantwortet, und das wurmte sie. »Warum haben Sie ihr nicht einfach alles erzählt, als sie da war?«

»Dennis weiß nichts von Sanger. Ich hatte Angst, es ihm zu sagen. Er hat es endlich geschafft, die Vergangenheit hinter sich zu lassen. Er ist felsenfest davon überzeugt, dass Scott Monicas Mörder ist. Und da Scott tot ist, konnte er nichts anderes tun als ... als trauern. So ganz allmählich geht es ihm wieder besser. Das heißt, es ging ihm besser, bis er Kim gesehen hat. Ich mache Kim keinen Vorwurf. Wirklich nicht. Aber verstehen Sie, wenn Dennis wüsste, dass Scott vielleicht gar nicht der Täter war, sondern möglicherweise Joe Sanger, dann ... Ich weiß nicht, wozu er fähig wäre. Er ist ziemlich aufbrausend, und wenn er denken würde, dass Sanger Monica auf dem Gewissen hat, dann könnte er ...« Sie biss sich auf die Unterlippe.

»Sie scheinen ja fest davon überzeugt zu sein, dass Sanger Monica und Pauline ermordet hat«, sagte Anne.

»Er war dort. Er war an dem Abend bei Pauline. Dem Abend, als sie ... die beiden ermordet wurden. Was, wenn er auch Scott umgebracht hat und es wie Selbstmord aussehen ließ, damit er nicht in Verdacht gerät – genau wie Scotts Bruder das seit achtzehn Monaten jedem vorbetet, der es hören will?«

»Wir wissen doch gar nicht, ob Sanger die Verabredung mit Pauline auch tatsächlich eingehalten hat.« Anne hatte auf Anwaltsmodus geschaltet. »Oder?«

Julie schüttelte den Kopf.

»Ich bezweifele, dass die Geschworenen Sanger aufgrund dieses einen Beweisstücks schuldig sprechen würden«, sagte Anne. »Oder dass es überhaupt für eine Anklageerhebung ausreichen würde.«

»Ich sage ja nicht, dass Sanger es mit Sicherheit war. Ich fürchte nur, Dennis könnte voreilige Schlüsse ziehen«, entgegnete Julie trotzig, als fühlte sie sich angegriffen. »Erst recht jetzt, wo Laurel vermisst wird.«

»Sie sagten vorhin, als Kim hier war, sei Dennis gerade dabei gewesen, sich fertig zum Dienst zu machen, nicht?«, schaltete Nate sich ein. Er hatte ein wenig die Fassung zurückgewonnen, obwohl er noch immer stark mitgenommen wirkte. »Warum haben Sie sich denn überhaupt mit ihr in Ihrer Wohnung auf der Prospect Street verabredet? Sie hätte doch wieder herkommen können, sobald Parker gegangen war.«

Julie blickte ihn an. »Ich hatte gehofft … gedacht, die Fotokopie wäre vielleicht noch irgendwo in unserer Wohnung. Und Kim hätte mir beim Suchen helfen können. Mag sein, dass die Kopie vorher nicht wichtig war, aber jetzt, wo … wo Laurel verschwunden ist, könnte sie von Bedeutung sein. Und wenn Sanger sich in die Enge getrieben fühlt, dann … sagt er der Polizei vielleicht, was … was mit Laurel passiert ist.« Tränen liefen Julie über die Wangen. »Wir haben ja nicht bloß zusammengewohnt, sie war … ist … auch meine beste Freundin.«

Irgendetwas ließ Anne noch immer keine Ruhe. »Wieso sollte Sanger so lange warten, sechs Monate, ehe er sich Laurel schnappt? Wieso gerade jetzt? Warum nicht damals, als er mit seinem Verführungsversuch so kläglich abgeblitzt ist?«

»Weil Laurel die ganze Zeit Stillschweigen bewahrt hat.« Julies Stimme war kaum mehr als ein Flüstern. »Ich schätze, er hat gedacht, dass er von ihr nichts zu befürchten hat.«

»Und wann sind ihm dann erste Befürchtungen gekommen?«, fragte Anne.

Julie fing wieder an, mit dem losen Faden zu spielen, die Stirn in tiefe Sorgenfalten gelegt.

»Wir wissen, dass Laurel Sanger kurz vor ihrem Verschwinden angerufen hat«, sagte Nate.

Julie stand nervös vom Sofa auf und ging zum Kühlschrank. Sie nahm eine Flasche Wasser heraus, schraubte den Verschluss ab und trank mehrere Schlucke, bevor sie sprach.

»Laurel hat einen jüngeren Bruder, der schwer krank ist. Letzte Woche hat ihre Mutter angerufen und Laurel erzählt, dass Jamie dringend eine Operation braucht, die Versicherung aber nur einen kleinen Teil der Kosten übernimmt.« Julie bedachte Anne mit einem ernsten Blick. »Laurel wollte kein Geld von Sanger erpressen, das weiß ich. Sie hat ihn nur angerufen, um ihn … um ein Darlehen zu bitten. Sie hätte ihm das Geld zurückgezahlt. Aber der Drecksack hat sich bloß tierisch aufgeregt. Er hat wohl gedacht, sie wollte ihn jetzt doch noch anzeigen wegen des Vergewaltigungsversuchs, und er hat angefangen, ihr zu drohen. Statt einen Rückzieher zu machen und beruhigend auf Sanger einzureden, hat Laurel die Beherrschung verloren. Sie ist nämlich auch ziemlich aufbrausend.«

Julie trank noch mehr Wasser. »Sie hat ihm gesagt, dass sie gar nicht vorgehabt hatte, ihn anzuzeigen, dass sie es sich nun aber vielleicht doch noch anders überlegen würde. Und dann ...« Julie trank die Flasche leer, »dann hat sie ihm von der Fotokopie erzählt. Und gesagt, sie würde damit zur Polizei gehen.«

Tränen stiegen Julie in die Augen und liefen ihr übers Gesicht. »Und kurz darauf ... ist Laurel verschwunden.«

19

Kim versuchte mehrere Minuten lang, Joe Sanger zum Reden zu bringen, doch er nickte immer wieder ein. Schließlich konnte sie ihn dazu bewegen, nach oben und unter die Dusche zu gehen, was seine Lebensgeister hoffentlich wieder wecken würde.

Sobald er sich die Treppe hochgeschleppt hatte, verschwand sie in der Küche, um für ihn eine Kanne schwarzen Kaffee aufzusetzen. Sie fand nur ein altes Glas Instantkaffee. Sie sah im Kühlschrank nach. Die Milch war sauer. Der sonstige Inhalt bestand aus ein paar alten Gewürzdosen und dem traurigen Rest eines Sandwiches, das nicht wieder eingepackt worden war. Die Brotscheiben steinhart, der Wurstbelag nicht identifizierbar.

Kim warf es in den Müll, setzte dann Wasser auf. Sie spülte eine von etlichen schmutzigen Tassen, die in der Spüle standen, gab zwei Esslöffel Instantkaffee hinein, und stöberte dann in den Schränken nach irgendetwas Essbarem in Dosen, das sie für Joe warm machen konnte. Auch die Speisekammer bot nicht viel, doch schließlich entschied sie sich für eine Hühnersuppe mit Nudeln.

Sie empfand tatsächlich einen Anflug von Mitleid für Sanger. Er war wahrhaftig in schlechter Verfassung. Aber dieser Anflug verging rasch wieder.

Auch wenn der Mann sonst nichts verbrochen hatte, er war und blieb ein verabscheuungswürdiger, mieser Frauenheld.

Und wenn er doch noch mehr verbrochen hatte?

Kim lief ein Schauer über den Rücken. War an Tom Roeders Beschuldigungen etwas dran? Konnte es sein, dass der Mann, mit dem sie einst eine leidenschaftliche Affäre erlebt hatte, von dem sie einst geglaubt hatte, dass sie ihr Leben mit ihm verbringen wollte, ein kaltblütiger Mörder war?

Sie hörte oben die Dusche laufen. Ob Joe danach wieder etwas nüchterner war? Vielleicht wenn er den starken Kaffee getrunken und etwas gegessen hatte? Würde sie dann zu ihm durchdringen? Würde er ihr vertrauen, mit ihr reden? Würde sie die Wahrheit erfahren?

Würde sie die Wahrheit vertragen?

Wäre sie nicht so tief in Gedanken gewesen, hätte Kim vielleicht die leisen Schritte auf dem Fliesenboden gehört, die sich ihr näherten. Doch auch ohne die Schritte zu hören, spürte sie plötzlich, dass sie nicht mehr allein im Raum war. Aber es war zu spät. Zu spät, um auch nur den Kopf zu drehen und einen Blick auf die Person zu werfen, die sich von hinten an sie herangeschlichen hatte.

Zu spät für irgendeine Reaktion, denn schon krachte ihr ein harter Gegenstand auf den Hinterkopf.

Kim spürte einen entsetzlichen Schmerz. Doch nur für einen Augenblick.

Dann spürte sie nichts mehr.

»Fahr doch schneller!«, blaffte Nate Anne an, die auf der kurvenreichen Straße bereits über neunzig fuhr, obwohl nur fünfzig erlaubt waren.

Fast hätte sie ebenso aggressiv zurückgeblafft, doch stattdessen sagte sie mit leiser, fast flüsternder Stimme: »Ich hab genauso große Angst wie du, Nate.«

Er legte eine Hand auf ihren Oberschenkel. »Ich weiß. Ich bin froh, dass du bei mir bist, Annie.«

»Ich auch«, gestand sie. Es war, wie sie wusste, ein großes Eingeständnis. Er drückte kurz ihren Oberschenkel und nahm die Hand zurück. Er wusste es ebenso.

»Versuch nochmal, ob du Lynch auf dem Handy erreichst«, sagte sie, nachdem sie einige Minuten geschwiegen hatten. »Sag ihm, wir sind in zirka zehn Minuten bei Sanger.« Sie hoffte, es noch schneller zu schaffen.

Als Nate an seinem Handy eben die Wahlwiederholung drücken wollte, klingelte es. Er konnte die Nummer im Display nicht lesen, betete aber, dass es Lynch war.
Er war es.
Sobald Nate den Sheriff an der Stimme erkannt hatte, fing er an, ihm von Sanger zu erzählen. Doch er kam nicht weit.
»Man hat eine Leiche gefunden, Nate.«
Nate schloss die Augen. »O Gott.«
Anne warf ihm einen Blick zu, nahm instinktiv Gas weg.
»Ist sie –?« Nates angstgeschwängerte Stimme erstarb.
»Weiblich. Mehr weiß ich noch nicht. Zwei Studentinnen haben sie im Wald gefunden. Die, die angerufen hat, war völlig fertig. Ich bin fast da.«
»Wo?«
»Hören Sie, ich melde mich, sobald –«
»Verdammt, wo ist sie?«, schrie Nate.
»Wir wissen noch nicht, wer die Tote ist«, rief Zach ihm sanft in Erinnerung, konnte jedoch die Furcht in seiner Stimme nicht verbergen.
Nate wiederholte die Frage, diesmal ohne *verdammt*.
»Hollenbeck Park. Sie fahren die Main Street in nördlicher Richtung …«
Nate wiederholte Zachs Wegbeschreibung für Anne. Während sie lauschte, merkte sie mit einem eiskalten Frösteln, dass sie bereits in diese Richtung fuhren. Der Hollenbeck Park lag an der Hollenbeck Street, eine Straße hinter dem Chapel Drive, wo sie hinwollten und wo sie schon einmal am früheren Abend gewesen waren. Die Straße, in der Joseph Sanger wohnte.

Als Anne in die Hollenbeck Street bog, sah sie die Blaulichter von zwei Polizeiautos. Im Rückspiegel tauchte ein weiteres Fahrzeug mit Blaulicht auf. Ein Rettungswagen. Als der Fahrer hupte, um ihr zu signalisieren, dass er überholen wollte und sie Platz machen sollte, gab sie einfach Gas und beschleunigte.
Sie war schon den ganzen Weg über viel zu schnell gefahren. Nachdem Nate ihr gesagt hatte, dass Lynch nicht wisse, wer die Tote sei, hatte keiner von ihnen ein Wort gesagt. Was gab es auch

zu sagen? Anne musste ihre ganze Aufmerksamkeit aufs Fahren richten, damit sie keinen Unfall baute. Ihre Hände zitterten am Lenkrad, und bei dem halsbrecherischen Tempo, das sie fuhr, wäre der Wagen ein- oder zweimal fast aus der Kurve geflogen. Nate wurde unsanft in seinem Sitz hin und her geworfen, und er hörte in jeder Kurve die Reifen quietschen, aber er forderte sie nicht auf, das Tempo zu drosseln. Hauptsache, sie wären möglichst schnell im Hollenbeck Park.

Doch als Anne schließlich stoppte, mit einer Hand den Motor abstellte und mit der anderen die Fahrertür aufstieß, blieb Nate wie angewurzelt sitzen.

Zunächst dachte Anne, er wollte bloß warten, dass sie ihm beim Aussteigen half, doch als sie um den Wagen herumgelaufen war und die Tür öffnete, rührte Nate sich noch immer nicht.

»Wenn ... wenn es Kim ist ...« Seine Stimme war heiser. Panik und die Vorahnung von grenzenloser Trauer war tief in jedes Wort, in jede Falte seines Gesichts eingeprägt.

Anne nahm seine Hand. Sie hatte das Gefühl, einen Eisblock zu umfassen. »Möchtest du, dass ich nachsehe ...?«

»Nein. Nein, ich bin gleich so weit.«

Anne hielt seine Hand und sah zu dem Rettungswagen hinüber, der hinter ihrem Auto angehalten hatte. Zwei Sanitäter sprangen heraus und verschwanden hinter der Rückseite ihres Fahrzeugs. Sekunden später tauchten sie mit einer Trage wieder auf. Anne wusste, dass sie den Leichnam zur Gerichtsmedizin bringen würden.

Sie beobachtete, wie die beiden Männer Richtung Park strebten, der mit seinen dichten Bäumen eher einem Wald glich. In etwa hundert Metern Entfernung konnte sie das gelbe Polizeiband ausmachen, das um eine Gruppe Kiefern gespannt war. Das da hinten war ein Tatort. Anne blickte wieder Nate an, hielt weiter seine Hand. Sie war froh, dass er das Absperrband der Polizei nicht sah. Obwohl er es sich denken konnte. Aber schon der Anblick an sich war schauerlich. Und erst recht die Vorstellung, die aufgefundene Tote könnte Kim sein.

Dann sah sie, wie zwischen den Bäumen eine große Gestalt auftauchte und sich unter der Absperrung hindurch duckte. Als das rotierende Blaulicht der Streifenwagen auf die Gestalt fiel, erkannte Anne Zach Lynch. Er traf die beiden Sanitäter auf halbem Weg zu dem abgeriegelten Bereich und blieb bei ihnen stehen. Nach einem kurzen Gespräch setzten sie die Trage ab und warteten.

Anne konnte sich denken weshalb: Der Leichnam durfte noch nicht bewegt werden, weil die Spurensicherung noch bei der Arbeit war. War die Frau *hier* ermordet worden? Oder irgendwo anders und dann hierher geschafft worden?

Plötzlich wurde Anne mit Entsetzen klar, dass Joe Sangers Garten auf der anderen Seite an den Park grenzte.

Zachs Blick fiel auf Anne, und er kam mit schnellen Schritten auf sie zu. Anne hielt den Atem an. Ihr ganzer Körper erstarrte.

Nate musste die Anspannung ihrer Hand gespürt haben. »Was ist?«

»Da kommt Lynch.« Ihre Stimme zitterte.

Als er sich auf Hörweite genähert hatte, sagte Zach sofort: »Es ist nicht Kim.«

Anne fing vor Erleichterung an zu weinen.

Nate stieß einen langen, dankbaren Seufzer aus. Dann stieg er aus dem Wagen. »Ist es Laurel Geller?« Seine Stimme war jetzt fest. Die Stimme eines Polizisten.

»Nein. Die Tote muss schon länger dort liegen. In einem flachen Grab. Wir haben sie noch nicht identifizieren können. Aber sie ist jung. Ich tippe auf Studentin.«

20

Zach Lynch ging als Erster zur Haustür und wollte gerade klingeln, als Nate ihn am Ellbogen beiseitezog und die Tür eintrat.

»Nicht zu fassen«, knurrte Zach wütend, stürmte aber gleich hinter Nate ins Haus, gefolgt von Anne.

Von links, wo es von der Diele ins riesige Wohnzimmer ging, waren Geräusche zu hören. Laufende Schritte, ein Schlag, berstendes Glas, dann mehrmaliges lautes Stöhnen.

Ein Streifenpolizist, den Zach hinters Haus zur Terrasse geschickt hatte, rief: »Ich hab ihn.«

Wieder ertönte das Stöhnen.

Zach lief durch den großen Raum zur Glasschiebetür, die zersplittert war. Er sah einen Stuhl auf dem Boden liegen – er vermutete, dass damit die Scheibe eingeschlagen worden war –, und gleich hinter der Terrasse drückte der Kollege in Uniform einen sich heftig wehrenden Mann auf den Rasen und versuchte, ihm Handschellen anzulegen.

Zach schob sich vorsichtig durch die geborstene Scheibe und kam seinem Kollegen zu Hilfe.

Anne blieb vor der Schiebetür stehen und starrte so gebannt auf das Geschehen, dass sie nichts anderes sah oder hörte.

Nate dagegen vernahm trotz des Tumultes sehr wohl ein Geräusch in dem großen Raum. Nur ganz kurz, aber er wusste, dass es von irgendwo hinter ihm kam, mehr zu seiner Rechten als zu seiner Linken. Und es war ein Stück entfernt. Er drehte sich um und ging auf das Geräusch zu, wobei er sich mit zusammengekniffenen Augen behutsam seinen Weg suchte, um nicht gegen irgendein Möbelstück zu stoßen.

Er übersah allerdings die Granitkante der Küchentheke und stieß einen Fluch aus, als er dagegenprallte. Anne, die gerade sah, wie Lynch und der Officer den Flüchtigen draußen auf die Beine zerrten, wirbelte herum, als sie Nate vor Schmerz aufheulen hörte. Sie sah ihn an der langen Theke vorbeieilen, die die Küche vom Wohnbereich trennte.

»Kim«, rief Nate, und Anne stürzte hinüber zur Küche.

Nate kauerte schon auf dem Boden und hielt Kim in den Armen. Kim stöhnte leise.

Anne fiel neben den beiden auf die Knie. »Was ist passiert?«, fragte sie und begann, Kim nach Anzeichen einer Verletzung abzusuchen.

»Ich … ich hab einen Schlag auf den Kopf bekommen«, murmelte Kim und verzog vor Schmerz das Gesicht, als sie sich aufsetzen wollte. Nate hielt sie fest. »Nicht bewegen. Schön tief durchatmen. Es ist alles in Ordnung.« Er hatte Tränen in den Augen.

Draußen auf der Terrasse schrie ein Mann. »Ich hab nichts getan. Lasst mich los, verdammt …«

»Klappe«, blaffte Zach zurück. Dann rief er ins Haus: »Habt ihr sie gefunden?«

»Ja«, rief Nate. »Sie hat eins über den Kopf gekriegt, aber sie ist bei Bewusstsein. Bringen Sie den Scheißkerl rein.« Was Nate vorhatte, lag auf der Hand. Er wollte den Mistkerl in Stücke reißen.

Anne konzentrierte sich nur auf Kim: »Wo bist du getroffen worden?«

Kim wollte den Arm heben, um sich an den Hinterkopf zu fassen, doch sie war zu schwach.

Das genügte Anne, um die Stelle zu finden. Ganz vorsichtig betastete sie den Bereich. Kim verzog erneut das Gesicht, gab aber keinen Mucks von sich.

»Eine ganz schöne Beule. Aber es blutet nicht. Du hast einen echten Dickschädel, Kleines«, sagte Anne.

»Das war mir klar«, sagte Nate schroff, doch die Erleichterung stand ihm ins Gesicht geschrieben.

»Aber du musst trotzdem zum Arzt«, fügte Anne hinzu. »Vielleicht hast du eine Gehirnerschütterung.«

»Sie soll erst bestätigen, dass Sanger sie angegriffen hat, dann kannst du sie ins Krankenhaus bringen«, sagte Nate zu Anne.

Aber es war nicht Sanger, den Zach und der Streifenpolizist jetzt ins Haus schleppten. Der Mann, der noch immer laut schimpfte und jetzt die Hände auf dem Rücken gefesselt hatte, war Tom Roeder.

»Wie oft soll ich das noch sagen, ich hab sie nicht angefasst. Ich hab sie reglos auf dem Boden liegen sehen. Ich hab gedacht, sie sei tot, echt.«

Nate hatte Kim behutsam in Annes Obhut gegeben und war aufgestanden. Jetzt ging er auf Roeder zu.

»Du meinst, du hast gehofft, du hättest sie umgebracht«, knurrte er durch zusammengebissene Zähne.

Und ballte die Fäuste.

Nate wusste nicht, ob Roeder Kim wirklich niedergeschlagen hatte. Aber das interessierte ihn im Augenblick auch nicht. Er kochte vor Wut, und er musste sich an irgendwem abreagieren. Roeder, Sanger, egal wer. Sollten sie doch kommen. Er würde sie in Grund und Boden prügeln.

21

»Wo ist Joe?«, fragte Kim mit noch immer zittriger Stimme. Zach hatte sie zu dem buttergelben weichen Sofa vor Sangers Kamin getragen. Dann hatte er den Polizisten angewiesen, den nach wie vor widerspenstigen Tom Roeder in Handschellen zum Präsidium zu schaffen und in eine Zelle zu sperren. Auf die Frage, mit welcher Begründung Roeder festgenommen werden sollte, erwiderte Zach, vorläufig wegen Einbruchs.

Anne telefonierte mit dem Medical Center, um Kim für eine Röntgenaufnahme anzumelden.

»Wo ist er?«, wiederholte Kim und blickte von Zach, der auf der Couchtischkante saß, zu Nate hoch, auf dessen Schoß ihr Kopf lag. »Er war unter der Dusche. Ich hab das Wasser laufen gehört, und dann …«

»Um wie viel Uhr waren Sie hier, Kim?«, fragte Zach.

Sie überlegte angestrengt. »Es muss kurz nach elf gewesen sein. Ja, auf der Uhr an der Mikrowelle war es fünf nach elf.«

»Und wann sind Sie niedergeschlagen worden?«

»So ungefähr zehn Minuten später, schätze ich. Wie spät ist es jetzt?«

»Gleich fünf nach halb zwölf. Dann waren Sie rund zwanzig Minuten bewusstlos.«

»Und Joe?«

»Der ist nicht im Haus«, sagte Zach. »Sein Wagen ist auch weg«, fügte er hinzu. »Vielleicht hat er das Wasser angedreht, ist aber gar nicht unter die Dusche gegangen.« Während Anne und Nate sich noch um Kim kümmerten, hatte Zach bereits die

Fahndung nach Sanger rausgegeben. Der Mistkerl war offensichtlich abgehauen. Ob er noch mehr getan hatte, war reine Vermutung. Und Zach wusste noch immer nicht, wie Tom Roeder in das Puzzle hineinpasste. Er hoffte aber, dass Kim ihm einige Antworten liefern konnte.

Anne legte auf und kam zum Sofa. »Okay, fahren wir«, sagte sie und fügte an Zach und Nate gewandt hinzu: »Ihr könnt Kim weitere Fragen stellen, wenn sie durchgecheckt worden ist.«

Die beiden Männer nickten, und Zach stand auf.

Kim hob den Kopf, verzog aber das Gesicht, als ihr ein heftiger Schmerz durch den Kopf jagte.

»Nun stehen Sie doch nicht einfach nur rum«, schalt Anne den Sheriff. »Heben Sie sie hoch. Sie ist wirklich nicht in der Verfassung, zum Wagen zu gehen.«

Zach hätte fast salutiert, wie in der Ausbildung.

Er blickte auf Kim hinunter, zögerte, weil er sich daran erinnerte, wie nervös sie früher am Abend schon auf den harmlosen Händedruck reagiert hatte. »Ist Ihnen das recht?«

»Natürlich ist ihr das recht«, sagte Anne ungehalten. »Soll sie Ihnen eine schriftliche Erlaubnis geben?«

Doch erst als Kim lächelte, reagierte er. Und als er sie von der Couch nahm, waren ihre Muskeln völlig entspannt. Sie schlang sogar die Arme locker um seinen Hals und lehnte den Kopf an seine Brust.

Mann, war das schön, sie in den Armen halten. Es würde ihm schwerfallen, sie wieder loszulassen.

Während Kim im Medical Center geröntgt wurde, gingen Nate und Anne mit Zach nach draußen vors Gebäude und schilderten ihm detailliert ihr beunruhigendes Gespräch mit Julie Fisher.

Zach hörte ihnen mit deutlich besorgter Miene zu. Dann schilderte er ihnen seine eigenen Zweifel daran, dass Scott Roeder die beiden Studentinnen ermordet und sich anschließend selbst das Leben genommen hatte. »Als ich rausfand, dass Roeder Linkshänder war, wollte ich den Fall unbedingt wieder aufrollen, aber Wesley saß damals noch am Ruder, und er meinte, meine Theo-

rie sei an den Haaren herbeigezogen und er könne sie in null Komma nichts widerlegen – was er auch getan hat.«
»Er hatte es anscheinend furchtbar eilig, Ihre Theorie abzutun«, sagte Anne.
»Aus rein egoistischen Gründen«, sagte Zach. »Dieser abgeschlossene Fall machte sich ganz gut in seiner Personalakte, denn zu der Zeit war er wegen sexueller Belästigung einer jungen Kollegin in Schwierigkeiten geraten.«
»Wesley und Sanger, zwei vom selben Schlag«, murmelte Anne abfällig.
»Ja, bloß mit dem Unterschied, dass einer vielleicht drei Menschen ermordet hat«, sagte Nate.
Zachs Handy klingelte. Er klappte es rasch auf. »Was gibt's?«
Anne ergriff Nates Arm. Sie hoffte inständig, dass Joe Sanger gefasst worden war. Oder Laurel Geller gefunden – lebend.
Zach nickte, zog dann Notizblock und Stift aus der Tasche seiner marineblauen Windjacke. Er ging in die Hocke, legte den Block auf seinen Oberschenkel und drehte sich so, dass das Licht aus den Krankenhausfenstern darauf fiel. Dann begann er zu schreiben. »Ja ... Buchstabieren Sie ... Ich hab's ... Okay ... Verstanden ...«
Wind war aufgekommen, und Anne schauderte, als sie sich das Haar aus dem Gesicht strich. Nate legte seinen Arm um sie. Es war die intimste Geste zwischen ihnen seit ihrer Scheidung. Es war ein seltsames Gefühl. Aber gut.
»Sind Sie ganz sicher? Mein Gott.« Zach notierte wieder etwas. »Ich will ihre Collegeakte sehen. Und ich will jeden sprechen, mit dem sie befreundet war.«
Zach presste die Lippen aufeinander, während er der Person am anderen Ende der Leitung lauschte. Er runzelte die Stirn. »Ja, ich setz mich mit ihnen in Verbindung. Besorgen Sie mir die Nummer. Wo? Ach du Schande, wie schreibt sich das?« Er notierte sich wieder etwas. »Ich hoffe, die verstehen unsere Sprache.«
Nach einem weiteren kurzen Hin und Her legte Zach auf. Er erhob sich langsam. »Die junge Frau, die im Hollenbeck Park gefunden wurde, ist identifiziert. Sie heißt Greta Jacobson. Sie

war eine Austauschstudentin aus Schweden.« Er blickte auf seine Notizen. »Malmö.«
»Wann wurde sie als vermisst –«
Zach hob eine Hand, bevor Anne die Frage zu Ende formulieren konnte.
»Ich erzähle einfach kurz, was ich weiß«, sagte er. »Laut Obduktionsbericht ist sie vor vier bis sechs Monaten gestorben. Also zwischen April und Juni.«
»April«, wiederholte Anne. »Da lagen die Morde genau ein Jahr zurück.« Sie blickte Nate an. »Laurel Geller war im April bei Kim in New York –«
»Wir müssen nachprüfen, ob Laurel Greta Jacobson kannte«, sagte Nate. »Ob es da eine Verbindung gibt.«
»Und ob es eine Verbindung zwischen Greta Jacobson und Joe Sanger gibt«, fügte Anne hinzu.
Zach nickte. Er hatte sich schon beides vorgenommen. »Ich hoffe außerdem, dass wir den Todeszeitpunkt genauer eingrenzen können, wenn wir mit Leuten aus ihrem Umfeld gesprochen haben – Freunde, Dozenten, Vermieter. Wenn wir wissen, wer sie wann zuletzt gesehen hat.«
Er stockte einen Moment und sagte dann bedrückt: »Sie wurde nicht als vermisst gemeldet.«
»Seltsam«, sagte Anne.
»Wahrscheinlich gibt's dafür irgendeine Erklärung«, sagte Nate. »Das ist doch meistens so.«
»Sie wurde ermordet, nehme ich an«, sagte Anne.
Zach räusperte sich. »Todesursache waren zahlreiche Stichverletzungen.«
Anne lehnte sich etwas stärker gegen Nate, dessen Arm noch immer ihre Schulter umfasst hielt.
»Ich muss los«, sagte Zach. »Ich halte Sie auf dem Laufenden.« Er blickte an ihnen vorbei zum Krankenhaus. »Und Sie mich bitte auch, ja? Sagen Sie mir Bescheid, ob Kim zur Beobachtung dableiben muss oder mit Ihnen zum Hotel fahren kann. Ich möchte sie später noch sehen.« Er spürte, wie ihm die Hitze den Hals hochkletterte. »Um … ihre Aussage aufzunehmen.«
Er wollte sich schon umdrehen, blickte sie dann noch einmal

an. »Ich finde, Kim sollte nicht allein sein, solange Sanger auf freiem Fuß ist. Ich schicke einen von meinen Leuten …«
»Das ist wirklich nicht nötig, Zach«, sagte Nate mit fester Stimme. »Annie und ich lassen sie nicht mehr aus den Augen, bis die Sache ausgestanden ist.«
Zach lag auf der Zunge, dass ein fast blinder Excop und eine Anwältin vielleicht nicht unbedingt die besten Bodyguards für Kim waren, doch er verkniff sich die Bemerkung. Er selbst hatte sich in dieser Hinsicht auch nicht gerade mit Ruhm bekleckert.

Kim fühlte sich inzwischen etwas besser. Eine Krankenschwester hatte ihr zwei leichte Schmerztabletten gegeben, und die hatten geholfen. Nun wurde sie langsam unruhig und konnte es kaum erwarten, dass endlich ein Arzt erschien und ihr sagte, es sei alles in Ordnung und sie könne das Krankenhaus verlassen. Sie konnte Krankenhäuser nicht ausstehen, aber vor allem dieses hier nicht. Es löste zu viele unangenehme Erinnerungen aus. Sie wusste, dass der Arzt, der ihre Röntgenaufnahmen begutachtete, nach einem Blick in ihre Patientenakte feststellen würde, dass sie vor anderthalb Jahren auf der psychiatrischen Station behandelt worden war. Würde der Psychiater von damals, Dr. Schnessel, auftauchen, um ihren emotionalen Zustand zu überprüfen? Damit musste sie rechnen.
Sie fuhr leicht zusammen, als der Vorhang um ihr Bett aufgezogen wurde. Doch sie atmete nicht etwa erleichtert auf, weil endlich der ersehnte Arzt gekommen war. Der Arzt, der da vor ihr stand, war nämlich Dennis Parker. Er hatte eine Mappe mit Röntgenaufnahmen in der Hand, und nachdem er an ihr Bett getreten war, drehte er sich um und zog den Vorhang wieder zu.
»Du bist ein richtiger Glückspilz, Kim.«
Sie hörte weder Feindseligkeit noch Enttäuschung aus seiner Stimme heraus. Sie erinnerte sich daran, dass sie am frühen Abend kurz gedacht hatte, er könnte der Unbekannte sein, der sie auf dem Campus überfallen hatte. Doch nachdem sie gleich anschließend auf dem Parkplatz von Tom Roeder gekidnappt worden war, hatte sie Scotts Bruder für den Angreifer gehalten.

Da sie Dennis als Verdächtigen ausschloss, hatte sie nicht mehr so große Angst vor dem Assistenzarzt. Aber sie war trotzdem angespannt, wusste sie doch, was für Gefühle Dennis Parker ihr entgegenbrachte.
Davon war jedoch jetzt nicht das Geringste zu spüren. Er wirkte sehr sachlich und professionell, als er die vier Röntgenaufnahmen auf den Leuchtkasten an der Wand klemmte.
»Zwei Zentimeter tiefer«, sagte er mit dem Rücken zu ihr, »und die Sache sähe ernster aus.« Er studierte die Fotos nacheinander. »Du solltest vielleicht über Nacht noch zur Beobachtung hierbleiben –«
»Ich würde lieber nach Hause«, fiel Kim ihm ins Wort, fügte aber sogleich der Klarheit halber hinzu: »Ich meine, in das Hotel, wo ich mich eingemietet habe, bis Laurel gefunden wird.«
Er sammelte die Röntgenbilder wieder ein, schaltete den Leuchtkasten aus und drehte sich langsam um. »Als du heute Abend bei mir an der Tür aufgetaucht bist, hast du mich auf dem falschen Fuß erwischt. Ich hab mich schlecht benommen. Dafür entschuldige ich mich.« Er brachte ein schwaches Lächeln zustande. »Ist anscheinend ein Verhaltensmuster von mir.«
»Tatsächlich?«, fragte Kim völlig ernst, weil ihr einfiel, dass sie selbst schon mal etwas Ähnliches gedacht hatte.
»Nein«, sagte er mit strengem Blick. »Nur bei dir. Normalerweise bin ich ganz umgänglich. Und ich bin nicht cholerisch. Aber es wühlt mich noch immer ziemlich auf, wenn ich daran denke …« Seine Kiefermuskulatur zuckte. »… wenn ich daran denke, was mit Monica passiert ist.«
»Und du gibst mir immer noch die Schuld dafür«, sagte Kim und beobachtete ihn gespannt. »Du willst dafür sorgen, dass ich das niemals vergesse, stimmt's?«
Nichts in seinem Gesicht verriet, dass er derjenige sein könnte, der ihr schon die ganze Zeit diese Briefe schickte oder überbrachte. »Ich bezweifle, dass du es vergessen könntest, selbst wenn du wolltest. Genauso wenig wie ich«, sagte er leise.
»Was ist mit Julie?«, fragte Kim nach einem langen Augenblick.
»Was soll mit ihr sein?«

»Liebst du sie?«

Er blickte Kim eindringlich an. »Mein Herz gehört immer noch Monica. Aber dafür hat Julie volles Verständnis. Und das bedeutet nicht, dass ich Julie nicht liebe.«

Und, so dachte Kim im Stillen, es bedeutet ebenso wenig, *dass* er sie liebte.

Wieder wurde der Vorhang aufgerissen. Anne kam hereingeeilt, blickte rasch von Kim zu dem Arzt.

»Wie geht's ihr?«

»Dr. Parker meint, ich sei ein Glückspilz, Anne.«

22

Zach verschob das Gespräch mit Kim auf den nächsten Morgen. Sie hatte die Nacht nicht im Krankenhaus bleiben wollen und war mit Anne und Nate zum Hotel gefahren. Anne hatte bei Kim im Zimmer übernachtet, Nate im angrenzenden Zimmer, die Verbindungstür einen Spalt weit offen. Nur für alle Fälle. Kim hatte als Einzige geschlafen, wenn auch unruhig. Es schwirrten ihr einfach zu viele Gedanken durch den Kopf, unzusammenhängende Splitter, wie Scherben von zerbrochenem Glas. Wie die Scheibe, die Tom Roeder am Abend zuvor in Joes Haus eingeschlagen hatte. Wer einen Spiegel zerbricht, so der Aberglaube, wird sieben Jahre lang vom Pech verfolgt. Galt das auch bei einer zerbrochenen Scheibe? Wie viel Pech hatte das zur Folge? Und für wen?

Als Kim duschte und sich die Haare wusch, spürte sie schmerzhaft die Beule am Hinterkopf. Ansonsten jedoch fühlte sie sich erstaunlich gut. Sie hatte wirklich nochmal Glück gehabt.

Als Zach um kurz nach neun eintraf, war sie fertig angezogen und hatte sogar ein wenig Hunger. Anne, die Kim wie eine Glucke bemutterte, hatte sie nur widerwillig allein gelassen und war duschen gegangen. Kim lugte ins Nebenzimmer, wo Nate noch immer völlig angezogen endlich in dem Sessel eingedöst war, den er so gedreht hatte, dass er die Verbindungstür im Blick hatte.

Zach fiel auf, wie blass Kim aussah – der marineblaue Rollkragenpullover und die dunkle Cordhose, die sie trug, verliehen ihr auch nicht mehr Farbe –, und er erkundigte sich sogleich nach ihrem Befinden.

»Ich werde es überleben«, sagte sie mit einem Lächeln, das ihn überraschte. Und freute.
»Haben Sie denn ein bisschen Schlaf bekommen?«, fragte er.
»Wahrscheinlich mehr als Sie«, entgegnete sie sanft, als sie die dunklen Ringe unter Zachs Augen bemerkte. Er musste auf jeden Fall kurz zu Hause gewesen sein, denn er trug jetzt ein frisches, blaues Hemd und eine Khakihose.
»Wahrscheinlich«, bestätigte er und unterdrückte ein Gähnen.
»Haben Sie noch was aus Tom Roeder rausbekommen?«, fragte sie, da sie sich den Grund für seinen Schlafmangel denken konnte: Nachdem er sie am Abend zuvor in Annes Auto verfrachtet hatte, war er sicherlich noch ins Präsidium gefahren, um Scotts Bruder zu verhören.
»Eigentlich nicht«, brummte Zach. Die zwei, drei Stunden waren reine Verschwendung gewesen. Tom hatte immer nur beteuert, dass sie den Falschen erwischt hatten und dass Zach, wenn er auch nur einen Funken Verstand hätte, nach Joe Sanger fahnden sollte, der versucht hatte, Kim umzubringen, der wahrscheinlich Laurel Geller umgebracht hatte und mit Sicherheit der Mörder von seinem Bruder, Pauline und Monica war.
»Und noch immer keine Spur von Joe?«
»Nein.« Diesmal war Zachs Ton regelrecht schroff.
Kim wechselte das Thema. »Unten wird Frühstück serviert. Sollen wir auf Anne warten oder ihr sagen, dass wir schon mal runtergehen?«
»Ich wollte Sie eigentlich woandershin zum Frühstück einladen.« Zach gab sich redlich Mühe, sanfter zu klingen. Er wollte ungestört mir ihr sein, und als er kam, hatte er im Frühstücksraum schon einige Gäste gesehen. Außerdem wollte er bei dem Gespräch mit Kim nicht ihre »Anwältin« dabei haben.
Kim erhob keine Einwände. Ein kleiner Tapetenwechsel würde ihr guttun. Auch ein bisschen Abstand von der gluckenhaften Fürsorge. Sie klopfte an die Badezimmertür, und Anne drehte sofort das Wasser ab. »Alles in Ordnung?«, rief sie besorgt.
»Zach ist da. Wir gehen auswärts frühstücken«, erklärte Kim. »Nate schläft. Sag ihm Bescheid, wenn er wach wird.«

Zach fühlte sich bemüßigt hinzuzufügen: »Diesmal lass ich sie nicht aus den Augen, Anne.«
Kim lächelte ihn verlegen an. »Das tut mir wirklich leid, Zach.«
Sie wollten gerade gehen, als Nate hereingestürmt kam, mit gezückter Pistole.
»Es ist Zach, Nate«, sagte Kim rasch, weil sie fürchtete, er könnte schießen, bevor er nah genug war, um zu erkennen, auf wen er geschossen hatte.
Nate ließ die Hand mit der Waffe sinken. »Das seh ich«, fauchte er.
»Gut. Dann schlaf weiter. Oder geh duschen.« Kims Blick wanderte zur Badezimmertür, hinter der Anne wieder das Wasser angedreht hatte. »Zach und ich werden ein Weilchen unterwegs sein.«
Sie überließen Nate an der Verbindungstür seiner Überlegung, für welche Richtung er sich entscheiden sollte.

»Hübsch hier«, sagte Kim, als sie von der überdachten Veranda eines kleinen weißen Cottage durch die Haustür direkt in Zachs Wohnzimmer trat und sich in dem freundlichen, behaglichen Raum umsah. »Auf jeden Fall hübscher als Ihr Büro.«
Zach grinste. »Ja, ich mag es einfach sauber und schlicht.«
Treffender hätte man das Cottage nicht beschreiben können. Makelloser Dielenboden, Baumwollvorhänge an den Fenstern, ein schokoladenbraunes Sofa vor einem Natursteinkamin ohne Sims, ein braungrauer Ohrensessel mit Fußbank vor einem Regal, in dem überwiegend gebundene Bücher standen und das in eine Nische rechts vom Kamin eingebaut worden war. Es stand keinerlei Schnickschnack herum, nur an der Wand hinter dem Sofa hingen zwei gerahmte Stiche mit Landschaftsmotiven. Eine breite altertümliche Bank aus zwei dicken, grob bearbeiteten Kiefernholzbohlen diente als Couchtisch. Kim schätzte, dass Zach ihn selbst gezimmert hatte, denn er war einfach, robust und sah gut aus. Genau wie der Sheriff.
Im Kamin war schon Holz geschichtet, und Zach machte rasch Feuer. »Ich hab gedacht, wir frühstücken hier. In der Küche ist

es etwas eng, und ich bin noch nicht dazu gekommen, einen Esstisch zu kaufen.« Er deutete über die Schulter auf einen Bogendurchgang, hinter dem ein kleinerer Raum mit einem Einbauschrank und einem Erkerfenster lag. Sonnenlicht fiel herein und malte Muster auf den Holzboden.

»Das ist schön, Frühstück am Kamin.« Und romantisch, hätte sie fast gesagt, kam sich aber dann albern vor, diesen Gedanken überhaupt zu haben. *Reiß dich am Riemen*, ermahnte sie sich. *Das kommt davon, dass du achtzehn Monate keinen Sex hattest.*
Zach ging Richtung Küche. »Kann ich irgendwas helfen?«, fragte sie rasch.
»Wie gesagt, da drüben ist's ziemlich eng. Ich mach uns schnell ein paar Eier mit Schinken. Ich habe auch Muffins, Bagels und Brötchen. Oder wenn Sie lieber Frühstücksflocken möchten oder Müsli –«
Kim lachte. »Haben Sie immer genug Essen für eine ganze Armee im Haus?«
Er blickte ein wenig verlegen. »Ehrlich gesagt, nein. Ich bin heute Morgen ganz früh los und habe die halbe Bäckerei leer gekauft. Ich wusste ja nicht, was Sie gern zum Frühstück hätten.«
»Sie wussten nicht mal, ob ich überhaupt mitkommen würde«, stellte sie klar.
»Ja, stimmt, aber ich war ganz zuversichtlich.«
Ein leichtes Unbehagen erfasste Kim. Bildete sie sich das nur ein, oder verband Zach mit diesem Frühstück mehr? Er hatte sie mit zu sich nach Hause genommen. Er hatte Feuer im Kamin gemacht …
»Ich hab mir einfach gedacht, dass Sie mir erzählen sollten, was gestern Abend passiert ist, und dass Sie das Gleiche auch gern von mir hören würden.«
»Ja, stimmt«, sagte sie, und schämte sich ein wenig wegen ihrer Spekulationen. »Ich nehme einen Bagel mit Butter und Kaffee, schwarz.«
»Der Kaffee ist schon fertig. Ich hol Ihnen eine Tasse.« Die erotische Spannung zwischen ihnen war verschwunden.

Er ging durch das leere Esszimmer, an das sich die Küche anschloss.

»Von Sanger noch immer keine Spur?«

Er warf ihr über die Schulter einen Blick zu. »Nein.« Dann verschwand er durch eine hübsche altmodische Schwingtür in die Küche.

»Ich nehm den Bagel auch ungetoastet«, rief sie.

Kurz darauf kam er wieder, mit zwei dampfenden Tassen schwarzem Kaffee, einem gebutterten Bagel, den er auf Kims Tasse balancierte, einem Blaubeermuffin auf seiner. Das Feuer im Kamin loderte, und das Knistern, das es erzeugte, klang beruhigend. Kim kam es vor wie die Ruhe vor dem Sturm.

23

Sie saßen nebeneinander auf dem Sofa und tranken Kaffee. Zach hatte seinen Muffin rasch verputzt, während Kim, deren Hunger schon wieder verflogen war, nur den halben Bagel schaffte. Dann wandte sie sich Zach zu.

»Wer fängt an?«

»Ladys first«, sagte Zach ohne Zögern. Er tat das nicht aus reiner Höflichkeit. Er fürchtete, wenn Kim von der toten schwedischen Studentin erfahren würde, wäre sie nicht mehr in der Lage, ihm klar und präzise zu schildern, was am Tag zuvor passiert war. Der Leichenfund war zwar schon in den Morgennachrichten erwähnt worden, aber da Kim ihn nicht darauf angesprochen hatte, war er sicher, dass sie noch nicht Bescheid wusste.

»Ich fang am besten mit dem an, was ich auf dem Rasen vom Campus erlebt hab.«

»Das Gespräch mit Ronnie Jackson?«

Sie zögerte, obwohl sie bereits beschlossen hatte, Zach nichts vorzuenthalten. »Nein. Danach. Nachdem Ronnie zurück zur Mensa gegangen war. Bevor Sie aufgetaucht sind.«

Zach lauschte aufmerksam, ohne zu unterbrechen, während Kim ihm die quälenden Einzelheiten des Überfalls schilderte. Sie äußerte auch keinen Verdacht, wer ihrer Meinung nach der Angreifer gewesen sein könnte. Tom Roeder saß schon genug in der Klemme, und sie konnte sich ja auch irren.

Mehrmals fiel Zachs Blick auf ihren Hals. Hatte sie den Rollkragenpullover mit Absicht angezogen, damit er die verräterischen Spuren des Überfalls nicht sah? Des ersten von zweien in weniger als vierundzwanzig Stunden. Wie viele Leben hat diese Frau?, dachte er mit wachsender Besorgnis.

Erst als sie fertig war, fragte er, warum sie ihn angelogen hatte. Er war zornig und enttäuscht von ihr. Kim sah es ihm am Gesichtsausdruck an, hörte es in seiner Stimme. Sie sagte sich, dass ihr nicht wichtig sein sollte, was er über sie dachte. Aber es war ihr wichtig.

»Da ist noch was«, sagte sie, statt seine Frage zu beantworten. »Und es hat vor langer Zeit angefangen – kurz bevor ich am Tag der Trauerfeier für Monica und Pauline aus Danby weg bin.« Sie erzählte ihm von dem Brief, der damals im Hotel unter ihrer Tür hindurchgeschoben worden war. Und von den vielen Briefen, die sie seitdem noch erhalten hatte. Dann schilderte sie ihm, was am Vorabend passiert war, von der Begegnung mit Tom Roeder auf dem Parkplatz, von der Fahrt mit ihm zu seiner Jagdhütte und anschließend zu Joes Haus.

Er ließ sie reden, bis sie zu der Stelle kam, als Tom ihr von der Affäre zwischen Joe und Pauline erzählt hatte.

»Glauben Sie ihm?«, warf Zach ein.

Kim wandte den Blick ab. »Ja.«

Zach nickte. »Ich auch.«

Sie blickte ihn fragend an.

»Bislang«, sagte er, »haben wir nur Indizien, dass Pauline und Sanger was miteinander hatten. Aber nachdem Tom mir von den beiden erzählt hat, habe ich Sangers Exfrau diesbezüglich befragt. Sie hat Pauline zwar nicht auf dem Foto erkannt, das ich ihr gezeigt habe, aber dann hat sie wissen wollen, was sie für einen Wagen fuhr. Als ich sagte, einen schwarzen Jetta, war sie sichtlich geschockt. Dann hat sie erzählt, dass sie etwa einen Monat vor dem Mord an Pauline einmal früher als erwartet von der Arbeit nach Hause gekommen ist, weil sie sich nicht wohl fühlte, und einen schwarzen Jetta vor dem Haus parken sah. Als sie hineinging, hörte sie, wie jemand die Hintertreppe runterrannte und durch die Terrassentür verschwand. Gleichzeitig kam ihr sichtlich zerzauster Mann über die Haupttreppe nach unten und log ihr vor, er hätte ein Nickerchen gemacht.

Seine Frau ist dann zur Haustür gelaufen und hat gerade noch mitbekommen, wie der Jetta davonbrauste.«

Kim sagte nichts.

Zach wusste ihr Schweigen nicht zu deuten. Genauso wenig wusste er, ob er sie trösten oder lieber schütteln wollte. Was hatte sie bloß in dem Mistkerl Sanger gesehen?

Er räusperte sich. »Hat Tom Ihnen erzählt, ob Sanger noch mit anderen Studentinnen was hatte?« Zach dachte dabei vor allem an Greta Jacobson.

»Nein.«

Dann fragte er, ob Roeder während der Zeit, als er sie sozusagen in seiner Gewalt hatte, handgreiflich geworden war.

»Im Auto eigentlich nicht«, gestand sie. Dann zögerte sie. »Es sei denn, er war derjenige, der mich auf dem Campus überfallen hat. Und dann bei Joe zu Hause. Aber beide Male habe ich niemanden erkannt.«

»Wenn Sie auf jemanden tippen müssten, wäre es Roeder?«, fragte Zach nach.

»Sie würden auf Joe tippen, nicht?«, konterte sie. »Und was die Morde betrifft? Glauben Sie, Tom Roeder hat mit seinen Beschuldigungen gegen Joe recht?«

»Roeder war in den ersten paar Monaten etliche Male bei mir. Hat mir irgendwelches Zeug gezeigt, das er aus Sangers Mülleimer gefischt hat, hat mir von seinen Gesprächen mit Sangers Frau erzählt und von seinem Treffen mit Alan Taylor.«

»Und wie haben Sie reagiert?«

»Ich bin allen Hinweisen nachgegangen und hab noch ein bisschen weiter ermittelt, aber ich habe keinen einzigen konkreten Beweis gegen Sanger oder sonst jemanden gefunden.«

Kim schwieg lange. »Da ist was, was ich bisher niemandem erzählt habe.« Sie blickte Zach in die Augen, rechnete damit, Verärgerung darin zu sehen, konnte aber nur Zärtlichkeit entdecken. Irgendwie fiel es ihr dadurch noch schwerer, mit der Sprache herauszurücken, aber sie trug einfach schon zu lange zu viele Bürden mit sich herum.

»In der Nacht … als Monica und Pauline ermordet wurden …« Gott, sie hatte so gehofft, nie wieder darüber sprechen zu müssen.

»Als Joe in der Kneipe auftauchte, wo wir verabredet waren ...« Sie stockte wieder, ihr Atem ging flach. Sie stellte sich vor, wie ihr damaliger Geliebter an jenem Abend ausgesehen hatte. Ungepflegt, aufgewühlt, gereizt. Und dann, als sie anschließend in ihrem Auto gesessen hatten und sie seine Hand an ihre Lippen gehoben hatte, der blutige Knöchel. Ihr Schweigen zog sich hin, doch schließlich beschrieb sie Zach ihren Eindruck. »Er hat gesagt, er hätte sich mit seiner Frau gestritten. Deshalb hätte er sich auch so verspätet. Wir müssen mit ihr reden, rausfinden, ob er die Wahrheit gesagt hat –«

»Das ist wohl leider nicht möglich.«

»Wieso nicht?«

»Bei Meg Sanger wurde vor etwa vier Monaten ein bösartiger Gehirntumor festgestellt. Inoperabel. Sie ist nach Syracuse gezogen, um in der Nähe ihrer Tochter zu sein, die da studiert. Von einer Sekretärin im Präsidium, die mit Meg befreundet ist, hab ich erfahren, dass sie im Endstadium ist und vom Krankenhaus in ein Hospiz verlegt wurde. Ich weiß gar nicht, ob die arme Frau überhaupt noch lebt. Und wenn ja, ist sie vermutlich nicht mehr ansprechbar.« Er verzog das Gesicht, sah dann, dass Kim ihn anblickte. »Meine Mutter hatte auch Krebs«, murmelte er. »Sie ist in einem Hospiz gestorben.«

Kim wollte mitfühlend nach seiner Hand greifen, aber Zach war schon aufgestanden und wollte ihre noch halb volle Tasse nehmen. »Ich schütte Ihnen heißen Kaffee nach, ja?«

»Nein, danke«, sagte Kim, griff nach ihrer Tasse und schob sie für ihn außer Reichweite. »Jetzt sind Sie an der Reihe. Sie wollten mich doch auf den neuesten Stand bringen. Sie haben mir vieles noch nicht erzählt.«

Er setzte sich wieder hin, aber sie konnte sein Zaudern spüren. »Ich bin stärker, als ich aussehe, Zach. Und ich bin in den vergangenen achtzehn Monaten ein Stück reifer geworden. Also, raus mit der Sprache. Und versuchen Sie nicht, mich zu schonen.«

Und so erzählte er ihr alles, was er wusste. Von seinen ersten Zweifeln an Scott Roeders Selbstmord, noch in derselben Nacht, als er das Messer sah, das Scott angeblich aus der rechten Hand gefallen war, obwohl er doch Linkshänder war, bis hin zu den vielen Gründen, die ihn zu der Vermutung gebracht hatten, dass an Tom Roeders Verdacht, Joe Sanger sei der wahre Mörder, etwas dran sein könnte. Zu den Gründen, die jetzt zwingender denn je geworden waren, zählten auch die Informationen, die Nate und Anne am Abend zuvor von Julie Fisher erhalten hatten. Und auch Sangers Flucht nach dem brutalen Überfall auf Kim in seinem Haus.

Zach wartete gespannt auf eine Reaktion von Kim. Und es kam eine. Nur nicht die Reaktion, mit der er gerechnet hatte.

»Eine Sache gestern Abend hat mich irritiert. Ich hatte sie bis eben vergessen. Etwas, was Tom gesagt hat.«

»Und was?«

»Etwas über Pauline. Ich hab Ihnen doch vorhin erzählt, dass Tom gesagt hat, Alan Taylor hätte Pauline zu dem Motel gefahren, wo Joe und ich –« Kim errötete.

»Ja«, sagte Zach.

Sie schüttelte ihre Verlegenheit ab. »Also, Tom hat sie *Pauli* genannt. So wurde sie nur von ihren Freunden genannt. Ich wusste nicht mal, dass Tom sie gekannt hat.«

Zach hörte ihr ganz genau zu. »Ist das alles?«

Sie schüttelte den Kopf. »Alan hat Tom offenbar erzählt, dass Pauline sich furchtbar aufgeregt hat und sagte, Joe würde dafür bezahlen, dass er sie abserviert hat, dafür würde sie sorgen. Und Tom hat mir erzählt, jetzt würde *er* dafür sorgen, dass Joe tatsächlich bezahlt.« Sie hielt inne, blickte Zach an. »Er hat gesagt, das wäre er ihr schuldig. Wieso sollte er meinen, dass er Pauline was schuldig sei, wenn zwischen ihnen nie was war?«

Zach hatte die Stirn in Falten gelegt, als ihm eine Erinnerung kam, die Kim mit ihrer Bemerkung wieder geweckt hatte. »Als ich Alan Taylor vor achtzehn Monaten vernommen habe, hat er widerwillig gestanden, dass er eine kurze Bettgeschichte mit Pauline gehabt hatte. Aber er meinte, sie hätte nie was anbrennen lassen und es auch nie lange mit ein und demselben ausgehalten.«

Kim erschauerte. »Könnte doch sein, dass Pauline auch was mit Tom hatte. Und wenn sie ihn abserviert hat? Wenn Tom an dem

Abend mit Scott zusammen in die Wohnung gegangen ist, Zach? Wenn Tom …?« Ein grausiges Szenario lief plötzlich vor ihrem geistigen Auge ab. Tom, der an dem verhängnisvollen Abend bei Pauline auftaucht, mit ihr in Streit gerät und mit dem Messer auf sie einsticht; Monica, die durch den Lärm aufgeschreckt nach unten ins Wohnzimmer gelaufen kommt und sieht, was Tom getan hat; Tom, der plötzlich erkennt, dass er auch Monica zum Schweigen bringen muss.

Und was war mit Scott? War Scott dabei gewesen? Hatte er versucht, seinen Bruder aufzuhalten? Hatte er sich an den grausamen Verbrechen beteiligt? War Scott Mittäter gewesen oder ein ahnungsloser Sündenbock?

»Und jetzt ist Joe verschwunden«, fuhr sie fort. »Was, wenn Tom auch ihn umgebracht hat?«

»Sie lieben Sanger noch immer, nicht wahr?« Zach blickte fassungslos. Und enttäuscht.

»Joe lieben? Sind Sie verrückt? Ich verachte ihn. Der Mann ist sexsüchtig und herzlos. Aber trotzdem kann ich mir nicht vorstellen, dass er ein brutaler Mörder ist.«

»Wussten Sie, dass Monica auch eine Affäre mit Sanger hatte?«

Kim starrte Zach ungläubig an. »Monica? Nein, das kann nicht sein. Na schön, ich hab sie ab und zu zusammen gesehen, aber ich bin sicher, da war nichts.«

»Was macht Sie da so sicher?«

»Monica war mit Dennis Parker zusammen. Die beiden waren praktisch verlobt.« Noch während Kim das sagte, wurde ihr klar, wie naiv sie klang.

»Kim, ich muss Ihnen was sagen. Tom Roeder hat für die Mordnacht ein Alibi. Kurz nachdem er Scott bei Ihnen zu Hause abgesetzt hatte, ist er in eine Bar gegangen. Union Grill. Auf der Main Street. Er war gut zwei Stunden da. Ich habe die Aussagen von mehreren Zeugen, die das bestätigen.«

Kim fröstelte trotz der Wärme des prasselnden Feuers im Kamin.

»Woher wissen Sie das?«, fragte sie. »Woher wissen Sie das von Joe und Monica?«

»Von Alan Taylor.« Er erzählte Kim von dem Foto von Pauline und Taylor, das er gefunden hatte. »Pauline wollte wissen, wie gut sie im Vergleich zu Monica war ... im Bett. Taylor beteuerte, er hätte nie was mit Monica gehabt, sie wäre ja in festen Händen gewesen. Da hat Pauline ihm erzählt, Monica würde Dennis ständig betrügen. Unter anderem mit einem Professor.«
»Hat Pauline gesagt, dass es Joe war?«
»Taylor konnte sich zuerst nicht an den Namen erinnern. Aber als ich Sangers Namen erwähnte, hat es bei ihm klick gemacht.«
Kim starrte in das lodernde Feuer. »Pauline wollte immer alles haben, was Monica hatte«, sagte sie traurig. »Wenn Monica mit Joe geschlafen hat, dann wollte Pauline bestimmt auch bei ihm landen.« Langsam richtete sie die Augen wieder auf Zach. »Aber ich glaube, dass Pauline sich vielleicht ernsthaft in Joe verliebt hat. Es muss entsetzlich für sie gewesen sein, als sie herausfand, dass er heimlich mit mir in ein Hotel ging. Vielleicht war es sogar dasselbe Hotel, in dem er sich mit ihr getroffen hat. Und ... mit Monica.«
Die letzten Zweifel, die Kim noch an Joe Sangers Schuld gehabt hatte und an die sie sich geklammert hatte, lösten sich in nichts auf. Jetzt sah sie in ihm einen Mann, der nicht nur seine Frau notorisch betrogen hatte, sondern auch ein kaltblütiger Mörder war.
Wie Tom Roeder und Zach war auch sie jetzt überzeugt, dass Joe drei Menschen auf dem Gewissen hatte.
Würde Laurel Geller die Zahl auf vier erhöhen?

24

Zach legte Holz nach und blieb dann am Kamin stehen. Er hoffte, dass Kim wirklich so stark war, wie sie behauptet hatte.
»Da ist noch was, worüber ich mit Ihnen sprechen muss.«
Kim hörte Zach an der Stimme an, dass ihm das Thema nicht angenehm war. »Schießen Sie los.«
»Sagt Ihnen der Name Greta Jacobson was?«, fragte er. »Eine Austauschstudentin aus Schweden. Sie muss zu Ihrer Zeit am Currier gewesen sein.«
Kim schüttelte den Kopf, doch dann legte sich ihre Stirn in Falten. Irgendwie kam ihr der Name bekannt vor. »Moment, ja … sehr groß, dunkelblondes Haar, kräftige Statur, aber nicht korpulent. Ziemlich attraktiv.«
»Dann erinnern Sie sich also an sie?«
»Wenn es die ist, an die ich denke, dann hat Monica sie am College betreut. Ich hab sie ein paarmal bei uns in der Wohnung gesehen. Ich wusste nicht, wie sie heißt – Monica hat uns nicht vorgestellt –, aber ich weiß noch, dass sie einen Akzent hatte. Ich hätte nicht sagen können, dass es ein schwedischer war, aber er klang irgendwie skandinavisch.«
»Hatte Greta irgendwie mit Sanger zu tun?«
Kim wollte schon den Kopf schütteln, als sie plötzlich kreidebleich wurde. »Mein Gott. Das war *sie*.« Sie schnappte nach Luft. »Deshalb kam mir die Stimme bekannt vor. Der Akzent. Ich hatte ihn schon mal gehört, aber ich wusste nicht wo. Jedenfalls damals nicht. Ich war so verzweifelt. Ich dachte, für mich bricht eine Welt zusammen.«

Kim brauchte ein paar Sekunden, um sich zu fangen. Und dann erzählte sie Zach von dem Abend kurz nach den Morden, als sie aus dem Krankenhaus geflohen und mit einem gestohlenen Fahrrad zu Joe nach Hause gefahren war, in der Hoffnung, er würde allein aus Boston zurückkommen, wo er mit Frau und Tochter an dem Tag einkaufen gewesen war. Und er war tatsächlich ohne sie nach Hause gekommen. Aber, wie Kim mit tonloser Stimme erklärte, nicht allein.

»Ich hatte mich hinter der Garage versteckt, deshalb konnte ich weder ihn noch die Frau sehen, die bei ihm war. Ich hab nur ihre Stimmen gehört.« Sie atmete tief durch. »Die Frau hatte einen Akzent, der mir irgendwie bekannt vorkam, aber ich war in dem Moment so niedergeschmettert, dass es mir egal war, wer die Frau war. Ich wusste … ich war sicher … dass Joe in der Nacht mit ihr schlafen würde.«

Zach betrachtete Kim traurig.

Als sie seine finstere Miene sah, pochte ihr sofort das Blut in den Ohren. »Sie ist … tot, nicht? Greta?«

Zach nickte. Kim stand von der Couch auf. Sie wollte nur noch fort. Raus aus Lynchs gemütlichem, kleinen Cottage, das sie jetzt erdrückend fand. Raus aus Danby. Sie wollte all die Gewalt, den Schmerz, das Entsetzen hinter sich lassen.

Aber das hatte sie schon einmal versucht. Und ihre Flucht hatte nichts gebracht. Sie konnte nicht davonlaufen. Fliehen. Denn alles war in ihr selbst. Der Schmerz und die Schuldgefühle strömten durch ihr Herz, wurden durch ihre Adern gepumpt, mit jedem Atemzug in ihre Lunge gesogen.

Traurig sagte sie: »Und Sie glauben, Joe hat auch Greta umgebracht.« Sie formulierte den Satz nicht als Frage, weil sie die Antwort schon kannte.

»Sie wurde im Hollenbeck Park gefunden, knapp dreihundert Meter von Sangers Garten entfernt.«

Kim spürte eine Woge von Mitleid und Trauer für die Studentin, die sich wahrscheinlich genau wie Kim und Pauline gutgläubig in den attraktiven, gewandten Professor verliebt hatte und noch gutgläubiger auf dessen Liebesbeteuerungen hereingefallen war.

Kim setzte sich wieder auf Zachs Couch. »Wann wurde sie ermordet?«
»Nach dem Stand der bisherigen Zeugenvernehmungen wurde sie Mitte April das letzte Mal in Danby gesehen. Unmittelbar vor den Osterferien. Ihre damalige Mitbewohnerin sagt, Greta wollte in den Ferien ihre Familie in Schweden besuchen. Als dann das Semester wieder anfing, hat sie von Greta eine E-Mail erhalten mit der Nachricht, sie habe einen Mann kennengelernt und wolle in Schweden bleiben.«
Zach stockte kurz. »Ich habe gestern Abend mit ihren Eltern gesprochen. Sie sagen, Greta sei in den Ferien nicht nach Hause gekommen.«
Er seufzte. Es war unsäglich schwer gewesen, ihnen die schreckliche Nachricht mitzuteilen. Noch dazu am Telefon. Er hatte bis vier Uhr morgens gewartet, weil er sie nicht schon in aller Herrgottsfrühe schockieren wollte. Obwohl es für solche Nachrichten nie eine passende Zeit gab.
»Sie waren völlig fassungslos. Meinten zuerst, es könnte gar nicht sein, weil sie die ganze Zeit über immer wieder E-Mails von ihrer Tochter erhalten hätten. Die letzte sogar erst vor einer Woche.«
»Was? Aber das ist doch unmöglich. Es sei denn, die Ermordete ist nicht Greta.«
»Daran gibt es keinen Zweifel. Zahnarztunterlagen, eindeutige Körpermale … wir können davon ausgehen, dass es Greta Jacobson ist.«
Kim schaltete schnell. »Jemand anders hat die E-Mails geschickt. Joe.«
»Ich habe Sangers Computer beschlagnahmt. Den bei ihm zu Hause und den im Büro. Einer meiner Leute ist ein Computerfreak. Er hat auf dem Büro-PC noch ein paar E-Mails gefunden, von denen Sanger wohl gedacht hat, er hätte sie gelöscht.«
»Angebliche E-Mails von Greta?«
»Und welche von Gretas Eltern an sie. Es hätten zwar auch noch andere Leute an den Computer rangekonnt, aber –«
»Wie? Wie ist sie ermordet worden?« Kims Stimme klang krächzend. Sie erkannte sie selbst kaum wieder.

»Mit mehreren Messerstichen.«
Sie spürte förmlich, wie ihr auch noch der letzte Rest Farbe aus dem Gesicht wich.
Zach kam zurück zum Sofa und setzte sich neben sie. »Wie fühlen Sie sich? Geht's einigermaßen?«
»Nein«, gab sie zu. »Aber das kommt schon noch.«
Er nickte. »Ja, bestimmt.«

25

Sie waren wieder in Zachs Büro und gingen zusammen Greta Jacobsons Collegeakte durch. Greta hatte zwar im Hauptfach Psychologie studiert, doch sie hatte auch zwei Englischseminare bei Joe Sanger besucht, eines im Wintersemester zwei Jahre zuvor und eines in dem Semester, in dem sie verschwunden war.

Zach umkringelte beide Seminare in Gretas Akte. »Im ersten Seminar hat sie die Klausur mit Eins geschrieben, und in dem zweiten Seminar hat sie keinen Leistungsnachweis erbracht, da sie nach den Ferien nicht wiedergekommen ist«, sagte er düster.

Kim nahm das letzte ärztliche Untersuchungszeugnis, das Greta eingereicht hatte. »Sie war kerngesund«, sagte sie, stockte dann aber, als ihr ein kurzer Vermerk ins Auge fiel.

»Was ist?«, fragte Zach, der sie beobachtet hatte.

»Wahrscheinlich nichts«, murmelte Kim. »Sie hatte letzten April einen kleinen Autounfall.«

Zach nahm Kim rasch das Untersuchungszeugnis aus der Hand und studierte es. »Bloß ein paar Schürfwunden und Blutergüsse. Sie wurde in der Notaufnahme verarztet und konnte wieder nach Hause.«

Kim nickte.

»Ich frage mich, ob noch jemand bei ihr im Auto war. Ich prüf das mal eben nach«, sagte Zach. »Es wird ja einen Polizeibericht über den Unfall geben.«

Er stand auf und ging ins Vorzimmer, um mit seiner Sekretärin

zu sprechen. Auch Kim gingen andere Fragen durch den Kopf. Sie holte ihr Handy aus der Tasche und rief jemanden an, der ihr vielleicht einige Antworten geben konnte.
Sie hatte gerade wieder aufgelegt, als Zach mit dem Unfallbericht wiederkam. »Hier steht, sie war allein im Auto. Offenbar ist sie zu schnell vom Parkplatz der Collegebibliothek gefahren und in einen Zaun gekracht.«
Kims Augen funkelten. »Ich habe auch was Interessantes rausgefunden, während Sie weg waren.«

»Ich glaube, das ist keine gute Idee«, sagte Zach. »Das heißt, ich bin mir ziemlich sicher, dass es keine gute Idee ist.«
»Wahrscheinlich haben Sie recht, und es kommt wirklich nichts dabei heraus.«
Trotz seiner Skepsis hatte Zach im Studentensekretariat angerufen und sich den Stundenplan von Julie Fisher durchgeben lassen.
Jetzt saßen sie in Zachs Wagen, der vor dem Grayson Theater parkte. Laut Auskunft des Sekretariats stand Julie auf der Bühne und probte im Rahmen eines Theaterprojekts das Ibsen-Stück »Nora oder ein Puppenhaus«. Julie hatte die Hauptrolle.
Kim öffnete die Wagentür. »Vielleicht krieg ich ja noch ein paar Minuten von der Probe mit, bevor ich mit ihr spreche.«
»He«, rief Zach, als sie schon ausgestiegen war, »ich warte hier draußen auf Sie.«
Sie lächelte ihn an. »Ich lauf Ihnen nicht wieder weg. Versprochen.«
Zach sah ihr nach und fragte sich, für wie lange dieses Versprechen wohl galt.

Zu Kims Enttäuschung war die Probe gerade zu Ende, als sie den neuen, hochmodernen Theatersaal betrat, der größtenteils mit Spendengeldern von Wallace Grayson, einem superreichen Finanzanalysten und ehemaligen Currier-Studenten, hatte gebaut werden können. Julie, in Hüftjeans und einem bauchfreien, dunkelgrünen Tanktop, unterhielt sich auf der Bühne angeregt mit einem älteren Mann. Kim schnappte ein paar Wortfetzen auf, die sie vermuten ließen, dass es der Regisseur war, sehr wahrscheinlich ein Dozent aus dem Fachbereich Theaterwissenschaft. Die anderen Darsteller waren offenbar bereits gegangen, denn die beiden waren allein auf der Bühne.

Als der Professor gerade zum Thema *Stimmprojektion* anheben wollte, fiel Julies Blick auf Kim, die vor der ersten Reihe stand, und sie legte dem Mann eine Hand auf die Schulter und sagte etwas zu ihm. Er nickte, und schon kam Julie die Bühnenstufen heruntergeeilt.

»Kim, Gott sei Dank«, rief sie und warf die Arme um sie, ähnlich wie tags zuvor. »Was für ein Albtraum. Ich hab heute Morgen im Radio gehört, dass Sanger auf der Flucht ist. Du musst doch halb verrückt sein vor Angst. Hör mal, du kannst bei mir und Dennis wohnen, wenn du willst ... Oh, ich weiß, er hat sich dir gegenüber abscheulich benommen, aber dann hat er mir erzählt, dass er sich bei dir aufrichtig entschuldigt hat, als du gestern in der Notaufnahme warst ...« Julies Augen schwammen in Tränen, als sie zurückwich und Kim ansah. »Dennis sagt, du hättest ... tot sein können ... wenn Sanger besser gezielt hätte.« Sie biss sich auf die Unterlippe. »Der Mann ist ein totaler Psychopath. Und ... und hast du schon gehört, es ist wieder eine Tote gefunden worden. War heute Morgen in den Nachrichten.« Julie drückte sich die Hand an die Brust. »Ihr Name wurde noch nicht genannt. Ich schätze, die müssen ... zuerst die Angehörigen verständigen. Aber ich weiß, dass es nicht Laurel ist, Gott sei Dank.«

»Wie kannst du das wissen?«, fragte Kim.

»Weil noch immer nach ihr gesucht wird. Wenn ich nicht diese blöde Probe gehabt hätte, wäre ich jetzt auch beim Suchtrupp dabei. Außerdem hätte der Sheriff die Suche bestimmt eingestellt, wenn Laurel gefunden worden wäre. Aber ich sag dir, alle, die ich heute getroffen habe, drehen zur Zeit durch. Ich meine, damals, als wir alle dachten, dass Scott die beiden umgebracht hat ... das war entsetzlich, aber es war vorbei. Aber jetzt glauben alle, dass Scott es nicht war und dass ein wahnsinniger Killer frei rumläuft –«

Julie umklammerte Kims Arm. »Ich habe die totale Panik. Dennis will, dass ich zu meinen Eltern fahre, solange der Irre nicht geschnappt ist. Aber ich hab die Aufführung, ich kann unmöglich weg. Das geht einfach nicht. Ich hab Dennis versprochen, dass ich nirgendwo allein hingehe. Er holt mich übrigens in ein paar Minuten ab. Der Arme, er hatte die ganze Nacht Dienst und hat kaum geschlafen, aber er –«

»Julie«, fiel Kim ihr schließlich ins Wort. »Ich muss mit dir reden.« Sie fügte nicht hinzu, bevor Dennis hier ist, aber genau das war ihr Gedanke. »Ich weiß, was du Nate und Anne über Laurel erzählt hast. Hast du vielleicht irgendwas vergessen?«

Julie schluckte schwer und ließ Kim endlich los. »Nein. Nicht dass ich wüsste. Ich nehme an, sie haben dem Sheriff alles erzählt, was ich ihnen erzählt habe, und ich hoffe, er versucht, die Fotokopie zu finden. Obwohl, so wichtig ist die jetzt wohl nicht mehr. Ich meine, jetzt, wo Sanger dich fast umgebracht hätte und abgehauen ist ... ich hoffe nur, sie schnappen ihn ... bevor er noch jemandem was antut. Ich bete, dass er Laurel ... nicht umgebracht hat, aber ...« Erste Tränen rannen über Julies Wangen. »Es fällt schwer, die Hoffnung nicht aufzugeben, dass sie ... noch ... lebt. Dieses verdammte Schwein. Ich hoffe, sie finden ihn und durchsieben ihn mit tausend Kugeln. Wenn er nämlich vor Gericht kommt, wer weiß, wie die Geschworenen dann entscheiden? Der Scheißkerl ist so ein Charmeur –«

»Julie, hör mir zu. Ich werde dir jetzt etwas anvertrauen. Aber du musst mir versprechen, dass du es für dich behältst, bis es öffentlich bekannt gegeben wird.«

Julie nickte, doch ihre Augen blickten angstvoll.

»Die Tote, die gestern Abend gefunden wurde. Sie war eine Austauschstudentin. Ihr Name ist Greta Jacobson.«

Julie sah sie ausdruckslos an. »Greta Jacobson«, wiederholte sie, schüttelte dann den Kopf.

»Du hast sie nicht gekannt?«

»Nein.«

»Greta hatte im Hauptfach Psychologie. Monica Meyers hat sie am College betreut.«

Als Monicas Name fiel, blickte Julie weg.

»Auch Dennis kannte Greta«, fuhr Kim fort.

Julies Augen huschten zurück zu Kims Gesicht. »Was willst du damit sagen?« Ihr Ton wurde wütend, vorwurfsvoll.
»Nichts. Nur dass er sie nach einem kleinen Autounfall in der Notaufnahme behandelt hat.«
»Er behandelt andauernd irgendwelche Leute«, sagte Julie hitzig. »Was soll das, Kim? Willst du den Verdacht auf jemand anderen lenken, damit dein Ex-Lover aus dem Schneider ist? Das ist doch lächerlich.«
Julie wollte sich abwenden, doch Kim hielt sie am Arm fest. »Dennis wird wegen Greta ein paar Fragen beantworten müssen. Kurz nachdem er sie behandelt hat, ist sie verschwunden.«
»Und was beweist das, bitte schön?«
Das war eine gute Frage. Leider hatte Kim darauf keine gute Antwort.

26

Zach bestand darauf, allein mit Dennis zu sprechen, und ließ sich auf keinerlei Diskussion mit Kim ein. Er versprach ihr, sie gleich anzurufen, wenn er mit ihm fertig war, und setzte sie dann am Hotel ab. Nate und Anne saßen unten im Salon, wo der Fernseher lief, doch als Kim hereinkam, drückte Anne die Stummtaste an der Fernbedienung.

Beide standen auf, als Kim auf sie zuging. Sie wussten zwar, dass sie die ganze Zeit mit Zach zusammen gewesen war, aber sie waren doch merklich erleichtert, sie zu sehen. Nate umarmte sie sogar auf seine etwas bärbeißige Art. Anne zwinkerte Kim hinter Nates Rücken zu.

Kim lächelte.

»Das war aber ein langes Frühstück«, sagte Anne, sobald die väterliche Begrüßung vorbei war.

Kim nickte bloß. Sie wollte sie nicht noch mehr beunruhigen, indem sie ihr Gespräch mit Julie erwähnte oder dass Zach auf dem Weg zu Dennis Parker war, um mit ihm über Greta Jacobson zu sprechen. Kim wusste, dass Zach eine Verbindung zwischen Parker und der Studentin für abwegig hielt, aber er wollte keine Möglichkeit ausschließen. Außerdem, so hatte er gesagt, könnte Parker sich vielleicht daran erinnern, in welcher Gemütsverfassung Greta war, als er sie behandelte, wenn schon sonst nichts dabei herauskam. Wer weiß?, hatte er hinzugefügt. Unter Umständen hatte sie ja irgendwas gesagt, was für die Ermittlungen hilfreich wäre.

Kims Blick fiel auf den Fernseher. Ein Programmhinweis emp-

fahl die Lokalnachrichten nach der Werbepause. Die Uhr auf dem Kaminsims zeigte fünf vor zwölf.
Anne, die noch immer die Fernbedienung in der Hand hielt, schaltete den Apparat ab. »Es gibt nichts Neues, Kim.«
»Wir haben auf dich gewartet, damit wir drei irgendwo was essen gehen können«, sagte Nate.
»Ich hatte ein ausgiebiges Frühstück«, sagte Kim. »Und ich bin hundemüde. Geht ihr zwei doch allein, und ich versuche, ein bisschen zu schlafen.«
»Fahr du uns doch was holen, Anne«, sagte Nate. Er würde Kim nicht allein lassen, ehe Sanger gefasst war.
Anne war einverstanden. »Bist du immer noch so verrückt nach Roastbeef-Sandwiches, Nate?«
»Ich bin noch immer nach allem verrückt, wonach ich verrückt war, als wir zusammen waren, Annie.«
Kim sah, dass Anne tatsächlich rot wurde, bevor sie davoneilte.
»Geh du ruhig nach oben«, sagte Nate zu Kim. »Und schließ die Tür ab. Ich bleib hier unten und schiebe Wache.«
Kim nickte. Sie wusste, sobald sie oben war, würde er den Fernseher wieder einschalten und sich die Nachrichten ansehen.
Ihr Handy klingelte, als sie gerade ihr Zimmer betrat.
»Hallo, Kim.«
Kim hatte nicht so schnell mit Zachs Anruf gerechnet. »Was ist passiert?«
»Im Krankenhaus hat man mir gesagt, dass Parkers Schicht vorbei ist. Ich bin in seiner Wohnung. Er ist nicht da.«
»Ach, verdammt«, schimpfte sie. »Das hatte ich total vergessen. Er wollte Julie am Theater abholen. Hat sie mir erzählt, als ich da war.«
»Ich hab seine Pagernummer. Ich finde ihn schon.« Er stockte. »Ich hab hier was gefunden, Kim.«
»Was denn?«
Wieder eine Pause. Kim wappnete sich innerlich. »Einen Briefumschlag, adressiert an Ihre Wohnung in Manhattan.«
Ein kalter Schauer durchlief sie.
»Darin steckte ein gefaltetes Blatt Papier mit nur zwei Worten drauf.«

»*Erinnere dich.*« Kims Stimme war bloß noch ein Flüstern.
»Genau.«
»Ich hatte mir schon gedacht, dass die Briefe von Dennis kommen könnten«, sagte sie mit heiserer Stimme. »Aber ich hatte gehofft, wo er doch jetzt mit Julie zusammen ist ...« Mitleid für Julie stieg in ihr auf. »Ich frage mich, ob sie weiß, dass er mir diese Briefe schickt.«
»Dann wäre sie wohl kaum mit ihm zusammen«, sagte Zach.
Kim fiel etwas ein, was Julie am Tag zuvor gesagt hatte. *Dennis liebt mich wirklich. Aber ... ich bin nicht Monica und werde es auch nie sein.* »Julie liebt Dennis. Ich glaube, da müsste schon sehr viel passieren, damit sie ihn verlässt.«
»Eines stinkt mir gewaltig: Ich kann diesen Zettel nicht als Beweisstück für eine Anklage wegen Belästigung verwenden«, knurrte er. »Ich bin nämlich ohne Gerichtsbeschluss hier reinmarschiert.«
»Ist egal. Ich meine, ich habe nicht vor, ihn anzuzeigen«, sagte Kim. Genauso wenig wie sie Tom Roeder anzeigen würde. Beide Männer hatten schon genug erlitten. Dennis Parker hatte seine große Liebe verloren, und Tom Roeder hatte nicht nur seinen Bruder verloren, sondern obendrein die ganze Zeit mit dem Stigma leben müssen, dass alle Scott für einen brutalen Mörder hielten. Nach Kims Einschätzung gab es nur einen, der Strafe verdient hatte. Und das war Joe Sanger.
»Darüber reden wir noch«, sagte Zach ein wenig streng.
Kim legte auf, streckte sich auf dem gemachten Bett aus und schloss die Augen. *Wo bist du, Joe? Wo versteckst du dich?*
Plötzlich fuhr sie senkrecht hoch, hellwach. Es war zwar nur eine vage Vermutung, aber auf jeden Fall einen Versuch wert. Sie griff nach dem Telefon und rief die Auskunft an.
»Ich brauche die Nummer von einem Motel in Madisonville. Nein, Moment, in Jackson Falls. Das Cozy Corner Motel.«
Anne war noch nicht mit dem Essen zurück, und Nate war vor dem Fernseher eingenickt. Kim schlich zu dem Couchtisch und legte eine Nachricht darauf. Dann verließ sie auf Zehenspitzen den Salon und verschwand zur Eingangstür hinaus.
Ein Wagen hielt vor dem Hotel. Kim öffnete die Beifahrertür und stieg ein.

27

»Was meinen Sie, hat das überhaupt Sinn?«
»Sie haben doch auch mit dem Motelmanager gesprochen«, sagte Zach. »Niemand, auf den Sangers Beschreibung passt, hat seit gestern Abend eingecheckt. Genauer gesagt, seit Freitagabend ist kein neuer Gast mehr angekommen.«
»Wir können umkehren«, sagte Kim.
Zach zuckte die Achseln. »Ach, wenn es sonst nichts bringt, haben wir zumindest einen netten Ausflug gemacht.«
»Haben Sie Dennis noch immer nicht erreicht?«
»Nein. Ich vermute, er und Julie machen bei dem Suchteam mit und befinden sich vielleicht in einem Funkloch.«
»Glauben Sie, Laurel wird je gefunden?«
»Ich weiß nicht. Immerhin hat es Monate gedauert, bis die schwedische Studentin gefunden wurde.«
Kim verzog das Gesicht. Sie betete, dass Laurel Geller nicht im selben Zustand wieder auftauchte wie Greta Jacobson.
Eine Weile fuhren sie schweigend dahin. Zach warf Kim einen Blick zu und sah ihre nachdenkliche Miene.
»Was ist?«
»Ist doch irgendwie seltsam, oder?«
»Was ist seltsam?«
»Dass Greta erst nach so langer Zeit gefunden wurde. Ich meine, sechs Monate –«
»Scheiße«, knurrte Zach.
»Was?«
»Sie haben absolut recht. Es ist verdammt seltsam.« Er steuerte

abrupt auf den Seitenstreifen der Route 71 und trat in die Bremsen.
»Was ist los, Zach?«
»Das ergibt überhaupt keinen Sinn. Das Suchteam hatte den Park mit Sicherheit schon vorher einmal abgesucht, nicht erst gestern. Greta lag in einem flachen Grab. Der Hund eines Studenten hat sie gefunden. Der Suchtrupp hatte ein ganzes Rudel Hunde. Gretas Leichnam muss erst kürzlich dort hingeschafft worden sein.«
Kim war perplex. »Warum sollte jemand das tun?« *Jemand.* Noch immer nicht *Joe.* Worauf wartete sie denn noch? Auf ein unterschriebenes Geständnis von ihm?
»Jemand muss gewollt haben, dass wir sie finden«, sagte Zach grimmig. »Ich weiß nicht warum, aber ich schwöre, ich finde es heraus.«
Er wendete trotz der durchgezogenen Mittellinie.
»Wo fahren wir hin? Was ist mit dem Motel?«
»Sie haben selbst gesagt, es ist eine vage Vermutung, Kim. Ich will mir unbedingt nochmal die Fundstelle im Hollenbeck Park anschauen. Wenn ich recht habe, müssten noch Spuren zu finden sein, dass sich da kürzlich jemand zu schaffen gemacht hat. Dann müssen wir das Ganze von hinten aufrollen und überlegen, wo der Leichnam war, bevor er in den Park geschafft wurde.« Er holte sein Handy hervor und tippte eine Nummer ein.
»Pete, schick ein paar Leute rüber zum Hollenbeck Park. Ja, komm auch mit. Ich müsste in fünfzehn Minuten dort sein.«
Als er auflegte, warf er Kim einen raschen Blick zu. »Ich setz Sie vorher am Hotel ab.«
Kim versuchte gar nicht erst, ihn umzustimmen.

Als sie ins Hotel kam, hörte Kim, wie Anne und Nate im Salon stritten.
»Wenn du nicht eingeschlafen wärst –«
»Wenn du nicht so verflucht lange gebraucht hättest –«
»Jetzt reicht's aber, Nate. Was so lange gebraucht hat, war dein Roastbeef-Sandwich. Und so einen Mist solltest du ohnehin nicht essen.«

»Was ich esse, hat dich gar nicht zu interessieren.«
»Tut es auch nicht. Mich interessiert nicht die Bohne, was du isst oder was du tust.«
»Gut.«
»Schön. Und warum isst du dann dein blödes ungesundes Sandwich nicht?«, fauchte Anne.
»Weil ich keinen Hunger mehr habe.«
»Ich auch nicht.«
Kim lauschte dem langen Schweigen, das folgte, und hatte ein schlechtes Gewissen, weil sie der Anlass für den Streit der beiden war.
»Eigentlich weiß ich gar nicht, weswegen wir uns so aufregen«, murmelte Nate schließlich. »Kim ist mit Lynch zusammen.«
»Stimmt. Bei ihm ist sie sicher.« Kim konnte aus Annes Stimme förmlich ein Augenzwinkern heraushören.
»Meinst du?« Aller Groll war aus Nates Stimme gewichen. »Na, vielleicht sollten wir doch was essen. Und ich verspreche dir«, fügte er hinzu, »das ist das letzte Roastbeef-Sandwich, das ich mir gönne.«
»Ganz so ungesund ist es nun auch wieder nicht. Ich hab gesagt, sie sollen nicht so viel Käse drauftun.«
»Und du interessierst dich nicht die Bohne für das, was ich esse.«
»Ach, halt die Klappe und iss endlich, Nate.«
Kim schmunzelte. Dann schlich sie sich wieder zum Hotel hinaus. Solange die beiden dachten, sie wäre in der Obhut des Sheriffs, würden sie sich keine übermäßigen Sorgen machen. Und vielleicht sogar auf andere Gedanken kommen.

»Das ist wirklich sehr nett von dir, Ronnie.« Kim steckte die Autoschlüssel der Studentin ein.
»Kein Problem. Ich will ohnehin nirgendwohin«, sagte Ronnie müde. Sie starrte auf das Telefon vor sich. »Kein einziger Anruf in über zwei Stunden, nicht einmal irgendein Spinner.«
Als Kim in die Mensa gekommen war, hatte sie gleich gesehen, dass an dem Tisch mit den Telefonen außer Ronnie nur noch drei andere Helfer saßen. Und keiner der vier telefonierte.

»Hast du von dem Leichenfund gehört?«
Kim nickte.
»Gerade haben sie den Namen der Toten bekannt gegeben. Greta Jacobson.«
»Kanntest du sie?«, fragte Kim.
»Nein.«
»Meinst du, dass Laurel sie gekannt hat?«
Ronnie dachte über Kims Frage nach. »Da war so eine Frau mit Akzent, die ein paarmal bei Laurel angerufen hat. Ich hatte sie zwei-, dreimal an der Strippe. Einmal hatten Laurel und ich deswegen sogar Krach. Ich dachte, zwischen den beiden läuft was. Laurel hat einen auf tief gekränkt gemacht. Ist mir mit dem Spruch gekommen – *wenn du kein Vertrauen zu mir hast.*«
»Hat die Frau nie ihren Namen genannt, wenn sie dich am Apparat hatte?«
»Nein. Das hat mich ja gerade so stutzig gemacht.«
»Und Laurel wollte dir auch nicht sagen, wie sie heißt?«
»Nein. *Vertrauen*. Echt, das kann schnell zu einem Reizwort werden.«
»Wann war das, als die Frau Laurel angerufen hat?«
Ronnie musste kurz überlegen. »Letztes Frühjahr. März, Anfang April, so um den Dreh. Ich weiß das deshalb, weil wir kurz vor den Ferien ihretwegen Krach hatten. Laurel und ich standen ziemlich unter Druck, weil wir beide Referate halten und uns auf unsere Klausuren vorbereiten mussten. Laurel tat sich ganz schön schwer mit der Arbeit. Sie hatte geschludert. Ich hab das alles irgendwie mit den Anrufen von der *großen Unbekannten* in Zusammenhang gebracht und befürchtet, sie hätte was mit der.«
»Glaubst du das immer noch?«
Ronnies Mundwinkel sanken nach unten. »Weißt du noch, deine Frage nach dem Baskin House gestern Abend? In dem Wohnheim hatte Greta Jacobson ihr Zimmer.«

Ronnies silberner Subaru Outback stand auf dem Parkplatz gegenüber der Mensa. Als Kim sich hinters Lenkrad schob, schwirrte ihr der Kopf vor lauter Fragen. Waren Greta und Laurel vor Gretas Ermordung ein Paar gewesen? Musste da nicht eine Verbindung bestehen, wo eine der beiden tot, die andere verschwunden war? Und es gab noch andere Verbindungen zu Greta – Monica, Dennis Parker und, nicht zu vergessen, der flüchtige Joe Sanger.

War es Zeitverschwendung, extra zu dem Motel zu fahren?

Und was, wenn nicht? Was, wenn Joe tatsächlich dort war?

Sie würde ganz bestimmt nicht ihr Leben aufs Spiel setzen. Wenn sie feststellte, dass Joe in dem Motel war, würde sie sich auf keinen Fall mit ihm anlegen, so dumm war sie nicht. Er sollte nicht mal wissen, dass sie da war.

Sie würde Zach anrufen.

Sobald sie sich ihren Plan zurechtgelegt hatte, setzte sie den Wagen zurück, musste aber hart in die Bremsen steigen, als ein Pick-up genau hinter ihr hielt und ihr den Weg blockierte.

Sie erkannte den Wagen, noch ehe die Fahrertür aufging und Tom Roeder ausstieg und auf sie zukam.

Mit zitternden Händen tastete Kim nach dem Schalter, der alle Türen verriegelte, aber sie war nicht schnell genug, sodass sie im letzten Moment nur den Riegelknopf ihrer Tür drücken konnte.

Tom öffnete die hintere Tür und rutschte auf die Rückbank.

»Überrascht, mich so schnell wiederzusehen, Kim?«

»Was willst du, Tom?«

»Ich bin dir was schuldig.«

Kim konnte seinem Tonfall nicht entnehmen, ob er das ernst meinte.

»Du hast mich nicht angezeigt, deshalb musste Lynch mich laufen lassen.«

»Bist du mir hierher gefolgt?«

»Triffst du dich mit Sanger?«

Kim erstarrte. »Ich hab keine Ahnung, wo er ist, Tom.«

»Wirklich nicht?«

Kim blickte stur geradeaus durch die Windschutzscheibe. »Nein.«

»Und wo wolltest du gerade hin?«

»Ich treff mich mit Zach Lynch im Hollenbeck Park.«

»Wo die Schwedin gefunden wurde?«
»Kanntest du Greta Jacobson?«
»Wieso? Glaubst du, *ich* hab sie umgebracht?«
»Greta war ab und zu bei uns in der Wohnung, weil Monica sie betreut hat. Könnte gut sein, dass du ihr mal begegnet bist, wenn du Pauline besucht hast.«
Auf der Rückbank wurde es totenstill.
»Hat Scott von dir und Pauli gewusst?«
Die Stille hielt an.
»Ich weiß, dass du Pauli nicht ermordet hast, Tom. Du warst an dem Abend in einer Bar. Du hast ein wasserdichtes Alibi.«
»Was spielt es denn dann noch für eine Rolle?« Seine Stimme klang erschöpft, keine Spur mehr von Zorn und Maulheldentum. »Für mich zählt nur noch, dass Sanger bezahlt. Ich hab diesem Grünschnabel von Sheriff die Chance gegeben, sich den Scheißkerl vorzuknöpfen, aber er hat's versaut. Jetzt wird's Zeit, dass ich die Sache erledige.«
Plötzlich spürte Kim etwas Hartes und Kaltes an der Schläfe. Ihr stockte der Atem.
»Ich glaube, du weißt, wo Sanger ist, Kim –«
»Nein … ich schwöre –«
»Dann hast du zumindest eine Ahnung.«
»Nein.«
Sie hörte ein Klicken. »Tom, bitte.«
»Wir finden ihn, Kim. Wir finden ihn und üben Vergeltung. Für meinen Bruder. Und für Pauli.«
Er nahm die Pistolenmündung von ihrer Schläfe und wedelte mit der Waffe vor ihrem Gesicht, eine unsanfte Aufforderung, aus dem Wagen zu steigen. »Ich fahre. Du sagst mir einfach, wo's langgeht.«

28

»Aber Tom, hör doch –«

»Schnauze.« Mit der freien Hand griff er nach Kims Handtasche und kippte sie auf seinem Schoß aus. Kim, die jetzt wieder neben Tom in seinem Pick-up saß, kapierte zunächst nicht, was er suchte. Bis er ihr Handy nahm.

O nein.

Zuerst überprüfte er die Liste mit den zuletzt erhaltenen Anrufen, verzog das Gesicht, rief dann die zuletzt gewählten Nummern auf. Bei der letzten auf der Liste drückte er die Anruftaste.

Das Cozy Corner Motel.

Tom schnaubte. »Die Situation kommt mir doch irgendwie bekannt vor, dir auch, Kimmy?«

»Verdammt nochmal, ich treff mich da nicht mit Sanger, Tom. Ich weiß nicht mal, ob er sich überhaupt in dem Motel verkrochen hat. Der Manager sagt –«

Aber Tom hörte gar nicht mehr zu. Er raste bereits über die Main Street in Richtung Route 71, die nach Jackson Falls führte.

Acht Uniformierte durchkämmten zusammen mit Zach das Gelände. Einer von ihnen, Ross Coombs, war passionierter Hobbygärtner. Und er war ganz sicher, dass die Erde am Fundort der Leiche in den letzten ein, zwei Tagen bewegt worden war. Als er genau erklären wollte, warum er seiner Sache so sicher war, fiel Zach ihm ins Wort; ihn interessierte nicht warum, ihn interessierte nur wer. Und er musste herausfinden, wo der Leichnam begraben gewesen war, bevor man ihn in das flache Grab im Hollenbeck Park geschafft hatte.

»He, hierher«, rief Kelly Harris, eine Kollegin, die etwas tiefer im Wald suchte.

Zach eilte mit zwei Leuten zu ihr. Harris, die Captain Chuck Wesley angezeigt hatte, nachdem sie monatelang von ihm sexuell belästigt worden war, deutete mit einem stolzen Grinsen auf etwas, das auf den ersten Blick aussah wie ein abgeknickter Ast.

Zach trat verwirrt näher.

Und dann sah er, was Kelly meinte. Ein kastanienbraunes Stück Wolle. »Ich tippe auf Fransen von einem Schal«, sagte Kelly, als Zach in die Hocke ging, um den Fund genauer unter die Lupe zu nehmen. »Hier«, sagte sie und reichte ihm eine Pinzette und einen kleinen Beweismittelbeutel.

Er lächelte zu ihr hoch. »Wie haben Sie das bloß entdeckt?«

»Das ist noch nicht alles.« Sie zeigte auf den Boden. »Da sieht das Laub irgendwie aufgehäuft aus.« Sie trat einige Schritte zurück. »Und da auch.«

Zach nickte. »So sind die Blätter nicht vom Baum gefallen. Sehr gut, Harris.«

Sie wurde rot. »Danke, Sheriff.«

Zach nahm einen Zweig und schob einen der Laubhaufen beiseite. Ein hübscher, deutlicher Fußabdruck wäre toll gewesen, doch das hier war immerhin etwas. Die Erde war festgetreten worden und die Fußspur, die ganz sicher dort gewesen war, eingeebnet.

Zach ging mit den anderen tiefer in den Park hinein und entdeckte noch mehr Laubhaufen, die nach gut zwanzig Metern aufhörten. Jetzt wurde der Wald dichter und bestand hauptsächlich aus Kiefern. Und hier sahen Zach und die anderen, dass sich in dem dichten Kiefernnadelteppich eine deutliche Spur abzeichnete. Keine Fußabdrücke, weil der Boden mit Nadeln bedeckt war, sondern Radspuren von einem Karren oder Rollwagen.

Der Killer, so Zachs Vermutung, hatte den Leichnam von Greta Jacobson durch den Wald gekarrt. Doch zu seiner Verwunderung

führten diese Radspuren nicht in Richtung Chapel Drive zu Joe Sangers Haus, wie er eigentlich erwartet hatte, sondern nach Osten, in Richtung Beaver Pond, einem seit über zehn Jahren ausgetrockneten Teich. Als Junge hatte Zach zusammen mit Freunden dort Ruderboote gemietet und geangelt. Als der Teich austrocknete, hatte eine Bürgerinitiative Unterschriften zu dessen Rettung gesammelt, aber nie die erforderliche Anzahl erreicht, bis alle irgendwann das Interesse an der Gegend verloren.
Oder vielleicht doch nicht alle.

Die hohen Kiefern ließen nur wenig Sonnenlicht durch, sodass der Suchtrupp die Taschenlampen einschalten musste, bis der Wald in der Nähe des Teiches wieder lichter wurde.
Zach ging an der Spitze, und als er das verfallene Bootshaus am ehemaligen Teichufer sah, lief es ihm kalt über den Rücken. Dort hatte Gus Hayes früher die Ruderboote vermietet.
Noch bevor Zach die Hütte erreichte, wusste er instinktiv, dass Greta Jacobsons Leichnam zunächst hier verscharrt worden war und viele Monate dort gelegen hatte.

Als Zach bei Nate anrief, um ihn von seiner neuen Entdeckung zu berichten, fragte der natürlich gleich, wie Kim es verkraftete.
»Wieso Kim?«, fragte Zach schlagartig alarmiert.
»Sagen Sie mir nicht – nicht schon wieder. Verdammt.«
»Moment. Ich glaube, ich weiß, wo sie ist«, sagte Zach. »Rühren Sie sich nicht vom Fleck.«
»Nur über Ihre Leiche«, knurrte Nate.
Zach sagte ihm rasch, wo er hinfahren würde.
Anne hatte schon die Autoschlüssel in der Hand.

Tom war nicht in Plauderlaune, als sie auf der 71 Richtung Norden fuhren. Und Kim war froh über sein Schweigen. Sie versuchte, ihre Gedanken zu ordnen. In den letzten vierundzwanzig Stunden hatte sie viel in Erfahrung gebracht, und sie wusste, wenn sie alles richtig zusammenfügte, würde sich ein plausibles Muster ergeben.

Doch während sie die Puzzleteilchen im Kopf sortierte, ließ ihr irgendwas keine Ruhe. Es war, als hätte sie mehr Informationen, als ihr bewusst war. Und was immer es auch war, es hinderte sie daran, sich ein vollständiges Bild zu machen.
Erst als sie das lächerlich kitschige Holzschild des Cozy Corner Motel sah, fiel ihr wieder etwas ein, worüber sie bislang nicht länger nachgedacht hatte. Der Manager des Motels hatte Zach gesagt, dass seit Freitag niemand mehr eingecheckt habe. Am Freitag selbst sei nur ein neuer Gast gekommen, aber kein Mann, sondern eine Frau.
Laurel Geller war am Freitag verschwunden.
Kim wollte keine voreiligen Schlüsse ziehen, aber sie würde der Sache auf jeden Fall nachgehen.
Tom hielt vor dem Büro des Motelmanagers und zog die Pistole, die er während der Fahrt in die Tasche seiner Bomberjacke geschoben hatte.
»Spinnst du, Tom. Tu die Knarre weg. Wo wir schon mal hier sind, sollten wir auch kooperieren. Ich rede mit dem Manager, und du schaust dich inzwischen ein bisschen um.«
Roeder blickte skeptisch, steckte aber die Pistole wieder ein, ebenso wie die Autoschlüssel. »Komm bloß nicht auf dumme Gedanken, Kim.«
»Du auch nicht, Tom.«
Der Motelmanager war ein älterer Inder, adrett gekleidet in einem gestärkten, blütenweißen, kragenlosen Hemd und einer schwarzen Pumphose. Er hatte nur einen ganz leichten Akzent. Durch die Tür, die hinter ihm einen Spalt offen stand, wehte ein Duft nach Curry.
»Entschuldigen Sie, dass ich Sie beim Essen störe«, sagte Kim höflich.
»Möchten Sie ein Zimmer?«
»Nein. Ich bin auf der Suche nach einer Freundin. Laurel Geller. Ich glaube, sie –«
»Das Mädchen in den Nachrichten? Das verschwunden ist?« Er beschrieb Laurel von dem Foto her, das in den Lokalzeitungen und im Fernsehen veröffentlicht worden war.
»Sind Sie sicher, dass am Freitag keine junge Frau hier einge-

checkt hat, die es von der Beschreibung her sein könnte?« Kims geniale Ahnung löste sich in Luft auf.

»Ganz sicher. Sonst hätte ich natürlich sofort die Polizei verständigt. Erst kürzlich hat ein Sheriff angerufen und gefragt –«

»Ja, ich weiß«, sagte Kim ungeduldig. »Aber Sie haben ihm gesagt, am Freitag hätte eine Frau eingecheckt.«

»Ja, das stimmt. Aber nicht die vermisste Frau. Nein, sie hatte keine Ähnlichkeit mit ihr«, sagte er mit Nachdruck. »Und sie ist heute Morgen abgereist.«

»Können Sie die Frau beschrei–?«

Plötzlich knatterten draußen Schüsse, nicht weit vom Büro, und Kim blieb vor Schreck die Luft weg. Sekunden später flog die Tür hinter dem Manager auf, und ein junger Inder kam mit einer Pistole in der Hand ins Büro gestürmt.

Der Manager wollte ihn aufhalten – es gab einen kurzen hektischen Wortwechsel in irgendeinem indischen Dialekt –, doch der Jüngere ließ sich nicht bremsen, rannte um die Empfangstheke herum und zur Tür hinaus.

»Achmed, mein Junge«, rief der Manager verstört.

»Rufen Sie die Polizei«, schrie Kim und lief hinter dem Mann her, der vermutlich der Sohn des Managers war.

29

Was hatte Tom vorhin im Auto noch gleich gefragt? Ob ihr die Situation bekannt vorkam? Allerdings.
Aber nicht so, wie Tom es gemeint hatte.
Der junge Inder stand wie angewurzelt in der Tür von Zimmer 42, das dritte vom Büro aus gesehen, dasselbe Zimmer, in dem Kim und Joe sich einmal leidenschaftlich geliebt hatten.
Der Sohn des Managers hatte die Hand, in der er die Pistole hielt, fallen lassen. Noch ehe Kim sich an ihm vorbeischieben konnte, drang aus dem Zimmer herzzerreißendes Schluchzen an ihr Ohr.
Das Schluchzen kam von Tom, der wie ein Häufchen Elend auf dem dicken beigefarbenen Teppich am Fuß eines französischen Bettes saß. Die Pistole, aus der noch Rauch aufstieg, lag neben ihm.
»Dieses verdammte Schwein … dieses verdammte Schwein …«, murmelte Tom, und sein Schluchzen wurde leiser.
Erst jetzt blickte Kim durch den Raum zur offenen Badezimmertür.
Und da war er. Er hing an einem Seil, das an dem Haken einer billigen Deckenlampe befestigt war. O ja, das kam ihr sehr wohl bekannt vor. Nur dass Joe Sangers Körper und Gesicht, anders als bei Scott, grässlich von Kugeln durchlöchert waren. Doch Kim wusste, dass die Kugeln Joe Sanger nicht getötet hatten. Er war schon tot, als Tom Roeder auf ihn geschossen hatte. Tom hatte sein Versprechen gegenüber Pauline und seinem Bruder doch nicht einlösen können. Auch das hatte Sanger ihm genommen.

Kim hätte fast die Fassung verloren, als sich Bilder von Scott, Monica und Pauline in ihr Bewusstsein drängten. Und als sie wieder klar sehen konnte, musste sie sich dem Anblick des von Kugeln durchsiebten Joe Sanger stellen.
Kim spürte, wie ihr Galle in die Kehle stieg, doch sie schluckte sie herunter. Sie wandte sich von der grausigen Szenerie im Badezimmer ab und hockte sich neben Tom Roeder, der jetzt wieder heftig schluchzte. Vorsichtig schob sie die Pistole außerhalb seiner Reichweite, obwohl sie nicht glaubte, dass noch Patronen im Magazin waren. Dann legte sie ihm sachte eine Hand auf die Schulter.
»Es ist vorbei, Tom«, sagte sie sanft.
Hinter sich hörte sie ein lautes Keuchen. Als sie sich umdrehte, sah sie, wie der Manager sich an seinem Sohn vorbei ins Zimmer schob. Kim sah ebenfalls, dass der Manager seinem Sohn die Pistole aus der Hand genommen hatte und jetzt damit auf sie und Tom zielte.

Diesmal gab es einen Abschiedsbrief. Er war unvollendet und nicht unterschrieben, doch Kim erkannte Joes Handschrift. Zach hatte den Zettel zerknittert in der Brusttasche von Joe Sangers blutgetränktem Hemd gefunden. Eine Kugel hatte das Blatt in der Mitte durchbohrt und war sehr wahrscheinlich in Joes Herz gedrungen.
Das meiste von dem, was er geschrieben hatte, war noch lesbar.

Mein Liebling, es tut mir schrecklich leid, wie viel Schmerz und Unglück … (die folgenden Worte fehlten, weil die Kugel hier ein Loch gestanzt hatte) … *keine Hoffnung auf Vergebung. Ich habe alles verloren. Es ist unerträglich –*

Kim empfand nichts, als sie den Zettel las. Dann brachte Zach sie aus dem Zimmer und zurück ins Büro des Managers. Die schmächtige Frau des Managers, die einen dunklen Teint hatte und mit einem stärkeren Akzent sprach als ihr Mann, bestand darauf, dass Zach Kim in die kleine Privatwohnung hinter der Rezeption führte.

Der Currygeruch war jetzt schwächer, wofür Kims Magen dankbar war. Die Frau füllte für ihre Familie und die *Gäste* kleine Tassen mit starkem Tee.
Sobald Zach Kim in guten Händen wusste, ging er zurück in das Motelzimmer, wo der Sheriff von Jackson Falls, Jay Vernon, und Officer Kelly Harris bereits bei der Arbeit waren. Tom Roeder saß in Handschellen im Fond eines Streifenwagens. Was man ihm diesmal vorwerfen konnte, wusste allerdings noch keiner. *Schüsse auf einen Toten?*
Kurz nachdem Zach die Wohnung des Managers verlassen hatte, trafen Nate und Anne ein. Diesmal war Anne diejenige, die durch das kleine Wohnzimmer eilte und die noch immer ziemlich benommene Kim in die Arme schloss. Sobald Nate sich vergewissert hatte, dass für Kim gesorgt war, machte er sich auf den Weg zu Zimmer 42.
Zach sah Nate an der Tür stehen, eilte zu ihm und schilderte ihm kurz den Sachverhalt.
»Haben Sie irgendwelche Zweifel, dass es Selbstmord war?«, wollte Nate wissen.
Zach musste sofort an einen anderen vermeintlichen Selbstmord denken. »Ich glaube, Sanger hätte sich schon die Schlinge vor meinen Augen um den Hals legen müssen, damit ich keinerlei Zweifel hätte. Allerdings haben wir bei ihm einen Abschiedsbrief gefunden, nicht unterzeichnet, aber allem Anschein nach in seiner Handschrift. Und bisher deutet nichts darauf hin, dass noch jemand hier bei ihm war.«
Für Zach sah es immer mehr so aus, als hätte der Fall, der ihm achtzehn Monate lang keine Ruhe gelassen hatte, doch noch ein Ende gefunden. Leider ein Ende, das er fast so frustrierend und unbefriedigend fand wie Tom Roeder. So wie Zach es sah, hatte Sanger es sich verdammt leicht gemacht.
Aber der Fall war noch nicht ganz zu Ende. Nicht, solange Laurel Geller noch vermisst wurde.

30

Zwei Tage nachdem Joe Sanger tot im Cozy Corner Motel gefunden worden war, kam Laurel Geller in Zach Lynchs Büro spaziert. Sie trug eine Blue Jeans, ein schwarzes T-Shirt, eine weiche Baseballjacke und Doc Marten's. Sie wirkte nervös, aber ansonsten in bester Verfassung.

»Ich wollte wirklich nicht, dass alle sich solche Sorgen machen«, murmelte sie. »Ich hatte … große Angst. Ich dachte, er bringt mich um. Ich bin einfach in Panik geraten und … abgehauen.«

»Wohin abgehauen?«, fragte Zach.

»In eine Hütte am Sherwood Lake.«

»Wem gehört die Hütte?«

»Den Eltern von einem Freund. Mein Freund wusste aber nicht, dass ich dort war. Die Familie fährt nur im Sommer hin –«

»Wie heißt der Freund?«

Laurels Nervosität schlug in Gereiztheit um. »Was soll das Verhör? Ich hab schließlich nichts verbrochen. Und wenn Sie mich schon mit Fragen löchern, warum fragen Sie dann nicht, vor wem ich Angst hatte?«

»Das weiß ich schon von Ihrer Mitbewohnerin. Joe Sanger.«

Laurel nickte. Sie wirkte keineswegs überrascht, dass Zach Bescheid wusste. »Er hat mir gedroht, Sheriff. Ich hab ihn letzten Freitag angerufen und gefragt, ob er mir Geld leiht, und er hat gedacht, ich wollte ihn erpressen. Er ist ausgerastet – er war bestimmt betrunken – und er hat mir gedroht …« Sie schwankte leicht und musste sich auf der Rückenlehne eines Stuhls abstützen.

»Wie haben Sie erfahren, dass Sanger tot ist?«
»Ich … ich hab meinen Freund angerufen. In der Hütte gibt es weder Fernsehen noch Radio –«
»Den Freund mit der Hütte?«
»Ja«, erwiderte sie mit schwacher Stimme.
Ein Klopfen an der Tür ließ Laurel zusammenfahren.
»Zach?«
»Kommen Sie herein, Kim.«
Als Kim die Tür öffnete und Laurel Geller sah, dachte sie zuerst, sie hätte eine Halluzination. Doch die junge Frau, die jetzt ihre Arme um Kims Hals schlang und leise an ihrer Schulter weinte, war aus Fleisch und Blut. »Ich hab gewusst, dass du kommst«, murmelte Laurel. »Ich hab's gewusst.«
Unter Tränen, Kims Hand fest umklammert, erklärte Laurel erneut, warum sie verschwunden war. Anders als Zach stellte Kim keine Fragen.
»Sie sollten sich sofort bei Ihrer Familie melden«, sagte Zach. »Und sagen Sie auch Ronnie Jackson Bescheid. Die hat in der Mensa eine Kontaktstelle für die Suche nach Ihnen eingerichtet.«
»Mach ich«, sagte Laurel. »Sofort. Ich wollte wirklich keine Massenpanik auslösen. Daran hätte ich … denken sollen.«
»Sie hätten zu mir kommen sollen und melden, dass Sanger Ihnen gedroht hat«, sagte Zach barsch.
»Und was hätten Sie dann unternommen?«, fragte Laurel leicht trotzig. »Wenigstens muss ich jetzt keine Angst mehr haben.«
Doch als Laurel Zachs Büro verließ, fragte Kim sich, ob die Studentin damit recht hatte.
Zach sah Kim an, dass irgendetwas sie belastete. Er hatte es gleich gespürt, als sie hereingekommen war, noch ehe sie Laurel gesehen hatte.
»Ist was nicht in Ordnung?«, fragte er. Die Schroffheit war aus seiner Stimme gewichen, die jetzt sanft und freundlich klang.
Kim starrte ihn bedrückt an. »Nichts. Nichts ist in Ordnung. So viel weiß ich mit Sicherheit. Aber wie es in Ordnung gebracht werden soll … Gott, wenn ich das nur wüsste.«
»Was soll das heißen – nichts ist in Ordnung?«

»Joe Sanger hat Monica und Pauline nicht umgebracht. Genauso wenig, wie Scott es getan hat.«
Die Last, die sich gerade erst von Zachs Schultern gehoben hatte, senkte sich wieder auf ihn wie eine Tonne Backsteine. »Was macht Sie da so sicher?«
Kim schüttelte fassungslos den Kopf. »Wieso hab ich nicht daran gedacht? Selbst als Sie mir beim Frühstück bei Ihnen zu Hause erzählt haben, warum Sie daran zweifeln, dass Scott der Mörder war, hab ich nicht daran gedacht.« Sie hielt inne, spürte die Anspannung und Erschöpfung der letzten Tage in jeder Faser ihres Körpers. Dann blickte sie Zach in die Augen. »Er war auch Linkshänder. Joe Sanger war Linkshänder. Genau wie Scott.«
»Verdammt.« Mehr brachte Zach nicht heraus.
»Und da ist noch was. Die Hütte, wo Laurel sich versteckt hat, wie sie sagt, die den Eltern eines Freundes gehört.«
»Ja?«
»Die Eltern von Dennis Parker haben eine Hütte am Sherwood Lake.«
»Was?« Zach schwirrte der Kopf.
»Monica hatte Fotos von sich und Dennis, die an der Hütte gemacht worden waren. Einmal hab ich gehört, wie sie zu Pauline gesagt hat, Dennis Eltern würden ihnen die Hütte zur Hochzeit schenken. Monica dachte immer ganz praktisch und fand, das sei ein tolles Anlagekapital, weil die Grundstücke am See immer begehrter würden.«
»Könnte auch Zufall sein. Am Sherwood stehen jede Menge Hütten.«
»Glauben Sie an einen Zufall?«
»Ich glaube, ich muss mich mal mit Dennis Parker unterhalten. Ich hoffe nur inständig, dass er kein Linkshänder ist.« Und dann, nach einer müden Pause: »Und es wäre schön, wenn er einen kastanienbraunen Schal besäße.«
Kim blickte Zach fragend an.
»Das erklär ich Ihnen unterwegs.«

31

Dennis hatte Dienst im Krankenhaus. Er war nicht gerade erfreut, von einem Patienten weggerufen zu werden, weil die Polizei noch einmal mit ihm sprechen wollte. Und er war ganz und gar nicht erfreut, den Sheriff in Gesellschaft von Kim Burke zu sehen.

»Jetzt erzähl mir bloß nicht, du bleibst noch länger hier«, sagte er frostig und sah Kim herausfordernd an.

»Dann wissen Sie also schon, dass Laurel wieder da ist«, sagte Zach. »Warum nur überrascht mich das nicht?«

»Wieso sollte es? Julie hat mich angerufen und es mir erzählt. Sie ist noch ganz verblüfft, aber natürlich auch unglaublich erleichtert.«

»Aber Sie nicht«, sagte Zach.

»Erleichtert? Natürlich bin ich –«

Zach fiel ihm ins Wort. »Verblüfft. Sie sind nicht sonderlich verblüfft, dass sie wieder da ist.«

»Ich weiß nicht, worauf Sie hinauswollen, aber es warten eine Menge Patienten auf mich –«

»Sie war in Ihrer Hütte.«

Dennis Augen wurden groß. »Was?«

Zach reichte ihm einen leeren Zettel und einen Stift. »Ich brauche eine Schriftprobe von Ihnen.«

Dennis nahm den Stift instinktiv entgegen – mit der *rechten* Hand. Doch dann ließ er ihn fallen. »Ich bin nicht verpflichtet –«

»Wenn Sie lieber zur Vernehmung mit ins Präsidium kommen möchten –«

»Wozu wollen Sie mich denn noch vernehmen? Laurel ist wieder da, und es geht ihr gut. Und Sie haben endlich Ihren Mörder.« Wieder fiel Dennis' verächtlicher Blick auf Kim. »Dann war's wohl doch nicht dein irrer Exfreund. Aber du hast wirklich ein glückliches Händchen bei der Wahl deiner Lover.«
»Woher wussten Sie das mit Sanger und Monica?«, fragte Zach.
»Was? Wovon reden Sie überhaupt? Hat *sie* Ihnen das erzählt?« Er zeigte mit dem Finger auf Kim. »Die lügt wie gedruckt. Sanger hatte was mit Pauline, nicht mit Monica.« Seine Augen füllten sich mit Tränen, und rote Flecken zeigten sich in seinem Gesicht. »Hätte ich doch bloß an dem Abend nicht arbeiten müssen. Dann wären Monica und ich zusammen gewesen. Und es wäre nie passiert. Sie würde noch leben. Wir wären ...« Er verzog das Gesicht, als hätte er körperliche Schmerzen. »Warum musste er sie denn auch noch umbringen?« Er wischte sich die Tränen mit dem Ärmel seines Arztkittels ab. »Gott, wann hört es je auf wehzutun?«
»Vielleicht wenn Sie endlich mit der Sprache rausrücken, Parker«, sagte Zach, ungerührt von der Vorstellung des Assistenzarztes.
Dennis blickte Zach argwöhnisch an. »Ich weiß nicht, was Sie von mir hören wollen?«
»Na zum Beispiel, ob Sie einen kastanienbraunen Schal besitzen.«
»Wie bitte?«
»Nachts kann es im Hollenbeck Park ganz schön frisch werden. Sie haben sie doch in der Nacht transportiert, nicht? Sonntagnacht? Oder vielleicht ganz früh am Montagmorgen. Warum Greta Jacobson, Parker? Was ist in der Nacht passiert, als Sie sie in der Notaufnahme behandelt haben?«
Dennis wich zurück, wirkte jetzt fassungslos und verängstigt zugleich. »Was soll das?« Dann huschte sein Blick zu Kim. »Geht das auf dein Konto? Ist der Sheriff jetzt scharf auf dich? Hast du ihn irgendwie so eingewickelt, dass er jetzt glaubt, Sanger sei nicht der Mörder? Du hast es doch schwarz auf weiß gesehen. Der Typ hat schließlich einen Abschiedsbrief hinter ...«

»Woher wissen Sie denn von dem Abschiedsbrief, Parker?«, fragte Zach seelenruhig.
»Wie meinen Sie das?«
»Die Information ist nicht an die Öffentlichkeit gegeben worden. Das weiß nur die Polizei. Und der Mörder.«
Dennis Parker schüttelte langsam den Kopf. »Nein.«
»Sanger hat sich nicht selbst getötet, aber das wissen Sie ja«, fuhr Zach fort. »Laut Obduktionsbericht hat Sanger einen Schlag auf den Hinterkopf bekommen und war bewusstlos, als ihm die Schlinge um den Hals gelegt wurde. Ich vermute, Sie haben ihn in seinem Haus niedergeschlagen, gleich nachdem Sie Kim außer Gefecht gesetzt hatten. Dann haben Sie ihn zu diesem Motel geschafft –«
Dennis sagte jetzt nichts mehr. Er bewegte sich nur immer weiter rückwärts Richtung Tür.
Zach machte einen Schritt auf ihn zu. »Ich glaube, wir fahren jetzt doch zusammen zum Präsidium.«
Da er jeden Augenblick mit Parkers Flucht rechnete, schob sich Zach an ihm vorbei zur Tür, um ihm den Weg zu versperren.
Leider führte Parker etwas anderes im Schilde.
Bevor Zach oder Kim begriffen, was er vorhatte, sprang Parker auf Kim zu und schlang seinen linken Arm um ihren Hals. Mit der rechten Hand griff er in seine Kitteltasche und holte eine Spritze hervor. Er schwenkte sie vor Zachs Augen, dann hielt er sie Kim an die Kehle.
»Weg von der Tür, Sheriff. Und werfen Sie mir Ihre Handschellen rüber.«
»Hören Sie, Parker –«
»Ich will Kim nichts tun, aber ich tu's, wenn ich muss.«
Zach löste die Handschellen, die er am Gürtel trug, und ließ sie zu Boden fallen.
»Kicken Sie die Dinger zu mir rüber und dann hinlegen, Gesicht nach unten. Sofort«, befahl er. Zach zögerte. Bis Kim aufschrie, als die Nadel ein Stückchen in ihre Haut drang.
Sobald Zach ausgestreckt auf dem Boden lag, die Hände auf dem Rücken, musste Kim ihm die Handschellen anlegen.
Doch auch mit gefesselten Händen und nachdem Dennis Kim

schon wieder hochgezogen hatte, versuchte der Sheriff, den Assistenzarzt zur Vernunft zu bringen. »Es ist vorbei, Parker. Lassen Sie Kim los.«

»Da täuschen Sie sich.« Parkers Stimme bebte. »Es ist noch nicht vorbei.« Und dann, während er Kim weiter festhielt, stach er die Nadel in Zachs Arm und drückte den Kolben der Spritze nach unten. Als Kim anfing zu schreien, presste er ihr eine Hand auf den Mund.

»Ich hab ihn nicht umgebracht. Er ruht sich nur ein bisschen aus. Aber in der Spritze ist noch genug für dich übrig«, warnte Dennis sie. »Und ich hab noch eine in der Tasche.«

32

»Wieso hast du dich nicht einfach rausgehalten?«, knurrte Dennis, als er Kim auf den Fahrersitz seines blauen Mini-Cooper stieß. Er selbst schob sich auf die Rückbank genau hinter sie, beugte sich weit nach vorn, steckte den Zündschlüssel ins Schloss und ließ den Motor an.

»Komm nicht auf dumme Gedanken, Kim. Ich drück dir diese Nadel in den Nacken, und du machst mir nie wieder Ärger.«

»Aber wie soll ich mich denn dann noch *erinnern*, Dennis?«

»Fahr los«, zischte er, doch seine Stimme klang ebenso gequält wie wütend.

»Wohin?«

»Prospect Street.«

Aus den Augenwinkeln bemerkte Kim auf dem Beifahrersitz einen liegen gelassenen Wollschal. Kastanienbraun.

Das Auto machte einen Satz nach vorn, als sie aufs Gaspedal trat.

»Schön ruhig, Kim.«

Sie riss sich zusammen und fuhr los. Kurz vor der Ausfahrt des Krankenhausparkplatzes schaute sie in den Rückspiegel und konnte, ohne dass er es merkte, einen Blick auf Dennis werfen. Sein von Schmerz gezeichnetes, bleiches Gesicht verschmolz plötzlich mit all den anderen Informationen und Eindrücken der letzten Tage und öffnete ihr – endlich – die Augen.

Doch mit dieser neuen Klarheit kam die nackte Angst.

Kim wusste jetzt, dass das Töten noch nicht vorbei war. Sie würde als Nächste sterben. Aber nicht als Letzte.

Es war alles unrettbar aus dem Ruder gelaufen. *Der Mensch denkt und Gott …*
»Dennis, bitte hör mir zu –«
»Halt den Mund. Erspar mir deine Ausflüchte oder Lügen.«
»Was ist mit deinen Ausflüchten, deinen Lügen?« In ihrer Erwiderung schwang weder Provokation noch Aggression mit. Es lag höchstens Mitleid in ihrer Stimme.
»Fahr einfach. Kein Wort mehr. Ich werd's dir zeigen. Ich werd's dir zeigen, du verlogenes, kleines Miststück.«
Aber gerade davor hatte Kim die meiste Angst.

Laurel öffnete die Tür. Als Erstes sah sie Kim und strahlte sie an. »Wie schön, dass du kommst –«
Und dann trat Dennis in ihr Gesichtsfeld. Sogleich veränderte sich Laurels Verhalten. »Was ist los, Dennis?«
Er stieß Kim in die Wohnung, trat rasch hinter ihr ein, schloss dann die Tür und verriegelte sie. »Wo ist Julie?«
»Ich bin hier.« Julie kam aus der kleinen Küche ins Wohnzimmer. Sie trug eine Jeans und ein rotes Currier-Sweatshirt. Das Haar hatte sie zu einem Pferdeschwanz gebunden. Sie wirkte wie eine junge sorglose Studentin. Bis man ihren Gesichtsausdruck wahrnahm.
Im Blick der jungen Frau sah Kim mehr als Liebe, mehr noch als Leidenschaft. Was sie in Julies Augen sah, war fanatische Besessenheit.
Diese Augen waren gebannt auf Dennis gerichtet. »Du solltest nicht hier sein, Den«, murmelte Julie. »Fahr zurück ins Krankenhaus. Ich kümmere mich um alles.«
»Wie du dich die ganze Zeit um alles gekümmert hast, Julie?« Als Kim sich zu Wort meldete, sah sie aus den Augenwinkeln, wie Laurel zusammenzuckte. Sie bemerkte noch etwas anderes im Gesicht ihres ehemaligen Schützlings, etwas, das sie zwar nicht mehr überraschte, das sie aber noch immer schwer akzeptieren konnte.
»Tu, was ich sage, Dennis«, drängte Julie, ohne auf Kim einzugehen.
Kim blickte über die Schulter zu dem Assistenzarzt hinüber, der

noch immer seinen weißen Kittel trug. Sie sah, dass er zögerte. Und in diesem Zögern erkannte sie ihre einzige Chance.
»Julie hat dir von dem Abschiedsbrief erzählt, nicht?«, fragte Kim, obwohl sie die Antwort bereits kannte. Das war Julies Fehler gewesen. Dass sie es Dennis erzählt hatte. Als Kim dieser Gedanke gekommen war, hatte sich endlich eins ins andere gefügt. Und alles ergab plötzlich einen Sinn.
Julie spielte es herunter. »Was beweist das schon?«
»Eine ganze Menge, Julie«, sagte Kim. »Dieser nicht unterschriebene Brief war wahrscheinlich an Joes todkranke Frau gerichtet, aber er hat es nicht fertiggebracht, ihn zu Ende zu schreiben. Du hast ihn vermutlich gefunden, als du seinen Schreibtisch durchsucht hast, an dem Abend, als du mich niedergeschlagen hast. Wer weiß, vielleicht hat er ihn ja tatsächlich mit der Absicht geschrieben, sich umzubringen. Aber er hat es dann doch nicht getan.«
»Doch, hat er wohl«, entgegnete Julie. »Es war in den Nachrichten, in allen Zeitungen. Es war Selbstmord. Das Schwein war ein kaltblütiger Mörder.«
»Nein, er war so einiges, aber kein Mörder.«
»Hör nicht auf sie, Dennis. Sie kann bloß die Wahrheit nicht verkraften.«
»Wahrheit«, wiederholte Kim. »Ja, reden wir über die Wahrheit. Was ist mit der Wahrheit, die du Dennis die ganze Zeit vorenthalten hast?«
»Ich weiß nicht, wovon du redest, und es ist mir auch scheißegal.«
»Die Wahrheit über Monica und Joe. Wie bist du dahintergekommen?«
»Das ist eine Lüge«, zischte Dennis.
»Ich hab es ihr erzählt«, sagte Laurel mit heiserer Flüsterstimme. »Ich hab es Julie erzählt. Ich hab sie gefragt, ob ich es dir erzählen soll, Kim. Das war … danach. Nach … den Morden. Ich dachte, du würdest ihn dann hassen. Dass ich eine Chance hätte –«
»Halt die Klappe, Laurel«, warnte Julie.
»Und woher wusstest du das mit Monica und Joe?«, wollte Kim von Laurel wissen.

Julies Augen verengten sich zu Schlitzen. »Laurel, es ist mein Ernst. Halt den Mund.«
»Ich hab sie eines Abends zusammen in seinem Wagen gesehen. Sie haben nicht über Literatur diskutiert«, sagte Laurel trocken.
»Das stimmt nicht. Du lügst«, schrie Dennis sie an.
»Nein, Dennis«, widersprach sie. »Ich lüge nicht. Julie hat mich beschworen, Kim nichts davon zu sagen. Sie hatte Angst, dass du es dann irgendwann erfahren würdest.«
»Ich wollte dir nicht wehtun, Dennis.« Julies Auftreten veränderte sich dramatisch. Sie hatte ein unsicheres Lächeln aufgesetzt.
»Du wolltest nicht, dass Dennis von ihrer Affäre mit Joe erfährt, solange er Scott für ihren Mörder hielt«, stellte Kim klar. »Du hattest Angst, Dennis hätte sich sonst Joe vorgeknöpft. Und das hätte alles kaputt gemacht. Du hättest es Dennis durchaus zugetraut, dass er ihn umbringt und dann dafür ins Gefängnis wandert. Dann wäre es aus gewesen mit deinen Plänen von einem schönen Leben mit Dennis.«
Julie machte einen Schritt auf sie zu. »Ist das zu fassen, Den, dass sie auch jetzt noch das Blaue vom Himmel lügt?«
Kim durfte nicht lockerlassen. Sie hatte hier nur einen möglichen Verbündeten. Allein würde sie nicht überleben. »Du hast Monica umgebracht, Julie. Du hast sie umgebracht, weil du Dennis unbedingt haben wolltest. Aber er liebte Monica über alles. Sie war für ihn die Einzige. Solange sie am Leben war, hättest du ihn niemals erobern können.«
Julie kreischte: »Du lügst, du lügst«, und stürzte sich mit solcher Wucht auf Kim, dass beide zu Boden fielen. Julie gewann die Oberhand und umfasste Kims Hals.
Laurel riss Julie von Kim herunter, während Dennis nur wie versteinert dastand.
»Sie wird dich niemals lieben, du blöde Kuh«, schrie Julie Laurel an, die sie festhielt.
»Nicht Kim, Julie. Nicht Kim. Alle anderen sind mir egal –«
»Vor allem Joe Sanger, was, Laurel? Bei ihm hattest du keine Skrupel, nicht?«

Kim rappelte sich hoch. Sie blickte flehentlich zu Dennis hinüber, der sich noch immer nicht von der Stelle rührte und ihr die Flucht unmöglich machte, weil er die Tür versperrte. Er wirkte völlig benommen und verwirrt. Wenn sie ihm doch bloß klarmachen könnte, dass auch er die Flucht ergreifen sollte. Wenn er doch nur begreifen würde, dass er genauso in Lebensgefahr war wie sie.
Sie betete inständig, dass Laurel Julie weiter festhalten konnte, und blickte Dennis eindringlich in die Augen. »Julie wusste von dem Abschiedsbrief, weil sie ihn Joe in die Tasche gesteckt hat. Sie hat seinen Selbstmord genauso inszeniert wie damals den von Scott. Ich vermute, Scott kam plötzlich hereingeschneit und hat sie auf frischer Tat ertappt. Sie musste ihn auch beseitigen. Und Pauline. Pauline stand oben unter der Dusche und hat wahrscheinlich gehört, dass unten irgendwas los war. Sie hat sich ein Badetuch umgewickelt und ist nach unten gegangen. Deshalb musste auch sie sterben.«
»Das ist alles erstunken und erlogen, Den«, entfuhr es Julie, die sich noch immer nicht aus Laurels fester Umklammerung befreien konnte. »Sie ist verrückt. Siehst du das nicht?«
»Du hast gut improvisiert, Julie, das muss man dir lassen«, sagte Kim und blickte sie an. »Alles so zu arrangieren, dass der Verdacht auf Scott fiel. Du musst geglaubt haben, er wäre der vollkommene Sündenbock.«
»Er war vollkommen irre, sonst nichts«, entgegnete Julie.
»Aber sein Bruder gab einfach keine Ruhe. Er wollte unbedingt beweisen, dass Scott unschuldig war. Was ist dann passiert, Julie? Bist du nervös geworden? Hast du dir deshalb einen neuen Plan ausgedacht?«
»Du bist genauso verrückt wie Scott«, sagte Julie betont lässig. Sie hatte sogar aufgehört, sich von Laurel losreißen zu wollen. Aber Laurel hielt ihre Mitbewohnerin weiter fest.
»Woher wusstest du von dem Abschiedbrief, Julie?« Dennis' Stimme war leise und heiser. Aber Kim war froh, dass seine grauen Zellen langsam wieder ihre Arbeit aufnahmen.
»Ja, sag es ihm, Julie«, stachelte Kim sie auf.
Julie konnte ihre Rolle nicht durchhalten. »Schnauze, du blödes

Miststück«, kreischte sie und riss sich von Laurel los, die sie nicht mehr ganz so fest umklammert hielt. Während sie erneut auf Kim losging, griff Julie hinten auf den Rücken und zog etwas aus dem Bund ihrer Jeans. Kim sah etwas Silbriges aufblitzen. Julie hatte sich das Messer wohl geschnappt, als sie in der Küche gehört hatte, wie Laurel Kim begrüßte.

Dennis öffnete den Mund, aber es kamen keine Worte heraus. Er rührte sich auch nicht von der Stelle. Der Mann stand eindeutig unter Schock. Er hatte noch nicht vollständig begriffen, was geschehen war. Auch nicht was geschehen würde.

Aber Laurel Geller sah es glasklar.

»Nein, Julie. Es reicht«, rief Laurel und versuchte, sie zu packen. Doch diesmal ließ Julie sich nicht aufhalten. Sie wirbelte herum und erwischte Laurel mit dem Messer am Arm. Laurel stöhnte vor Schmerz auf und drückte die Hand auf die Wunde, aus der das Blut zwischen ihren Fingern hervorquoll.

Julie zuckte nicht mal mit der Wimper, sondern drehte Laurel kaltblütig den Rücken zu, packte ein Büschel von Kims Haaren und drückte ihr die Messerspitze an die Kehle. »Kim weiß, dass ich es nicht allein war. Willst du bis an dein Lebensende ins Gefängnis, Laurel?«

Laurel begann zu weinen. »Ich wusste doch nicht, dass sie sie umbringen wollte, Kim. Ich schwöre, ich hatte keine Ahnung. Julie hat mich auch belogen. Und dann als ich es sah … da war es zu spät. Sie hat gesagt, ich hätte … Beihilfe geleistet.«

»Beihilfe geleistet, das ich nicht lache! Süße, das ist längst nicht alles«, entgegnete Julie. »Oder hast du vergessen, wer Pauline das Messer in den Bauch gerammt hat, als sie die Treppe runtergelaufen kam und sah, was los war?«

»Ich hatte Panik. Ich war nicht mehr klar bei Verstand …«

»Dann warst du wohl auch nicht mehr klar bei Verstand, als du mir geholfen hast, Scott aufzuknüpfen, nachdem ich ihn bewusstlos geschlagen hatte? Und jetzt auch noch Joe. Meinst du, ich hätte dein zufriedenes Grinsen nicht gesehen, als Sanger im Badezimmer des Motels von der Decke baumelte?« Die Messerspitze blieb unverwandt an Kims Kehle, während Julie sprach. Ihre Hand war völlig ruhig und ihre Stimme eiskalt.

Laurel weinte jetzt heftiger, doch Julie bedachte ihre Mitbewohnerin und Komplizin nur mit einem angewiderten Blick.
Dann lächelte sie Kim an. »Das ist nun mein Dank. Laurel sollte dankbar sein, findest du nicht, Kim? Ihretwegen habe ich deine beiden Lover aus dem Weg geschafft. Und ihretwegen muss ich mich jetzt hier mit dir rumschlagen –«
Kim hörte Dennis' flache Atemzüge. *Komm schon. Reiß dich zusammen. Auch wenn du mich hasst, jetzt brauchst du mich genauso wie ich dich.*
»Du hast sie wirklich … umgebracht, Julie? Du hast … Monica … umgebracht?«, stammelte er.
»Es wird alles gut, Den. Ich liebe dich über alles. Daran darfst du nicht zweifeln«, sagte Julie mit rauer Stimme. »Sie hat dich betrogen, Darling. Sie hat mit Sanger gevögelt. Und noch mit etlichen anderen Typen. Ich wollte es dir nicht sagen –«
»Halt den Mund«, krächzte er.
»Aber es stimmt. Sie hätte dich weiter hintergangen. Sie hat dich nie geliebt, Dennis. Sie hat deine Liebe nicht verdient. Ich würde dich nie betrügen. Ich liebe dich so sehr, Den.«
Kim war zwischen ihnen eingekeilt, die Messerspitze noch immer an der Gurgel. Julie war jetzt ganz darauf konzentriert, Dennis auf ihre Seite zu ziehen. Aber Kim bezweifelte, dass ihr das gelingen würde, auch wenn sie noch so gut schauspielern konnte. Und wenn sie erst begriff, wie aussichtslos ihr Versuch war, hätte sie keine andere Wahl, als auch ihn zu töten.
»Du hast Monica umgebracht.« Dennis tat sich noch immer sichtlich schwer, die kalte, brutale Realität zu akzeptieren. Als müsste er es sich selbst laut vorsagen, um es glauben zu können.
»Hörst du denn nicht, was ich sage, Den? Monica hat dich betrogen mit –«
Plötzlich stieß Dennis Kim mit solcher Wucht und so schnell beiseite, dass sie zu Boden fiel, noch ehe Julie dazu kam, ihr das Messer in den Hals zu stoßen.
Kim wusste nicht, ob Dennis das Messer nicht sah, als er sich auf Julie stürzte, oder ob es ihm schlichtweg egal war.
Er gab kaum einen Laut von sich, als ihm das Messer in die Brust drang und er zu Boden sank. Der Schrei kam aus Julies Mund.

»Nein, nein. Dennis, nein, bitte ... O Gott, Dennis, du darfst nicht sterben ... Dennis ... o Gott.« Julie fiel neben ihm auf die Knie und drückte ihn an sich.

Kim wusste, dass Julie jetzt kein Theater mehr spielte.

»Laurel, ruf einen Krankenwagen«, sagte Kim mit möglichst ruhiger Stimme.

Julie wiegte Dennis' Kopf an ihrer Brust.

»Wir müssen die Blutung stillen, Julie«, sagte Kim und kniete sich neben die Frau, die mehrere Menschen auf dem Gewissen hatte und beinahe auch sie getötet hätte.

Aber Julie war außer sich vor Kummer und wollte Dennis nicht loslassen. »Rühr ihn nicht an, rühr ihn nicht an. Es ist alles deine Schuld«, kreischte sie, als Kim versuchte, sich die Verletzung des Assistenzarztes genauer anzusehen.

»Nein, Julie«, sagte Kim leise. »Es ist nicht meine Schuld.« Zumindest das hatte sie endlich erkannt.

Sie stand auf und sah Laurel auf dem Boden sitzen, das Gesicht in den Händen vergraben. Sie weinte wie ein kleines Kind. »Sie hat mich gezwungen. Mich gezwungen.«

Kim ging zum Telefon und wählte den Notruf.

Als der Rettungswagen gleichzeitig mit Zach und zwei seiner Officer eintraf, saß Laurel noch immer weinend auf dem Fußboden. Das Blut rann ihr den Arm herunter, während Julie sich nach wie vor an Dennis klammerte, dessen Arztkittel vorn leuchtend rot war. Es war ein grausiges Bild, aber es hätte noch schlimmer sein können.

Viel schlimmer.

EPILOG

»Bitte hass mich nicht, Kim. Das könnte ich am allerwenigsten ertragen.«

Und Kim wusste, Laurel Geller würde einiges ertragen müssen.

Sie nahm gegenüber von Laurel an dem kleinen Tisch im Verhörraum gleich neben Zachs Büro Platz. Laurels Armverletzung war in der Notaufnahme genäht und verbunden worden, bevor sie in Untersuchungshaft genommen wurde. Zach hatte kurz mit ihr gesprochen, aber Laurel wollte nur mit Kim reden.

»Wird Dennis … durchkommen?«

»Ja. Er hat die Operation gut überstanden.«

Laurel schien ehrlich erleichtert.

»Hast du einen Anwalt, Laurel?«

»Der Sheriff meint, ich krieg einen Pflichtverteidiger. Meine Mom kann sich wirklich keinen –« Laurel verstummte, Trauer und Scham standen ihr ins Gesicht geschrieben.

Kim fiel ein, dass Laurels Bruder schwer krank war, und spürte trotz allem einen Anflug von Mitleid mit der Studentin.

»Ich werde mich schuldig bekennen«, sagte Laurel, als sie die Fassung zurückgewonnen hatte. »Ich habe etwas Schreckliches getan. Ich hab es nicht gewollt, aber ich hab's getan. Weißt du noch, wie ich bei dir zu Hause in New York aufgetaucht bin?«

Kim nickte stumm, traute ihrer Stimme nicht.

»Da wollte ich dir alles sagen. Es war schon so außer Kontrolle geraten. Ich glaube, da hab ich erkannt, dass es nie aufhören würde.«

»Greta Jacobson?«

»Das war … meine Schuld. Es war kurz vor dem … Jahrestag. 14. April. Der Tag, an dem Julie und ich …« Sie hob die Hände vors Gesicht. »Ich hatte Albträume. Ich konnte nicht mehr klar denken. Ich hab nichts mehr auf die Reihe gekriegt. Es wurde mir alles zu viel. Mein Gewissen quälte mich.«

Kim kannte das Gefühl nur allzu gut.

»Julie war in der Bibliothek, im Magazin. Es war schon spät. Ich dachte, wir wären allein. Da hab ich ihr von meinen Schuldgefühlen erzählt und dass ich es besser fände, wenn wir uns stellen würden.«

»Greta war da?«

»Sie muss mir ins Magazin gefolgt sein.«

»Ihr beiden wart zusammen?«

»Es war nichts Ernstes. Jedenfalls nicht für mich. Nur mit dir hätte es was Ernstes werden können, Kim.« Sie blickte weg, mit gequälter Miene.

»Was ist dann passiert?«, fragte Kim leise.

»Julie hat sie entdeckt. Aber es war zu spät. Greta hatte schon alles gehört … Sie ist abgehauen, und Julie ist hinter ihr her. Greta hat es in ihr Auto geschafft und –« Laurel stockte. »Sie hatte wohl richtig Panik. Jedenfalls ist sie an der Ausfahrt vom Parkplatz in einen Zaun gekracht. Inzwischen war ich draußen bei Julie und hab gesehen, was passiert war. Aber auch einer vom Sicherheitsdienst der Bibliothek. Julie hat dann rasch angeboten, Greta in die Notaufnahme zu fahren.«

Kim war klar, dass Julie nie die Absicht hatte, sie auch wirklich dort abzuliefern.

»Der Sicherheitstyp hat drauf bestanden, sie in seinem Wagen hinzubringen«, fuhr Laurel fort, »aber Julie konnte ihn überreden, sie mitkommen zu lassen. Und mich auch.«

»War Greta bei Bewusstsein?«

»Ja«, sagte Laurel. »Aber sie war völlig panisch. Erst recht, als Julie dem Wachmann sagte, ihr Freund hätte Dienst in der Notaufnahme und würde sich um Greta kümmern. Als wir dann am Krankenhaus ankamen, hat Julie Greta reingebracht und ihr gesagt, Dennis wäre auch … ein Komplize.«

»Deshalb hat Greta den Mund gehalten, als Dennis sie behandelt hat. Und dann, als sie fertig war?«, fragte Kim.
Laurel faltete die Hände auf dem Tisch. »Julie und ich haben auf sie gewartet.«
Ein schweres Schweigen senkte sich über den Raum.
»Danach wurde es dann richtig schlimm«, sagte Laurel schließlich. »Julie war schon wegen Tom Roeder nervös geworden. Der war ganz versessen darauf, den Namen seines Bruders reinzuwaschen, und war fest überzeugt, dass Joe Sanger der Mörder war.«
»Hat Tom denn nie dich oder Julie verdächtigt?«
Laurel schüttelte den Kopf. »Aber Julie fürchtete, dass die Ermittlungen wieder aufgenommen werden könnten. Der Sheriff hatte nämlich schon mit ersten Überprüfungen angefangen, ob an dem, was Tom über Sanger behauptete, was dran sein könnte. Julie lag mir ständig damit in den Ohren, dass das vielleicht ihre Beziehung zu Dennis kaputt machen könnte. Ihr sehnlichster Wunsch war doch, dass Dennis über Monica hinwegkam. Zuerst hat sie überlegt, Tom umzubringen. Aber dann ist das mit … Greta passiert. Wir … wir haben die Leiche in einem verlassenen Bootshaus versteckt, und Julie meinte, wir wären aus dem Schneider. Aber Tom gab einfach keine Ruhe. Er fing an, immer mehr Leute auszufragen. Und Julie wurde nervös.«
»Hat Joe versucht, dich zu vergewaltigen?«
Laurel zuckte die Achseln. »Er war betrunken. Ich war verstört, aber eigentlich eher sauer als verstört. Ich hab Julie von der Sache erzählt, und sie meinte, ich soll es Ronnie erzählen. Das wäre eine gute Rückversicherung, hat sie gesagt. Ich hab mich nie gegen sie gewehrt. Und zu dem Zeitpunkt war ich schon ein Häufchen Elend.«
»Was ist mit Joes altem Terminkalender, den du bei seinen Unterlagen gefunden hast? Der Eintrag, dass er am Mordabend mit Pauline verabredet war? Die Fotokopie, die du gemacht hast?«
Laurel starrte auf ihre gefalteten Hände. »Es war, als würde Julie ein Theaterstück schreiben. Schreiben, produzieren, Regie führen und die Hauptrolle spielen. Manchmal hab ich mich gefragt,

ob sie überhaupt noch Realität von Phantasie unterscheiden konnte.« Sie stockte. »Manchmal habe ich mich gefragt, ob ich das noch konnte.«
»Dann hat Julie beschlossen, Joe in die Falle zu locken«, drängte Kim sie weiter.
»Sie meinte, es wäre die einzige Möglichkeit, die Sache zu einem endgültigen Schluss zu bringen. Sie war sicher, dass der Sheriff allmählich anfing, Tom Roeders Behauptungen über Sanger zu glauben, aber er hatte keine Beweise. Julie beschloss, ihm Beweise zu liefern.«
»Hat Julie gesagt, du sollst verschwinden? Um noch mehr Verdacht auf Joe zu lenken?«
»Sie hat gesagt, du würdest zurückkommen, um nach mir zu suchen. Ich wollte dich unbedingt wiedersehen, Kim. Julie wusste davon nichts, aber ich wollte dir die ganze Wahrheit sagen, ehrlich.«
Laurel blinzelte rasch, als die Tränen wiederkamen, die fast sechs Stunden zuvor noch in der Wohnung getrocknet waren. »Julies Plan hätte fast geklappt. Es tut mir nicht leid, dass er dann doch nicht funktioniert hat.«
Kim fühlte sich völlig ausgelaugt. Falls es noch unbeantwortete Fragen gab, so würden sie Kim jetzt nicht einfallen. Und selbst wenn, sie hätte sie nicht mehr stellen können; für beides fehlte ihr einfach die Kraft. Was sie erfahren hatte, reichte ihr. Und zusammen mit dem Wissen kam eine Traurigkeit, wie sie sie nie zuvor empfunden hatte.
Aber mit dem Wissen kam zugleich auch eine ungeahnte Freiheit.

Zach lehnte draußen vor dem Verhörraum an der Wand. Nate und Anne waren bei ihm.
»Können wir jetzt nach Hause?«, fragte Nate sanft.
Kim spürte Zachs Blick auf sich, als sie nickte.
»Sie müssen noch einmal wiederkommen, wenn Julie Fishers Prozess anfängt«, sagte Zach. »Sie wird auf Unzurechnungsfähigkeit plädieren. Und Laurel Geller könnte ihre Meinung ändern und sich nicht schuldig bekennen –«

Kim unterbrach ihn und sah ihm dabei in die Augen. »Ich habe sowieso vor wiederzukommen, Zach.«
Er musste irgendeinen Unterton in ihrer Stimme wahrgenommen haben, denn er blickte sie fragend an.
»Ich hab hier noch einiges zu erledigen. Zum Beispiel, endlich meinen Collegeabschluss machen. Den hab ich mir verdient. Und ich hab lange genug damit gewartet.« Ein Lächeln erhellte ihr Gesicht. »Und was sich sonst noch so ergibt, wird die Zeit zeigen.«
»Ich habe jede Menge Zeit«, sagte Zach und wusste ganz genau, wie er die am liebsten verbringen wollte.
Nate legte einen Arm um die junge Frau, die für ihn wahrhaftig wie eine Tochter war. Dann, nach kurzem Zögern, legte er den anderen Arm um seine Exfrau. »Ich hoffe, wir haben alle genug Zeit, um so einiges zu klären.«
Anne Arbus erwiderte nichts darauf. Aber da sie eine Frau war, die nur selten ihre Zunge im Zaum hielt, deutete Nate Shapiro das als gutes Zeichen. Genau wie Kim.